Beate Boeker

Amore mortale

Das Buch

Ein neuer Fall für Commissario Garini und Carlina

Das Weihnachtsfest rückt mit großen Schritten näher und Carlina hat in ihrem Lingeriegeschäft Temptation in Florenz alle Hände voll zu tun. Auch ihr bester Kunde, der Casanova Trevor Accanto, ist wie jedes Jahr wieder in der Stadt und kauft Dessous für seine neueste Affäre. Als Carlina erfährt, dass seine diesjährige Auserwählte ihre Cousine Annalisa ist, warnt sie Annalisa vor dem Herzensbrecher. Kurz darauf wird Trevor tot aufgefunden – offenbar wurde er mit einer Strumpfhose aus Carlinas Laden erwürgt. Das ruft den attraktiven Commissario Garini auf den Plan. Während Carlina verzweifelt versucht, den Mörder zu finden und ihre Cousine zu entlasten, muss sie nun auch noch ihren Gefühlen für den charmanten Commissario widerstehen ...

Die Autorin

Beate Boeker, geboren 1969, ist neben ihrem Beruf als Autorin Betriebswirtin mit internationalem Schwerpunkt, arbeitet im Marketing und lebt mit ihrem Mann und ihrer Tochter in Deutschland. Der erste Roman der USA Today Bestseller-Autorin wurde 2008 vom Verlag Avalon Books in New York veröffentlicht. Heute ist eine große Auswahl ihrer romantischen Komödien, Krimis und Kurzgeschichten auf Englisch verfügbar. Ihre Bücher wurden für viele Auszeichnungen nominiert, z.B. den Golden Quill Contest, den National Readers' Choice Award und den Best Indie Books. Obwohl sie Deutsche ist, entschied sie sich, zunächst nur auf Englisch zu schreiben, weil sie in den USA mehr Hilfe bei der Entwicklung ihrer schriftstellerischen Fähigkeiten fand. Jetzt übersetzt sie ihre Bücher auch ins Deutsche.

Beate Boeker

Amore mortale

Aus dem Englischen
von Beate Boeker

MIDNIGHT

Midnight by Ullstein
midnight.ullstein.de

Deutsche Erstausgabe bei Midnight
Midnight ist ein Digitalverlag
der Ullstein Buchverlage GmbH, Berlin
Okrober 2018 (1)

Titel der englischen Originalausgabe: Charmer's Death
Umschlaggestaltung:
zero-media.net, München
Titelabbildung: © FinePic®
Innengestaltung: deblik Berlin
Gesetzt aus der Quadraat Pro powered by pepyrus.com
Druck- und Bindearbeiten: CPI books GmbH, Leck

ISBN 978-3-95819-219-5

Figurenübersicht

Die Mantonis & ihre Partner

Caroline Ashley
genannt Carlina, Besitzerin des luxuriösen Lingerie-Geschäfts Temptation in Florenz

Stefano Garini
ermittelnder Inspektor der Mordkommission in Florenz

Onkel Teo
Carlinas Großonkel, 80 Jahre alt

Fabbiola
Carlinas Mutter

Benedetta
Carlinas Tante (Fabbiolas jüngere Schwester)

Leopold Morin (Leo)
Benedettas Lebensgefährte (ein Franzose)

Emma
Carlinas Cousine (Benedettas älteste Tochter)

Lucio
Emmas Ehemann

Annalisa
Carlinas attraktive, rothaarige Cousine (Benedettas zweite Tochter)

Ernesto
Carlinas rothaariger Cousin, der jüngste im Hause Mantoni (Benedettas Sohn)

Tante Violetta
die Matriarchin der Mantoni-Familie, 99 Jahre alt, lebt in einer Villa in Fiesole

Omar
der Adoptivsohn von Tante Violetta

Kapitel 1

I

Ein Schatten fiel über sie.

Carlina schaute vom Verkaufstresen ihres Geschäftes Temptation hoch, und ein spontanes Willkommenslächeln breitete sich auf ihrem Gesicht aus. »Es weihnachtet sehr.«

»Was für eine schöne Begrüßung.« Trevor zog seinen nassen Regenmantel aus und ließ ihn auf die niedrige Bank vor dem Tresen fallen. »Ich fühle mich wie der Weihnachtsmann, der ein wenig zu früh ankommt.« Er trat in den Bereich, den Carlina normalerweise für sich hatte, und legte ihr beide Hände auf die Schultern. »Lass dich ansehen, mein Mädchen.« Seine blauen Augen strahlten. »Du siehst gut aus.«

Sie lachte und nahm seine Hände von ihren Schultern. »Nicht gut genug, bei deinen Ansprüchen.« Eine ihrer Augenbrauen hob sich, als sie zögerlich fragte: »Wer ist es dieses Mal?«

Er lächelte ihr verschmitzt zu. »Ein hinreißender Rotschopf. Sie ist exquisit.«

»Natürlich.« Carlina schüttelte den Kopf. »Ich habe nichts anderes erwartet.«

Sie lehnte sich gegen den Tresen und schob beide Hände in die Taschen ihrer Jeans. Mit einem leichten Stirnrunzeln schaute sie ihn für einen Augenblick an. Die Stille zwischen ihnen war entspannt, als ob sie Freunde wären. Vielleicht waren sie das sogar ... obwohl das eine mehr als ungewöhnliche Freundschaft wäre. Sie überraschte sich selbst und ihn, indem sie fragte: »Wirst du dich denn niemals auf eine festlegen?«

Er öffnete seine Augen in gespielter Entrüstung weit und fuhr sich mit der gebräunten Hand durch die schwarzen Haare. Sie wurden an den Schläfen leicht grau, aber das machte ihn nicht weniger attraktiv – im Gegenteil.

Carlina unterdrückte ein Lächeln. *Er weiß, wie sexy sein Arm aussieht, wenn seine Muskeln so anschwellen. Darum trägt er ein T-Shirt.* Sie warf einen Blick in den Regen hinaus, der auf die alten Gebäude im historischen Stadtkern von Florenz niederpeitschte, und rieb sich mit den Händen über die Arme ihres hellgrünen Kaschmirpullis, froh, im Warmen zu sein.

»Natürlich werde ich mich nicht festlegen.« Trevors schwerer Siegelring glitzerte im Licht. »Dann wäre das Leben doch ohne jede Würze.« Er schüttelte den Kopf. »Was ist das überhaupt für eine Frage? Ich bin dein Kunde.« Er zwinkerte. »Hat man dir denn gar keine Manieren beigebracht?«

»Die hebe ich mir für die Kunden auf, die sie schätzen.« Carlina lachte zurück. »Es tut mir leid zu hören, dass sie rote Haare hat, denn ich habe gerade ein wunderbares Weihnachtsset in einem fantastischen Rotton ausgepackt.« Sie zeigte auf ein Regal zu ihrer Linken. »Es ist da drüben. Der Slip wird an der Seite zugebunden und ist mit weißen Puscheln dekoriert. Ich habe an dich gedacht, als ich es bestellt habe.«

Er lächelte. »Heb es mir fürs nächste Jahr auf, Carlina. Dann finde ich eine Schwarzhaarige, die zu dem Set passt.«

Er nannte sie bei ihrem Spitznamen, unter dem sie in ihrer Familie und der halben Stadt bekannt war – Carlina – anstelle von Caroline. Das machte ihr nichts aus, aber als sie seine Worte hörte, wusste sie nicht, ob sie lachen oder irritiert sein sollte. »Schämst du dich denn gar nicht?«

»Warum sollte ich?« Er zuckte mit den Schultern. »Ich verspreche den Frauen nicht die ewige Liebe. Sie wissen genau, worauf sie sich einlassen. Ich bin immer ehrlich.«

Carlina legte den Kopf auf die Seite. »Und was ist, wenn sie auf mehr hoffen?«

»Ich kann nichts dafür, wenn sie sich selbst etwas vormachen.« Er machte eine Handbewegung, als wolle er die Unterhaltung wegwischen. »Aber genug davon. Wie geht es dir? Hast du dich ›auf einen festgelegt‹, wie du es nennst?« Er grinste. »Oder sogar noch besser?«

Das Bild von Stefano erschien vor ihrem inneren Auge, aber sie schob es zur Seite. Selbst wenn sich ihre Beziehung zu Stefano zu mehr als einer romantischen Sehnsucht entwickelt hätte, was leider nicht der Fall war, würde sie sie doch nicht mit Trevor besprechen. Ihre Gefühle waren zu ... privat, zu kostbar, um sie mit diesem Mann zu teilen, der jedes Jahr zu Weihnachten mit einer anderen ausging, als ob diese Frauen Weihnachtsbäume wären, aufgezogen, um vier Wochen im Jahr zu strahlen und danach weggeworfen zu werden.

»Nein«, sagte sie also.

»Nein? Einfach nur nein?« Trevor schüttelte sich vor Lachen. »Wie kann die Besitzerin des wunderbarsten Lingerie-Geschäfts in Florenz – nein, in der Welt! – wie eine Nonne leben?«

»Vielen Dank für das Kompliment. Zum zweiten Teil des Satzes gebe ich keinen Kommentar ab.«

Er seufzte. »Ach, du bist gefühllos.«

Carlina schüttelte den Kopf. »Ich bin nicht annähernd so hart, wie du es bist.«

»Ich?« Die blauen Augen öffneten sich weit, zogen sie in ihren Bann. »Ich bin doch nicht gefühllos.«

»Ich frage mich, ob deine vielen Ex-Freundinnen auch dieser Meinung sind.« Sie schaute ihn nachdenklich an. »Wie machst du das nur?«

»Was?« Trevor strich sich über die Wangen, als ob er sich gerade rasiert hätte.

Wäre er sich nur nicht bewusst, was für ein attraktives Kinn er hat und wie gut es aussieht, wenn er es so anhebt. Dann würde ich ihn noch viel mehr mögen. »Wie wirst du sie nur alle wieder so leicht los?«, fragte sie.

»Das ist alles nur eine Frage der Vorbereitung. Ich sage ihnen von Anfang an, dass wir einige wunderbare Wochen haben werden. Nicht mehr, nicht weniger. Wenn mein Urlaub zu Ende ist, endet die Beziehung. So einfach ist das. Jedes Weihnachtsfest.«

Seine Worte waren gefühllos, aber seine Ehrlichkeit nahm sie für ihn ein. *Er ist einfach viel zu charmant.* »War es immer schon so einfach?«

Trevor zuckte zusammen. »Lass uns nicht über die Fehler der Vergangenheit sprechen. Es ist viel zu schön, wieder in Florenz zu sein. Jetzt zeige mir mal, was meiner rothaarigen Schönheit stehen könnte.«

Carlina bewegte sich kein Stück. »Was passiert, wenn du dich jemals wirklich verliebst?«

Er konzentrierte sich auf einen schwarzen Spitzen-BH und warf ihr über die Schulter ein Lächeln zu. »Aber das tue ich doch, meine Liebe. Jedes einzelne Mal.«

II

Annalisa lehnte sich gegen den Verkaufstresen in Carlinas Laden und funkelte ihre Cousine an. »Es ist Zeit, dieses Geschäft zu schließen.« Sie betonte jedes Wort einzeln, als ob Carlina taub wäre. »Jetzt.«

Carlina räumte den Tresen mit eiligen Bewegungen auf. »Nur noch eine Sekunde, Annalisa. Ich muss noch diese Rechnung ablegen und dann …« Sie hasste es, etwas über Nacht herumliegen zu lassen.

»Das hast du schon vor einer Viertelstunde gesagt, und ich langweile mich.« Annalisa rollte mit den Augen. »Außerdem habe ich Hunger, und du hast versprochen, mit mir essen zu gehen.«

Carlina lächelte sie an. »Du wirst nicht verhungern. Weißt du eigentlich, dass du wie eine Fünfjährige klingst und nicht wie fast zwanzig?«

»Ha. Fast zwanzig.« Annalisa drehte eine Strähne ihres langen Haares in der Hand. »Das ist genau der springende Punkt. Ich verbringe mein ganzes Leben damit zu warten, und zack, bevor ich weiß, was passiert, bin ich schon zwanzig und aus dem Alter raus, in dem man noch Spaß haben kann.«

Carlina schüttelte den Kopf. »Grausam. Aber glaub mir, es gibt ein Leben jenseits der Zwanziger. Mit zweiunddreißig habe ich ausreichend Erfahrung, um dir das zu versichern.«

Annalisa machte eine verächtliche Handbewegung. »Dein Universum ist dieser Laden hier.«

»Völlig richtig.« Carlina schaute sich um. Mit Stolz schweifte ihr Blick von den strategisch platzierten Schubladen unter jedem Bügel, in denen die BHs in wohlsortieren Reihen nach Größen angeordnet lagen, hin zu der brandneuen Schaufensterpuppe, die seit heute das rote Weihnachtsset trug. »Und das reicht mir völlig. Du solltest nicht unterschätzen, wie attraktiv ein winziges Universum sein kann, wenn es zu einhundert Prozent dir gehört. Du kannst alles genauso einrichten, wie du willst, und es liegt nur an dir, einen Erfolg daraus zu machen. Es gibt wenige Dinge, die an das Gefühl herankommen.«

Ihre Cousine lebte auf. »Ja, ich verstehe, was du meinst. Ich fand den Namen deines Geschäftes von Anfang an toll. Temptation ... das ist perfekt.« Dann runzelte sie die Stirn. »Aber ist es nicht langweilig, jedes Jahr das Gleiche zu tun?«

»Es gibt ganz schön viel Abwechslung, glaube mir.« Carlina lächelte. »Die Lingerie-Industrie bewegt sich vielleicht nicht ganz so rasant wie die Kommunikationsbranche, aber Veränderungen gibt es trotzdem. In einigen Tagen werde ich zum Beispiel das erste mal an der *Fiera di Natale*, der Weihnachtsmesse, teilnehmen.«

»Ja, davon habe ich gehört. Organisiert die nicht die Frau des Bürgermeisters?«

»Ja, es ist ein Projekt von Sabrina. Ihr Traum ist es, die Geschäftsfrauen von Florenz zu unterstützen, und dadurch entstand das Konzept der Weihnachtsmesse. Erinnerst du dich an meine Schulfreundinnen Francesca, die Glasbläserin, und Rosanna, die diesen tollen Blumenladen hat?«

»Nö.« Annalisa zuckte mit den Schultern. »Es sei denn, du meinst diese winzige Frau, die wie eine Kreuzung aus einem Troll und einem Farn aussieht?«

Carlina lachte. »Das ist Rosanna. Sabrina hat Rosanna und Francesca beide eingeladen und zusätzlich noch einige andere, um die Handwerkskunst von Florenz vorzustellen.«

»Hmm.« Annalisa blickte auf einen bestickten BH. »Aber die Unterwäsche, die du verkaufst, ist ja nicht wirklich florentinische Handwerkskunst, oder? Wie kommt es, dass du auch eingeladen worden bist, teilzunehmen?«

»Sie hatten noch Plätze frei, also hat Rosanna mich vorgeschlagen. Ich habe daraufhin ein Konzept für Spitzenunterwäsche entworfen. Die Spitze ist von *Bartosti*.«

Annalisa schüttelte sich vor Lachen. »*Bartosti*? Die große Spitzenfirma? Das ist ja wohl ein Scherz.«

Carlina schluckte. »Hör auf zu lachen. Meine Unterwäsche hat absolut nichts mit ihren normalen Toilettenrollenüberziehern zu tun. Sie ist sexy, das kannst du mir glauben.«

»Spitzenüberzieher für Popos.« Annalisa schüttelte den Kopf. »Ich frage mich, was du als nächstes anstellen wirst?«

Carlina suchte nach einem anderen Gesprächsthema. Sie hatte Wochen harter Arbeit darauf verwandt, etwas mit *Bartosti* zu entwickeln, was ihr gut gefiel, und sie fand die Vorstellung, dass ihre Kunden beim Gedanken an Spitzenunterwäsche von *Bartosti* in Gelächter ausbrachen, gar nicht gut. Vielleicht würden die anderen Leute nicht wie Annalisa reagieren. War es ein Fehler gewesen, sich mit so einem traditionellen Hersteller zusammenzutun?

»Kann ich dieses Super-Spitzen-Unterwäscheteil mal sehen?«, fragte Annalisa.

»Nein.« Carlina presste die Lippen zusammen. »Komm am 23. Dezember zur Messe, dann kannst du alles sehen.« *Und wehe du lachst vor Fremden über meine Arbeit.*

Annalisa runzelte die Stirn. »Bist du nicht ein kleines bisschen empfindlich?«

Carlina versuchte, sich in den Griff zu bekommen. Ja, sie war empfindlich, verdammt noch mal. Es war ihre Arbeit, ihr Leben, und das ganze Projekt war völlig neu, etwas, das sie noch nie zuvor ausprobiert hatte. *Besser, das Thema zu wechseln.* »Ich habe etwas für dich, was dir gefallen wird.«

Sie ging in den winzigen Lagerraum im hinteren Bereich des Ladens. »Komm hierher.«

Um mehr Platz zu schaffen, hatten sie zwei Reihen an Regalen voreinander installieren lassen. Die vordere war auf Räder gesetzt, die in Schienen liefen, sodass sie sie zur Seite schieben konnte, wenn sie an die Badezimmertür heran musste. Mit einer geübten Bewegung ihres Handgelenkes schob sie das vordere Regal zur Seite und griff in das Fach dahinter.

Annalisa schaute sich um. »Das erinnert mich immer an eine Kombüse hier. Jeder Millimeter wird genutzt.«

Carlina lachte. »Damit hast du den Nagel auf den Kopf getroffen. Ich habe mir einen Yachtbauer geholt, als ich die Einrichtung zusammengestellt habe. Er hatte tolle Ideen.« Sie zog eine flache Schachtel aus dem Regal und öffnete sie.

Ihre Cousine kaute auf ihrer Unterlippe. »Weißt du, so langsam verstehe ich, warum du deine Arbeit so spannend findest.«

Na, immerhin. »Das ist erst der Anfang. Schau mal hier.«

»Nylonstrumpfhosen?« Annalisa hob die schmalen Augenbrauen. »Was ist denn daran so besonders?«

»Diese sind mit der allerneuesten Technologie gewebt worden. Sie bekommen keine Laufmaschen.«

Annalisas Augen weiteten sich. Mit den Fingerspitzen berührte sie das weiche Material. »Keine Laufmaschen mehr?«

»Ja. Ricciarda und ich haben es ausprobiert.« Carlina strahlte sie an. »Es ist eine ganz besondere Webart, die dafür sorgt, dass ein kleines Loch am Zeh ein kleines Loch bleibt und nicht bis zur Hüfte hochläuft.«

Annalisa blinzelte. »Soll das heißen, die halten jetzt ein Leben lang?«

Carlina lachte. »Nein. Es ist immer noch ein sehr zartes Material. Aber zumindest halten sie jetzt länger.«

»Wow. Das ist cool.« Annalisa neigte den Kopf, um besser sehen zu können. »Aber ist das nicht schlecht fürs Geschäft? Ich meine, die Leute kaufen doch dann weniger Nylonstrumpfhosen, wenn sie nicht mehr so schnell kaputtgehen.«

»Nein.« Carlina lächelte. »Ich habe zufälligerweise die exklusiven Rechte an diesen Strumpfhosen in Florenz. Zwei ganze Monate lang habe ich hart verhandeln müssen, bevor sie der Vereinbarung zugestimmt haben.« Die Erinnerung daran erfüllte sie mit Stolz. »Selbst wenn die Strumpfhosen später überall erhältlich sein werden, werden die Leute teurere Nylons kaufen, jetzt, da sie länger halten, also geht für mich die Rechnung auf.« Sie hielt ihr die Packung entgegen. »Hier, das Paar ist für dich. Ich fange morgen offiziell mit dem Verkauf an, aber du bekommst ein paar Stunden Vorsprung.«

Annalisas Gesicht leuchtete auf. »Wow, das ist super. Vielen Dank.« Sie schob die Packung in ihre goldene Handtasche und schaute sich in dem kleinen Lagerraum um. »Weißt du, ich glaube, dein Geschäft ist doch irgendwie faszinierend.«

Carlina musste lachen. Sie hatte den Ärger von vorhin schon fast vergessen.

»Sagt die abgeklärte Zwanzigjährige, die denkt, dass sie über das Alter hinaus ist, in dem man noch Spaß haben kann.«

Annalisas Lächeln zeigte eine Reihe perlweißer Zähne. »... und die außerdem kurz vorm Verhungern ist.«

Wie wunderschön sie aussieht. Carlina machte eine Handbewegung Richtung Tür. »Raus mit dir. Ich bin jetzt fertig. Wir können zu Gino's laufen.«

Annalisa gehorchte mit einem Schaudern. »Laufen? Aber das Wetter ist fürchterlich.«

»Es regnet nicht und nach all diesen Stunden im Laden brauche ich ein wenig frische Luft.« Carlina schaltete das Licht mit Ausnahme der Schaufensterbeleuchtung aus. Ein scharfer Wind zerrte an ihren Jacken, als sie Temptation verließen.

»Brrr.« Annalisa hob die Schultern. »Bist du sicher, dass du laufen willst?«

»Auf der Vespa ist es nicht wärmer.« Carlina schloss die Tür und stellte die Alarmanlage an. Die attraktive Lage von Temptation auf der Via de' Tornabuoni war ein häufiges Ziel von Dieben.

Annalisa schaute sie erschrocken an. »Aber ich spreche doch nicht von deiner Vespa! Hast du denn noch nie von Taxis gehört?«

Carlina nahm ihre Cousine am Arm und lief mit ihr die historischen Häuser Richtung Arnoufer entlang. Festliche Weihnachtsbeleuchtung glitzerte in den Schaufenstern der Luxusgeschäfte, an denen sie vorbeiliefen. »Ach, jetzt stell dich nicht so an. Du bist doch nicht aus Zucker.« Sie holte tief Luft. »Der Wind ist so belebend!«

Annalisa warf ihr einen Blick zu, der Bände sprach. Eine plötzliche Böe wirbelte ihre roten Haare hoch, sodass sie für einen Augenblick wie eine Hexe aussah, die auf einem Besen vorbeiflog.

Carlina zog den Schal enger um ihren Hals. »Wie komisch, ich hätte gedacht, dass mehr Leute unterwegs sind, nur eine Woche vor Weihnachten.«

»Nicht um neun Uhr abends.« Annalisa hielt ihr Haar mit einer Hand zurück. »Jeder anständige Laden hat schon vor Stunden geschlossen, nur du hast darauf bestanden, noch länger zu arbeiten.«

»Ich musste noch die Nylons auspacken. Ich hoffe, dass es morgen einen großen vorweihnachtlichen Andrang geben wird, denn ich habe diverse Anzeigen geschaltet.« Carlina vergrub die Hände tief in den Taschen ihrer roten Jacke. »Ich bin so froh, dass sie rechtzeitig angekommen sind. Sie wurden im Zoll aufgehalten. Ich habe schon befürchtet, dass die Leute morgen alle ins Geschäft stürmen würden und ich keine Ware hätte.« Sie lachte ihre Cousine an. »Und du sagst, mein Job wäre langweilig. Er ist spannender als jeder Thriller!«

Annalisa lachte. »Ne, ist klar.«

Sie kamen auf den Lungarno Corsini und bogen links ab.

Annalisa warf einen Blick auf den Arno. »Das Wasser sieht furchtbar aus. So grau und dreckig.«

Carlina lehnte sich über die Steinmauer, die den Bürgersteig von der steilen Böschung trennte. Ihr Blick schweifte über die Häuserreihe an der anderen Uferseite. Grüne Fensterläden aus Holz, rote Ziegeldächer, weiche Farben der Häuserfronten ... Cream, ausgeblichenes Terrakotta und leichtes Gelb wechselten einander ab, sodass es ein harmonisches Ganzes ergab. Jedes Haus hatte eine andere Höhe. Einige waren schmal, krumm vor Alter, andere breit und trutzig; einige Fenster hatten Bögen, andere schmiedeeiserne Gitter, manche leere Blumenkästen. Die Gebäude sahen alle ein wenig mitgenommen aus, als ob sie mit zusammengebissenen Zähnen im eisigen Wind stünden, aber sie standen, so, wie sie es schon seit Jahrhunderten taten.

Sie lächelte und drehte den Kopf, um den Blick auf die Ponte-Vecchio-Brücke zu genießen. Sie war über die ganze Länge mit kleinen Läden verbaut. Zusätzliche Räume klebten wie quadratische Käfer an den Rückseiten der Läden. Es sah nicht sehr stabil aus, wie sie da über dem schäumenden Wasser hingen.

Ein Gefühl der Zärtlichkeit kam in ihr auf. Zufrieden holte sie tief Luft. »Kein Wunder, dass die Touristen in Begeisterungsstürme verfallen, wenn sie die Ponte Vecchio sehen. Sie ist so ... so italienisch. Diese Brücke könnte nirgendwo sonst auf der Welt stehen.«

Annalisa hob eine Augenbraue. »Da spricht deine amerikanische Seite. Ich merke immer wieder, dass du nur halbe Italienerin bist, sonst würdest du so etwas nicht sagen. Die Brücke ist vollkommen marode. ›Völliger Verfall‹ bringt es also eher auf den Punkt.«

Carlina schüttelte den Kopf. »Das denkst du nur, weil du hier geboren bist. Ist es nicht faszinierend darüber nachzudenken, wie einzigartig diese Brücke ist, weil sie mit der Zeit gewachsen ist und immer wieder an neue Bedürfnisse angepasst wurde? Hier noch ein krummer Raum hinzugefügt, dort noch eine Schicht Farbe, die dann wieder abblätterte, sodass man das Alter der Brücke sieht? Genau das macht sie so unwiderstehlich.«

Annalisa beäugte sie. »Na, wenn man unwiderstehlich wird, weil die Farbe abgeblättert ist, dann lass uns jetzt sofort einen Eimer kaufen gehen.« Sie hakte sich bei Carlina unter und zog sie von der Steinmauer weg. »Jetzt komm über deinen romantischen Augenblick hinweg. Es ist saukalt und selbst wenn du hier gern mit der Poesie herumflirtest, heißt das ja nicht, dass ich eine Lungenentzündung bekommen muss.«

Carlina grinste und folgte ihrer Cousine. »Ich frage mich, was passieren muss, damit du romantische Gefühle entwickelst.«

»Das ist ganz einfach.« Annalisas Blick war der einer zufriedenen Katze. »Ein Flasche mit goldenem Champagner, ein brandneues Paar funkelnder Diamantohrringe und ein Whirlpool mit Rosenblättern.«

»Ein Whirlpool mit Rosenblättern würde doch sofort verstopfen.«

Annalisa schaute sie böse an. »Und wer ist jetzt unromantisch? Ehrlich, Carlina, ich mache mir Sorgen um dich. Du kommst ins Schwärmen, wenn du eine alte Brücke siehst, die auseinanderfällt, aber wenn es um Whirlpools geht, sprichst du wie eine Putzfrau.« Ihre hohen Absätze klapperten auf den unebenen Pflastersteinen. »Außerdem verstopft er gar nicht. Ich hab's ausprobiert.«

Carlina blieb stehen. »Du hast es ausprobiert? Wer hat einen Whirlpool? Und wer war dumm genug, Rosenblätter hineinzuwerfen? Erzähl mir nicht, dass Tonio dich für einen Tag in den Spa eingeladen hat. Das ist so gar nicht sein Stil.«

Annalisa hob ihr Kinn. »Tonio ist Geschichte. Schon lange.«

Carlina blinzelte. »Du meinst fünf Tage.«

»Woher weißt du das?«

»Weil er vor sechs Tagen noch bei uns zu Abend gegessen hat, und damals sah es nicht so aus, als ob er Geschichte wäre.«

»Na, wenn schon.« Annalisa hatte für Tonio nur noch ein gleichgültiges Achselzucken übrig. »Ich habe mich verliebt. Diesmal ist es ganz anders.« Sie drehte sich um und überquerte die Straße, um zum Restaurant zu gelangen.

Das habe ich schon mal gehört. Carlina folgte ihr, ohne ein Wort zu sagen.

»Du brauchst gar nicht so missbilligend zu schauen.« Annalisa blickte ihre Cousine verteidigend an. »Er ist älter ... und ... und anders. Er ist nicht mehr grün hinter den Ohren.«

»Hmm.« Carlina hielt ihr die Tür zu Gino's Restaurant auf. »Komm erst mal rein. Du kannst mir alles erzählen, während wir essen.«

Zwanzig Minuten später inhalierte Carlina den aromatischen Duft des Hasenragouts mit Gnocchi vor ihr. »Das ist genau das richtige Essen für einen kalten Winterabend.« Sie genoss den ersten Bissen schweigend und lächelte. »Der erste Bissen ist immer der beste, findest du nicht?«

Ihre Cousine antwortet nicht, aber Carlina merkte das gar nicht, sie war einfach zu glücklich über ihr Essen. »Ich glaube, das liegt daran, dass sich die Geschmacksnerven noch nicht an das Erlebnis gewöhnt haben«, fuhr sie fort.

Annalisa seufzte und knabberte weiter an ihrem Salatblatt. »Führe mich bitte nicht in Versuchung.«

»Warum hast du nicht auch das Ragout genommen?« Carlina runzelte die Stirn. »Du bist nicht zu dick.«

Ihre Cousine biss die Zähne zusammen. »Das muss auch so bleiben. Ich muss perfekt sein.«

Ach, du Schreck. Carlina blies vorsichtig auf das Ragout, um es abzukühlen, und warf Annalisa einen fragenden Blick zu. »Ist der neue Lover sehr fordernd?«

»Nein.« Annalisa spießte ein Stück Salat mit der Gabel auf. »Aber ich habe einen Plan. Einen großen Plan. Darum gehe ich lieber kein Risiko ein.« Sie holte tief Luft. »Ich möchte, dass er mich heiratet.«

Carlina ließ die Gabel fallen. »Wie bitte?«

Annalisa beendete hastig ihr Geständnis. »Er ist reich und er ist gutaussehend und ...«, sie seufzte sehnsüchtig auf, »so erfahren. Nach ihm kann ich niemals wieder zu einem jüngeren Mann zurückkehren.« Ihr Gesicht zuckte. »Außerdem muss er sich langsam zur Ruhe setzen.«

Carlina schluckte. »Und weiß er das schon?«

»Noch nicht.« Annalisas Gesicht verdunkelte sich. »Ich habe versucht, ihm einen kleinen Hinweis zu geben, und er hat ein wenig ... seltsam reagiert.« Sie schüttelte sich. »Aber es gibt Mittel und Wege, darüber hinweg zu kommen. Ich glaube ihm absolut nicht, wenn er sagt, dass nach den Ferien alles vorbei sein wird. Immerhin hat er noch nie eine Frau wie mich getroffen.« Sie schob sich eine Strähne ihres roten Haares aus der Stirn.

Ein fürchterlicher Gedanke durchzuckte Carlina. Ein Mann, reich und gutaussehend, hier über die Weihnachtsferien, ihre wunderschöne Cousine mit rotem Haar ... Sie schnappte nach Luft und setzte sich gerade hin. »Sag mir bloß nicht, dass dein Lover Trevor heißt?«

Annalisas Mund blieb offen stehen. »Woher weißt du das?«

»*Madonna*.« Carlina blinzelte. »Lass ihn fallen, Annalisa. Auf der Stelle.«

»Bist du verrückt geworden?«

»Du wirst ihn nicht bekehren können, das verspreche ich dir.« Carlinas Stimme wurde lauter. »Er wird dir nur das Herz brechen.«

»Nein, das wird er nicht.« Annalisa überkreuzte die Arme vor ihrer beeindruckenden Brust und funkelte Carlina an. »Ich schaffe das. Ich weiß es genau.«

»Unter gar keinen Um –« Carlina brach ab. Es würde sie nicht weiterbringen, wenn sie Annalisa in Rage brachte. Je mehr sie jetzt protestierte, umso weniger würde Annalisa zu ihr kommen, wenn sie Hilfe brauchte.

»Woher weißt du überhaupt so viel über ihn?«

Carlina blickte sie an. *Ich muss es ihr sagen, selbst wenn es brutal klingt.* »Wann immer er in der Stadt ist, kauft er Unterwäsche für seine aktuelle Geliebte.«

Annalisa warf die Gabel auf den Tisch. »Du lügst.«

»Nein.« Carlina wollte sie gleichzeitig umarmen und schütteln. Sie biss sich auf die Lippen. Das ganze Wohlgefühl, das sie gerade noch empfunden hatte, war verschwunden. »Ich wünschte, du hättest ihn nie kennengelernt.«

»Wie kannst du das sagen?« Annalisa sah sie wütend an. »Er ist das Beste, was mir je geschehen ist. Zum ersten Mal im Leben fühle ich mich richtig lebendig. Du könntest dir genauso gut wünschen, dass ich tot wäre.«

Carlinas Mund wurde trocken. »Ich wünschte mir eher, dass er tot wäre.«

III

»Bist du noch wach?« Die SMS erleuchtete Carlinas dunkles Schlafzimmer wie eine außerirdische Präsenz, die in einer kleinen Kapsel auf ihrem Nachttisch gelandet war.

Carlina lächelte, nestelte den Arm unter ihrer Leoparden-Bettdecke hervor, schnappte sich das Telefon und rief Stefano an. »Kaum«, sagte sie anstelle einer Begrüßung.

»Dann habe ich Glück gehabt.«

Sie konnte das Lächeln in seiner Stimme hören und versuchte, ihn sich vorzustellen. Seine hellen Augen und sein schmales Gesicht sahen normalerweise so herb aus, doch wenn er lächelte, war er ganz verändert.

»Ich wollte nur fragen, ob du Zeit hast, morgen mit mir essen zu gehen«, sagte er.

Ihr Herz schlug einen Purzelbaum. Sie hatte ihn seit Wochen nicht gesehen, nein, eher seit Monaten.

»Ich weiß, dass es vielleicht zu viel verlangt ist, so kurzfristig.« Er klang nervös.

Garini und nervös?

Er fügte hinzu: »Du bist vermutlich ganz erschöpft vom Weihnachtsgeschäft.«

Tausend Gedanken schossen ihr durch den Kopf. Morgen war der Launch der Nylonstrumpfhosen. Sie würde am Ende des Tages völlig erledigt sein. Sie würde wie eine Krähe aussehen. Doch sie gab keinen Pfifferling darauf. »Nein, das ist kein Problem.« Sie lächelte. »Solange ich den ganzen Abend sitzen kann.«

Er lachte. »Das kann ich arrangieren.«

Sie wollte nicht, dass er auflegte. Sie wollte, dass er noch einmal lachte. Sein Lachen erfüllte sie, warm und stark, wie ein Feuer. »Bist du sicher, dass dein wunderbarer Chef dir nicht wieder eine Leiche vor die Füße wirft, in der Sekunde, in der du gehen willst?« Sein Boss hatte genau das getan. Zweimal schon. Na schön, vielleicht war es normal für einen Inspektor bei der Mordkommission, ständig Leichen auf die Tagesordnung gesetzt zu bekommen, aber das Timing war wirklich katastrophal gewesen.

»Ich habe ihm gesagt, dass ich, selbst wenn halb Florenz im Bett ermordet wird, dennoch freinehmen werde.« Seine Stimme hatte diesen leicht ironischen Unterton, dem sie irgendwie komplett verfallen war.

Carlina lachte leise. »Was für eine dramatische Formulierung.«

»Das sind seine Worte, nicht meine. Wann immer ein Fall nach seinem Geschmack nicht schnell genug gelöst wird, fragt er mich, ob die Einwohner von Florenz noch sicher in ihren Betten sind. Er behauptet, es sei der Bürgermeister, der das fragt, aber ich weiß es besser.«

»Woher weißt du das?« Carlina streckte sich und wackelte mit den Füßen. *Ich werde ihn morgen sehen.* Ihr ganzer Körper kribbelte bis in die Fußspitzen vor Freude.

»Der Bürgermeister wurde neu gewählt, aber die Frage ist immer noch die gleiche.«

Carlina lachte. »Verstehe.«

»Ganz im Ernst, es tut mir leid, dass ich dich schon so oft versetzt habe.«

»Es ist nicht dein Fehler. Natürlich musstest du dich um deinen Vater kümmern, als er sich das Handgelenk gebrochen hat.« Er hatte einen ganzen Monat gebraucht, um wieder fit zu werden. Sie hatte die Tage gezählt.

»Ich wusste, dass du das verstehen würdest. Ich habe noch nie jemanden kennengelernt, der so viel Familiensinn hat wie du.« Seine Stimme neckte sie.

»Nun, morgen werden wir nicht absagen, egal, was auch passiert. Familie und Mordfälle werden ignoriert.« Als die Worte heraus waren, durchlief sie ein leichtes Zittern. Hatte sie das Schicksal herausgefordert? Carlina schüttelte sich. Blödsinn. Sie hatte eine Verabredung mit einem vielbeschäftigten Mann. Das war alles.

Er lachte. »Einverstanden. Soll ich dich um acht zu Hause abholen?«

»Ja.« Dann hatte sie noch genug Zeit für eine Dusche und um sich umzuziehen, sogar, wenn der Laden noch später als sonst geöffnet sein sollte. Gott sei Dank hielt Florenz sich noch an die traditionellen Öffnungszeiten.

»Schlaf gut, Carlina.«

»Gute Nacht.«

Sie kuschelte sich mit einem glücklichen Seufzer unter die Decke. Morgen würde sie ihn sehen. Sie konnte ihn auch um Rat fragen, wie sie Annalisa am besten beschützen könnte.

Alles wird gut.

Kapitel 2

I

Carlina wachte früh auf. Alles in ihr summte vor Erwartung. Sie zog eine der neuen Nylonstrumpfhosen in schwarz an, einen kurzen Rock, der um sie herumwirbelte, wenn sie sich drehte, und kombinierte beides mit einem weichen Pulli, der an den Armen und am Hals mit unechtem Leopardenfell besetzt war. Sie lächelte, als sie in den Spiegel schaute. Sie sah wie eine Katze aus. Wie eine schnurrende, glückliche Katze.

Sie trank rasch eine Tasse starken Kaffee, dann rannte sie eine Stunde früher als sonst die Treppe hinunter. Ihre Hand berührte das glatte Holz des Geländers, das vom obersten Stock, wo sie ihre Wohnung hatte, bis ganz nach unten führte. Einen Stock unter ihr lag die Wohnung ihrer Mutter, in der noch alles still war. *Gott sei Dank.*

Zwei Stockwerke tiefer hielt sie für einen Augenblick inne und legte ein Paket, das ein Paar der neuen Nylonstrumpfhosen enthielt, vor Emmas Tür. Emma würde verstehen, dass es ein kleines Dankeschön für ihre Hilfe bei der Weihnachtsdekoration von Temptation war.

Sie summte, als sie im Erdgeschoss ankam, wo ihr Großonkel Teo lebte. Er trat in dem Moment aus seiner Wohnung, als sie die schwere Holztür des Hauseingangs öffnete.

Onkel Teo war einen Kopf kürzer als Carlina, und seine weißen Haare standen in Büscheln nach oben. Er war wie immer sorgfältig gekleidet, seine Hosen schnurgerade und mit Bügelfalte, sein weißes Hemd makellos. »Du bist heute aber früh dran, Carlina.«

Sie küsste seine ledrige Wange. Er roch nach Aftershave. »Ja, ich habe heute eine ganz besondere Aktion. Es ist ganz aufregend.«

Er nickte. »Ich weiß. Die unzerstörbaren Nylonstrumpfhosen, richtig?«

Carlina lachte. »Ja. Wie genau du dir alles merkst, was ich erzähle, ist erstaunlich.« *Er sieht so sehnsüchtig aus. Ich glaube, er ist einsam. Es scheint so lange her zu sein, dass diese grässlichen Morde passiert sind, doch es sind erst ein paar Monate. Ich muss wirklich etwas finden, was ihn interessiert.*

»Natürlich erinnere ich mich an die unzerstörbaren Strumpfhosen.« Er lächelte sie an. »Habe einen erfolgreichen Tag, meine Liebe, und erzähle mir heute Abend alles.«

»Heute Abend werde ich nicht zu Hause sein.« *Hoffentlich.* »Aber ich erzähle dir dann später davon, okay?«

Seine rheumatischen Augen blitzten auf. »Aha. Deshalb hast du schon die ganze Zeit gesummt, als du die Treppe heruntergekommen bist.«

Sie drehte sich so schnell um, dass ihr Rock sich wie ein Teller ausbreitete. »Du bist viel zu schlau, Onkel Teo, hat dir das schon mal jemand gesagt?« Sie zwinkerte ihm zu und winkte. »Hab einen schönen Tag!« Die Tür schloss sich hinter ihr mit einem Knall, aber sie wurde sofort wieder geöffnet.

Onkel Teo streckte seinen Kopf heraus. »Wirst du mir wirklich *alles* erzählen?«

Sie warf ihm über die Schulter ein Grinsen zu. »Natürlich nicht!« Dann eilte sie zu ihrer Vespa.

Weil sie noch genug Zeit hatte, hielt sie an der Bäckerei direkt neben der Basilica di Santa Trìnita und kaufte einen Karton der flachen Copate Kekse für ihre Assistentin Ricciarda und sich selbst. Die Mandeln und der Zucker würden ihnen schnelle Energie liefern, falls es zu hektisch werden sollte, um Mittag zu essen. Und das Esspapier auf beiden Seiten würde ihre Hände davor bewahren, klebrig zu werden. Die perfekte Überbrückungsmahlzeit ... Obwohl sie sich ziemlich sicher war, dass sie sie heute nicht brauchen würde, denn dank des Adrenalins, das sie jetzt schon im Blut hatte, fühlte sie sich, als ob sie locker den ganzen Tag durchhalten würde.

Carlina summte immer noch, als sie die Tür zu Temptation aufschloss. Mit einem Lächeln hängte sie das Schild auf, das sie für das Schaufenster vorbereitet hatte. ›*Mai più smagliature!*‹ stand darauf, ›Nie wieder Laufmaschen! ‹«

Eine Minute später erschien Ricciarda. Auch sie trug einen kurzen Rock und eine der neuen Strumpfhosen, die Carlina ihr gegeben hatte. Carlina lächelte. Sie hatten nicht darüber gesprochen, aber Ricciarda wusste, dass man Produkte am besten verkaufte, wenn man sie selbst trug ... was in einem Unterwäschegeschäft normalerweise selten zur Geltung kam. »Du siehst toll aus.«

Ricciarda lächelte. »Du auch.« Ihr schwarzer Pferdeschwanz schimmerte in dem Winterlicht, das durch die Fenster fiel. »Sollen wir wetten, wie viele Strumpfhosen wir heute verkaufen werden?«

Carlina lachte. »Ich habe keine Ahnung. Es ist ja ein völlig neues Produkt. Zwanzig? Fünfundzwanzig?«

»Mindestens vierzig.« Ricciarda streckte ihre Hand aus. »Die Gewinnerin kauft der anderen eine Schachtel Copate Kekse.«

Carlina ergriff die Hand. »Einverstanden. Aber dreimal darfst du raten, was ich heute schon gekauft habe.«

»Perfekt.« Ricciarda ging hinter den Verkaufstresen und blieb erstaunt stehen. »Was ist denn das?« Sie zeigte auf vier glänzende, prall gefüllte Tüten.

»Die werden später von einem Kurier des Garibaldi Hotels abgeholt.« Carlinas Lächeln war etwas schief. Gestern, als sie Trevor die zarte Spitze verkauft hatte, hatte sie nichts als Zufriedenheit verspürt. Heute, in dem Wissen, dass Annalisa sie tragen würde, hatte sich ihre Wahrnehmung so sehr verschoben, dass sie ihr Triumphgefühl des Vortages nicht mehr nachvollziehen konnte.

Ihre Assistentin hob eine Augenbraue. »Wow. Sieht aus, als ob du gestern super Umsatz gemacht hättest.«

»Na ja.« Carlina zuckte mit den Schultern. »Trevor ist wieder in der Stadt.«

Ricciarda beugte sich über die Taschen und schaute hinein. Ihr schwarzer Pferdeschwanz glitt über ihre Schulter und berührte das goldene Temptation-Logo auf der Tasche. »Trevor? Kenne ich ihn?«

»Noch nicht. Sein Name ist Trevor V. Accanto, und er ist ein unglaublich reicher Amerikaner, der jedes Jahr zu Weihnachten nach Florenz kommt.«

Ricciarda drehte sich zum Regal und schob einige Bügel in die richtige Position. »Kauft er immer so viel Unterwäsche für seine Frau?«

Carlina unterdrückte einen Seufzer. »Sie ist nicht für seine Frau.«

»Oh.« Ricciarda warf Carlina über die Schulter einen wissenden Blick zu. Ihre blauen Augen waren weit geöffnet. »Also einer von denen, ja?«

»Hmm. Aber sehr charmant.«

»Das sind sie meistens.« Ricciardas Stimme klang trocken.

»Ja, leider.« Carlina ging in den winzigen Lagerraum am Ende ihres Geschäftes, um weitere Taschen zu holen. Sie musste das Loch stopfen, das Trevors Kaufrausch in ihre Auslagen gerissen hatte.

»Ich wünschte, es wäre nicht so«, sagte Ricciarda hinter ihr.

»Du wünschtest, Männer wären nicht charmant?« Carlina bückte sich, um die Taschen hochzuheben und ging wieder nach vorne in den Laden zurück.

Ricciarda schnaubte. »Nein. Ich wünschte, die charmanten Männer hätten nicht so viel Macht über uns.« Ihre Stimme klang bitter.

Überrascht bliebt Carlina stehen, die Arme voller glänzender Taschen. Sie hatte Ricciarda erst vor kurzem eingestellt, doch bis jetzt hatte ihre Assistentin nie durch das leiseste Zeichen verraten, dass sie etwas gegen Männer hatte. Im Gegenteil, sie wusste genau, wie sie mit ihnen umgehen musste und vermittelte ihnen das Gefühl, willkommen zu sein, ohne die Grenzen zu überschreiten. Vielleicht klang sie so missbilligend, weil sie eine überzeugte Katholikin war und strenge moralische Grundsätze hatte? Carlina wusste nicht, was sie antworten sollte. Sie kannte Ricciarda nicht gut genug, um persönliche Fragen zu stellen, und vielleicht hatte sie sich den bitteren Hauch in ihrer Stimme auch nur eingebildet.

Ricciarda schaute sich um. »Wir sind bereit für die Schlacht, oder?« Sie klang wieder ganz normal. Der Augenblick, über Gefühle zu sprechen, war vorbei.

»Ja«, antwortete Carlina. »Aber wenn du wirklich glaubst, dass wir heute vierzig Paar verkaufen werden, dann packe ich noch ein paar Kartons hinten aus. Nur, um vorbereitet zu sein.«

Sie verschwand hinter dem Vorhang, der den Lagerraum vom Laden trennte. Es war noch ruhig und Ricciarda würde vorne gut alleine zurechtkommen.

Carlina nahm einen Klappstuhl vom Haken an der Wand, klappte ihn auf und setzte sich hin. Dann zog sie einen Karton mit Nylonstrümpfen zu sich heran und schnitt ihn mit ihrem Cuttermesser auf. Mit routinierten Bewegungen füllte sie die Fächer im Regal nach Größen. Ihre Gedanken sprangen immer wieder zu Stefano Garini, als wären sie an ein Gummiband gebunden. Immer, wenn sie sich nicht auf etwas anderes konzentrierte, schnappten sie sofort zu ihm zurück. Sie mochte ihn. Sehr. Und sie konnte an seinen Augen ablesen, dass er sie auch mochte. Zumindest schien es ihr so, wann immer er in Temptation vorbeikam, um für einen Augenblick mit ihr zu plaudern.

Es war wirklich unglaublich, dass sie in der gleichen Stadt lebten, so nah beieinander, und es einfach nicht schafften, sich mal richtig zu verabreden. Wie das Unglück es wollte, hatte Stefanos Vater sich am Tag, nachdem Stefano den Mörder ihres Großvaters gestellt hatte, das Handgelenk gebrochen. So hatte sie ihn kennengelernt. Obwohl es erst im September gewesen war, schien das schon lange her. Carlina erinnerte sich schweren Herzens an ihren verrückten Großvater. Es würde das erste Weihnachtsfest ohne ihn sein. *Konzentriere dich lieber auf Stefano und eure Verabredung heute Abend.* Sie hätten sich schon viel früher treffen können, wenn sie nicht in den Urlaub gefahren wäre. Aber sie hatte den Urlaub schon Monate vorher gebucht, denn der November war generell ein schwacher Umsatzmonat. Während der drei Wochen im sonnigen Martinique hatte sie viel zu häufig an Stefano gedacht. Als sie zurückgekommen war, war er mitten in einem stressigen Fall gewesen und hatte

Tag und Nacht gearbeitet. Dann war er in Skiurlaub gefahren und hatte seine Schwester in der Schweiz besucht.

Und jetzt, endlich, waren beide wieder in der Stadt. Vielleicht sollte sie vorschlagen, heute Abend weiter weg zu fahren, um ihre Familie, die überall in der Stadt verstreut lebte, zu meiden. Es wäre einfach zu schrecklich, wenn sie zufälligerweise auf ihre Mutter träfen oder auf einen ihrer Millionen Cousins. Sie waren so neugierig, dass sie sich ohne jegliche Scheu sofort an ihre Fersen heften würden.

Tonight, tonight. Plötzlich erkannte sie die Melodie, die sie schon den ganzen Tag lang gesummt hatte. *West Side Story*. Du lieber Himmel, es hatte sie echt erwischt. Sie schnitt den leeren Karton in Stücke und stopfte ihn in den Mülleimer.

Ricciarda lachte, dann hörte Carlina leises Stimmengemurmel.

Sie war so tief in ihre Gedanken versunken gewesen, dass sie die Ankunft des ersten Kunden gar nicht mitbekommen hatte.

Carlina schob den Vorhang zur Seite und erstarrte. Es war Trevor. Er beugte sich nach vorne, sein attraktives Gesicht nahe an dem Ricciardas. Sie lächelte ihn an, während sie vier BHs und passende Höschen auf den Verkaufstresen legte. Natürlich hatte sie keine Ahnung, wer er war. Zusammen sahen sie perfekt aus, wie ausgeschnitten aus einer Werbeanzeige für Familienshampoo oder Schokolade.

Annalisas entschiedenes Gesicht erschien vor Carlinas geistigem Auge. Ein Schauer überlief sie. *Ich möchte nicht mit ihm sprechen.* Sie blieb, wo sie war.

»Ich nehme die Sachen nicht gleich mit«, sagte Trevor. »Verstauen Sie sie einfach in meinen Taschen, die dort hinten stehen. Ich habe der Rezeptionistin vom Garibaldi Hotel gesagt, dass sie den Kurier vor Mittag senden soll.«

Ricciardas Augen weiteten sich. Sie starrte Trevor an, als ob ein Gespenst vor ihr erschienen wäre.

Carlina lief zu ihnen, ohne darüber nachzudenken. »Hallo, Trevor. Ich habe gar nicht mitbekommen, dass du reingekommen bist.«

»Carlina!« Er drehte sich zu ihr und küsste sie auf beide Wangen. »Was für eine charmante, schwarzhaarige Assistentin du hast!«

Carlina wurde schlecht. »Ja, sie ist super.« Sie versuchte, Ricciarda mit einem ermutigenden Lächeln zu stärken, doch deren Augen waren glasig.

Sprich. Sorg dafür, dass er redet. Lenke ihn ab. »Wie kommt's, dass du so früh unterwegs bist?«

»Ich wollte einmal den Arno entlang joggen, aber als ich an Temptation vorbeikam und sah, dass du schon geöffnet hast, dachte ich, ich sage kurz Hallo.«

Jetzt fiel ihr auf, dass er Turnschuhe und ein sportliches Outfit trug. Man sah ihm sein Alter wirklich nicht an. »Wie schön.« Sie hoffte, dass ihre Worte nicht so falsch klangen, wie sie sich anfühlten.

»Warum bist du so früh hier?« Er zwinkerte ihr zu. »Hattest du gar keinen Grund, länger im Bett zu bleiben?«

»Wir haben heute eine besondere Promotion.« Carlina antwortete automatisch sachlich und emotionslos. »Für Nylonstrumpfhosen, die keine Laufmaschen bekommen.«

»Ja, davon hat Ricciarda mir schon erzählt.« Er strahlte Ricciarda mit einem Tausend-Watt-Lächeln an. Sie stand wie eine Marmorstatue hinter dem Tresen. »Aber ich kaufe keine praktischen Kleidungsstücke. Sie sind nicht romantisch genug.«

»Das macht nichts.« Carlina schluckte. »Sie hat schon ein Paar.«

»Was?« Trevor runzelte die Stirn.

»Annalisa ist meine Cousine.« Ihr Blick traf seinen.

Seine Augenbrauen schnellten hoch. »Verstehe.«

»Ja.«

Keiner von ihnen bewegte sich. Es war so still, dass Carlina das leise Klirren eines Metallbügels hören konnte, der sich in der warmen Heizungsluft bewegte. Irgendetwas zwischen ihnen verschob sich. Es war, als ob ihre Freundschaft in tausend winzige Papierschnipsel geschnitten und in die Luft gepustet wurde, sodass sich, nachdem die einzelnen

Schnipsel wieder hinabgesunken waren, ein neues Muster bildete, welches völlig anders war als zuvor.

Dann lächelte Trevor.

Für einen Augenblick konnte Carlina wieder das alte Bild erhaschen, aber der Wandel war zu tiefgreifend, zu drastisch. Sie konnte nicht zu ihren alten Wortgeplänkeln zurückkehren.

»Wirst du jetzt die Rolle der erbosten Mutter übernehmen?«, fragte er.

»Nein.« Carlina biss sich auf die Lippen. »Ich ... ich möchte dich nur bitten, vorsichtig zu sein.«

»Vorsichtig?« Sein Ton verspottete sie. »Was genau meinst du, meine Liebe?«

»Ich meine ...« Carlina schluckte. »Annalisa ist eine sehr entschlossene Frau.« *Entschlossen, sich selbst zu verletzten. Wenn sie das bloß einsehen würde.*

Ein Lächeln warf kleine Fältchen um seine Augen. »Ich habe Erfahrung mit entschlossenen Frauen.«

»... und jung.« Sie schaute ihm direkt in die Augen. *Annalisa ist zu jung für eine Weihnachtsromanze.*

»Ich weiß.« Trevor berührte Carlinas Arm. »Mach dir keine Sorgen. Ich habe alles unter Kontrolle.«

Es lief ihr kalt den Rücken hinunter. Das klang sehr nach den berühmten letzten Worten. Aber wenn sie ehrlich war, dann war es vermutlich wirklich Trevor, der die Dinge unter Kontrolle hatte. Annalisa würde diejenige sein, die verlieren würde. Annalisa würde zerstört werden, und sie sah keine Möglichkeit, das zu verhindern.

Trevor drehte sich auf dem Absatz herum, winkte ihnen beiden zu und verschwand.

Ricciarda schluckte so schwer, dass Carlina es sehen konnte. »Du hast recht«, sagte sie. »Er ist charmant.«

Das Klingeln des Telefons unterbrach sie. »Entschuldige bitte.« Carlina fischte ihr Handy aus der Handtasche und schaute aufs Display. *Onkel Teo. Was möchte er denn jetzt? Wir haben doch erst vor einer knappen Stunde gesprochen.* Carlina drückte auf den grünen Knopf. »Onkel Teo? Ist alles in Ordnung?«

»Natürlich, meine Liebe.« Onkel Teo klang ganz fröhlich.

Carlina konnte ein Lächeln nicht unterdrücken – es war halb genervt, halb zärtlich. *Er ist ein neugieriger alter Schlumpf.*

Onkel Teo sagte: »Ich habe mich nur gefragt, ob du *signor* Garini heute Abend eine Nachricht von mir überbringen kannst.«

Ich habe dir doch gar nicht erzählt, mit wem ich mich treffe. Carlina antwortete nicht.

»Carlina? Bist du noch am Telefon?« Ein Klappern verriet Carlina, dass ihr Großonkel begonnen hatte, das Telefon zu schütteln.

»Ja, ich bin noch hier. Wie lautet denn deine Nachricht?« So. Das war ein guter Kompromiss. Er konnte sein Anliegen loswerden und sie hatte keinerlei Informationen preisgegeben.

»Kannst du *signor* Garini daran erinnern, dass er mir zugesagt hat, ich könne mal bei der Polizeiarbeit helfen? Ihn bei den Ermittlungen unterstützen?«

Der bloße Gedanke an Onkel Teo auf der Jagd nach Verbrechern jagte Carlina einen Schauer über den Rücken. »Ich sag's ihm, wenn ich ihn sehe.«

»Ach, dann triffst du ihn heute Abend gar nicht?« Onkel Teo klang enttäuscht.

»Onkel Teo.« Carlina bemühte sich, ihre Stimme ruhig klingen zu lassen. »Ich bin kein Teenager mehr. Du brauchst nicht jede meiner Bewegungen zu überwachen.«

»Aber das tue ich doch überhaupt nicht!«

Sie konnte sich richtig vorstellen, wie er sich aufrichtete und das Kinn hob, während er das sagte.

»Ich bitte dich doch nur, meine Nachricht weiterzuleiten. Würdest du das tun, meine Liebe?« Die Frage endete mit einem ängstlichen Ton, der ihr ans Herz ging.

»Mache ich.«

»Das ist wunderbar. Vielen Dank.« Er klang wieder wie sein normales Selbst.

»*Ciao* Onkel Teo.« Mit einem Kopfschütteln legte sie wieder auf. Sie musste etwas finden, das ihn glücklich machte, und zwar schnell.

II

»Sind Sie das, Garini?« Cervi steckte den Kopf aus der Bürotür.

Stefano Garini unterdrückte einen Seufzer. Er hätte auf Zehenspitzen an der Tür vorbeischleichen sollen. »Ja?« Seine Stimme machte klar, wie ungern er reagierte.

»Kommen Sie mal einen Augenblick rein.«

Oh nein. Garini warf einen Blick auf die Uhr. Dreizehn Uhr. Noch sieben Stunden, bis er mit Carlina verabredet war. Cervi würde es doch nicht schon wieder schaffen, seine Pläne zu zerstören?

Das Büro roch nach Cervis Aftershave, benebelnd und süß. Die Luft war verbraucht, drückend und viel zu trocken. Stefano versuchte, durch den Mund zu atmen.

»Setzen Sie sich.« Cervi machte eine müde Handbewegung in Richtung der Lederstühle, die um einen Mahagonitisch in der Mitte des Büros standen. Mit einem Seufzer ließ er sich in einen der Stühle sinken und schaute seinen Mitarbeiter mit einem resignierten Blick an. »Ein Mann ist in der Basilica di Santa Trìnita tot aufgefunden worden. Er wurde erwürgt.«

Stefano biss die Zähne zusammen. Er wusste genau, was jetzt kommen würde, aber dieses Mal würde er sich wehren. »Haben Sie es Sergio gesagt?«

Cervi schüttelte mit trauriger Miene den Kopf. »Er hat sich heute Morgen krank gemeldet. Eine schwere Erkältung.«

Schon wieder! Stefano konzentrierte sich darauf, seine Stimme ruhig zu halten. »Sie haben mir versprochen, dass der nächste Fall von ihm übernommen werden wird.«

Cervi zuckte mit den Schultern. »Ich kann ihn ja schlecht an seinen Haaren aus dem Bett ziehen, oder?«

Stefano kniff die Augen zusammen. Was für ein verdammtes Glück Sergio doch hatte. Jedes Mal, wenn ein neuer Mord auftauchte, war er krank. Vielleicht war es aber auch andersherum. Er war so oft krank, dass es eigentlich kein Wunder war, dass so viele Morde gleichzeitig geschahen. »Was ist mit Paolo?«

Cervi schüttelte den Kopf. »Paolo ist im Urlaub.« Sein Gesicht drückte keinerlei Gefühle aus. »Eine Kreuzfahrt in der Karibik. Hat Vorteile, wenn man eine reiche Frau hat.«

Das sagt ausgerechnet er. Stefano unterdrückte seine sarkastischen Gedanken und richtete sich auf. »Ich habe die letzten vier Fälle ohne Pause durchgearbeitet. Ich habe Ihnen gesagt, dass ich heute Abend um achtzehn Uhr gehen werde und ich fürchte, meine Verabredung werde ich nicht absagen können.«

»Sie vergessen, dass sie vor kurzem im Urlaub waren.«

Stefano schluckte seine Antwort herunter. Jetzt war nicht der richtige Augenblick, Cervis superlange Sommerurlaube zu erwähnen, die von Mitte Juli bis Mitte September gingen. Wenn Sergio krank und Paolo im Urlaub war, hatte er gar keine andere Wahl – er musste den Fall annehmen. Verdammt. »Ich übernehme den Fall, aber ich mache heute Abend um achtzehn Uhr Schluss.« Das würde sogar genug Raum für eine Verspätung lassen. Er wollte Carlina auf keinen Fall warten lassen.

»Und was genau haben Sie heute Abend so Spannendes vor?« Cervis Blick saugte sich mit Interesse an Stefano fest. Er sah wie ein Geier aus, der auf seine Beute wartet.

Stefano erwiderte seinen Blick und antwortete nicht.

Cervi kicherte. »Ach so, das ist es also? Es steckt eine Frau dahinter.« Er lehnte sich zurück und kreuzte die Arme vor der Brust. »Wenn Sie einen Job von neun bis fünf hätten haben wollen, hätten Sie ein Büroangestellter werden sollen.«

Oder ich hätte mich auf Ihre Stelle bewerben sollen.

Cervis Gesicht verlor jegliche Jovialität, als ob er Stefanos Gedanken gehört hätte. »Sie haben keine Wahl, Garini. Sie müssen das machen.«

Das weiß ich, du Idiot. Stefanos Gesicht verriet seine Gefühle nicht. »Mache ich ja. Aber heute Abend um achtzehn Uhr werde ich die Untersuchung unterbrechen.«

Cervi lehnte sich nach vorne. »Was ist, wenn heute Abend eine entscheidende Sache passiert? Soll ich dem Bürgermeister dann sagen, dass Sie leider Zeit brauchten, um mit Ihrer Freundin zu kuscheln?«

Stefano stand auf. »Sie können ihm sagen, dass ich plötzlich krank geworden bin und dass Sie mich wohl kaum an meinen Haaren aus dem Bett ziehen konnten.«

Cervis Gesicht wurde rot.

Stefano sprach ruhig weiter. »Und jetzt erzählen Sie mir besser erst mal alles, was wir über den Fall wissen.«

Cervi sprang auf. »Sprechen Sie mit Gloria. Sie hat den Anruf entgegengenommen.«

»Gut.« Stefano stand auf und ging zur Tür.

»Denken Sie dran, Garini.« Cervis Stimme folgte ihm aus dem Raum. »Ich möchte alle zwei Tage einen schriftlichen Bericht haben. Morgen brauche ich den ersten.«

III

Gloria beugte sich nach vorne, sodass ihr beeindruckendes Dekolleté direkt vor Garinis Augen erschien. »Der Anruf kam vor fünfzehn Minuten. Was um Gottes willen habt ihr da oben gemacht? Hat Cervi dich nicht gefunden?«

Stefano schloss für einen Augenblick die Augen. »Erzähl mir bitte, was du weißt.«

»Eine Gruppe von Touristen ist über eine Leiche in einer Ecke der *basilica* gestolpert. Der Priester ist jetzt bei der Leiche und wartet auf dich.«

Fantastisch. Ein Mord in der *basilica*, eine Handvoll Touristen, und das Ganze ein paar Tage vor Weihnachten. Was für eine wunderbare Überschrift für die Klatschpresse. Stefano seufzte. »Sonst noch etwas?«

»Nein.«

Wenigstens war kein Mantoni involviert. Stefano schauderte es bei dem Gedanken an den Fall im Herbst, als Carlina und die Hälfte ihrer Familie Verdächtige gewesen waren. Er stockte. Es wäre immerhin möglich, dass der Priester Teil des Mantoni-Clans war. Aber nein ... er konnte sich nicht vorstellen, dass jemand aus dieser so überschwänglichen, lebensfrohen und verrückten Familie in den Orden eintrat.

Fünfzehn Minuten später hielt Garini sein Motorrad vor der *basilica* an und runzelte die Stirn. Ein leichter Regen verschleierte die Fassade und machte das Kopfsteinpflaster glatt und gefährlich. Sein Assistent Piedro hätte eigentlich schon hier sein müssen und die Kirche für die Öffentlichkeit absperren sollen, aber er war nirgendwo zu sehen. *Typisch.*

Garini zog die schwere Holztür auf und ging in die *basilica*. Ein kalter Luftzug, schwer von Weihrauch, jagte ihm einen Schauer über den Rücken, sodass er den Kragen seiner dicken Lederjacke hochschlug. Am Altar konnte er einige Leute ausmachen, doch in dem schwachen Licht war nicht viel zu erkennen. Die Kerzen am Altar flackerten, als er sich dem traurigen Grüppchen näherte. Seine Schritte hallten hohl in der riesigen Kirche wider.

Ein dünner Mann, fast so groß wie Garini, löste sich aus der Gruppe und ging gemessenen Schrittes auf ihn zu. »Ich fürchte, du kannst nicht näher kommen, mein Sohn.« Mit seinen langen Fingern zupfte er nervös am Ärmel seiner schwarzen Robe.

Garini zog seinen Ausweis aus der Tasche und hielt ihn dem Priester entgegen, obwohl er wusste, dass es zu dunkel war, um etwas zu erkennen. »Ich bin *commissario* Garini, von der Kriminalpolizei.«

Der Priester schlug seine Hände zusammen, als ob er beten wolle. »Ich bin *padre* Balli.«

Kein Mantoni. Gut. »*Padre*.« Garini neigte den Kopf. »Bitte schließen Sie die Kirchentür ab und erklären Sie mir die Situation.«

Der Priester schrak zusammen. »Die Tür. Oh, ja, natürlich. Ich vergaß.« Er eilte davon. Die Ränder seiner Robe flatterten wie die Flügel eines hektischen Vogels.

Garini ging zum Altar. Jetzt, wo er näherkam, konnte er zwei Leute neben ihm erkennen. Eine Frau mit einer quadratischen Figur stand breitbeinig da, als ob sie jeden Augenblick ein Erdbeben erwarte. Ihre grauen Haare waren wie ein Helm geschnitten. Der dünne Mann neben ihr wirkte im Vergleich unscheinbar. Links von ihnen lag etwas Dunkles auf dem Steinfußboden, halb verborgen im Schatten der Holzbänke.

Garini wandte sich an den Priester, der zurückgekommen war. »In einigen Minuten wird mein Team ankommen, doch ich benötige vorab Licht.«

»Ach ja, natürlich. Es tut mir leid.« *Padre* Balli schüttelte den Kopf, als ob er sich wunderte, wie er bloß hatte vergessen können, seine Kirche anlässlich eines Mordes gründlich auszuleuchten, und eilte durch eine Tür zur Linken des Altars. Ein Klicken war zu hören, worauf zwei kleine Strahler flackernd angingen. Ihr schwaches Licht vertiefte die Dunkelheit im Rest der riesigen Kirche nur noch.

»Das reicht nicht.« Garini runzelte die Stirn. *Wo bleibt das Spurensicherungsteam? Erledigen die erst noch ihre Weihnachtseinkäufe?* »Haben Sie nicht noch stärkeres Licht?«

Der Priester schrak zusammen.

Warum ist er so nervös? Ist das eine Reaktion auf den Mord? Oder steckt mehr dahinter? Ich muss ihn nachher befragen. Laut sagte er: »Haben Sie vielleicht eine größere Lampe?«

»Ich ... ich schaue mal nach.« Der Priester verschwand wieder durch die Seitentür und kehrte mit einer Stehlampe zurück. Sie hatte einen Schirm, der mit gelber Seide bespannt und rundherum mit Troddeln besetzt war, die hin und her schwankten, als der Priester sie mit wackeliger Hand präsentierte.

Sie sah so fehl am Platz aus, dass Garini ein Lächeln unterdrücken musste. Er nahm die Lampe und stellte sie neben die Leiche. Der Priester fand einen Stecker. Jetzt erhellte ein schwaches Licht den toten Mann am Boden. Sein Körper lag zusammengefallen zwischen der ersten und der zweiten Reihe. Von oben sah man nur die Rückseite des Kopfes. Er trug einen dunklen Mantel mit hochgeschlagenem Kragen, aber das war alles, was Stefano erkennen konnte. Das Licht war zu schwach, als dass er sich jetzt mit den Details würde auseinandersetzen können, er würde viel zu viel übersehen. Das hieß, er musste jetzt auf das Eintreffen der Kameraleute mit ihren starken Scheinwerfern warten und sich bis dahin auf die Zeugen konzentrieren. Es war keine Idealsituation, weil er mehr Licht brauchte, um ihre Gesichter klar zu erkennen, aber immerhin waren sie nicht halb hinter einer Kirchenbank verborgen. Er drehte sich zu dem Paar an seiner Seite. »Wer hat ihn gefunden?«

»Ich war's.« Die kräftige Frau hatte eine raue Stimme. Sie sprach Italienisch mit einem starken Akzent.

Der kleine Mann neben ihr starrte auf seine Füße, als ob er den Glanz seiner schwarzen Lackschuhe faszinierend fände.

Jetzt, wo das Licht ein wenig besser war, konnte Garini die kurzen Haare des Mannes erkennen. Sie bedeckten einen Kopf, der ihn an den eines Rennpferdes erinnerte – ein zarter und eleganter Knochenbau, kein Gramm Fett und eine dünne Haut, die sich straff über die Knochen spannte.

Er hob leicht die Augenbrauen. Zuerst hatte er angenommen, die zwei wären ein Paar, doch irgendwie passte der schmale Mann nicht zu der praktischen Frau neben ihm. Sie war eine Touristin, das war eindeutig zu erkennen, angefangen von den dicken Schuhen bis hin zu dem Reiseführer von Florenz, der aus der Tasche ihres formlosen Mantels hervorschaute. Der kleine Mann war schwerer einzusortieren.

Der Priester kehrte wie ein schweigender Vogel zu der Gruppe zurück.

Stefano nahm ein kleines Notizbuch und einen Bleistift aus der

Tasche. Wo blieb Piedro mit dem Aufnahmegerät? »Bitte nennen Sie mir Ihre Namen.«

»Gertrude Asseli«, sagte die kräftige Frau.

Jetzt erkannte Garini ihren Akzent. Sie stammte aus dem deutschsprachigen Teil der Schweiz.

Sie fuhr fort, ohne auf weitere Fragen zu warten. »Ich bin aus Zürich, mache hier in Florenz Ferien und wir haben Sie«, sie schaute auf die Uhr, »vor zweiunddreißig Minuten angerufen.« Ihr Gesicht verzog sich vor Missbilligung. »Sie haben wirklich lange gebraucht.«

Garini wandte sich an den kleinen Mann neben ihr. »Und Sie?«

Frau Asseli schnaubte. »Ich habe ihn auf der Leiche gefunden.«

Sowohl der Priester als auch der kleine Mann zuckten zusammen.

»Wie bitte?«

»Ach, er ist ohnmächtig zusammengesackt, als er die Leiche gesehen hat und fiel gleich obendrauf.« Frau Asselis Stimme war voller Verachtung.

Garini wandte ihr den Rücken zu. »Könnten Sie mir bitte die Geschichte in Ihren eigenen Worten schildern, Herr ... ?«

Der Mann drehte eine Wollmütze in den Händen und schluckte so schwer, dass sein ganzer Körper zitterte. »Morin. Ich bin Leopold Morin aus Paris.« Sein Italienisch war perfekt, die Stimme leise und kultiviert. »Ich unterrichte Italienisch an der Universität von Nanterre.«

»Ich bin auch Lehrerin«, mischte sich Gertrude Asseli ein. »Ich unterrichte Biologie und Geographie.« Ihr zufriedenes Lächeln offenbarte Zähne, die so groß waren wie Zuckerwürfel.

Stefano schaute von einem zum anderen. »Also kennen Sie sich?«

»Oh nein.« Herr Morin schien geschockt zu sein, und ein Blick auf Frau Asselis Gesicht zeigte, dass sie ausnahmsweise einmal einer Meinung mit ihm war.

Padre Balli schüttelte traurig den Kopf, als ob er Schwierigkeiten hätte zu verstehen, warum seine Kinder sich nicht vertrugen.

»Ich ... ich kam in die Kirche, um zu beten«, sagte Leopold Morin.

Garini verengte die Augen. Es klang, als ob Morin seine Worte mit

Bedacht wählte. Oder dachte er sich gerade eine Lüge aus? Aber er hatte eigentlich schon genug Zeit gehabt, sich eine schöne Geschichte auszudenken. Zweiunddreißig Minuten, um genau zu sein. Vielleicht etwas weniger. Gertrude hatte noch nicht erzählt, wie lange sie gebraucht hatte, um den besinnungslosen Leopold ins Leben zurückzuholen.

Morin fuhr fort: »Ich ging nach vorne, meine Augen zum Altar gerichtet. Ich fürchte, ich war ein wenig abgelenkt, wegen der ... der Schönheit der Kirche, und außerdem war es dunkel. Als ich in eine Reihe trat, stolperte ich und fiel hin.« Ein Schaudern überlief ihn. »Ich muss mir den Kopf angeschlagen haben, denn das Nächste, was ich wahrnahm, war Frau Asseli, die versuchte, eine Mund-zu-Mund-Beatmung vorzunehmen.« Er sah empört aus.

Was für ein grausames Schicksal für den peniblen Mann vor ihm. Garini hoffte, dass niemand das Zucken seiner Lippen bemerkte.

»Es war meine Bürgerpflicht«, sagte Gertrude Asseli befriedigt.

»Haben Sie die Leiche bewegt?«, fragte Garini.

Frau Asseli zuckte mit den Schultern. »Ich bin sicher, dass *signor* Morin ihn gequetscht hat, als er auf ihn drauffiel.« Sie gab sich alle Mühe den Anschein zu erwecken, als wäre der Franzose ein Elefant anstelle eines Knochenbündels.

»Aber Sie haben ihn auch bewegt, mein Kind«, sagte der *padre*, während sich seine Hände nervös zu Fäusten schlossen und wieder öffneten.

»Was?« Frau Asseli ging auf ihn los.

Padre Balli trat einen Schritt zurück, aber er blieb bei seiner Aussage. »Als *signor* Morin aufgewacht ist und sich dort drüben hingesetzt hat, um sich zu erholen«, er nickte zur Reihe gegenüber, »haben Sie den Kopf des toten Mannes hochgehoben.«

»Natürlich habe ich das getan.« Gertrude warf ihm einen bösen Blick zu. »Ich dachte, dass er vielleicht Hilfe benötigte, und es ist meine Bürgerpflicht, denen zu helfen, die Unterstützung brauchen.«

Die armen Opfer. Stefano schrieb mit, so schnell er konnte. Er vermisste sein Aufnahmegerät sehr. Wo blieb Piedro? Er sollte es eigentlich mitbringen.

»Und haben Sie auch bei ihm eine Mund-zu-Mund-Beatmung versucht?« Stefano warf einen weiteren Blick auf die Leiche am Boden. Die Füße des Opfers zeigten in seine Richtung. In dem gelben Lichtkegel waren die Nähte in den Ledersohlen gut zu erkennen – ein Zeichen von Qualität. Gertrude Asseli musste direkt über ihn hinweggekrabbelt sein. *Verdammt.*

»Natürlich nicht.« Frau Asseli sah aus, als ob sie eine bessere Leistung von der florentinischen Kriminalpolizei erwartet hätte. »Es war ja sofort klar, dass er tot war.«

Stefano ging zum anderen Ende der Kirchenbank, schlüpfte zwischen die erste und zweite Reihe und kniete sich neben die Leiche, ohne sie zu berühren. Jetzt konnte er das verzerrte Gesicht sehen, die schwarze Zunge. *Erwürgt mit einem schwarzen Schal.* Er berührte das Material mit den Fingerspitzen. Dünn wie Spinnweben, seidig. Kein Schal, etwas anderes. Er kannte das Material, aber für einen Augenblick lang konnte er es nicht zuordnen.

»Es war ein Paar Nylonstrümpfe.« Frau Asselis Stimme dröhnte durch die Kirche. Das hohle Geräusch vervielfältigte sich in dem riesigen Kirchenschiff und kam wie ein Echo von den Wänden zurück.

Garinis Magen zog sich zusammen. Carlina hatte eine besondere Strumpfhosen-Promotion erwähnt. Für einen Augenblick sah er ihr Gesicht mit den Katzenaugen vor sich. *Nun werde nicht gleich nervös. Sie ist nicht die einzige Frau in Florenz, die Zugang zu Nylonstrumpfhosen hat.* Er richtete sich auf.

Ein dröhnendes Klopfen an der Tür ließ den Priester aufschrecken. Er eilte durch den Mittelgang, um die Tür zu öffnen.

Garini schaute der Ankunft seines Teams zu, ohne sich zu bewegen. Endlich. Das Kamerateam übernahm. Sobald die starken Scheinwerfer installiert waren, beobachtete Garini die Szene wie ein Adler und ging um das Opfer herum, jedes Detail registrierend. Aus der Position des Körpers konnte man schließen, dass er gekniet hatte, als er von hinten angegriffen worden war. Ein einfacher Weg für den Mörder, um die Hände und Fingernägel des Opfers zu meiden. *Verdammt.*

Jemand zog an seinem Ärmel. »Ich möchte gern gehen, *commissario*.« Die braunen Augen von Leopold Morin sahen aus wie die eines kleinen Hundes. »Ich habe das starke Bedürfnis, mich zu waschen.«

»Sich zu waschen?« Die Kälte kroch durch Garinis Jacke in seine Knochen. Das Bedürfnis nach Feuer hätte er verstanden. Aber Wasser? Für einen Augenblick erhellte der Blitz der Kamera das ängstliche Gesicht des Franzosen.

»Ja.« Leopold holte zittrig Luft. »Ich war in direktem Kontakt mit einer Leiche, außerdem …« Seine Stimme verlor sich, aber der Abscheu stand ihm ins Gesicht geschrieben, als er Gertrude einen Blick zuwarf. Die Mund-zu-Mund-Beatmung würde ihm ohne Zweifel für immer als Alptraum in Erinnerung bleiben.

»Ich fürchte, ich muss noch einige Fragen stellen, bevor Sie gehen können.«

Leopold straffte sich. »Ja?«

Garini nahm ihn am Arm und führte ihn zur Seite, außer Hörweite von Gertrude. »Sind Sie über die Weihnachtsferien nach Florenz gekommen?«

Das schmale Gesicht vor ihm zuckte. »Ja.«

»Warum haben Sie ausgerechnet diese Kirche betreten?«

Der Franzose hob beide Hände. »Ich weiß nicht. Ich war … *en passant* … hatte plötzlich das Bedürfnis zu beten.«

»Sind Sie Katholik?«

»*Mais oui.*« Morin blickte auf seine Schuhe.

Ein weiterer Kamerablitz erleuchtete die Kirche.

»Kennen Sie das Opfer?«

»Nein!« Die Antwort war fast ein Schrei, gedämpft durch Angst.

Garini gab sich Mühe, seinen Gesichtsausdruck neutral zu halten. Vielleicht war Leopold Morin nervös, weil er der Länge nach auf einer Leiche gelegen hatte. Ein Teil seiner Reaktion war verständlich. Aber diese große Angst schien ein wenig übertrieben zu sein. »Gibt es irgendetwas, das Sie mir erzählen sollten?«

»Ich muss mich waschen.« Morin wurde von Minute zu Minute nervöser. »Bitte.«

»Er wollte sich sofort verdrücken.« Gertrudes Stimme erklang hinter Garini. »Aber ich habe ihm gesagt, dass er schön hierbleiben muss. Es ist unsere Bürgerpflicht, der Polizei zu helfen.«

Stefano biss die Zähne zusammen und blickte sie mit seinem eisigsten Blick an. »Ich komme in einer Minute zu Ihnen, *signora* Asseli. Bitte lassen Sie mich zuerst meine Unterhaltung mit *signor* Morin beenden.«

Gertrude grunzte und stampfte zurück zu dem Priester, der immer noch neben dem Altar stand und seine Hände rang.

Stefano bat darum, Morins Ausweis zu sehen und notierte seine Mobilnummer sowie die Telefonnummer und die Adresse seines Hotels. »Wie lange planen Sie, in Florenz zu bleiben?«

»Bis zum Siebenundzwanzigsten.«

Noch eine Woche, über Weihnachten. »Sind Sie alleine hier?«

Morin verlagerte sein Gewicht von einem Fuß auf den anderen. »Ja.«

Wie seltsam. Alleine über Weihnachten in einer fremden Stadt. »Sind Sie schon oft in Florenz gewesen?«

»Oh ja, ziemlich häufig. Als Italienischlehrer liegt es nahe.«

»Feiern Sie das Fest hier mit Freunden?«

»Nein.«

»Verstehe.« Garini schaute ihn prüfend an. »Falls Sie das plötzliche Bedürfnis verspüren sollten, die Stadt zu verlassen, rufen Sie mich bitte vorher an.« Er verschärfte seinen Blick. »Wir arbeiten eng mit der Polizei in den anderen europäischen Ländern zusammen, also würde eine Flucht sie nicht weiterbringen.«

Leopold sah aus, als ob er am liebsten so schnell wie möglich aus der Kirche rennen wollte.

Seine Füße. Irgendetwas an seinen Füßen störte Stefano. »Für einen Touristen tragen Sie ganz schön unbequeme Schuhe.«

»Ich mag diese Schule.« Leopold zog sich eine schwarze Wollmütze über die raspelkurzen Haare, bis er fast darunter verschwand.

»Aber Turnschuhe wären auf den alten Kopfsteinpflastern von Florenz bestimmt praktischer, oder?«

Leopold schauderte. »Ich hasse Turnschuhe. Sie sind so ... unkultiviert.«

»Verstehe.« Stefano nickte. Ein Opfer mit handgenähten Ledersohlen, ein Verdächtiger mit glänzenden Lackschuhen und Gertrude Asseli mit absolut gar keinem Sinn für Ästhetik, aber dafür einem überentwickelten Verantwortungsbewusstsein. Was für eine Mischung. »Ich werde Sie vermutlich noch einmal sprechen müssen, *signor* Morin. Bitte informieren Sie mich auf jeden Fall, falls Sie die Stadt verlassen möchten.«

Morin nickte, drehte sich auf dem Absatz herum und floh aus der Kirche wie ein Mann, der gerade dem Galgen entronnen ist.

Der *padre* folgte ihm mit flatterndem Gewand.

Garini schaute dem Franzosen mit gerunzelter Stirn hinterher. Die Kirche schien jede Minute kälter zu werden. Er konnte seine Zehen nicht mehr fühlen, obwohl er heute Morgen Schuhe mit dicken Gummisohlen angezogen hatte. Er schüttelte den Kopf. Irgendwie schien er heute auf Schuhe fixiert zu sein.

Er wendete sich wieder dem Opfer zu, das jetzt in gleißendes Licht getaucht war. Das Kamerateam war fertig. Sie hatten die Position des Opfers aus jedem nur erdenklichen Blickwinkel festgehalten. Es war Zeit, den toten Mann zwischen den Kirchenbänken hervorzuziehen, anders kam Stefano nicht an ihn heran.

»*Ciao*«, sagte eine unbesorgte Stimme hinter Stefano.

Stefano wirbelte herum und warf seinem jungen Assistenten mit dem gegelten Haar einen kalten Blick zu. »Piedro. Du hast lange gebraucht.«

Piedro zuckte mit den Achseln und vermied Stefanos Blick. »Mein Moped ist nicht angesprungen und –«

Es ist immer defekt, wenn du auf dem Weg zur Arbeit bist. »Jetzt nicht.«

Garini unterbrach seinen Mitarbeiter. »Hilf mir, die Leiche zwischen den Reihen hervorzuziehen.«

Zusammen hoben sie den schweren Mann hoch, bis er ausgestreckt im Mittelgang lang.

Stefano kniete sich an seine Seite und tastete den Körper ab. Der Wollmantel fühlte sich dick und warm an. Das Futter war aus Seide. Eine breite Brust, muskulöse Arme und ein flacher Bauch verrieten ihm, dass der Mann viel Sport getrieben hatte. Ein fitter Mann Ende Fünfzig. Sein Pulli war aus reinstem Kaschmir, sein Hemd aus dicker Baumwolle und die Manschettenknöpfe aus Gold. Ein Füllhalter mit goldener Feder steckte in der Brusttasche, und ein Siegelring aus Titan befand sich am kleinen Finger der linken Hand. Er zeigte die verschnörkelten Initialen T und A. Stefano zog eine Brieftasche aus der Manteltasche des Opfers und öffnete sie. Eine Platin-Kreditkarte, vier goldene Kreditkarten. Neunhundert Euro in bar.

Garini unterdrückte einen Pfiff und zog den Führerschein aus der Brieftasche. Der Name des Opfers war Trevor Vincent Accanto. Ein reicher Amerikaner, kurz vor Weihnachten in der berühmten *basilica* erwürgt, ein ohnmächtiger Franzose obendrauf, eine entschlossene Schweizerin an seiner Seite und ein überaus nervöser *padre*, der wie eine Krähe um die ganze Szene herumflatterte. *Verdammt.* Die Regenbogenpresse würde vor Begeisterung ins Delirium fallen. Er raffte sich zusammen und wandte sich an *signora* Asseli: »Wie viel Zeit ist ungefähr von dem Zeitpunkt, an dem Sie die Leiche entdeckt haben, bis zu Ihrem Anruf bei der Polizei vergangen?«

»Sehr viel weniger Zeit, als Sie gebraucht haben, um hier zu erscheinen.«

Piedro kicherte.

Garini bewegte keinen Muskel. »Könnten Sie das etwas genauer definieren?«

»Nicht mehr als zehn Minuten. Ich wusste sofort, dass es meine Pflicht war, den Priester zu informieren und in dem Augenblick, wo ich mich umdrehte, um ihn zu suchen, kam er auch schon aus der Sakristei.« Sie nickte in Richtung einer Tür, die sich neben dem Altar befand.

Garini drehte sich zu dem *padre*, der sich leise im Hintergrund gehalten hatte. »Bestätigen Sie diese Aussage?«

»Was?« Der Priester schrak zusammen. »Ich ...« Mit nervösen Fingern zog er an seinem Talar. »Ja, ich glaube, das stimmt so ungefähr.«

Garini sah ihn streng an. »Könnten Sie dies vor einer Jury beschwören?«

Padre Balli wurde blass. »Ich ... ich glaube schon.«

Gertrude Asseli hob kämpferisch das Kinn. »Wollen Sie mir etwa unterstellen, dass ich Lügen erzähle, *commissario*?«

Stefano erwiderte ihren Blick. »Sagen wir nur, dass ich es interessant finde zu sehen, wie Sie alle Leute in Ihrer Umgebung in eine bestimmte Richtung zu lenken versuchen.«

Ihr Gesicht wurde puterrot. »Wie können Sie es wagen?« In ihrer Wut wurde ihr Akzent stärker.

»Dies ist eine Morduntersuchung, *signora* Asseli. Ich bin hier, um einen Mörder zu finden, nicht, um alle glücklich zu machen. Möchten Sie noch etwas zu Ihrer Aussage hinzufügen?«

Die Schweizerin presste ihre Lippen zusammen.

»Nein? Dann geben Sie bitte den Namen und die Adresse Ihres Hotels sowie die Nummer Ihres Passes und Ihre Mobilnummer an meinen Assistenten. Danach können Sie gehen.« Garini nickte Piedro zu. »Vergiss nicht zu notieren, wie lange *signora* Asseli plant, in Florenz zu bleiben.«

Er wandte ihnen den Rücken zu und gab dem Pathologen an seiner Seite ein Zeichen. Dieser hatte die Vorgänge mit dem Gesichtsausdruck eines neugierigen Terriers verfolgt. »Du kannst anfangen, Roberto.«

»Wann kam der Anruf, sagtest du?« Roberto öffnete die Augen des Opfers und leuchtete mit einer Taschenlampe hinein.

»Zehn vor eins.«

Roberto nickte. »Das heißt, das Opfer wurde um zwanzig vor eins gefunden.« Mit leiser Stimme fügte er hinzu: »Erinnere mich daran, dich einzuladen, wenn meine Schwiegermutter das nächste Mal kommt. Sie ist genauso ein Schlachtschiff wie die Schweizerin und ich wäre hocherfreut, wenn du sie auf die gleiche Art und Weise zu Staub zermalmen könntest.«

»Wenn du glaubst, dass das schwierig war, hast du noch keinen Mantoni getroffen.« Die Worte rutschten Stefano heraus, bevor er sich stoppen konnte.

»Oh?« Robertos Augen leuchteten auf. »Wer sind die Mantonis? Kenne ich sie? Gibt es wirklich ein menschliches Wesen, das von dir nicht eingeschüchtert wird? Ich würde es zu gerne kennenlernen!«

Stefano schüttelte den Kopf, verärgert darüber, dass er dem neugierigen Pathologen mehr verraten hatte, als er wollte. Das war gar nicht seine Art. Normalerweise hatte er sich besser im Griff, aber die Mantonis hatten ihn aus dem Gleichgewicht gebracht und taten es immer noch. Hoffentlich schaffte er es, Carlina heute Abend zu sehen.

Eigentlich war Carlinas Nachname Ashley, aufgrund ihres amerikanischen Vaters, aber ihre Mutter stammte aus dem Mantoni-Clan, und die enge Verbindung zum Rest der Familie, die in demselben Gebäude lebte, machte auch Carlina zu einer echten Mantoni. Nicht ganz so verrückt, definitiv eine ganz andere Art, aber sie hatte etwas Besonderes. Sie ging ihm unter die Haut wie keine andere Frau jemals zuvor. Sie hatte sogar –

Er schüttelte sich und zwang sich zur Konzentration. »Kannst du mir sagen, wann das Opfer gestorben ist?«

Roberto seufzte übertrieben auf. »Verschlossen wie eine Auster, wie immer.« Er zuckte mit den Schultern. »Na ja, wenn du darauf bestehst, nur den Fall zu besprechen ... ich kann dir verraten, dass er nach zwölf Uhr starb, insbesondere, wenn wir die niedrigen Temperaturen hier berücksichtigen.«

»Sonst noch etwas?«

»Bis jetzt nicht. Ich sage dir mehr, wenn ich ihn zu Hause habe.«

Stefano unterdrückte ein schiefes Lächeln. *Ich frage mich, ob er auch von der Leichenhalle als seinem Zuhause spricht, wenn er mit seiner Frau redet.*

Gertrude Asseli stampfte auf sie zu, mit einem verängstigt aussehenden Piedro auf den Fersen. »Sie hören von mir, *commissario*.«

Garini verneigte sich leicht vor ihr. »Ich freue mich darauf, *signora*.« Er konzentrierte sich wieder auf die Brieftasche des Opfers, die er noch in der Hand hielt. Vielleicht konnte er herausfinden, wo das Opfer in Florenz gewohnt hatte. Ein dickes Bündel Quittungen füllte das zweite Fach der Brieftasche aus. Stefano zog sie heraus und schaute sie durch. *Wow*. Nach diesen Belegen zu urteilen hatte der Amerikaner das jährliche Weihnachtsgeschäft der florentinischen Industrie ganz alleine in Schwung gebracht. Louis Vuitton, Ferragamo, Dior, Boss ...

Der Amerikaner hatte mit der Geschwindigkeit einer Maschinenpistole erstaunliche Summen ausgegeben. Die letzte Quittung war von 11:27 Uhr. Stefano runzelte die Stirn und hob den Kopf. »Durchsuche die Kirche, Piedro. Er müsste Einkaufstaschen bei sich gehabt haben.« Erneut wendete er sich der Brieftasche zu. Eine Quittung war zerknickt und innen stecken geblieben. Er zog sie vorsichtig heraus und glättete sie. Das Logo von Temptation sprang ihn an. Seine Hand gefror mitten in der Bewegung. Heute Morgen um 09:48 Uhr war das Opfer in Carlinas Geschäft gewesen. *Verdammt*.

»Öh, entschuldigen Sie bitte.« *Padre* Balli erschien neben ihm und wirkte dabei immer noch wie eine traurige Krähe.

»Ja, *padre*?«

Der *padre* wrang die Hände. »Ich ... wann ... wann werden Sie die ... die Leiche entfernen?«

»Innerhalb der nächsten Stunde.« Stefano sah hoch. »Wir sind fast fertig.«

Padre Balli nickte. »Das ist gut. Wir müssen die Chorstunde vorbereiten, und ich möchte die Leute nicht warten lassen.« Er drehte sich zur Seite.

»Einen Augenblick, bitte.«

»Ja?«

»Kannten Sie das Opfer?«

Padre Ballis Blick flatterte für den Bruchteil einer Sekunde zum

Gesicht des Opfers. Sein Mund bebte. »Ich ... ich finde das schwer zu beurteilen.«

»Sein Name war Trevor Accanto. Er war Amerikaner.«

Der *padre* schüttelte den Kopf. »Nein, mein Sohn.« Er schien erleichtert. »Ich kannte niemanden mit diesem Namen.«

»Und doch kam er hierhin, um zu beten.«

Padre Balli zuckte mit den Schultern. »Das passiert sehr häufig. Touristen kommen herein, um das Gebäude zu bewundern, und viele von ihnen bleiben und beten kurz. Ich glaube, dass es wichtig ist, eine offene Kirche zu haben, die den Menschen den Zugang zu Gott ermöglicht. Die Kirche muss hier sein, für die Menschen.« Er sagte dies mit besonderem Nachdruck, als ob er seinen Standpunkt in der Vergangenheit schon oft hatte verteidigen müssen. Dann blickte er auf den Boden, und seine Schultern sackten nach vorne. »Obwohl ich nicht gedacht hätte, dass hier jemals ein Mord geschehen würde – niemals. Wie können die Menschen so etwas in der Gegenwart Gottes tun?«

Garini zog es vor, auf diese Frage nicht zu antworten. »Kannten Sie *signor* Morin oder *signora* Asseli vorher?«

»Nein.« Der *padre* schüttelte den Kopf. »Wie gesagt, Touristen kommen häufig nur einmalig.«

»Ist Ihnen irgendetwas aufgefallen? Haben sie irgendetwas gesagt, was ungewöhnlich war?«

Der *padre* hob seine dünnen Schultern. »Nein. Sie mochten sich nicht, aber warum sollten sie das auch?«

Das ist die Frage. Garini betrachtete ihn nachdenklich. *Zeit, das Thema zu wechseln.* »Können Sie mir sagen, warum Sie so nervös sind?«

Der *padre* schrak zusammen. »Ich? Ich bin nervös?« Seine Finger zupften unbewusst weiter an den weiten Ärmeln seines Talars.

»Entschieden so.«

Padre Balli schluckte so heftig, dass sein Adamsapfel sich sichtbar bewegte. »Nun, ich ... ich frage mich, ob der Mord die Kirche entweiht hat. Ich muss mit dem Bischof sprechen und das herausfinden.«

»Es ist nicht das erste Mal, das ein Mord in einer Kirche verübt wurde«, sagte Garini nüchtern.

Erschrockene Augen starrten ihn an. »Was meinen Sie?«

»Ich bin sicher, dass es schon ein entsprechendes Vorgehen für solche Fälle gibt.«

Die nervösen Finger des *padre* entspannten sich. »Wirklich? Das würde die Sache beschleunigen. Ich habe mich gefragt, wo doch Weihnachten schon in einer Woche ist, ob wir die Kirche wie sonst weiter benutzen können ...« Er starrte die Leiche auf dem Boden an. Trauer und Mitleid zogen tiefe Linien durch sein Gesicht. »Es ist nicht rechtens zu morden. Finden Sie den Mörder, mein Sohn.«

»Das werde ich tun.«

Garini wandte sich ab. Er war fast überzeugt, dass purer Zufall den *padre* und die zwei Touristen zum Tatort geführt hatte. Jetzt musste er erst einmal mehr über das Opfer und die Menschen, die ihm nahestanden, herausfinden.

»Ich konnte nirgendwo Einkaufstaschen finden.« Piedro erschien aus der Dunkelheit. »Vielleicht sind sie gestohlen worden?«

Garini runzelte die Stirn. »Aber warum sollte man den Mann dann zusätzlich noch umbringen?«

»Vielleicht sah das Opfer, wie der Dieb die Taschen nahm, versuchte ihn aufzuhalten und dann kam es zum Kampf und –« Piedro klang ganz aufgeregt, als er sich die Details ausmalte.

»Piedro.« Garini bemühte sich um eine ruhige Stimme. »Erfinde bitte keine aufregenden Geschichten, für die du keine Beweise hast. Wenn man die Position des Opfers betrachtet, ist ganz klar, dass es von hinten erwürgt wurde. Falls du gerade damit beschäftigt bist, diverse Einkaufstaschen zu klauen und vom Besitzer überrascht und angegriffen wirst, ist es dann sehr wahrscheinlich, dass du dir die Zeit nimmst, ein paar Nylonstrumpfhosen aus der Tasche zu ziehen, um das Opfer herum zu wandern und es dann in aller Ruhe von hinten zu erwürgen?«

Piedro runzelte die Stirn. »Nö.«

»Eben. Wenn du einen Mordfall lösen willst, muss jedes Puzzleteil am richtigen Platz sein. Du kannst sie nicht in eine andere Form bringen, nur weil das so schön zu deiner Lieblingstheorie passt.«

Piedro seufzte. »Aber was ist mit den Taschen geschehen?«

»Das finden wir noch heraus. Es wird eine Antwort geben.«

Kapitel 3

Stefano Garini eilte durch die satinierten Glastüren des Garibaldi Luxushotels und holte tief Luft. Die warme Luft in der großartigen Lobby roch nach Blumen und Parfum. Der beeindruckende Kronleuchter hoch oben im Zentrum der Halle glitzerte. Sein Licht wurde von hunderten dunkelroter Weihnachtsbaumkugeln reflektiert, die den üppigen Weihnachtsbaum zu seiner Rechten schmückten.

Stefanos Schultern entspannten sich. Natürlich wohnte ein Mann wie Trevor Accanto im Garibaldi Hotel. Wo sonst? Und was für ein Glück für ihn, dass er es nicht mit einem misstrauischen Hotelbesitzer zu tun bekommen würde, sondern mit seinem alten Freund Peter. Er durchquerte vorsichtig die Lobby. Das historische Mosaik unter seinen Füßen erfüllte ihn mit Ehrfurcht. *Wenigstens manche Dinge, die die Menschen zustande bringen, sind schön und kostbar.* Als er zur Rezeption kam, lächelte er. »*Buongiorno*, Anna.«

»Stefano!« Die dunkelhaarige Frau mit dem eleganten Bob öffnete ihre Arme und küsste ihn auf beide Wangen. »Wie schön, dich zu sehen!« Sie sprach Italienisch mit einem amerikanischen Akzent.

»Wie geht's der kleinen Linda?«, fragte er.

Anna lächelte. »Sie ist frech und chaotisch. Ganz der Vater.«

Er lachte. »Und wo ist Peter?«

»In seiner Höhle.« Anna machte eine Kopfbewegung in Richtung einer Tür hinter dem Tresen. »Welchem Umstand haben wir deinen unerwarteten Besuch zu verdanken?«

Sein Lächeln verschwand. »Ich fürchte, es sind keine guten Neuigkeiten. Einer eurer Gäste ist ermordet worden.«

Anna wurde blass.

»Keine Sorge. Es hat nichts mit euch zu tun.«

Sie schluckte. »Wer ist es?«

»Trevor Accanto.«

Ihre grauen Augen weiteten sich. »Oh nein.«

»Du klingst nicht besonders überrascht.«

Anna holte tief Luft. »Ich ... ich bin schockiert.«

Er lehnte sich gegen den Tresen. »Ja, aber nicht überrascht. Warum nicht? Was kannst du mir über ihn sagen?«

Anna schaute über seine Schulter hinweg in die weite Lobby. »Ich glaube, wir sollten dies nicht hier besprechen. Die Gäste könnten uns hören.« Sie machte einen Schritt zur Seite. »Am besten, du gehst nach hinten und sprichst direkt mit Peter.«

Er ließ sie nicht aus den Augen. »Anna. Entspanne dich. Er wurde heute in der Basilica di Santa Trìnita erwürgt, und ich muss den Mörder finden. Ich glaube keine Sekunde lang, dass es etwas mit dir oder Peter zu tun hat.«

Sie hob ihre dünnen Schultern. »Ich weiß. Aber ich muss immer daran denken –«

Er berührte ihren Arm. »Das ist Jahre her. Wenn du etwas über ihn weißt, musst du es mir sagen.«

Wieder schaute sie über seine Schulter in die Lobby, dann senkte sie die Stimme. »Trevor Accanto war ein reicher Amerikaner mit italienischen Vorfahren. Er kam jedes Jahr zu Weihnachten nach Florenz.«

Er runzelte die Stirn. »Warum zu Weihnachten, wenn es kalt und ungemütlich ist? Warum nicht im Sommer?«

Sie schüttelte den Kopf. »Das weiß ich nicht.« Sie schluckte. »Er war immer in Begleitung einer Frau. Einer wunderschönen Frau.«

»Kennst du ihren Namen?«

Anna seufzte. »Du hast mich missverstanden. Es war nicht eine einzige Frau. Es war jedes Jahr eine andere. Jede einzelne war eine Schönheit ... aber sie wurden nie als Gäste registriert.«

Er holte tief Luft. »Willst du mir sagen, dass ich mit einem Dutzend oder mehr an wunderschönen unbekannten Frauen als Verdächtige rechnen muss?«

Anna nickte. »Ich fürchte ja.«

Er kämpfte gegen das Gefühl, überwältigt worden zu sein. »Was passiert mit den Damen, wenn er wieder abreist?«

Anna zuckte mit den Schultern. »Sie verschwinden auch. Das heißt, alle, bis auf eine.«

»Ja?«

»Es war letztes Jahr. Sie war Französin, glaube ich. Er nannte sie Suzanne. Nachdem er abgereist war, kam sie zurück und versuchte uns dazu zu bringen, ihr seine Privatadresse in den USA zu nennen.« Ihr Gesicht zuckte. »Wir konnten ihr natürlich nichts sagen. Aber sie tat mir sehr leid.« Sie senkte die Stimme noch weiter.

Garini beugte sich nach vorne, um sie verstehen zu können.

»Am Ende versuchte sie, ins Büro einzubrechen.« Anna schaute auf ihre Hände. »Peter hat sie dabei erwischt.«

Stefano runzelte die Stirn. »Warum kam er nicht zu uns, um den Diebstahl zu melden? Er hat es noch nicht mal erwähnt.«

Sie schüttelte den Kopf. »Wir haben darüber nachgedacht, aber wir hatten den Eindruck, dass es nicht geholfen hätte.« Sie holte tief Luft. »Seitdem fand ich es schwierig, zu *signor* Accanto freundlich zu sein. Er war absolut rücksichtslos, wenn es darum ging, eine Frau fallen zu lassen.« Sie zuckte mit den Achseln. »Ein rücksichtsloser Charmeur.«

»Habt ihr sie jemals wiedergesehen, diese Französin mit Namen Suzanne?«

»Nein.« Wieder schüttelte Anna den Kopf. »Ich habe befürchtet, dass sie dieses Jahr zu Weihnachten zurückkommen würde, um eine Szene zu machen, aber glücklicherweise ist sie nicht erschienen.«

»Verstehe.« Stefano richtete sich auf. »Danke, Anna. Ich spreche jetzt mit Peter.«

Sie nickte. »Mach das. Ich hole euch eine Tasse Kaffee.«

Stefano ging an Anne vorbei durch die Tür in den hinteren Bürobereich. Er durchquerte das kleine Büro mit den weißen Wänden und attraktiven Wandbehängen aus farbigem Brokat, dann öffnete er die Tür zu einem weiteren Büro. Der Boden war knöcheltief mit Akten bedeckt. In der Mitte des Chaos' saß sein Freund Peter hinter einem Schreibtisch und kaute an einem Apfel. Er sprang auf.

»Stefano! Dich habe ich ja eine Ewigkeit nicht gesehen. Wie geht's dem Saxophon?« Sein Italienisch hatte immer noch eine leicht britische Note.

Stefano lächelte. »Ich habe nicht genug Zeit, um zu spielen. Und was macht deine Trompete?«

»Dito.« Peter zuckte mit den Schultern. »Durch Linda habe ich weniger Zeit als je zuvor.«

»Das kann ich mir vorstellen.« Stefano beäugte einen Stuhl, der voller Akten war. »Soll ich mich setzen?«

Peter befreite den Stuhl ohne Rücksicht auf die Langlebigkeit der Akten. »Natürlich. Nimm Platz.« Er ging zu seinem Tisch zurück und setzte sich. »Was ist passiert? Ich glaube nicht, dass dies ein Höflichkeitsbesuch ist.«

»Leider nein. Dein Gast Trevor Accanto wurde heute in der Basilica di Santa Trìnita ermordet aufgefunden.«

Peter holte tief Luft. »Oh nein.« Er schaute zur Tür. »Weiß Anne es schon?«

Garini sah ihn mit seinem raren Lächeln an. »Wenn ich euch nicht besser kennen würde, würde ich glauben, dass ihr verrückt seid.« Er lehnte sich zurück, streckte seine Beine aus und faltete die Hände hinter dem Kopf. »Aber aufgrund eurer Geschichte weiß ich, dass ihr mehr oder weniger normal seid, und um auf deine Frage zu antworten, ja, Anna weiß es schon, und ich habe ihr erklärt, dass sie nichts zu befürchten hat. Die Situation ist absolut nicht mit der zu vergleichen, in der ich sie kennengelernt habe.«

Peter runzelte die Stirn. »Bist du sicher?«

Anna erschien in der Tür. Sie trug ein Tablett mit zwei goldenen Tassen und einer dünnen Porzellanschale, auf der hauchzarte Schokoladenwaffeln lagen. Der Duft von starkem Kaffee erfüllte den Raum. »Ich dachte mir, dass ihr eine Aufmunterung nötig haben könntet.« Sie schaute ihren Mann an. »Hat Stefano es dir schon gesagt?«

»Ja, habe ich«, antwortete Stefano. »Und ich wiederhole noch einmal, dass ihr nichts zu befürchten habt.«

Sie schaute ihn wie ein Kind an, dem man Mut zusprechen muss.

Stefano wandte sich wieder an Peter. »Jetzt erzähl mir alles, was du über Trevor Accanto weißt.«

Peter akzeptierte die Kaffeetasse von seiner Frau und stellte sie vorsichtig auf einen Stapel Papier, dann nahm er die Porzellanschale und schob sie zu Garini. »Danke dir, meine Liebe.« Er lächelte seine Frau mit einer Mischung aus Zärtlichkeit und Sorge im Blick an. »Mach dir keine Gedanken.«

»Das tue ich nicht.« Anna reichte Garini die zweite Tasse, dann verließ sie den Raum ohne ein weiteres Wort und schloss die Tür hinter sich.

Peter lehnte sich in seinem Stuhl zurück und seufzte. »Alles, was ich über Trevor Accanto weiß«, sagte er und schnaubte, »kann ich in einem Satz zusammenfassen: Er hat es nicht anders verdient.«

»Warum?« Garini nahm einen Schluck des duftenden Kaffees und balancierte die Tasse auf seinem Knie. Der Papierstapel auf dem Schreibtisch erschien ihm als Ablagefläche zu wackelig.

»Ich weiß nicht, mit wie vielen Frauen er ausging. Jedes Jahr zu Weihnachten erschien er und jedes Jahr war es eine andere Frau.«

»Also war er ein Stammgast.« Garini schaute auf den Kringel, der sich in der cremigen Schicht oben auf dem Kaffee gebildet hatte und auf die kleine weiße Dampfwolke, die von ihm aufstieg. »Seit wann?«

»Das müsste ich im Register nachsehen. Ich schätze, es waren vier oder fünf Jahre, vielleicht auch mehr.«

»Wenn man mal von seinem Geschmack für Frauen absieht, was war er für ein Typ?«

Peter schaute zur Decke, als ob er seine Gedanken sammeln müsste, und strich sich die dunklen Haare mit einer Hand aus der Stirn. »Das ist das Komische daran; man musste den Kerl einfach mögen. Er war höflich, korrekt und großzügig. Er sagte einem, was er erwartete, aber er war nie unfair oder unvernünftig.« Er seufzte. »Ich wünschte, das könnte ich von mehr Gästen behaupten.« Er legte den Kopf schief und schaute nachdenklich auf das Apfelgehäuse, das wackelig auf einem Aktendeckel lag. »Anne sagt, er war ein Charmeur, und damit hat sie recht. Alle mochten ihn.«

»Mit einer Ausnahme. Er wurde mit einem Paar Nylonstrumpfhosen erwürgt.«

Peter blinzelte überrascht. »Oha. Ist das nicht schwierig?«

Garini hob die Augenbrauen. »Wie kommst du darauf?«

»Na ja, Nylonstrümpfe dehnen sich doch so.«

»Da magst du recht haben.« Garini verengte die Augen. »Ich werde es ausprobieren.«

»Ich wünschte, das könnte ich sehen.« Peter grinste.

Garini runzelte die Stirn. Der Fall gefiel ihm nicht. Zu viele Verdächtige und zu viel Geld im Spiel waren eine schlechte Kombination. »Wie war es dieses Jahr? Wer war die Frau an seiner Seite?«

»Eine Rothaarige. Eine echte Schönheit natürlich, aber ich kenne ihren Namen nicht. Sie ist Italienerin und wenn ich mich nicht irre sogar eine gebürtige Florentinerin.«

»Woher weißt du das?«

Peter zuckte mit den Schultern. »Erfahrung. Wenn du ein Hotel führst, kannst du mit einem Blick erkennen, aus welchem Land jemand kommt, und wenn du den Job ein wenig länger machst, weißt du sogar, aus welchem Teil des Landes. Ich habe mich einmal kurz mit ihr unterhalten, während sie auf Accanto wartete.«

»Hast du sie heute gesehen?«

Peter runzelte die Stirn. »Ich ... ja, habe ich. Sie verließ das Hotel so gegen zehn Uhr.«

»War sie mit ihm zusammen?«

Er schüttelte den Kopf. »Nein, sie war alleine, aber das war nicht ungewöhnlich. Er ging morgens immer joggen und normalerweise liefen die Damen nicht mit.«

»Schien sie unglücklich zu sein?«

»Oh, nein.« Peter schüttelte wieder den Kopf. »Sie summte vor sich hin und schwenkte ihre Handtasche. Ich würde sagen, sie war großartiger Laune.«

Also war heute Morgen noch alles normal. Garini starrte vor sich hin. »Kam dir dieses Jahr irgendetwas anders vor als sonst?« Er beugte sich nach vorne. »Anders als in den Jahren zuvor?«

»Nein.« Peter zögerte keinen Augenblick.

»Gibt es sonst noch etwas, was du mir sagen kannst?« Garini schaute seinen Freund fest an. »Irgendetwas, auch wenn es erst einmal nichts direkt damit zu tun hat?«

Peter runzelte die Stirn. »Wenn du mich fragst, war es letztes Jahr anders. Wenn er vor einem Jahr umgebracht worden wäre, hätten wir sofort eine Verdächtige gehabt. Die Frau, die damals mit ihm zusammen war, hieß Suzanne. Eine Französin. Sie kam zurück, nachdem er abgereist war und machte eine Szene.« Er schaute Garini mit entschuldigendem Gesichtsausdruck an. »Hat Anne dir gesagt, dass sie versucht hat, hier in das Büro einzubrechen?«

»Ja.«

Peter vermied seinen Blick. »Sie war völlig verzweifelt. Sie tat uns sehr leid, aber wir konnten ihr nicht helfen.«

Garini schluckte die Vorwürfe, die ihm auf der Zunge lagen, hinunter. »Hast du ihre Adresse?«

»Nein. Ich glaube, sie kam aus Paris, aber das wird kaum weiterhelfen. Sie hinterließ ihre Adresse und bat uns, sie zu informieren, wenn es Neuigkeiten von ihm gab, aber wir haben den Zettel natürlich weggeworfen.«

»Schade.« Garini seufzte. »Und sonst?«

Peter schaute für einen Augenblick auf seine Hände. »Im Moment nichts. Aber wenn mir noch etwas einfällt, melde ich mich.«

»Danke.« Garini leerte seine Tasse und stand auf. »Könntest du mir jetzt das Zimmer von Accanto zeigen?«

»Natürlich.« Peter stand auf. »Wir müssen nur den Universalschlüssel aus dem Safe holen.«

»Den Universalschlüssel?«

Peter führte ihn zurück in die Lobby. »Der Universalschlüssel erlaubt es uns, die Safes in jedem Raum zu öffnen. Unsere Gäste programmieren ihren eigenen Sicherheitscode ein, aber normalerweise vergessen sie ihn prompt wieder, und dann müssen wir den Safe für sie öffnen. Das machen wir natürlich nur, während sie daneben stehen.«

Er nahm einen kleinen schwarzen Schlüssel aus dem Safe hinter der Rezeption.

»Ich habe mir das Gästeregister angesehen.« Anne kam zu ihnen und hielt Garini einen Zettel entgegen. »Dies ist die Privatadresse von Herrn Accanto in Florida. Er hat nichts in unseren Zentral-Safe getan, aber vielleicht hat er den in seinem Zimmer genutzt.«

»Sehr effizient, vielen Dank.« Garini nahm das Papier und steckte es in seine Brusttasche. »Könntest du bitte auch herausfinden, wie oft er bei euch war?«

»Das habe ich schon nachgesehen.« Anna lächelte. »Er kam das erste Mal vor fünf Jahren zu uns. Dies war also sein sechstes Mal im Garibaldi Hotel. Er checkte immer Mitte Dezember ein und blieb vier Wochen.«

»Hmm.« Garini runzelte die Stirn. »Hattet ihr jemals den Eindruck, dass er kam, um hier zu arbeiten?«

»Nein.« Die Antwort kam unisono aus beider Münder wie aus einem.

»Er kam, um sich zu amüsieren«, fügte Anne hinzu. »Soviel steht fest.«

Garini runzelte die Stirn. »Ich frage mich, warum er nicht im Sommer kam.«

Peter schaute ihn an. »Das habe ich ihn einmal gefragt. Er sagte, der Geburtstag seines Onkels sei im Dezember, und da er so an seinem Onkel hing, kam er jeden Winter.«

Ein Onkel. Es war das erste Mal, dass er etwas von der Familie Accantos hörte. »Klang das glaubwürdig?«

Anna und Peter wechselten einen Blick. »Schwer zu sagen«, sagte Anne schließlich, »aber ich kann es mir schon vorstellen. Es war eine seltsame Mischung, wie er sich erst um Leute kümmerte und sie dann fallen ließ.«

»Kennt ihr den Namen oder die Adresse des Onkels?«

»Ich fürchte nein.« Peter schüttelte den Kopf. »Er hat ihn nur einmal flüchtig erwähnt.« Er machte eine Bewegung mit der Hand. »Lass uns die Treppen hinaufgehen. Accanto hatte immer die Boccaccio Suite.«

Peter führte ihn die weit geschwungene Treppe hoch, die mit einem dicken Teppich in einem dunkelroten Farbton ausgelegt war. Das polierte Walnussholz des Geländers glänzte. Als sie die Treppenstufen hinaufstiegen, wurde die Klaviermusik der Lobby langsam leiser und das Licht des Kronleuchters verblasste, aber das Gefühl von Luxus blieb. Sie gingen an einem Bogenfenster mit einer duftenden Blume in einer schmalen Vase vorbei.

Garini lächelte. »Du bist von Schönheit umgeben.«

Peter nickte. »Das stimmt. Aber wenn du dafür verantwortlich bist, diese Schönheit aufrecht zu erhalten, lässt die Faszination doch manchmal nach.« Er zeigte auf eine massive Holztür. »Das ist die Boccaccio Suite.«

»Die würde ich nicht gern eintreten wollen.« Garini beäugte die schweren Scharniere.

»Da kämst du nicht weit, es sei denn, du würdest einen Rammbock benutzen.« Peter lächelte. »Damals haben sie noch so gebaut, dass die Dinge mehrere hundert Jahre hielten.« Er nahm einen schweren Messingschlüssel mit kunstvoll verziertem Ende aus seiner Tasche, steckte ihn in das Schloss und drehte ihn.

»Nettes Detail«, sagte Garini. »Eine Plastikkarte wäre hier fehl am Platz.«

Peter öffnete die Tür und hielt sie für Garini auf.

Als Stefano sich umsah, blieben ihm die Worte im Hals stecken. Er war in dem schönsten Raum, den er je gesehen hatte. Mit ihrem Eintreten waren diverse versteckte Strahler angegangen, die den Raum mit einem warmen Licht erfüllten und das kalte Winterlicht, das durch die hohen Fenster fiel, verdrängten. Der Boden und die hohen Wände waren aus Stein, was dem ganzen einen mittelalterlichen Touch gab, aber der herbe Effekt wurde durch reiche Brokatbehänge in verschiedenen Rot- und Goldtönen abgemildert. Das gleiche Material war für die Vorhänge des Himmelbetts verwendet worden, das an einer Seite des Zimmers stand.

Ein Schreibtisch mit einem bequemen Lederstuhl davor sah aus, als ob er direkt aus der Bibliothek eines Schlosses gekommen wäre. An der gegenüberliegenden Seite war die Wand vollkommen mit einer Garderobe aus poliertem Holz bedeckt. Sie erstreckte sich über die gesamte Länge wie eine filigrane Holztäfelung. Zu ihrer Rechten stand eine weitere Holztür halb offen und ließ einen Blick in ein modernes Badezimmer erhaschen.

»Ich bin beeindruckt.«

Peter lächelte. »Dies ist unser bestes Zimmer, und Accanto hat es immer für den gesamten Zeitraum gebucht.«

»Kann ich es durchsuchen?«

Peter mache eine Handbewegung. »Tob dich aus. Soll ich bleiben?«

»Ja, bitte, wenn du es einrichten kannst. Ich hätte gern einen Zeugen.« Garini begann mit dem Schreibtisch aus glänzendem Walnussholz und öffnete die oberste Schublade. Ein Laptop der allerneuesten Generation füllte ihn genau aus. »Ich würde diesen Laptop gern mitnehmen, damit jemand sich die Inhalte ansehen kann. Ich gebe dir eine Quittung dafür.«

»Okay.« Peter wirkte ein wenig unsicher. »Wirst du lange dafür brauchen? Ich weiß nicht, wie die Erben reagieren werden.«

»Wir werden ihn nur einige Tage einbehalten müssen.« Garini schaute hoch. »Weißt du irgendetwas über seine Erben in den USA? Wir müssen sie anschreiben und darauf hoffen, dass sie sich bald bei uns melden.«

»Ich weiß leider nichts über die Erben in den USA oder Accantos Familie in Florenz.« Peter seufzte. »Der Onkel, den er mal erwähnt hat, kam nie hierher, falls er überhaupt existiert.« Er schaute sich um. »Ich denke, wir werden die Sachen in ein Lager bringen müssen, bis jemand kommt und sie abholt.«

»Ja, das solltest du tun, und ich werde dich informieren, sobald ich weiß, wer der Erbe ist.« Garini öffnete eine weitere Schublade und entdeckte einen Füllhalter, der aussah, als ob er sein Jahresgehalt gekostet hätte. »Nicht schlecht.« Er nahm die Kappe ab und schrieb ein Wort auf dem cremefarbenen Papier des Hotels. Der Füllhalter glitt lautlos über das Papier und hinterließ einen dicken Strich in königsblauer Tinte. Neben dem Schreibblock entdeckte Garini ein Tintenfass mit einem historisch aussehenden Etikett. »Stellt ihr das als abrundendes Detail zur Verfügung?«

Peter schüttelte den Kopf. »Nein, obwohl es eine gute Idee ist. Ich werde es mal mit Anne besprechen. Accanto unterschrieb immer alles mit Füllhalter. Er nutzte verschiedene Stifte.« Er neigte den Kopf. »Ich habe ihn aber nur ganz selten diesen da nutzen sehen.«

»Ich erinnere mich, dass er einen in seiner Hemdtasche hatte, der nicht ganz so schwer war.« Garini hob die Tintenflasche hoch und blickte prüfend auf den Inhalt. »Sie ist halb leer, also scheint es so, als ob er sie regelmäßig benutzt hat.«

»Ist das wichtig?«

Garini zuckte mit den Schultern. »Wahrscheinlich nicht. Ich versuche nur, mir jedes Detail zu merken, um eine Vorstellung davon zu bekommen, was für eine Art Mann er war.«

»Er war ein Mann, der die allerneueste Technologie«, Peter nickte in Richtung Laptop, »mit traditionellen Kolbenfüllhaltern kombinierte. Was sagt dir das?«

Garini lächelte. »Es sagt mir, dass er die Füllhalter nicht als Statussymbol verwendete.«

Peter hob die Augenbrauen. »Das musst du mir erklären.«

»Wenn es ein Statussymbol gewesen wäre, hätte er nur einen einzigen Füllhalter gehabt, von der Marke, die in der ganzen Welt am besten bekannt ist, und wahrscheinlich wäre er jetzt schon ausgetrocknet gewesen. Stattdessen hatte er diverse Füllhalter von verschiedenen Marken, sie schreiben alle wie Butter, und er hat sich nicht das einfache Patronenfüllsystem ausgesucht, sondern das kompliziertere, aber charmantere Kolbenfüllsystem.«

»Und das heißt?«

»Das heißt, ich muss meine mentale Vorstellung anpassen. Trevor Accanto war ein Connoisseur. Er fand sich nicht einfach mit dem Offensichtlichen ab; er legte Wert auf Qualität.«

Peter grinste. »Das hätte ich dir auch so sagen können. Immerhin wohnte er im Garibaldi Hotel.«

»Meinetwegen.« Garini hob die Hand. »Aber es sagt uns etwas über seinen Charakter. Wenn wir hier«, er zeigte auf den Schreibtisch, »einen billigen Plastikkugelschreiber gefunden hätten, dann hätte ich gewusst, dass er nicht ihm gehört hat.«

Peters Augen weiteten sich. »Verstehe.«

Garini schaute sich um. »Eigentlich sieht dieser Raum zu ordentlich aus. Er wirkt ganz unbewohnt.«

»Ach, das sieht nur deshalb so aus, weil der Etagenservice schon durch ist. Ich weiß, dass es heute Morgen nicht so aussah.«

»Nein?«

»Nein.« Peter schüttelte den Kopf.

»Woher weißt du das?«

»Weil Viola sich beschwert hat.« Peter ging zu dem Telefon neben dem Bett und tippte eine Nummer ein. »Viola? Würdest du bitte für einen Augenblick in die Boccaccio Suite kommen? Danke.« Er drehte sich zu seinem Freund herum. »Sie wird es dir selbst erzählen.«

»Danke.«

Garini nutze die Zeit, um die Matratze anzuheben und darunter zu schauen. »Nichts.«

Die Tür öffnete sich. »Da bin ich, *signor* Grant.«

Viola schnappte nach Luft, als ob sie gerannt wäre. Sie lehnte sich gegen den Türrahmen, während sie um Atem rang.

Ihre Figur erinnerte Garini an *gnocchi* – weich und weiß und rund. Sogar ihr Haar war fluffig.

»Ist es wahr, dass der Amerikaner ermordet worden ist?« Viola schluckte.

»Ich fürchte ja«, antwortete Peter. »Dies ist *commissario* Garini, der dir gern einige Fragen stellen würde.«

Ihre braunen Augen weiteten sich, bis man das Weiße sah. »Aber ich habe nichts damit zu tun!« Sie hob beide Hände, als ob sie einen Schlag abwehren würde. »Ich habe ihn nicht berührt; ich kannte ihn ja kaum. Warum muss ich Fragen beantworten?«

»Weil Sie eventuell wichtige Informationen haben, die uns zu dem Mörder führen könnten«, sagte Garini.

»Oh.« Sie warf ihm einen abschätzenden Blick zu, dann richtete sie sich auf. »Ich verstehe. Was möchten Sie wissen?«

»Haben Sie dieses Zimmer heute hergerichtet?«

»Ja, das habe ich.« Viola rollte mit den Augen. »Und es war richtig viel Arbeit. Diese Rothaarige hat mit Klamotten nur so um sich geschmissen, und ich musste sie alle jeden Morgen aufheben. Sie hat auch immer Tonnen von Einkaufstüten und Verpackungsmaterial herumliegen lassen, und ich wusste nie, was ich damit anstellen sollte.« Sie breitete ihre Hände aus. »Manche werden richtig wütend, wenn man die Einkaufstüten wegwirft, das heißt, natürlich nur die der großen Marken.«

»Wie war es mit Herrn Accanto?«, fragte Garini.

»Ach, dem Amerikaner war das ziemlich egal. Er hat seinen Kram immer weggeräumt.«

Garini ließ sie keine Sekunde aus den Augen. »Wo haben Sie die ganzen Sachen der rothaarigen Frau hingetan?«

»Hierhin.« Viola ging zur Seite und schob die Holztür am äußersten

Ende der Garderobe auf. »Ich habe alles aufgehängt, obwohl ich wusste, dass sie wieder alles auf den Boden schmeißt, sobald sie zurück ist.«

Garini erstarrte. Die Garderobe war voller Damenkleidung, aber er konnte seinen Blick nicht von den glänzenden Einkaufstüten abwenden, die alle säuberlich gefaltet waren. Mit einem Schritt war er neben dem Schrank und hob die oberste mit dem auffallenden Logo von Temptation heraus. Carlinas Laden. Sein Mund wurde trocken.

»Sie hatte so viele von diesen Tüten.« Viola seufzte. »Aber es ist ein so teurer Laden, dass ich mich nicht getraut habe, auch nur eine einzige wegzuschmeißen.«

Garini biss die Zähne zusammen. Verdammt. Er hatte gehofft, dass Carlina zufällig in Verbindung mit dem Fall stand, und jetzt wirkte es ganz so, als ob der reiche Amerikaner einer ihrer Stammkunden gewesen war.

»Am Vormittag ging Herr Accanto oft alleine einkaufen und überraschte dann später seine ... Begleitung mit Geschenken«, erklärte Peter. »Die Tüten wurden alle direkt hierher geliefert. Ich glaube, es sind sogar jetzt noch einige unten.«

Mit Mühe schaffte Garini es, seine Gedanken von Carlina abzuwenden. Wenigstens hatte er jetzt eine Erklärung, warum der reiche Amerikaner keine einzige Einkaufstüte bei sich gehabt hatte, als er in der Basilica di Santa Trìnita ermordet worden war.

Er konzentrierte sich auf Viola. »Ist Ihnen heute Morgen irgendetwas an Herrn Accanto oder seiner Freundin aufgefallen? Irgendetwas, auch wenn es scheinbar nichts mit dem Mord zu tun hat?«

Viola schob die Unterlippe nach vorne und runzelte die Stirn. Dann schüttelte sie den Kopf. »Nein, ich glaube nicht.«

»Haben Sie den Papierkorb heute Morgen geleert?«

Viola funkelte ihn an. »Natürlich habe ich das getan!«

»Aber es ist Ihnen nichts Ungewöhnliches aufgefallen?«

Wieder schüttelte sie den Kopf. »Nein. Papier, ein Taschentuch, so Zeug halt. Nichts Besonderes.«

»Und im Badezimmer?«

»Der Mülleimer im Badezimmer war leer. Ich erinnere mich daran, weil ich eine leere Shampooflasche auf dem Boden fand und die Plastikhülle von einer neuen.« Sie schnaufte. »Die Rothaarige hat alles genau dort fallen gelassen, wo sie stand. Sie hat niemals was eingeräumt, wo es hingehörte.«

»Danke.« Garini nickte. »Wenn Ihnen später noch etwas einfallen sollte, sagen Sie es einfach *signor* Grant, dann kann er mir Bescheid sagen.«

»Okay.« Viola schaute sich im Zimmer um. »Was passiert jetzt mit all dem Kram?«

»Wir werden die Sachen einschließen, bis die Erben sie abholen«, antwortete Peter.

»Auch die Frauenklamotten?«

Garini und Peter schauten sich an.

»Wahrscheinlich nicht«, sagte Garini. »Wenn wir herausgefunden haben, wer die rothaarige Dame ist, können wir sie bitten, ihre Sachen abzuholen. De facto gehören sie ja ihr.«

Als Viola gegangen war, führte Garini die Untersuchung des Kleiderschranks weiter fort. Er arbeitete sich rasch durch die Frauenkleider hindurch und fand zwei Paar Nylonstrumpfhosen, die er aufs Bett legte. »Die würde ich gern mitnehmen.«

»Gut.« Peter betrachtete sie mit nüchternem Blick.

Der nächste Schrank war mit den Sachen von Accanto gefüllt, Reihen teurer Anzüge. Selbst mit verbundenen Augen hätte Stefano gewusst, dass er die teuersten Produkte berührte, die die Menschheit aktuell herstellen konnte. Die Materialien fühlten sich dick und gleichzeitig glatt an. Er leerte die Taschen und schaute in die tiefsten Winkel des Schranks, aber er fand nichts, noch nicht einmal einen Fetzen Papier. »Accanto muss ein ausgesprochen ordentlicher Mann gewesen sein.«

»Ja, er war sehr organisiert«, sagte Peter. »Ich habe nicht einmal erlebt, dass er sich seiner nicht sicher war.«

Garini schloss die Tür. »Könntest du jetzt den Safe für mich öffnen?«

»Natürlich.« Peter schob eine weitere Holztür zur Seite und offenbarte eine gut gefüllte Bar. Neben den glänzenden Flaschen befand sich eine Metallbox, die direkt in die Steinmauer eingelassen war. Er drehte den Schlüssel im Schloss und zog die Tür auf. »Er ist leer.« Seine Worte klangen hohl.

»Verdammt.« Garini biss die Zähne zusammen. Er hatte gehofft, einen neuen Fingerzeig zu entdecken, etwas, was ihm mehr über Trevor Accanto verriet, über seine Geschäfte, seine Interessen, mögliche Mordmotive, aber alles, was er herausgefunden hatte, war die Tatsache, dass Accanto ein regelmäßiger Kunde von Temptation war ... und auf dieses Wissen hätte er gern verzichtet.

Er beendete seine Suche mit einer gründlichen Prüfung des Badezimmers, aber auch dieses offenbarte keine weiteren Geheimnisse.

Kapitel 4

Carlina schob sich eine Strähne aus dem erhitzten Gesicht, während sie einer Kundin eine weitere Einkaufstüte mit dem unverkennbaren Temptation-Logo überreichte. Was für ein erfolgreicher Tag. Und heute Abend würde sie Stefano sehen. Sie lächelte in sich hinein, drehte sich herum ... und sah ihn am Eingang stehen.

Eine Schrecksekunde lang dachte sie, sie hätte seine Erscheinung herbeifantasiert, aber dann merkte sie, dass er es wirklich war. Groß, sein schmales Gesicht ernst, aber seine Augen ... wie hatte sie je denken können, dass er kalte Augen hatte? Sie schauten sie an, als ob sie die schönste Frau auf dem Planeten wäre. Ihr Mund wurde trocken.

»Carlina.«

»*Ciao.*« Sie ging ihm auf wackeligen Beinen entgegen. »Habe ich mich in der Zeit vertan? Wir haben doch acht gesagt, oder? Bei mir zu Hause?« Sie schaute auf ihre Armbanduhr. Es war Viertel nach sieben, viel später, als sie eigentlich geplant hatte, aber nicht spät genug, um ihn dazu zu bringen, zu Temptation zu fahren und zu schauen, wo sie blieb.

Jetzt stand sie direkt vor ihm, unsicher, wie sie ihn begrüßen sollte. Sie hatten sich in den letzten Wochen kaum gesehen, aber ihre häufigen Anrufe hatten sie einander so nahe gebracht, dass sie sich plötzlich schüchtern fühlte. Etwas zögernd lächelte sie ihn an. Aus irgendeinem Grund machte die kleine Narbe neben seinem Mund ihn unwiderstehlich.

Als er sich nach vorne beugte, setzte ihr Herz für einen Augenblick aus, aber er begrüßte sie nur, wie man gute Freunde begrüßt, indem er seine Wange kurz gegen ihre legte. Er roch nach Leder und Seife, und seine Wange war kühl und ein wenig kratzig. Sie unterdrückte das Bedürfnis, ihm die Arme um den Hals zu werfen.

»Du bist nicht zu spät.« Seine Stimme klang immer leicht ironisch.

»Ich bin zu früh. Ich wollte zu einem bestimmten Thema deinen Rat einholen und dachte, dass es vielleicht in Temptation einfacher sein würde, aber ich sehe, dass du voll beschäftigt bist. Soll ich später noch einmal wiederkommen?«

Carlina schaute sich um. Die letzte Kundin war noch im Gespräch mit Ricciarda, aber sie konnte hören, dass sie bald fertig sein würden. »Nein. Wenn du bereit bist, zehn Minuten zu warten, kann ich den Laden schließen.«

»Das klingt gut.« Garini lehnte sich gegen den Tresen, die Hände tief in die Taschen seiner schwarzen Jeans vergraben. Er sah völlig fehl am Platz aus, umgeben von der ganzen weiblichen Unterwäsche … und so sexy, dass sie es schwer fand, ihren Blick abzuwenden.

Mit Mühe drehte sie ihm den Rücken zu und beeilte sich mit fliegenden Händen, den Laden aufzuräumen. Hier sah es aus, als ob eine Herde Büffel hindurchgetrampelt wäre, aber es war die Sache wert gewesen. Die Verkäufe hatten ihre höchsten Erwartungen überstiegen. Wenn die letzte Kundin noch ein Paar kaufte, hatten sie insgesamt zweiundfünfzig Paare verkauft, ein Rekord, den sie heute Abend mit Stefano feiern wollte. Obwohl sie sich gerade fühlte, als ob die Büffelherde auch über sie hinweggetrampelt wäre.

»Es sieht so aus, als ob die Strumpfhosenpromo gut gelaufen ist.« Stefanos Blick ruhte auf einem goldenen Display neben dem Tresen, das wie ein Füllhorn geformt war. Es war normalerweise bis zum Rand mit Sonderangeboten gefüllt, aber heute enthielt es nur noch einen schlappen BH.

»Sie ist sehr gut gelaufen.« Carlina fühlte, wie sich ein triumphierendes Grinsen über ihr ganzes Gesicht breitete. »Ich erzähle dir später davon.« Sie wollte nicht in Hörweite ihrer Kunden angeben.

Ricciarda ging mit einem neugierigen Seitenblick auf Garini zum Tresen. Einige Strähnen waren aus ihrem Pferdeschwanz gerutscht und ihre Bluse war zerknittert, aber sie behandelte die Kunden nach wie vor mit unveränderter Freundlichkeit.

Sie ist ein Schatz. Carlina lächelte ihr ermutigend zu.

Als sie die Tür hinter der letzten Kundin geschlossen hatten, lehnte sie sich mit einem glücklichen Seufzer dagegen. »Was für ein Erfolg!« Sie reichte Ricciarda die Tüte mit Copate-Keksen, von denen sie den ganzen Tag aus Zeitgründen nicht einen gegessen hatten. »Du hast die Wette gewonnen. Sie gehören alle dir.«

Ricciarda lächelte. Sie sah ein wenig erschöpft, aber zufrieden aus. »Danke, aber ich glaube, wir sollten sie uns morgen teilen. Ich finde, wir haben sie beide verdient.«

»Ich glaube, ihr kennt euch noch gar nicht.« Carlina wandte sich an Garini. »Dies ist Ricciarda Fazzolari, die seit zwei Monaten bei mir arbeitet. Ricciarda, dies ist Stefano Garini.« Sie unterließ es, seinen Titel und jegliche andere Beschreibung zu nennen, weil sie nicht wusste, wie sie ihn bezeichnen sollte. Ein Freund? Waren sie befreundet? Es war schwer zu sagen.

Garini schaute Ricciarda scharf an, aber er schien von ihrer klaren Haut und den dunkelblauen Augen nicht sonderlich beeindruckt zu sein. Andererseits konnte man bei Garini nie so genau wissen, was er dachte.

Carlina nahm einhundert Euro aus der Kasse, steckte sie in einen Umschlag und überreichte ihn Ricciarda. »Ein Bonus für die gute Arbeit heute. Du hast super gearbeitet.«

Ricciardas Gesicht erhellte sich. »Wie nett von dir. Vielen Dank.« Sie fischte ihre Handtasche hinter der Kasse hervor, öffnete sie und verstaute den Umschlag. »Oh, da fällt mir ein, deine Mutter kam heute vorbei, als du gerade in der Pause warst. Es tut mir leid, dass ich es vorher nicht erwähnt habe.«

Oh nein. Aus den Augenwinkeln sah Carlina, dass Garinis Mundwinkel schon zuckten. Sie wusste genau, was er von ihrer Familie hielt. »Hat sie gesagt, warum sie gekommen ist?«

Ricciarda runzelte die Stirn. »Ich muss gestehen, dass ich es nicht ganz verstanden habe, aber ich hatte auch gerade eine Kundin und war vielleicht zu abgelenkt.«

Garinis Lächeln wurde breiter.

Carlina wollte ihm ihren Ellenbogen in die Seite stoßen, aber sie beherrschte sich.

»Ach, jetzt weiß ich es wieder.« Ricciardas Stirn glättete sich. »Sie sagte, dass die Karten Gefahr und Geld für dich voraussagten und dass sie sich vergewissern wollte, dass du in Sicherheit bist.«

»Was für Karten?« Es klang, als ob Garini die Frage stellen musste, obwohl er es eigentlich nicht wollte.

Carlina unterdrückte ein Seufzen. Früher oder später musste sie es ihm eh sagen. »*Mamma* beschäftigt sich jetzt mit Wahrsagerei.«

»*Madonna.*« Er blinzelte.

Carlina entschied sich, das zu überhören. »Es beruhigt sie und gibt ihr das Gefühl, dass das Universum bestimmten Regeln folgt.«

Sein ironischer Blick ruhte auf ihr. »Heißt das, sie läuft nicht mehr mit einem Kissen im Arm herum?«

»Nein.« Carlina räusperte sich. »Das Kissen trägt sie trotzdem noch herum. Aber sie hat es jetzt mit goldenen Sternen verziert.«

»Interessant.«

Carlina hatte das Gefühl, ihre Mutter verteidigen zu müssen. »Ein Kissen hat viele praktische Nutzen.«

»Ja, aber nicht, wenn du es zum Einkaufen mitnimmst.« Garini fuhr sich mit der Hand durchs Haar.

»Du musst das Kissen wie eine kleine Eigenart ansehen. Ich meine, wenn man schon ein wenig verrückt sein muss, dann ist das Herumlaufen mit einem Kissen doch eine wirklich harmlose Form von Verrücktheit. Es tut niemandem weh.«

»Harmlos?« Garini hob die Augenbrauen.

Sie hielt seinem ungläubigen Blick stand. »Völlig harmlos.«

Er schüttelte den Kopf. »Das heißt, sie sagt anderen Leuten jetzt die Zukunft voraus? Was um alles in der Welt wird sie als nächstes tun?«

Carlina lächelte. »Es ist eigentlich ganz unterhaltsam. Sie hat meinem Cousin Ernesto gesagt, dass er bald mit Feuer getauft werden würde, und als ein Freund im Internet-Café eine Zigarette auf seinen Kopf fallen ließ, hat sie behauptet, dass sie genau das vorhergesehen habe.«

»Sie hätte sich ein wenig deutlicher ausdrücken können«, sagte Garini. »Wie hat sie es denn erlernt?«

»Sie hat ein Buch gekauft.« Ein Kichern entschlüpfte Carlina. »Es heißt ›Die Zukunft in zehn Tagen‹. Sie hat zwar zwanzig gebraucht, aber jetzt hat sie's total gemeistert. Ihre Worte, nicht meine. Ich finde es ziemlich amüsant.«

»Ja, das dachte ich mir schon.« Sein Blick ruhte auf ihr, und der Ausdruck in seinen Augen ließ ihr den Atem stocken. »Und jetzt hat sie Geld und Gefahr für dich vorhergesehen?«

Ricciarda lachte. »Na ja, zumindest der Teil mit dem Geld stimmt.«

Carlina zuckte zusammen. Sie hatten Ricciardas Gegenwart ganz vergessen. »Ich räume das alles morgen auf, Ricciarda.« Sie lächelte ihrer Assistentin zu. »Du kannst jetzt nach Haue gehen. Ich bleibe auch nicht mehr lang.«

Ricciarda lächelte. »Danke.« Sie ging zur Tür und öffnete sie. Schon auf der Schwelle schaute sie noch einmal über ihre Schulter zurück. »Ich glaube, du musst dir keine großen Sorgen um die vorhergesagte Gefahr machen, Carlina. Hatte sie dir nicht auch vorhergesagt, dass du nächstes Jahr heiraten und fünf Söhne bekommen würdest? Keine schlechte Leistung für zwölf Monate.« Sie lachte und winkte ihnen zu, während sie die Tür hinter sich zuzog. »Bis morgen!«

Carlina fühlte, wie sie feuerrot wurde. *Na, super.* »Interessanterweise sagt das Universum immer nur die Dinge voraus, die sich mit den Herzenswünschen meiner Mutter decken.« Sie sprach mit so viel Würde wie möglich. »Aus irgendeinem Grund trauen sich die Karten nicht, ihr zu widersprechen.«

Er schenkte ihr eines seiner seltenen Lächeln. »Wie klug von ihnen.«

»Hmm.« *Wenn er mich weiter so anschaut, werde ich direkt vor ihm zerschmelzen.*

»Ich bin etwas früher gekommen, weil ich deinen professionellen Rat brauche.«

Carlina blinzelte. Professioneller Rat? Was um Himmels willen meinte er? Er wollte doch bestimmt keinen BH kaufen?

Er öffnete seine schwere Lederjacke und zog ein Paar Nylons aus der Innentasche. Die Strumpfhose sah ziemlich mitgenommen aus. »Kannst du mir irgendetwas über diese Strümpfe sagen?«

Carlina berührte sie mit einer Fingerspitze, aber eigentlich hatte ihr ein Blick schon gereicht. »Natürlich kann ich das«, sagte sie. »Dies sind Strumpfhosen, die keine Laufmaschen bekommen. Sie werden in Florenz ganz exklusiv nur von einem wunderbaren Laden Namens Temptation verkauft. Wir haben sie heute Morgen mit immensem Erfolg gelauncht.« Sie lachte ihn an, aber als sie seinen finsteren Gesichtsausdruck bemerkte, glitt ihr das glückliche Lächeln vom Gesicht, und kalte Angst griff nach ihr. »Was ist los? Warum schaust du so?«

Er schloss für einen Augenblick die Augen. »Verdammt. Ich hatte gehofft, dass es keine direkte Verbindung geben würde.«

»Was meinst du?«

Stefano presste die Lippen zusammen. »Diese Strümpfe wurden heute dazu benutzt, einen Mann zu erwürgen.«

Das war's. Ihre Knie, schon wackelig von der Art, wie er sie angesehen hatte, entschieden sich, komplett nachzugeben. Sie stolperte und wäre gefallen, wenn er ihre Arme nicht mit beiden Händen gehalten hätte. Eine Sekunde lang fragte sie sich, ob sie wohl so tun sollte, als ob sie schwächer wäre als es tatsächlich der Fall war, nur um das kostbare Gefühl, in seinen Armen zu liegen, auszunutzen. Aber dann hörte sie seine Stimme.

»Diese schlechte Angewohnheit von dir hatte ich ganz vergessen.«

Carlina richtete sich hastig auf und warf ihm einen vorwurfsvollen Blick zu. »Es ist keine schlechte Angewohnheit. Ich bin es einfach nur nicht gewohnt, dass Leute mir solche Nachrichten schonungslos vor den Latz knallen.«

Er verengte die Augen. »Du möchtest schonender behandelt werden?«

Die Frage hing zwischen ihnen, und plötzlich wusste sie, dass es nicht um ein wenig Freundlichkeit oder Höflichkeit ging. Er fragte sie, ob sie die Wahrheit wissen wollte, ob sie eine Partnerin auf Augenhöhe sein wollte, die die Dinge wie er diskutierte, offen, manchmal radikal, aber immer ehrlich. Carlina schluckte. Sie wollte nicht in Watte gepackt werden, wollte nicht wie eine schwache Frau behandelt werden, oder schlimmer noch, von negativen Nachrichten verschont werden. Aber sie traute sich nicht, ihm das in diesem Augenblick zu sagen. Es war zu ... vertraut. »Na ja.« Sie nahm die Schultern zurück. »Vielleicht reicht es für den Anfang, wenn du darauf achtest, dass ich sitze, wenn du mir schlechte Neuigkeiten überbringen musst.«

»Ich denke, du solltest dich hinsetzen.«

Carlina wurde blass. »Was? Kommt es noch schlimmer?«

Er antwortete nicht.

»Jetzt hör mal zu, Garini. Ich hatte einen langen Tag, ich bin müde, erschöpft und hungrig und«, zu ihrem eigenen Entsetzen brach ihre Stimme, »ich habe mich den ganzen Tag auf einen entspannten Abend gefreut, aber es sieht so aus, als ob der nicht mehr auf der Agenda steht.«

Sein Mund verzog sich. »Ich fürchte nicht.« Er streckte die Hand aus und strich mit dem Daumen leicht über ihre Wange. »Es tut mir leid.«

Sie wandte sich abrupt ab, sodass er die Tränen in ihren Augen nicht sehen konnte.

»Kannst du den Laden schließen?«, fragte er. »Ich denke, wir können immer noch irgendwo essen gehen.«

»Einverstanden.« Schweigend räumte sie das schlimmste Chaos auf und schloss den Laden ab.

Der Wind hatte nachgelassen, und jetzt fiel der Regen wie ein Vorhang, gleichmäßig und schnurgerade, mit leise klatschenden Geräuschen. »Ekliges Wetter.« Carlina zog die Schultern hoch.

»Das Auto ist dort drüben.«

»Du hast ein Auto?« Carlina war überrascht. »Ich habe dich bis jetzt immer nur mit dem Moped gesehen.«

»Ich fahre lieber Moped.« Er ging ihr voran die Via de' Tornabuoni hinab und öffnete die Tür eines mittelgroßen Fiats. »Aber das Auto stand noch zur Verfügung, also habe ich es genommen.« Während sie sich anschnallte, fragte er: »Möchtest du erst nach Hause und dich frisch machen?«

Sie schüttelte den Kopf. Die Gefahr, ihrer Mutter in die Arme zu laufen, war zu groß, und außerdem war ihr Hochgefühl durch die Angst davor, was er ihr sagen würde, verschwunden. Sie wollte sich den schlimmen Neuigkeiten stellen, aber nicht, bevor sie nicht etwas Stärkendes zu sich genommen hatte.

Sie verließen Florenz, und rasch erklomm der kleine Wagen die Hügel, aber Carlina achtete nicht besonders darauf, wo sie hinfuhren. Ihr Hals schmerzte vor unterdrückten Tränen. Sie hatte sich so sehr auf den Abend gefreut, und jetzt war Garini wieder hinter seiner professionellen Maske verschwunden, wirkte hart und zynisch ... einer Maske, von der sie gehofft hatte, dass er sie nicht mehr tragen würde, wenn sie in der Nähe war. Was um Himmels willen hatte er gemeint, als er gesagt hatte, dass es eine Verbindung zwischen ihr und dem Mord gab?

Vierundfünfzig Frauen besaßen ein Paar dieser Nylonstrumpfhosen in Florenz. Nein, vielleicht nicht ganz so viele, immerhin hatten einige zwei Paar gekauft, eine sogar drei. Wollte er, dass sie ihm die Namen aller ihrer Kunden gab? War das der Grund, warum er zu ihr gekommen war? Sie versuchte, den Gedanken von sich zu schieben. Plötzlich fiel ihr wieder ein, dass sie ihm etwas ausrichten sollte.

»Ich soll dich von Onkel Teo daran erinnern, dass du ihm eine kleine Aufgabe bei der Polizei versprochen hast.« Sie entschied sich, nicht zu erwähnen, dass der Hauptgrund seiner Frage gewesen war, herauszufinden, ob sie sich heute Abend wirklich mit Stefano Garini traf.

»Oh.« Garini schaltete einen Gang herunter, während sie den Berg hochfuhren. »Möchtest du, dass ich das tue?«

Carlina seufzte. »Ich bin nicht sicher. Auf der einen Seite wird mir ganz kalt, wenn ich darüber nachdenke, wie er jemanden völlig unprofessionell, aber glücklich beschattet. Andererseits ist er sehr einsam.«

»Ist er das?«

»Ja.« Carlina presste die Lippen zusammen. »Ich wünsche mir oft, ich könnte ihm selbst einen Job anbieten, aber ein alter Herr wie er in einem Unterwäschegeschäft ... es würde meine Kundinnen erschrecken.«

»Das kann ich mir vorstellen.« Ein Lächeln lag in seiner Stimme.

»Abends, wenn ich nach Hause komme, wartet er oft auf mich und möchte jedes Detail meines Tages erfahren, weil er sich so sehr langweilt. Außerdem ist es das erste Weihnachtsfest ohne seinen Bruder und seine Frau, und das ist schwierig für ihn. Er tut mir so leid.«

Garini schaute sie kurz an, aber er antwortete nicht. »Wir sind da.« Er parkte das Auto unter einem knorrigen Olivenbaum, dessen Äste blank und schwarz vor Regen waren, und stieg aus.

Carlina folgte ihm, vom kalten Wind schaudernd. »Wo sind wir?« Sie schaute sich um. Das Gebäude vor ihr sah wie eine Scheune aus, aber die Tür war durch riesige Glasscheiben ersetzt worden, und goldenes Licht fiel in den Garten und hieß sie willkommen.

»Das Restaurant heißt *Da Marco*. Marko hat mir mal in einem meiner Fälle geholfen.« Er lächelte sie an. »Er hat erst letzte Woche eröffnet, es ist also noch ein Geheimtipp.«

Sie musste trotz ihrer Befürchtungen lächeln. »Geheim genug, dass meine Familie es noch nicht kennt, meinst du?«

Er grinste. »Das habe ich nicht gesagt.«

»Gib zumindest zu, dass du es im Hinterkopf hattest.«

»Natürlich hatte ich das.« Er zuckte mit den Schultern. »Immerhin hast du mir mal gesagt, dass deine Mutter sechs Geschwister und genauso viele Cousins hat. Jetzt erwarte ich hinter jeder Straßenlaterne einen Mantoni.«

»Was für eine fürchterliche Vorstellung.« Sie lachte.

Er öffnete ihr die Tür, sodass sie eintreten konnte.

Sie bestellte Kartoffelsuppe, weil sie zu müde zum Kauen war und weil sie etwas Tröstliches, Warmes und Unkompliziertes brauchte. Die Suppe wurde mit dicken Scheiben von duftendem Brot und frischer Butter serviert und schmeckte so aromatisch, dass Carlina ihren Löffel mit einem zufriedenen Lächeln ableckte. »Kein Wunder, dass es *vellutata di patata*, Kartoffelsamt, heißt. Es fühlt sich wie eine Liebkosung der Zunge an.« Sie hob den Kopf und schaute ihn geradeheraus an. »Jetzt bin ich bereit für die schlimmen Nachrichten. Verstehe ich richtig, wir müssen vierundfünfzig Nylonstrumpfhosen in ganz Florenz aufspüren, und die Frau, die ihr Paar nicht vorzeigen kann, ist die Mörderin?«

Er runzelte die Stirn. »Wieso vierundfünfzig?«

»Weil ich heute vierundfünfzig Paare verkauft habe.«

Stefano schloss für einen Augenblick die Augen, sein Gesicht hart wie eine Maske.

»Entschuldigung.« Carlina wollte den Ausdruck von seinem Gesicht wischen. »Wahrscheinlich sind's nicht ganz so viele. Manche haben zwei Paar gekauft. Ich könnte –«

»Hast du sie früh oder spät am Tag verkauft?«

Sie hielt inne. »Was? Ach, ziemlich spät. Es war ein wirklich komischer Tag heute. Ich habe den Laden mit so viel Hoffnung aufgemacht. Ricciarda und ich haben sogar gewettet, wie viele Paare wir verkaufen würden und dann ... nichts.« Sie schüttelte den Kopf. »Es fühlte sich so schrecklich an. All diese Verhandlungen, das Geld, das ich in die Werbung gesteckt hatte ... und der Effekt war gleich Null. Als wir um zehn vor zwölf nur ein Paar verkauft hatten, habe ich mich entschlossen, eine frühe Mittagspause zu machen. Ich bin noch schnell zur Bank gelaufen, bevor sie über Mittag schloss.« Sie runzelte die Stirn. »Was ist los? Warum schaust du so?«

Sein Gesicht verriet ihr nichts. »Sprich weiter. Was geschah dann?«

Sie hatte das Gefühl, dass jeder Satz die Schlinge um ihren Hals enger zog, dass er nicht wollte, dass sie weitersprach, im Gegenteil, aber sie musste berichten. Es war, als ob das Schicksal sie vorwärts ziehen würde, auf ein Ziel zu, das sie nicht erreichen wollte. »Na ja, als ich zurückkam, herrschte immer noch Totenstille im Laden. Ricciarda hatte nur ein Höschen aus den Sonderangeboten verkauft. Es war so entmutigend. Also habe ich sie in die Mittagspause geschickt und angefangen, die Umkleidekabinen zu putzen, obwohl es noch nicht nötig war.«

»Wann war das?«

»Was?«

»Wann bist du von der Mittagspause zurückgekommen?«

Carlina runzelte die Stirn. »So gegen eins, glaube ich. Ich habe mir selbst ein leckeres Mittagessen in der Trattoria delle Stelle gegönnt, um meine schlechte Stimmung zu überwinden.«

»Und wann kam Ricciarda zurück?« Er hatte jetzt in den Verhörmodus geschaltet, hatte sogar ein Notizbuch herausgenommen und angefangen, unleserliche Dinge hineinzukritzeln.

»So um zwei, glaube ich. Nein, vielleicht früher, sagen wir halb zwei.« Carlina zuckte mit den Schultern. »Ich weiß es nicht, weil ich nicht so sehr darauf achte. Sie ist eine tolle Angestellte, zuverlässig und bereit länger zu arbeiten, wenn noch Kunden spät da sind, deshalb kontrolliere ich ihre Zeiten nicht so genau.«

Seine hellen Augen prüften ihr Gesicht. »Und wie viele Nylons hattest du verkauft, bis Ricciarda zurückkam?«

»Kein einziges Paar.«

»Kein einziges!« Er schrie das Wort fast.

Carlina biss sich auf die Unterlippe. »Nein. Es war verrückt, aber die Kunden kamen erst um drei. Das weiß ich noch genau, weil ich um Viertel vor drei mit Ricciarda darüber sprach, ob ich sie wohl früher nach Hause gehen lassen sollte. Wir haben uns dann darauf geeinigt, dass wir bis drei Uhr warten würden. Als ob sie's gehört hätten, kamen sie dann in Scharen.«

Er presste den Mund zu einer festen Linie zusammen. »Also hattest du bis Viertel vor drei nur ein einziges Paar dieser brandneuen Nylonstrumpfhosen verkauft, die du überall wiedererkennen würdest und die man gar nicht mit einer anderen Marke verwechseln kann?«

Sie schluckte. »Ja.«

»Hat sonst noch jemand Zugang zu diesen Strümpfen gehabt?«

»Nein.«

»Du hast niemandem vor dem heutigen Tag ein Paar gegeben?«

»Doch, jetzt, wo du's sagst, fällt es mir wieder ein. Ich trage natürlich ein Paar und ich habe Ricciarda einige gegeben, damit sie sie tragen kann und dann habe ich Annalisa noch ein Paar gegeben, aber das war's.«

»Was ist mit der Frau, die das Paar heute Morgen gekauft hat? Kanntest du sie?«

»Nein.« Carlina schüttelte den Kopf. Sein Gesichtsausdruck machte ihr Angst. »Sie hat in Bar gezahlt, also kann ich ihren Namen auch nicht mehr herausfinden. Warum ist das so schlimm?«

Er streckte seine Hand aus und nahm ihre Schulter in einen festen Griff. »Weil das Opfer heute zwischen zwölf und dreizehn Uhr vierzig mit einer deiner besonderen Strumpfhosen erwürgt wurde.«

»*Oh Madonna.*« Sie fühlte, wie sie blass wurde. Die Welt verschwamm vor ihren Augen und ihr wurde schwindelig.

Er schüttelte sie. »Reiß dich zusammen, Carlina. Du kannst jetzt nicht ohnmächtig werden.«

Sie starrte ihn an. »Bin ich eine Verdächtige?«

»Technisch ja.« Seine Hand lag immer noch mit festem Griff auf ihrer Schulter, aber sie konnte die Wärme seiner Finger durch ihren Pulli spüren.

»Aber?«

»Aber gar nichts.« Er sprach durch zusammengebissene Zähne. »Ich werde morgen versuchen, aus diesem Fall herauszukommen.«

Ihr wurde kalt. »Ich glaube, das ist nicht nötig, Garini. Ich meine, ich habe ja keine Verbindung zu dem Opfer, also ist es lächerlich zu denken, dass ich es getan haben könnte.«

»Du kennst ihn.«

Ihre Augen wurden groß. »Was? Es hat mich doch keiner informiert! Das glaube ich einfach nicht.« Dann erinnerte sie sich, dass sie ihr Telefon den Nachmittag über ausgeschaltet gehabt hatte, um sich ganz auf den Verkauf konzentrieren zu können. »Wer ist es?« Ihr Mund war trocken.

»Es ist Trevor Accanto.«

»Nein.« Ihre Stimme gehorchte ihr nicht. Die Lippen formten das Wort, aber kein Ton kam aus ihrer Kehle. »Niemals.« Die Lichter des Restaurants traten in den Hintergrund. Sie sah Trevors vorteilhaft geschnittenes Gesicht vor sich, seine lachenden blauen Augen. Er war heute Morgen noch so lebendig, so voller Vitalität gewesen.

Garini beobachtete sie wie ein Habicht, während seine Hand sie weiterhin fest in der Gegenwart hielt. »Ich kam zu dir in den Laden, weil ich die Quittung in seiner Brieftasche sah. Als wir sein Hotelzimmer durchsuchten, fanden wir mehrere Tüten mit dem Temptation-Logo.

»Nicht Trevor.« Sie konnte es immer noch nicht glauben.

»Wie gut kanntest du ihn?« Garini klang kühl und offiziell.

»Ich –« Siedend heiß fiel es ihr ein. Annalisa! Sie schüttelte seine Hand ab und sprang auf. »Ich muss los.«

Mit einer einzigen geschmeidigen Bewegung stand Stefano neben ihr. »Warte. Was ist los?«

»Es tut mir leid, aber ich kann wirklich nicht mehr bleiben.«

Er nahm ihre Hände in seine. »Carlina, bitte. Könntest du erst einmal erklären, was passiert ist?«

Sie brannte darauf, loszukommen. »Es tut mir leid, aber ich muss sofort weg.«

»Warum?« Seine hellen Augen erforschten ihr Gesicht.

»Weil ...« Carlina brach ab. Sollte sie Garini verraten, dass Annalisa Trevors letzte Geliebte gewesen war? Wollte sie sie wirklich in Verdacht bringen? Vielleicht würde die Polizei es nicht herausfinden. Immerhin waren die zwei ja erst fünf Tagen zusammen gewesen. Wenn sie Garini diese Information gab, geriet Annalisa in Gefahr, eine Verdächtige zu werden, und das war völlig unnötig. *Blödsinn*, sagte eine Stimme in ihr.

Du weißt, dass Garini tiefer unter die Oberfläche schaut. Er akzeptiert nicht nur die offensichtlichen Erklärungen, bloß, weil sie einfach sind. Wenn er das tun würde, hätte er dich letzten Oktober verhaftet, als du seine Hauptverdächtige warst.

Seine Augenbrauen hoben sich. Er ließ ihre Hände los und ein leicht verzerrtes Lächeln erschien in einem seiner Mundwinkel. »Weißt du, dass dein Gesicht jeden einzelnen deiner Gedanken verrät?«

Carlina nahm die Schultern zurück. »Und? Was habe ich gedacht?«

»Du weißt etwas Relevantes, und du hast Angst, es mir zu sagen, vermutlich, weil du wie gewöhnlich jemanden aus deiner Familie beschützen willst.«

Sie schluckte. »Richtig. Willst du die Details trotzdem noch wissen?«

»Bitte.«

Sie konnte nicht anders. Wenn er sie so ansah, und wenn er um Hilfe bat, anstatt zu fordern oder zu drohen, konnte sie nicht widerstehen. Carlina ließ sich wieder auf ihren Stuhl fallen. »Trevor war ein extrem charmanter Mann.« Sie runzelte die Stirn, während sie in sein unbewegtes Gesicht blickte. »Weißt du, bei dir ist es genau anders herum.«

Er setzte sich. »Du meinst, ich bin nicht charmant?«

»Ich meine, ich weiß nie, was du denkst. Nie.«

Er lächelte. »Du wirst es noch lernen.«

Ihr Atem stockte. »Es würde Jahrzehnte dauern.«

Sein Blick hielt ihren fest. »Wir haben ja Zeit.«

Der Augenblick hing zwischen ihnen wie eine Glaskugel, zerbrechlich, das warme Licht in Regenbogenfarben reflektierend.

Carlina stellte fest, dass sie aufgehört hatte zu atmen. Mit Mühe kehrte sie zum Thema zurück. »Ich habe Trevor vor einigen Jahren kennengelernt. Vier, vielleicht fünf. Er ist ein reicher Amerikaner, der jedes Jahr zur Weihnachtszeit nach Florenz kommt. Und jedes Jahr hat er eine neue Freundin.«

Garini nickte. »Das habe ich schon gehört. Interessante Angewohnheit.« Seine Stimme klang ironisch. »Weißt du, wie er das geschafft hat?«

Carlina schüttelte den Kopf. »Ich habe keine Ahnung. Eine Kombination aus Charme, Geld, gutem Aussehen, irgendwie so etwas.« Sie zuckte die Schultern.

»Und wie wurde er sie wieder los?«

Natürlich legte Garini gleich den Finger in die Wunde. Sonst hatte sein Tempo ihr Angst gemacht. Dieses Mal war es nicht so. Sie wollte gern einen Augenblick über ihre Reaktion nachdenken, aber sie musste erst einmal antworten. »Er sagte mir, dass es alles eine Frage der Vorbereitung sei. Er hat seinen Liebschaften immer von Anfang an erklärt, dass es nur eine ganz kurze Liaison sei.«

»Hmm.« Stefano betrachtete sie nachdenklich. »Und wie hast du ihn kennengelernt?«

Carlina lächelte. »Das ist doch eigentlich klar, oder? Er war mein bester Kunde, und wir haben immer ein wenig geplaudert, wenn er in den Laden kam.«

»Verstehe.« Er starrte vor sich hin, dann konzentrierte er sich wieder auf sie. »Jetzt sag mir, um welches Mantoni-Familienmitglied es geht.«

Sie fühlte, wie sie rot wurde und fing an, mit ihrem Löffel zu spielen. Das warme Licht spiegelte sich in der glänzenden Oberfläche, als sie ihn in ihrer Hand drehte. »Es ist Annalisa. Sie ... sie hat ungefähr vor einer Woche eine Affäre mit ihm begonnen.«

Wieder konnte sie keine Regung erkennen, wenn man von einer leichten Straffung seines Kiefers einmal absah. »Dann war sie also die schöne Rothaarige, die Peter meinte.«

»Wer ist Peter?«

»Peter Grant ist der Manager des Garibaldi Hotels.« Er schüttelte den Kopf. »Erzähle mir bitte nicht, dass Annalisa die Bedingungen ihres Geliebten akzeptiert hat.«

Sie schaute mit einer raschen Bewegung hoch. »Woher weißt du, dass sie sie nicht akzeptierte?«

»Ich hatte das Vergnügen, Annalisa bei der letzten Morduntersuchung, die deine Familie betraf, kennenzulernen. Sie ist ziemlich ...» Er brach ab und sprach dann weiter, als ob er eigentlich ein anderes Wort im Kopf gehabt hatte. »… eigenwillig.«

Carlina biss sich auf die Lippe. »Sie wollte Trevor überzeugen, sie zu heiraten.«

»Hatte sie ihm schon einen Heiratsantrag gemacht?«

Sie warf ihm einen wütenden Blick zu. »Stefano! Das ist kein Witz!«

»Ich mache auch keine Witze.« Er schüttelte den Kopf. »Ich kenne Annalisa.«

Sie seufzte. »Anscheinend hat sie das Thema erwähnt, und er hat nicht ganz so reagiert, wie sie es sich gewünscht hätte.«

»Das wundert mich nicht.« Er sprach so leise, dass sie es fast nicht gehört hätte.

»Sehr lustig.« Carlina funkelte ihn an. »Aber ihn einfach so zu ermorden ist nicht der richtige Weg, um dieses spezielle Ziel zu erreichen. Man kann eine Leiche nicht heiraten.«

»Korrekt.« Er legte den Kopf schief. »Aber was ist mit Eifersucht? Vielleicht wollte sie nicht, dass er einen Ersatz für sie findet.«

Carlina schüttelte den Kopf. »Normalerweise blieb er während der Ferien bei einer einzigen Frau. Wenn sie ihn nächstes Jahr umgebracht hätte, hätte ich es vielleicht verstanden. Aber nicht dieses Jahr, während sie noch die Chance hatte, ihn zu heiraten. Das ergibt keinen Sinn.« Sie beugte sich nach vorne. »Siehst du das denn nicht? Annalisa war dieses Jahr diejenige, die Glück hatte. Sie hatte keinen Grund, ihn umzubringen.«

»Noch nicht.« Seine Stimme klang trocken.

»Ich denke, du solltest dir mal die ehemaligen Geliebten anschauen. Ich bezweifle, dass sie alle entspannt und glücklich über den Ausgang ihrer Affäre waren. Sogar wenn man darauf vorbereitet gewesen ist, muss es schwierig gewesen sein, einen Mann wie Trevor aufzugeben.«

Stefano runzelte die Stirn. »Was war denn an ihm so besonders?«

Carlina kratzte sich am Kopf. »Schwer zu sagen. Er sah gut aus, aber das war es nicht allein. Er hatte viel Charme und kam immer ganz locker mit jedem ins Gespräch. Er konnte flirten, ohne dass man sich dreckig fühlte, ohne dass es plump wirkte, auf so eine ganz leichte Art, die einen zum Lachen brachte, selbst, wenn man kein Wort geglaubt hat.« Eine plötzliche Träne rollte ihr über die Wange. Überrascht wischte Carlina sie weg. »Er hatte auch einen guten Geschmack. Seine Partnerinnen waren alle echte Hingucker.«

Stefano blinzelte. »Also hat sich jede Frau, die er traf, prompt in ihn verliebt?«

Seine Worte klangen ganz neutral, aber Carlina spürte eine Spannung. *Blödsinn. Das bildest du dir nur ein. Garini wäre doch nicht auf einen toten Amerikaner eifersüchtig.* Sie lächelte ein wenig. »Man kann auch gern mit jemandem zusammen sein, ohne sich gleich zu verlieben. Mir gefielen seine Moralvorstellungen nicht.« Aus irgendeinem Grund war es ihr wichtig, ihm das mitzuteilen, selbst wenn es total steif klang.

»Hast du ihm das auch gesagt?«

»Nein.« Carlina zuckte mit den Schultern. »Ich habe kein Recht, die Moralvorstellungen meiner Kunden zu beurteilen. Das geht mich nichts an, genauso wenig, wie es mich etwas angeht, wo sie arbeiten und wie sie ihr Geld verdienen.«

»Was ist mit den anderen Frauen, die ihn kannten? Nehmen wir mal deine Assistentin, Ricciarda. Mochte sie ihn genauso gern, wie du ihn mochtest?«

»Sie schätzte seine Moralvorstellungen auch nicht, soviel steht fest.« Carlina erinnerte sich an ihre Unterhaltung. »Aber sie mochte ihn trotzdem.« Sie seufzte. »Das war eben Trevor. Man musste ihn mögen, trotz allem.«

»Warum arbeitest du eigentlich mit Ricciarda? Was ist mit deiner anderen Assistentin passiert? Wie hieß sie noch? Elena?«

Carlina nickte. »Ja. Ihre Mutter starb und Elena entschied sich, um die Welt zu reisen, um sich selbst zu finden. Die letzte Postkarte, die sie mir schickte, kam aus Kalkutta. Darum habe ich eine Anzeige geschaltet und Ricciarda gefunden.«

»Also ist sie nicht mit dir verwandt?«

Carlina lächelte. »Nein.«

»Großartig. Ich verhafte sie auf der Stelle.«

»Stefano!«

Er lächelte. »War nur ein Scherz. Ich dachte mir, dass es vielleicht einfacher ist, weil sie nicht aus deiner Familie stammt, aber ich habe vergessen, dass du die gleichen Beschützerinstinkte für deine Angestellten entwickelst.«

»Sie ist eine tolle Verkäuferin und ich brauche sie dringend für das Weihnachtsgeschäft. Also wage es bloß nicht, sie festzunehmen.« Sie hob den Löffel und drohte ihm damit.

Er fing ihre Hand ein. »Ich werde mich bemühen.«

Seine Hand war warm und hielt ihre in einem festen Griff.

Ihre Blicke trafen sich.

Carlinas Herz schlug einen Purzelbaum. *Halte diesen Augenblick fest und erinnere dich immer daran.*

Sein Lächeln verblasste. »Bitte sei vorsichtig, Carlina. Dieser Mörder ist hemmungslos. Er hat sein Opfer an einem öffentlichen Platz umgebracht, mitten in einer Kirche, verdammt noch mal, und das spricht Bände.«

Sie runzelte die Stirn, aber sie zog ihre Hand nicht weg. »Glaubst du, dass der Mord geplant war?«

»Ich bin mir nicht sicher. Wie gesagt, es ist ganz schön riskant, jemanden mitten in einer öffentlichen Kirche zu ermorden. Andererseits könnte Trevor dabei beobachtet worden sein, falls er öfter in die Kirche ging, und in diesem Fall könnte sich jemand das Wissen zunutze gemacht haben. Weißt du, ob Trevor ein gläubiger Mensch war?«

Sie konnte ein Kichern nicht unterdrücken. »Wohl kaum. Seine Moralvorstellungen passen zu keiner Religion, die ich kenne.«

»Aber die Menschen sind vielschichtig. Sie können sich an einem Teil einer Religion festhalten und die anderen ausblenden.«

Carlina schnaubte. »Das nennt man üblicherweise Heuchelei.«

Stefano runzelte die Stirn. »Ich muss mehr über Trevor herausfinden. Weißt du, wie er so reich wurde?«

»Sein Vater besaß mehrere Fabriken, und er hat sie alle geerbt.«

»Was für Fabriken?«

Carlina lächelte. »Gummi.« Sie schob ihren Stuhl zurück und stand auf. »Ich muss wirklich gehen, Stefano. Annalisa braucht mich.«

Stefano gab dem Kellner ein Zeichen. »Ich komme mit dir.« Es war keine Frage.

Carlina warf ihm einen zweifelnden Blick zu, aber sie sagte nichts, bis er den Kellner bezahlt hatte und sie wieder im Auto saßen. Zitternd vor Kälte meinte sie: »Ich denke, es wäre besser, wenn ich erst mal alleine mit Annalisa spreche.«

Eine Laterne erleuchtete seine zusammengepressten Kiefer für einen flüchtigen Augenblick. »Es tut mir leid, aber ich muss mich leider aufdrängen.«

Sie schloss die Augen. »Hast du nicht gesagt, dass du diesen Fall aufgeben würdest?«

»Ja. Morgen. Heute kann ich es noch nicht tun.«

Carlina biss sich auf die Lippe. »Ich glaube wirklich nicht, dass es eine gute Idee ist, jetzt sofort mit ihr zu sprechen. Sie wird völlig außer sich sein.«

Seine Stimme war kalt. »Hör auf damit. Ich kann die Regeln für dich nicht ändern.«

Es fühlte sich wie eine Ohrfeige an. Carlina wollte sich einrollen und verstecken. Natürlich kam sein Job immer zuerst. Warum überraschte sie das?

Schweigend fuhren sie den Rest des Wegs zurück ins historische Stadtzentrum. Schweigend fuhren sie an der *Piazza* Santa Croce vorbei, vorbei an der Kathedrale, die von warmem Licht angestrahlt über den Platz wachte. Schweigend öffnete Carlina die schwere Holztür des Familienhauses in der Via delle Pinzochere und ließ ihn ein. »Es werden alle oben in der Wohnung meiner Tante Benedetta beim Abendessen sein.«

Er antwortete nicht.

Carlina hielt sich an dem glatten Holzgeländer der Treppe fest, als sie hochstieg. Es fühlte sich an, als ob sie den Feind direkt in ihr geheimes Lager führte.

Er folgte ihr ohne ein Wort.

Sie öffnete die Tür zur Wohnung ihrer Tante mit ihrem eigenen Schlüssel, während sie fühlte, wie stark er dies missbilligte. Ein Einheitsschlüssel passte in alle Schlüssellöcher des gesamten Hauses. Sie fand das praktisch. Für einen Mann wie Garini war es der pure Wahnsinn.

Ein leckerer Geruch nach gebratenen Pilzen und wildes Stimmengewirr schlugen ihnen entgegen. Carlina öffnete die Küchentür. *»Ciao.«*

Das Stimmengewirr verklang schlagartig.

Carlina schaute sich um. Die hennaroten Haare ihrer Mutter waren aus dem Pferdeschwanz gefallen und umrahmten ihr Gesicht wie unsichere Flammen. Sie hatte ihr Kissen auf dem Schoß und zerquetschte es wie einen Rettungsanker zwischen den Händen, ohne zu bemerken, dass sie dabei einen goldenen Stern zusammendrückte.

Oh nein. Die komplette Krise. Normalerweise trug ihre Mutter das Kissen nur mit sich herum, wenn sie das Haus verließ. Wenn sie es zum Besuch bei ihrer Schwester, die ein Stockwerk tiefer wohnte, mitnahm, dann war das ein Zeichen dafür, wie schlecht die Dinge wirklich standen. Carlina versuchte zu lächeln und schaute zu Tante Benedetta, die neben ihrer Mutter saß. Benedettas sonst lächelndes Gesicht war ernst. Ihr Mund war zwar wie immer leuchtend rot geschminkt, aber die Enden hingen nach unten. Sie war jünger als ihre Schwester Fabbiola. Zwei von Benedettas Kindern lebten noch bei ihr, Ernesto, der Siebzehnjährige und Annalisa. Annalisa war nicht da, aber Ernesto saß neben seiner Mutter. Seine roten Haare waren so stark gegelt, dass sie wie Stacheln abstanden. Er blickte begeistert auf. Carlina seufzte. So sah er immer aus, wenn eine Katastrophe geschah, die auf keine seiner eigenen Schandtaten zurückzuführen war.

Benedettas älteste Tochter Emma hatte vor einigen Monaten geheiratet und lebte mit ihrem Mann Lucio auf der gleichen Etage wie Benedetta. Beide saßen am unteren Ende des Tisches. Lucio hatte den Arm um Emma gelegt und beruhigend auf Onkel Teo eingesprochen, der am

Kopfende saß, doch jetzt fuhr sein Kopf herum, und wie alle anderen starrte er Carlina an.

Carlina wurde blass. »Wo ist Annalisa?«

»Carlina! Wo bist du denn bloß gewesen?« Fabbiola versuchte erfolglos, sich eine Strähne ihres hennaroten Haares aus der Stirn zu streichen.

Die weißen Augenbrauen von Onkel Teo hoben sich. »Bringst du deinen jungen Mann schon zum Abendessen mit? Das nenne ich schnelle Arbeit.«

»Aber das ist ja der *commissario*.« Ernestos Gesicht erhellte sich noch mehr. »Sind Sie schon auf der Spur des Mörders?«

»Carlina!« Emma streckte ihrer älteren Cousine die Arme entgegen, als ob sie umarmt werden wollte. »Ist es nicht tragisch? Die arme Annalisa.«

»Habt ihr schon gegessen?« Benedetta sprang auf.

»Wir wissen es nicht«, sagte Lucio mit einem besorgten Blick auf seine junge Frau.

Carlina blinzelte. Auf welche Frage hatte er geantwortet?

»Danke für die Antwort.« Garini schaute Carlina nachdrücklich an, als ob er sagen wollte, dass er sowieso keine vernünftige Antwort von einem Mantoni erwartet hatte. Er trat in den Raum und sprach Lucio direkt an. »Wissen Sie denn vielleicht, wie lange Annalisa schon verschwunden ist?«

Benedetta hob beide Hände. »Sie ist seit zwei Tagen nicht zu Hause gewesen!«

Ernesto rollte mit den Augen. »Das ist nichts Ungewöhnliches.«

Seine Mutter warf ihm einen wütenden Blick zu. »Was genau willst du damit sagen, Ernesto?«

»*Santa Maria*, gar nichts.« Ernesto zuckte mit den Schultern. »Aber sie ist schon seit einer Woche mit diesem Lover unterwegs und in einem Wahnsinnstempo total eingebildet geworden. Als ob sie eine Königin oder so was wäre. Ich würde mal sagen, dass wir nicht in Panik ausbrechen sollten.«

»Aber ihr Geliebter wurde heute ermordet.« Onkel Teos Stimme klang ruhig.

»Woher wissen Sie das?« Garinis Stimme klang hart.

Carlina schluckte. Sie wollte nicht, dass Garini ihre Familie befragte. Sie wollte, dass er ein Freund wurde, dass er ihre verrückte Familie ganz langsam kennenlernte. Jetzt waren sie wieder alle Verdächtige, und er schaute sie mit der gleichen Intensität an, wie ein Wissenschaftler einen Käfer anschaut, der sich ungewöhnlich verhält.

»Die Karten haben es mir gesagt.« Fabbiola seufzte so tief auf, dass ihr ganzer Körper zitterte. »Heute Morgen schwebte der Engel des Todes über unserem Haus.«

Garini musterte sie misstrauisch.

»Ich habe es im Radio gehört.« Onkel Teo nickte, als ob er sein eigenes Gedächtnis bestätigen müsste. »Ich bin gleich hochgegangen, um mit Benedetta zu sprechen, und wir haben sofort versucht, Annalisa auf ihrem Handy zu erreichen.«

»Du hast Annalisa am Telefon mitgeteilt, dass Trevor tot ist?« Carlina wurde schlecht.

»Nein, wir haben ihr gesagt, dass sie dringend nach Hause kommen muss.«

Garini nahm sein Notizbuch heraus. »Wann war das?«

Onkel Teo kratzte sich so lange am Kopf, bis seine weißen Haare abstanden. »Es waren die Achtzehn-Uhr-Nachrichten.«

»Und kam Annalisa dann sofort nach Hause?« Carlina zog einen Stuhl heran und Garini zu, bevor sie sich auf ihren eigenen Platz fallen ließ.

»Nein.« Benedetta und Emma antworteten gleichzeitig.

Benedetta sprach weiter. »Wir trafen sie in der Stadt, denn sie war noch bei Giulietta.«

»Wer ist Giulietta?« Garini runzelte die Stirn.

»Giulietta ist eine Cousine zweiten Grades«, sagte Carlina. »Sie ist Friseurin. Wahrscheinlich hat Annalisa sich die Haare schneiden lassen?«

»Richtig.« Benedetta nickte. »Sie war mitten in einer besonderen Behandlung, die man nicht unterbrechen konnte.«

»Sie hat sich die Haare färben lassen«, erklärte Ernesto mit einem Grinsen.

Seine Mutter ignorierte ihn. »Also haben wir uns entschieden, Annalisa dort zu treffen.«

»Sind Sie alle gemeinsam hingegangen?« Garini klang fasziniert. Ohne Zweifel stellte er sich gerade vor, wie die ganze hysterische Familie beim Friseur aufschlug.

»Ja.« Benedetta nickte. »Also das heißt, Fabbiola, Lucio, Emma, Ernesto und ich sind hingegangen. Onkel Teo ist hier geblieben.«

»Annalisa hatte einen Anfall«, sagte Ernesto, als wäre Annalisa eine Dreijährige, die einen Trotzanfall bekommen hatte. Er legte den Kopf schief und runzelte nachdenklich die Stirn. »Aber nicht so schlimm wie an dem Tag, als sie sich die Haare blond färben wollte und es am Ende wie Stroh aussah.«

»Ernesto!« Seine Mutter funkelte ihn an. »Wie kannst du nur so gefühllos sein!«

Er zuckte die Achseln. »Ich bin es doch nicht, der gefühllos ist.«

»Was geschah dann?« Garini setzte sich auf einen Stuhl und schrieb weiter in sein Notizbuch.

Lucio drückte seine Frau enger an sich. »Sie rannte raus. Und seitdem haben wir sie nicht mehr gesehen. Sie ist nicht nach Hause gekommen.«

Benedetta wrang die Hände. »Ich mache mir wirklich schreckliche Sorgen. Ihre Haare waren noch nass, und es ist doch so kalt draußen.«

Carlina tätschelte ihr tröstend die Schulter. *Annalisas nasse Haare sind im Moment unser kleinstes Problem.*

»Ich habe versucht sie anzurufen, aber sie hat ihr Telefon ausgestellt.« Emma kuschelte sich an Lucios Arm.

Ich möchte mich auch gern an jemanden ankuscheln. Carlina schüttelte erstaunt den Kopf. Wo war denn der Gedanke hergekommen? Sie warf

Garinis ausdruckslosem Gesicht einen heimlichen Blick aus den Augenwinkeln zu. Sie konnte lange darauf warten, von Garini in die Arme genommen zu werden. *Versuch's besser mit einem Laternenpfahl, da hast du größere Chancen.* Sie rief ihre Gedanken zur Ordnung. »Habt ihr Annalisas Freunde angerufen?«

»Welche Freunde?«, fragte Ernesto. »Die, die sie hinter sich ließ, als sie ihr neues, erhabenes Leben begann?«

»Jetzt reicht's aber.« Benedetta stand auf. »Hilf mir, den Tisch abzuräumen, Ernesto. Möchten Sie etwas essen, *commissario?*«

»Nein, danke. Wir haben schon gegessen.«

Fabbiola hob den Kopf. »Ich weiß. Ich sah heute Morgen Liebe und Glück in den Karten.«

Garini blinzelte. »Für mich?«

»Für meine Tochter«, sagte Fabbiola mit Würde. »Ich habe die Karten noch nicht für Sie gelegt, aber wenn Sie es möchten, kann ich das sofort tun.« Sie zog ein Paket Karten aus ihrer großen Rocktasche.

Carlina kicherte. Stefanos Gesicht war noch unbeweglicher als sonst geworden, aber sie wusste, was er dachte. »Ich glaube, dafür hat er keine Zeit, *mamma*. Wir gehen besser auf der Stelle und suchen Annalisa.«

Stefano hob die Augenbrauen. »Wir?«

»Ja.« Carlina schaute ihn streng an. »Glaub mir, du bekommst mehr aus ihr raus, wenn ich dabei bin.«

»Ich komme auch mit.« Benedetta ließ die dreckigen Teller mit einem Klappern in die Spüle fallen und drehte sich um. »Annalisa braucht jetzt ihre Mutter.«

»Und mich.« Fabbiola stand auf und klemmte sich das vertraute Kissen unter den Arm, bereit für den Kampf. »Die Karten haben mir gesagt, dass ich heute die Nähe meiner Lieben suchen soll.«

Carlina konnte ein nervöses Kichern nicht unterdrücken.

Stefano warf ihr einen entnervten Blick zu und stand auf. Dann schaute er zu Fabbiola. »Ich denke, dass Sie, *signora* Mantoni-Ashley, hier im Haus bleiben sollten, als Kommandozentrale gewissermaßen.«

Fabbiola stellte sich gerade hin und nickte ihm königlich zu.

Carlina hob die Augenbrauen. *Wie clever von ihm.*

Er drehte sich zu Benedetta. »Und Sie, *signora* Mantoni-Santorini, sollten eine warme Suppe für Annalisa vorbereiten. Sie wird sie brauchen, sobald sie wieder zu Hause ist.«

Benedetta schaute nachdenklich. »Da haben Sie recht.«

»Vielleicht sollte ich mit euch kommen«, sagte Emma. »Immerhin bin ich Annalisas älteste Schwester.«

Garini schüttelte den Kopf. »Wenn Annalisa mit euch in Kontakt treten will, wird sie es zuerst in eurer Wohnung versuchen.«

»Ja, das ergibt Sinn.« Lucio stand auf und zog Emma hoch. »Lass uns rübergehen.«

»Aber wohin wollen Sie jetzt?« Onkel Teo blickte Garini stirnrunzelnd an, während Lucio und Emma die Küche verließen. »Ich finde nicht, dass sie Carlina so spät noch mitnehmen sollten.«

Carlina biss die Zähne zusammen. »Onkel Teo, ich bin alt genug, um auf mich selbst aufzupassen.«

»Ich bringe sie sicher zurück.« Garini nahm Carlina am Arm und schob sie sanft durch die Tür. »Wir melden uns.«

»Du hast sie alle ganz schön gut manipuliert«, sagte Carlina, sobald die Wohnungstür hinter ihnen ins Schloss gefallen war.

»Es wird nicht lange anhalten. Lass uns von hier verschwinden, bevor sie sich erholen und doch noch mitkommen wollen.«

»Ich laufe rasch hoch und hole mir eine wärmere Jacke. Ich bin in einer Minute zurück.«

Carlina rannte die Treppe zu ihrer Wohnung hinauf, immer zwei Stufen auf einmal nehmend.

Wo konnte Annalisa nur sein? Ernesto hatte gar nicht so unrecht. Annalisa hatte viele oberflächliche Freunde, aber an wen würde sie sich wenden, wenn sie in echten Schwierigkeiten steckte? Hatte sie sich überhaupt an jemanden gewandt? Vielleicht lief sie ja einsam durch die Stadt, vom kalten Regen durchnässt? *Wohl kaum.* Carlina schüttelte den Kopf. *Jetzt werde mal nicht melodramatisch.* Annalisa ist nicht der Typ dafür.

Sie öffnete die Wohnungstür und ging zur Garderobe, ohne das Licht anzumachen. Sie kannte den Weg im Schlaf und ein heller Lichtstrahl fiel vom erleuchteten Treppenhaus in die Wohnung. Sie streckte ihre Hand aus, um die warme Jacke vom Haken zu nehmen, als sie aus den Augenwinkeln eine Bewegung wahrnahm. Ein dunkler Schatten stieg vom Sofa empor und kam direkt auf sie zu.

Carlina schrie vor Schreck auf.

Kapitel 5

»Schhh, Carlina.«

Das Flüstern stoppte sie mitten im Schrei.

»Ich bin es nur.«

»Annalisa!« Carlina nahm ihre Cousine bei den Schultern und schüttelte sie. »Wo warst du denn bloß? Warum versteckst du dich hier? Alle machen sich schreckliche Sorgen um dich!« Ihre Knie zitterten vor Schreck.

Annalisa starrte sie mit weit aufgerissenen Augen an, als ob sie ihre Cousine noch nie zuvor gesehen hätte. »Trevor ist tot.«

Carlinas Augen füllten sich mit Tränen. »Ja.« Sie nahm ihre Cousine in die Arme und drückte sie an sich, aber Annalisa stand steif wie ein Brett vor ihr. Carlina runzelte die Stirn. Was war mit ihr geschehen?

»Hast du ihn umgebracht?« Annalisas Stimme klang rau.

Carlinas Arme fielen herab. Sie trat einen Schritt zurück. »Wie bitte?« *Ich muss mich verhört haben.*

Annalisa überkreuzte die Arme vor der Brust. »Du hast gesagt, dass du ihn umbringen würdest.«

»Was?« Carlina schrie fast. »Was habe ich gesagt? Bist du verrückt geworden?«

Annalisa schüttelte den Kopf. »Nein. Du hast es gesagt. Ich erinnere mich noch ganz genau.«

»Niemals! Niemals habe ich gesagt, dass ich Trevor umbringen würde.« Carlina starrte ihre Cousine an. Es war viel zu dunkel, um etwas zu sehen. Sie schaltete das Licht ein, ohne ihren Blick von Annalisa zu wenden. War sie verrückt geworden? Hatte der Schock sie verändert, sodass sie auf die wahnwitzige Idee gekommen war, Trevors Tod rächen zu müssen?

Das helle Licht blendete sie. Sie verengte die Augen und schaute schnell, ob Annalisa eine Waffe trug.

Nichts.

Falls Annalisa also nicht beschlossen hatte, sie mit ihren nackten Händen zu erwürgen, war sie auf der sicheren Seite.

»Annalisa, hör mir zu.« Sie beugte sich nach vorne. »Ich mochte Trevor. Ich habe ihm kein Haar gekrümmt. Ich habe auch nie gesagt, dass ich ihn umbringen würde.«

»Doch, das hast du getan.« Annalisa presste ihre hübschen Lippen aufeinander. »Im Restaurant. Du hast gesagt, du würdest dir wünschen, ich hätte ihn nie kennengelernt.«

»Das heißt ja wohl nicht, dass ich ihn umbringen wollte!«

»Aber als ich geantwortet habe, dass du dir genauso gut meinen Tod wünschen könntest, hast du geantwortet, dass du dir wünschst, er wäre tot. Mein Trevor. Tot.« Ihre Stimme zitterte.

»Ach, das.« Erleichterung durchflutete Carlina. »Ja, das habe ich vielleicht gesagt, aber das bedeutete nicht, dass ich ihn umbringen würde. Natürlich nicht! Das müsstest du eigentlich wissen.«

»Du wolltest nicht, dass er mit mir zusammen ist. Das hast du gesagt.« Annalisa schaute sie misstrauisch an.

»Natürlich habe ich das gesagt! Ich wäre eine komische Cousine, wenn ich es toll finden würde, dass du dich in einen über Fünfzigjährigen verliebst, der jedes Jahr eine andere Geliebte hat.«

Annalisa legte die Hände auf ihre Ohren. »Hör auf, so zu reden! Ich möchte nicht, dass du solche Dinge über ihn sagst! Er war ein Heiliger.«

»Kaum.« Carlinas Stimme klang trocken. Ein Gedanke schoss ihr durch den Kopf. »War Trevor gläubig?«

Annalisa zuckte mit den Schultern. »Keine Ahnung. Er wollte mit mir letzten Sonntag zur Kirche gehen, um ein Konzert anzuhören, aber wir haben verschlafen.« Tränen liefen ihr übers Gesicht. »Oh, Carlina, wir hatten so viel Spaß. Ich kann einfach nicht glauben, dass er tot ist.« Sie bedeckte ihr Gesicht mit den Händen und fing an zu schluchzen.

Carlina stand mit hängenden Armen vor ihr. Sie traute sich nicht, sie wieder zu umarmen – wie auch, eine Minute nachdem ihre Cousine sie ganz im Ernst gefragt hatte, ob sie ihren Geliebten umgebracht hatte? Sie schüttelte den Kopf. Wie wenig sie sich doch kannten. »Annalisa?«

»Was?«

»Was hast du heute um die Mittagszeit gemacht?«

Annalisa hob ihr tränennasses Gesicht. »Fragst du mich etwa, ob ich ein Alibi habe? Ich habe ihn nicht umgebracht! Wie kannst du es wagen, mich so etwas zu fragen?«

Carlina schluckte. »Du wirst die Frage in jedem Fall beantworten müssen. Garini ist hier.«

»Was?« Annalisa starrte sie an. »Garini? Dieser roboterhafte Polizeimensch ohne Gefühle? Ich hasse ihn!«

»Es ist total egal, was du von ihm hältst.« Carlina bemerkte, dass ihre Stimme härter geworden war. »Aber mal was anderes. Hast du die Strumpfhose noch, die ich dir gestern gegeben habe?« War es erst gestern gewesen? Es schien ein ganzes Jahr her zu sein.

»Was?« Annalisa sah aus, als ob sie noch nie von Strumpfhosen gehört hätte. »Was für eine Strumpfhose?«

Carlina senkte die Stimme. »Die, die keine Laufmaschen bekommen kann.«

»Ach ... ja, ich trage sie gerade.«

Carlina beugte sich nach vorne und schaute die Strumpfhose an, die ihre Cousine unter dem kurzen Rock trug. Ihr Mund wurde trocken. »Das ist nicht die, die ich dir gegeben habe.«

Annalisa machte große Augen. »Was soll denn das heißen? Natürlich ist sie das.« Sie runzelte die Stirn. »Jetzt mach mir bloß nicht weiß, dass du unterschiedliche Strumpfhosen auf einen Meter Distanz erkennen kannst.«

»Kann ich, wenn es die falsche Farbe ist«, sagte Carlina. »Ich habe dir schwarze gegeben. Diese sind braun.«

Annalisa machte eine ungeduldige Handbewegung. »Was soll all dieses Geschwätz von Strumpfhosen, an dem Tag, an dem Trevor stirbt? Du bist echt gefühllos, Carlina.«

»Weil ...« Carlina schloss abrupt den Mund. Vielleicht war es besser, Annalisa diese Information nicht zu geben. Garini wäre total sauer, wenn sie vertrauliche Informationen weitergäbe. Falls es vertraulich war. Er hatte das eigentlich nicht ausdrücklich gesagt. Aber nein, es war besser, nichts zu sagen. »Du hast sie in deine Handtasche getan, oder? Und dann bist du über Nacht bei Trevor geblieben, richtig? Dann sollte sie ja immer noch in der Tasche sein.« Sie schaute sich im Zimmer um. »Wo ist sie?«

»Ich glaube das einfach nicht.« Annalisas Stimme hob sich hysterisch. »Warum bist du denn so von diesen Strumpfhosen besessen?«

Garinis Stimme kam von der offenen Tür. »Weil Trevor Accanto mit einem Paar Strumpfhosen, die keine Laufmaschen bekommen können, erwürgt wurde.«

»Was?« Annalisa hob beide Hände, als ob sie einen Schlag abwehren wolle. Sie schloss die Augen und schwankte.

Carlina sprang an ihre Seite und stützte sie.

»Es scheint in dieser Familie eine Tendenz zu geben, bei schlechten Nachrichten in Ohnmacht zu fallen.« Die Stimme Garinis klang trocken. »Bitte erzählen Sie mir, wie Sie Ihren Tag verbracht haben, *signorina* Santorini.«

Annalisa funkelte ihn an. »Ich sage Ihnen gar nichts! Nicht ohne einen Anwalt!«

»Das ist kein Problem.« Garini klang ganz entspannt. »Wenn Sie möchten, können wir ihn bitten, zur Wache zu kommen, dann können wir dort gemeinsam auf ihn warten. Glauben Sie, Sie können ihn dazu bringen, innerhalb der nächsten halben Stunde zu erscheinen oder wird es länger dauern?«

Annalisa verbarg ihr Gesicht an Carlinas Schulter. »Ich will nicht mit Garini reden!«

Carlina biss sich auf die Lippe. »Du hast doch nichts zu verbergen«, sagte sie. »Sag ihm einfach nur die Wahrheit.«

Ihre schöne Cousine hob den Kopf. »Er will mir den Mord in die Schuhe schieben! Ich weiß, dass er mich hasst!«

»Jetzt hör auf damit!« Carlina schüttelte sie. »Er ist ein Profi. Er muss diese Fragen stellen, und du musst antworten. Das hat mit Gefühlen gar nichts zu tun.« *Vor allem nicht bei Garini. Ich habe noch nie einen Mann erlebt, der sich so gut unter Kontrolle hat. Leider.*

»Annalisa!« Benedetta stürzte durch die Tür, dicht gefolgt von Fabbiola, Onkel Teo und Ernesto. »Wir haben deine Stimme gehört!«

Carlina ließ Annalisa los.

Benedetta umarmte Annalisa, doch da sie einen Kopf kleiner war, schaffte sie es nur, ihr die Arme um die Hüften zu legen. »Geht es dir gut? Wo warst du denn bloß? Komm runter! Ich werde dir eine heiße Suppe machen, dann fühlst du dich gleich besser!«

»Ich habe die Karten für dich gelegt, meine Liebe, sofort, nachdem ich die schrecklichen Neuigkeiten erfahren habe.« Fabbiola legte den Arm auf Annalisas freie Schulter. Gemeinsam sahen die drei wie ein missratener Käfer mit zu vielen Armen und Beinen aus. »Die Karten sagen dir ganz viel Glück voraus. Sehr bald. Erst eine dunkle Strecke, doch nichts, worüber man sich ernsthaft Gedanken machen müsste.«

Carlina biss sich auf die Lippe, um nicht zu lächeln. Wie typisch für ihre Mutter, einen Mord als »nichts« zu bezeichnen, nur, damit sie sich alle besser fühlten.

»Ich kann einfach nicht glauben, dass du das lustig findest«, sagte Garini mit leiser Stimme zu ihr.

Er konnte ihr Gesicht schon viel zu gut lesen.

Ernesto betrachtete seine Schwester mit abgeklärtem Interesse. »Hast du ihn umgebracht, Annalisa?«

Annalisa fuhr ihn mit einem Zischen an. »Natürlich nicht! Wie kannst du so was sagen? Ich habe ihn geliebt! Er war die Liebe meines Lebens, mein –«

»Entschuldigen Sie bitte die Unterbrechung«, sagte Garini. »Aber ich habe immer noch keine Antwort auf meine Frage erhalten, *signora* Santorini. Wie haben Sie Ihren Tag verbracht?«

Annalisa warf ihm einen bösen Blick zu. »Ich war einkaufen.«

»Wo?«

»In ... in der Stadt. Möchten Sie jedes einzelne Geschäft aufgelistet haben?«

»Ja.« Sein Gesicht war völlig unbewegt. »Ich möchte auch wissen, wann Sie angefangen haben, wann und wo Sie Pausen gemacht haben und wann und wo Sie zu Mittag gegessen haben.«

»Vielleicht kann sie eine Liste machen und sie Ihnen morgen geben.« Onkel Teos Stimme klang tief und beruhigend.

»Ja, das ist eine gute Idee.« Benedetta warf Stefano einen bösen Blick zu. »Meine Tochter ist erschöpft. Sie muss sich jetzt ausruhen.«

Er nickte kurz. »Geben Sie die Liste morgen früh an Carlina, bevor sie in den Laden fährt. Ich sehe sie im Laufe des Tages.«

Carlina blickte ihn rasch an. Sie würde Stefano morgen sehen? Davon wusste sie ja noch gar nichts. Was meinte er?

Er konzentrierte sich jedoch auf Annalisa. »Noch eine Frage, bevor Sie gehen, *signorina* Santorini.«

»Was?«

»Wo ist Ihre Handtasche?«

»Da hinten.« Ernesto zeigte auf Carlinas Sofa. »Unter dem Kissen mit dem Leopardenfell.«

Mit einem schnellen Schritt war Garini neben dem Sofa. »Habe ich Ihre Erlaubnis, die Tasche zu durchsuchen?«

Annalisa rollte mit den Augen. »Mannomann, Sie gehen mir vielleicht auf die Nerven.«

»Annalisa!« Benedetta schüttelte den Kopf.

»Ja oder nein?«, fragte Garini.

»Ja, in drei Gottes Namen!«

Er hielt sie ihr entgegen. »Bitte nehmen Sie alles heraus.«

Annalisa schnappte sich die Tasche und kippte sie auf dem niedrigen Tisch vor dem Sofa aus. »Bitteschön.«

Ein Schlüsselbund klapperte auf den Holztisch, gefolgt von einem Smartphone, einem Make-up-Beutel, einer kleinen Schmuckdose, einem Lippenstift und einem pinkfarbenen Portemonnaie. Als sie die Tasche noch ein letztes Mal schüttelte, rollte eine flache Puderdose aus der Tasche, öffnete sich und bestreute den ganzen Haufen mit einer dünnen Schicht.

»Keine Strumpfhose«, sagte Garini.

Annalisa zuckte mit den Schultern. »Dann habe ich sie eben rausgenommen. Ich kann mich beim besten Willen nicht dran erinnern.«

»Annalisa.« Carlina legte ihr die Hand auf die Schulter. »Es ist wirklich wichtig. Denke doch einmal nach. Wann hast du sie zuletzt gesehen?«

Sie zog eine Grimasse. »Ich weiß es nicht.«

»Denk nach.« Carlina beugte sich nach vorne. »Kannst du dich daran erinnern, dass du sie ausgepackt hast?«

Annalisa runzelte die Stirn. »Ja. Ich wollte sie anziehen, aber Trevor –« Ihre Stimme zitterte. »Er wollte, dass ich diesen Rock hier anziehe und er ist braun, also habe ich sie wieder ausgezogen und dann ...«

»Ja?«

»Weiß ich nicht mehr. Ich habe sie irgendwo fallengelassen, glaube ich.«

»Also müsste sie noch im Hotel sein?«

Annalisa zuckte mit den Schultern. »Vermutlich.«

Carlina schluckte. »Das können wir herausfinden.«

Garini hob die Augenbrauen »Wir?«, fragte er ganz leise.

Carlina fühlte, wie sie rot wurde.

»Ich habe das Hotel schon durchsucht.« Garini zog zwei Strumpfhosen aus der Tasche. »Können Sie mir etwas über diese Strumpfhosen sagen?«

Annalisa und Carlina sahen ihn beide erschrocken an.

»Nylonstrumpfhosen sehen alle gleich aus.« Annalisa schüttelte den Kopf. »Woher soll ich denn wissen, ob sie mir gehören oder nicht?«

Carlina nahm die Strumpfhosen und zog sie zwischen den Fingern durch, dann prüfte sie das eingenähte Schild. »Diese wurden nicht von mir verkauft.« Ihre Stimme war ruhig. »Es ist eine andere Marke.«

Garini schaute Annalisa mit seinen hellen Augen fest an. »Dies waren die einzigen Strumpfhosen, die wir in dem Hotelzimmer gefunden haben. Sind Sie sicher, dass Sie mir keinen anderen Hinweis geben können, wo sich die Strumpfhose, die Carlina Ihnen schenkte, jetzt befinden könnte?«

Annalisa kreuzte die Arme vor der Brust. »Du meine Güte, wenn Sie's absolut wissen wollen, dann denke ich mal, sie gingen kaputt und ich warf sie weg.«

»Aber diese Strumpfhose bekommt keine Laufmaschen. Wie kam es dann, dass sie so schnell kaputtging?« Seine Stimme war ruhig.

Der Mantoni-Clan hielt die Luft an. Ausnahmsweise einmal herrschte absolute Stille.

Carlina schaute besorgt von einem zum anderen. Wo würde das hinführen?

Annalisa hob die Schultern, als ob ihr kalt wäre und schlang sich die Arme um den Körper. »Ich denke, Sie kennen sich mit solchen Dingen nicht besonders gut aus, *commissario.*« Ihr Blick war abschätzend. »Aber in manchen Situationen ist eine Strumpfhose eben nur im Weg und es könnte sein, dass Trevor sie ein wenig zu ungeduldig behandelt hat.«

Carlina warf ihrer Cousine einen warnenden Blick zu. *Provoziere ihn nicht!*

Garini bewegte keinen Muskel. »Verstehe. Ich werde Ihre Aussage in einem Bericht festhalten, und Sie können ihn dann morgen unterschreiben. Übrigens wurde keine Strumpfhose im Hotelmüll gefunden.«

Benedetta blinzelte, als ob sie aus einem langen Schlaf erwacht wäre. »Jetzt aber genug geredet.« Sie zog ihre Tochter zur Tür. »Annalisa muss sich ausruhen. *Buona notte, commissario.*«

Die ganze Familie verließ den Raum.

Garini drehte sich um und schaute Carlina an. Sie konnte seinen Gesichtsausdruck nicht deuten.

»Diese Bemerkung, dass ohnmächtig werden anscheinend in der Familie liegt, war ganz schön gemein.« Carlina verzog den Mund.

»Wenn sie wirklich ohnmächtig geworden wäre, hätte ich kein Wort gesagt.«

»Woher willst du denn wissen, dass sie nicht kurz davor stand, ohnmächtig zu werden?«

»Die wunderbaren Rosen auf ihren Wangen sind die ganze Zeit nicht erblasst.« Seine Worte klangen ironisch. »Du hingegen wirst grün, bevor du in Ohnmacht fällst.«

»Was für ein Kompliment.« Carlina schüttelte den Kopf. »Vielen Dank.«

Ein Lächeln erschien in einem seiner Mundwinkel. »Würde es helfen, wenn ich sage, dass es ein ausgesprochen attraktives Grün ist?«

»Absolut nicht.« Sie konnte nicht anders, sie musste lachen.

»Hör mal, Carlina, ich –«

»Ja?«

»Ich würde alles dafür geben, nicht in dieser Lage zu sein.« Seine Lippen pressten sich zu einem harten Strich zusammen. »Ich kann nicht alle Verdächtigen in diesem Fall gleich behandeln.«

Sie holte Luft. »Du meinst, du weißt, wer Trevor umgebracht hat?«

»Nein.« Er schüttelte den Kopf. »Ich glaube zu wissen, wer ihn nicht umgebracht hat.«

»Oh.« Sie fühlte wieder, wie sie rot wurde. »Verstehe.«

Sie hörte die Stimme ihrer Mutter durch die offene Tür. Sie sprach offenbar über bevorstehendes Glück. Dann erklangen die Schritte von Onkel Teo, der langsam nach unten ging. Sie hob ihren Blick und stellte fest, dass Garini sie mit einem Gesichtsausdruck ansah, den sie nicht deuten konnte. War es Zärtlichkeit? Er sah ganz und gar nicht aus wie der zynische Garini, den sie kannte. Was, wenn er den Fall morgen einem Kollegen übergab? Wenigstens kannte er ihre Familie, wusste, dass ihr exzentrisches Benehmen keinesfalls bedeutete, dass sie Mörder waren. Er würde tiefer graben, würde nicht die offensichtlichen Lösungen akzeptieren, die ihm auf einem silbernen Tablett präsentiert wurden. Außerdem wäre sie dann näher an dem Fall dran und konnte Annalisa beschützten – und sie würde Zeit mit ihm verbringen können, Zeit, die er sonst nicht für sie hätte.

»Würdest du –?« Sie brach ab. *Madonna*, war das schwer. »Könntest du den Fall nicht doch weiter bearbeiten?«

Der weiche Ausdruck in seinem Gesicht verschwand und hinterließ es emotionslos. »Warum fragst du?«

»Ich ... ich weiß, dass du fair bist.«

»Ich denke, dass meine Kollegen das auch sind.«

Sie schaute auf ihre Hände, die ineinander verkrampft waren. »Ja, vermutlich. Aber es wäre angenehmer mit dir.«

Seine Augen verengten sich. »Weil du glaubst, dass ich vielleicht die eine oder andere Sache, die deine Familie belasten könnte, geflissentlich übersehen würde? Ich unterstütze Mord nicht, selbst wenn es die Mantonis schützen würde.«

»Das meinte ich nicht!« Ihr Hals tat weh. Wie konnte er sie nur so missverstehen? Wie konnte er glauben, dass sie ihn korrumpieren wollte? Kannte er sie denn nicht gut genug? Wusste er denn nicht, dass sie dann jeglichen Respekt vor ihm verlieren würde? Sie nahm die Schultern zurück. »Ich denke, du solltest jetzt gehen.«

»Kuckuck!« Fabbiola spähte um die Tür wie ein neugieriger Vogel. »Ich wollte euch Turteltauben nur sagen, dass es Zeit ist, Schluss zu machen.«

»Um Himmels willen, *mamma*!« Carlina funkelte ihre Mutter wütend an. »Ich bin keine siebzehn mehr!«

Fabbiola hob den Finger und schüttelte ihn spielerisch, doch bevor sie ein Wort sagen konnte, sprach Garini.

»Sie haben völlig recht. Gute Nacht.« Er nickte Carlina zu, als ob sie eine flüchtige Bekannte wäre, die er gerade am Bahnhof getroffen hatte, fegte an Fabbiola vorbei und verschwand aus dem Raum.

Verdammt. Carlina wäre am liebsten in Tränen ausgebrochen.

»Mensch, der hatte es ja eilig.« Fabbiola runzelte die Stirn. »Er ist wirklich ein seltsamer Mann.«

Carlina schaute auf das Kissen unter dem Arm ihrer Mutter und auf ihr fließendes Gewand in Lila, dass mit silbernen Sternen bestickt war. »Ja«, sagte sie dumpf. »Sehr seltsam.«

Kapitel 6

I

»Kann ich einen Augenblick mit Ihnen sprechen, *signor* Cervi?« Garini wusste, dass Cervi nicht gern vor zehn Uhr morgens angesprochen wurde, aber er hatte keine Wahl.

Cervi schaute mit einem Stirnrunzeln von seinem Tisch hoch. Vor ihm lag ein einzelnes Blatt Papier, eng beschrieben. »Legen Sie den Bericht auf meinen Tisch.« Er klang brummig, als ob er noch halb schlafen würde.

»Das habe ich schon vor zwei Stunden getan.« Stefano zeigte auf die Akte neben Cervis Ellenbogen. »Es geht um den Fall mit dem Amerikaner in der Kirche.«

»Was?« Es war mehr ein Grunzen als alles andere.

»Ich muss ihn an einen Kollegen abgeben.«

Das brachte eine Reaktion. Cervi hob beide Augenbrauen, ein Zeichen von ausgesprochen hoher Aktivität um diese Tageszeit. »Warum?«

»Weil ich die Verdächtigen persönlich kenne.«

»Was?« Cervi war offensichtlich doch noch nicht über die Phase hinweggekommen, in der er nur einsilbige Wörter hervorbringen konnte.

Jetzt war der Augenblick, das schlagende Argument zu präsentieren. »Ich fürchte, der Bürgermeister würde ein abgekartetes Spiel vermuten, wenn die Öffentlichkeit mitbekommt, dass ich persönliche Verbindungen zu diesem Fall habe. Darum möchte ich darum bitten, dass Sergio den Fall übernimmt. Er ist seit heute wieder im Büro.« Auch wenn Sergio noch halbtot war und vor sich hinschniefte, aber er war zurück.

Cervi starrte ihn an. »Der Bürgermeister?«

Eine echte Verbesserung. Zwei Wörter hintereinander, selbst, wenn sie genuschelt waren. Stefano blieb stehen, obwohl er sich sonst auch ohne Einladung gesetzt hätte. »Sie erinnern sich an den Skandal vor zwei Jahren, als der Bürgermeister vermutete, dass wir die Leonetti Brüder besser behandelten, als sie's verdienten, weil Sie sie persönlich kannten? Ich versuche, die gleiche Situation zu vermeiden.«

An Cervis Hals begann eine Ader zu pulsieren. »Die Leonetti Brüder.«

Drei Worte. Geht doch. »Ich könnte Sergio den Fall übergeben. Der Mord ist erst gestern geschehen. Er wird in kürzester Zeit alle Fakten kennen.« *Jetzt wach schon auf, Cervi. Sag ja.*

»Warum?«

»Wie bitte?«

»Warum wollen Sie den Fall abgeben?«

Stefano beugte sich vor und sprach besonders langsam. »Weil ich einige der Verdächtigen persönlich kenne. Das sieht nicht gut aus.«

»Wen?«

Verdammt. Das hatte er vermeiden wollen. »Caroline Ashley.«

»Wer ist das?«

Stefano hob eine Augenbraue. Er würde keine Frage beantworten, die wie eine Beleidigung klang.

»Nun kommen Sie schon, Garini.« Cervi funkelte ihn an. »Wer ist das Mädel? Und was hat sie mit Ihnen zu tun?«

»Wir sind befreundet.«

»Oho.« Cervi lehnte sich zurück, während sich langsam ein Grinsen über sein Gesicht breitete. »Freunde, ja? Sie können den Fall nicht abgeben, nur weil Freunde involviert sind, Garini.«

Stefano ballte die rechte Hand zur Faust. Was für ein dreckiges Grinsen sein Boss hatte.

Cervi zuckte mit den Schultern. »Wenn ich aus diesem Grund nicht mehr arbeiten würde, könnte ich keinen einzigen Fall mehr übernehmen.«

Als ob er eine Million Freunde in der Stadt hätte. »Ich denke immer noch, dass es klüger wäre, den Fall an Sergio zu übergeben, *signor* Cervi.«

Cervi schüttelte den Kopf. »Das kann ich nicht machen. Wäre etwas anderes, wenn Sie mit ihr zusammen wären.« Er beugte sich nach vorne. »Ist sie Ihre Partnerin?«

Garini biss die Zähne zusammen. Und wenn er einfach Ja sagte?

Cervi kicherte. »Wenn Sie noch nicht mal diese Frage beantworten können, sollte es nicht zu schwierig sein, neutral zu bleiben. Machen Sie weiter mit dem Fall.« Er hob seinen Zeigefinger. »Aber ich erwarte von Ihnen, dass Sie sich professionell benehmen, vergessen Sie das nicht. Wir dürfen dem Bürgermeister keinen Nährboden für seltsame Gedanken bieten.«

Mit zusammengebissenen Zähnen verließ Garini Cervis Büro. Auf dem Weg zu seinem Büro bemühte er sich bewusst, seinen Kiefer zu entspannen, aber es fühlte sich an, als ob seine Muskeln dabei zersplittern würden. *Verdammter Kerl.*

»*Signor* Garini!« Eine atemlose Stimme erklang hinter ihm, begleitet von trampelnden Fußschritten.

»*Buongiorno*, Piedro.« Garini verlangsamte seinen Schritt nicht.

Garinis Assistent fing an zu rennen, um mit ihm Schritt zu halten. »Ich habe mir die Hintergründe von *signora* Asseli und *signor* Morin angesehen, wie Sie mir aufgetragen haben. Es war ein wenig schwierig, weil die französische Nummer, die Sie mir gegeben haben, mich nur mit jemandem verbunden hat, der sich weigerte, Italienisch zu sprechen.«

»Wie überraschend, wenn man in Paris anruft. Hast du's mit Englisch versucht?«

Piedro schaute ihn überrascht an. »Englisch?«

»Ja. Du hast sicher schon von Englisch gehört, denke ich. Diese Sprache, die auf der ganzen Welt gesprochen wird, wann immer internationale Kommunikation nötig ist.«

»Öh. Ich spreche nicht viel Englisch.«

Garini blieb stehen und sah ihn an. »Soll ich dich für eine Weiterbildung vormerken lassen?«

Piedro erschrak bis in die Spitzen seiner gegelten Haare. »Eine Weiterbildung?«

»Ja. Ein Sprachkurs. Es werden kostenlose Kurse angeboten, ein- oder zweimal pro Woche, nach der Arbeit. Alle sechs Monate gibt es einen Test, um zu sehen, wieviel man gelernt hat.«

Piedro schluckte. »Oh. Ich meine, super. Ich ... haben Sie gesagt, es ist nach der Arbeit?«

»Ja.« Garini schaute ihn unbewegt an.

»Ach so. Na ja, ich habe jemanden in Paris gefunden, der Italienisch spricht.«

»Glückwunsch.« Garini ging weiter.

»Und es gibt überhaupt keine Akte über Leopold Morin.«

»Das habe ich erwartet.« Garini öffnete die quietschende Tür zu seinem Büro und ging hinein. »Gab es sonst noch etwas?«

»Sie haben sich auch die Kommentare im Internet angesehen und für mich zusammengefasst. Anscheinend sagen die Studenten, dass er ziemlich dröge ist, aber insgesamt nicht schlecht.«

»Und das war die ganze Ausbeute über ihn?«

»Ja.«

Garini winkte Piedro in Richtung des Holzstuhls und setzte sich hinter seinen Tisch. »Was ist mit Gertrude Asseli?«

Piedro schluckte. »Sie ist in ganz Zürich bekannt dafür, dass sie sich über alle möglichen Dinge beschwert.« Er hob beide Schultern. »Die Leute haben mich tatsächlich ausgelacht und darum gebeten, dass ich Gertrude Asseli festnehme, damit sie nicht wieder nach Hause kommt. Ich fand das nicht lustig.«

»Über was für Dinge beschwert sie sich?«

Piedro zog ein fleckiges Notizbuch aus seiner Tasche und blätterte darin. »Der Nachbar zu ihrer Linken hört zu laut Musik; der Nachbar zur Rechten macht die Häufchen seines Hundes nicht weg; die Stadt beleuchtet den Parkplatz in der Nähe des Einkaufszentrums nicht ausreichend; und der Zoo reinigt die Käfige nicht richtig; und das Zoopersonal gibt den Affen außerdem Bananen zu fressen.«

Garini runzelte die Stirn. »Bist du sicher, dass du den letzten Punkt richtig verstanden hast?«

Piedro nickte. »Ihr Italienisch hatte zwar einen komischen Akzent, aber ich habe sie gut verstanden.«

»Aber das ergibt doch gar keinen Sinn.«

»Wie?« Piedro schaute verwirrt auf seine Notizen. »Na ja, ich ... ich bin mir nicht so sicher. Sie haben die ganze Zeit gelacht.« Er runzelte die Stirn. »Ich hatte den Eindruck, dass sie mich auslachen, aber ich weiß nicht, warum.«

»Haben sie dir noch weitergehende Informationen zu dem Affen-Bananen-Vorfall gegeben?«

Piedro starrte auf sein Notizbuch, als ob er darauf hoffte, dass es mit ihm zu sprechen begann. »Sie haben was gesagt, was ich nicht verstanden habe, aber da Sie mir immer einbläuen, dass ich alles aufschreiben soll, selbst die Dinge, die ich nicht verstehe ...«

Garini zähmte seine Ungeduld eisern. »Ja?«

»Sie hat ein Buch über Ernährung gelesen. Gertrude Asseli, meine ich. Darüber hat sie aber keine Beschwerde eingereicht, deshalb weiß ich nicht, warum sie's erwähnt haben.«

»Vielleicht war es ein modernes Buch über die korrekte Ernährung für Affen, und es hat behauptet, dass Bananen nicht gut für Affen seien.«

»Oh.« Piedros Gesicht erhellte sich. »Ja, das haben sie gesagt. Sie haben so schnell gesprochen, dass ich nicht alles mitschreiben konnte, deshalb ist es mir irgendwie entfallen.« Er beäugte seinen Chef mit einer Mischung aus Respekt und Misstrauen.

Ich glaub's einfach nicht. Wir beschäftigen uns mit der Ernährung von Affen. Stefano schüttelte den Kopf.

»Ich weiß nicht, warum Gertrude Asseli so viele Beschwerden eingereicht hat.« Piedro blickte wieder stirnrunzelnd auf seine Notizen. »Das haben die Kollegen in der Schweiz nicht gesagt.«

»Zweifelsohne sieht sie es als ihre Bürgerpflicht an, alles zu melden, was ihrer Meinung nach falsch läuft.«

Piedro nickte mit glasigen Augen. Das war der Ausdruck, den sein Gesicht immer annahm, wenn er einer Unterhaltung nicht mehr folgte.

Seine Konzentrationsfähigkeit ist geringer als die eines Eichhörnchens. Garini unterdrückte einen Seufzer. Warum hatte Cervi ihm bloß seinen eigenen Sohn als Assistenten gegeben? Um ihn zu überwachen oder um ihn in den Wahnsinn zu treiben?

»Vielen Dank für diese Information. Jetzt tippe dies alles bitte in einen Bericht und sende ihn mir noch heute Vormittag.«

Piedros Gesicht wurde lang. Er nickte, stand in Zeitlupe auf und verließ den Raum mit hängenden Schultern.

Wahrscheinlich war er bis vor kurzem überzeugt, dass ein Polizist die ganze Zeit nur mit gezogener Pistole Verbrecher jagt. Garini zuckte mit den Schultern. Er konnte nichts dafür, dass das Leben anders war. Wenn Piedro doch nur ein wenig mehr Kombinationsgabe hätte. Dann könnte er ihm interessantere Jobs geben. Aber sein Assistent schaffte es, selbst die unwichtigsten Dinge zu verkorksen, wie zum Beispiel, sich die Hintergründe von Morin und Asseli anzusehen, was nun wirklich Routinearbeit war. Nichts verband sie mit dem Opfer, nichts außer der Tatsache, dass sie zur falschen Zeit in der *basilica gewesen* waren.

Garini stand auf. Er musste noch einmal mit Carlina sprechen, und er wusste nicht, ob er aus Angst oder vor Freude so verdammt nervös war. Es war ein neues Gefühl, etwas, was er noch nie zuvor erlebt hatte. *Verdammt.*

II

Garini hielt sein Motorrad an der roten Ampel an und schob das Visier seines Helmes nach oben. Die Luft fühlte sich wie flüssiges Eis an, aber ein zartblauer Himmel, dünn und durchsichtig wie ein Schleier, nahm ihm das bedrückende Gefühl, das er gestern verspürt hatte. Die schwache Wintersonne spielte auf der sandfarbenen Steinwand des Cafés zu seiner Rechten. Einige widerstandsfähige Gäste hatten sich sogar nach draußen gesetzt, gut eingewickelt in dicke Jacken und Schals. Wahrscheinlich Touristen aus dem Norden. Kein Italiener, der noch alle Sinne bei sich hatte, würde sich bei diesem Wetter nach draußen setzen. Ein alter Mann, der so dick eingemummelt war, dass er wie ein Wollball aussah, saß nahe am Bürgersteig und blinzelte ins Licht. Er schaute die Leute, die vorbeigingen, so intensiv an, dass man den Hunger nach Kontakt, der aus Einsamkeit entsprang, förmlich spüren konnte.

Garini runzelte die Stirn. Er kannte diesen Mann. Es war Teodoro Mantoni, Carlinas Großonkel. Auf einmal erinnerte er sich an Carlinas Worte: »Es wird sein erstes Weihnachtsfest ganz alleine sein.«

Jemand hupte laut, und eine Stimme hinter ihm schrie: »Bist du auf deinem Rad da vorne eingeschlafen? Hör auf zu träumen, Mann! Es ist grün!«

Garini schrak zusammen. Spontan bog er rechts ab und hielt vor dem Café. Er parkte das Motorrad, nahm seinen Helm ab und ging zu dem Tisch, an dem Carlinas Onkel Teo – der unbewegliche Wollball – saß.

»Darf ich mich zu Ihnen setzen, *signor* Mantoni?«

Onkel Teo schaute hoch. Seine Augen weiteten sich, dann lächelte er. »*Signor* Garini.« Er stand auf und schüttelte Stefanos Hand. »Was für eine Freude, Sie zu sehen. Darf ich Sie zu einer Tasse Kaffee einladen?«

Sehr gelangweilt. »Gern, vielen Dank.« Stefano war froh, dass er seine dicke Lederjacke trug, denn ein kalter Wind nahm der schwachen Wintersonne jegliche Wärme, die sie vielleicht ausstrahlte. Er setzte sich.

»Ist alles in Ordnung?« Onkel Teos Augen blickten ihn erstaunlich scharf und intelligent an. »Mit Carlina?«

Stefano fühlte sich, als ob ein Blitz durch ihn hindurchfuhr. »Was ist mit Carlina?«

»Sie schien heute Morgen sehr bedrückt zu sein.«

Nicht mehr als ich. Aber er war nicht bereit, seine Beziehung mit Carlina zu besprechen, selbst, wenn es da etwas zu besprechen gegeben hätte. »Sie haben mir mal angeboten, bei einem Fall zu helfen«, sagte er stattdessen. »Ich würde dieses Angebot gern annehmen.«

Onkel Teo setzte sich gerade hin. »Ja?«

Der Kellner erschien, und Garini bestellte einen Kaffee. Sobald der Kellner außer Hörweite war, fuhr Garini fort: »Es gibt einen Verdächtigen in dem Fall, den ich gerade bearbeite. Sein Name ist Leopold Morin. Er ist Franzose.«

»Ja?« Onkel Teo lehnte sich nach vorne. »Ich spreche Französisch.«

»Tatsächlich?« Garini lächelte. »Das ist gut, aber Sie werden es nicht brauchen.«

»Nein?« Die buschigen Augenbrauen Onkel Teos senkten sich enttäuscht. »Warum nicht?«

»Weil ich möchte, dass Sie unsichtbar bleiben. Prüfen Sie nur, wohin er geht und was er macht. Folgen Sie ihm, wenn Sie können, prüfen Sie, wann er ins Hotel geht und wann er wiederkommt.« Das sollte ihn einige Tage beschäftigen, auch über Weihnachten hinweg, und es war eine Aufgabe, die keinerlei Gefahr mit sich brachte.

»Rufe ich Sie an, wenn er etwas Verdächtiges tut?«

»Nein.« *Er wird nichts Verdächtiges tun.* »Notieren Sie nur alles, was er macht und senden Sie mir einen Bericht –« Garini unterbrach sich. Er hatte sagen wollen »... wann immer Sie wollen«, aber das klang nicht überzeugend genug. Onkel Teo war ein intelligenter Mann. »... alle zwei Tage«. *Mann, ich klinge wie Cervi.*

»Das werde ich tun.« Onkel Teo nickte.

»Ihr Kaffee.« Mit einer flinken Bewegung schob der Kellner den Kaffee vor Stefano auf den Tisch.

»Ich habe noch zwei andere Leute, die ihn beschatten, also reicht es, wenn Sie ihm von neun bis dreizehn Uhr folgen.« Das Beschatten von Leuten konnte anstrengend sein und Stefano wollte nicht, dass er zusammenbrach. Wenn er Glück hatte, verließ Leopold Morin sein Hotel nicht vor neun Uhr. »Sie werden die anderen Beschatter aber nicht sehen.«

»Gut.« Onkel Teos Augen fingen an zu funkeln. »Rufe ich Sie an, um Ihnen zu sagen, wo er sich befindet, wenn ich meinen Posten verlasse?«

»Ja, bitte. Wenn Sie mich nicht erreichen, hinterlassen Sie eine Nachricht. Ich gebe es dann weiter.«

»Okay.« Onkel Teo beugte sich nach vorne. »Wie erkenne ich diesen Franzosen?«

»Er wohnt im Hotel *Alberto di Armonia* auf der Straße *Borgo Santi Apostoli*. Er ist ganz dünn und klein und hat eigentlich keine Haare. Wenn er draußen unterwegs ist, trägt er eine schwarze Wollmütze und einen dunklen Mantel, oh, und er liebt schwarze Lackschuhe. Sie sollten keine Schwierigkeiten haben, ihn zu erkennen.«

Onkel Teo nickte. »Haben Sie ein Foto von ihm?«

»Im Büro.« Garini hob seine Tasse und trank einen vorsichtigen Schluck. Der Kaffee war so heiß, dass er sich die Zunge verbrannte. »Ich sag meinem Assistenten Bescheid, dass er Ihnen das Foto geben soll, wenn Sie zur Polizeistation kommen.«

Der alte Mann winkte mit einer entspannten Handbewegung ab. »Das ist nicht nötig. Geben Sie das Bild einfach an Carlina, und sie kann es an mich weiterleiten.«

»Carlina sollte nichts davon wissen«, sagte Garini, ohne lange darüber nachzudenken. Er stellte die Tasse mit einem Klirren ab.

»Oh?« Die alten Augen funkelten ihn an. »Haben Sie sich gestritten?«

»Nein.« Garini stieß das Wort ohne weitere Erklärung hervor.

»Lassen Sie mich Ihnen einen kleinen Ratschlag geben.« Onkel Teo legte den Kopf zur Seite. »Sie ist ein wunderbares Mädchen. Eine Frau, sollte ich sagen. Sehr loyal.«

Das ist genau das Problem. Garini kippte den Kaffee ohne Rücksicht auf seine Zunge hinunter und stand auf. »Ich muss los. Vielen Dank, dass Sie diesen Fall übernehmen, *signor* Mantoni.« Er legte einige Münzen auf den Tisch. »Ich rufe meinen Assistenten in einer Minute an, damit er Sie erwartet.«

»Einen Augenblick, junger Mann.« Onkel Teo hob die Hand. »Lassen Sie sich das Glück nicht durch die Finger flutschen.«

»Mache ich nicht.« Garini biss die Zähne zusammen, drehte sich auf dem Absatz um und eilte zu seinem Motorrad.

Was um Gottes willen war bloß über ihn gekommen? Aus purem Mitleid hatte er einen Zivilisten gebeten, einen nutzlosen Job zu übernehmen, und alles, was er dafür bekam, war eine dämliche Ermahnung. Er war wütend wegen Carlina. Ihre Verwandten benahmen sich alle, als ob sie schon ausrangiert sei, kurz vor dem Verfall des Mindesthaltbarkeitsdatums. Hatten die denn alle keine Augen im Kopf? Sahen sie denn nicht, wie attraktiv sie war, mit ihrem unbezähmbaren Lächeln und diesen Sommersprossen auf der Nase? Wenn sie bloß nicht so loyal wäre, so absolut darauf aus, ihre Familie und Freunde zu beschützen. Wenn er nur aus dem Fall herausgekommen wäre, dann hätte er sich an ihre Seite stellen können, hätte ihr ohne Interessenkonflikt helfen können, ohne zwischen Verstand und Instinkt hin- und hergerissen zu werden. Aber nein. So, wie die Dinge lagen, musste er neutral bleiben, musste sie auf Abstand halten. Es war schon schwierig genug mit seinen Gefühlen, die wie ein Jojo auf und ab hüpften. Er war an diesen Zustand nicht gewöhnt. Er war es gewöhnt, die Dinge unter Kontrolle zu haben, sein Leben fest in der Hand zu haben. Verflixte Frau.

III

»Das kann doch nicht wahr sein. Ich glaube, ich brauche doch die größere Größe. Diese italienischen Sachen sind alle viel zu klein.« Die jammernde Stimme der Engländerin in der Umkleidekabine schallte quer durch Temptation.

Carlina fing fünf BHs auf, die über den Vorhang der Ankleidekabine flogen. Warum hat die Engländerin nicht bemerkt, dass sie eine größere Größe braucht, bevor sie das halbe Inventar anprobiert hat? »Ich hole Ihnen die größere Größe.« Sie drehte sich um und fing einen mitleidigen Blick von Ricciarda auf, die gerade einer Kundin die neuen Nylonstrumpfhosen erklärte, während sie gleichzeitig noch mitbekam, was um sie herum vor sich ging.

Carlina lächelte ihr zu und zuckte ein wenig mit den Schultern. Dann wandte sie sich zu dem Regal mit dem Modell um, das der Engländerin von Anfang an gut gefallen hatte. Doch gerade, als sie nach den Dessous griff, stürmte Annalisa in den Laden.

Ihr Haar hing strähnig auf ihre Schultern herab und ihr Gesicht war so blass, dass sie fast durchsichtig wirkte. »Carlina!«

»Was ist los?« Carlinas Stimme klang schärfer, als sie wollte. Kalte Furcht griff nach ihr. Was war passiert? Wollte Garini Annalisa festnehmen?

»Ich halte es an der Uni einfach nicht mehr aus. Alle starren mich an und flüstern hinter meinem Rücken über mich.« Sie verbarg ihr Gesicht in ihren Händen. Ihr ganzer Körper schüttelte sich.

Carlina legte ihr eine Hand auf die Schulter und schob sie vorsichtig zu ihrem Lagerraum im hinteren Teil des Ladens. Mit geübtem Griff hob sie den Klappstuhl von der Wand, stellte ihn auf und drückte Annalisa hinein. »Setz dich erst mal. Ich bin gleich bei dir.«

»Sagen Sie mal, soll ich bis Neujahr warten, bevor Sie mir die Größe bringen, die ich brauche?« Die Britin steckte ihren Kopf zwischen den zwei Vorhängen hindurch und hielt ihn unter ihrem Kinn zusammen. Ihr Kopf mit den unzähligen Locken sah jetzt aus, als ob er losgelöst durch den Raum schweben würde. Ihre Mundwinkel sanken nach unten, bis sie die unzufriedenste Form annahmen, die Carlina je gesehen hatte.

»Ich komme.« Carlina reichte ihr zwei BHs. »Ich habe zwei verschiedene Größen ausgesucht, so können Sie probieren, welche am besten passt.«

Der Kopf verschwand, als ob jemand ihn in den Ankleideraum gesaugt hätte. »Sagen Sie mal, sehe ich wie ein Elefant aus? Wie können Sie es wagen, mir so einen riesigen BH zu bringen?« Die Worte kamen deutlich verständlich durch den Vorhang.

Nun hob selbst die Kundin von Ricciarda eine überraschte Augenbraue.

Verdammt. Ich hasse es, wenn die Leute die Atmosphäre so vergiften. Carlina eilte zu ihrer Cousine zurück und kniete sich neben ihr nieder. »Was ist los?« Sie sprach so leise, dass die Kundinnen sie nicht hören konnten.

»Ich ... ich halte es einfach nicht mehr aus. Das Leben ist so leer, so nutzlos ohne Trevor. Ich fühle mich so ausrangiert und übrig gelassen.«

Carlina strich ihr über die roten Haare. »Ja.« Sie schluckte. »Ich kann mir vorstellen, wie schwierig es ist.«

»Was kostet dieser BH?« Der englische Akzent drang bis in den Lagerraum.

Carlina drückte Annalisas Arm noch einmal tröstend, dann ging sie zur Umkleidekabine zurück. »Welches der Modelle meinen Sie?«

»Na, hören Sie mal! Das, was Sie mir gegeben haben, natürlich!« Frau Unzufrieden schleuderte die Worte förmlich durch den Vorhang.

Ricciardas Kundin lächelte gequält, dann brach sie die Unterhaltung ab und eilte aus dem Laden, ohne etwas gekauft zu haben.

Verdammt. Frau Unzufrieden hatte sie verjagt. Carlina schluckte ihren Ärger hinunter. »Es ist ein besonderes Weihnachtsangebot und –«

Stefano Garini erschien hinter der Glastür von Temptation. Seine schwarze Lederjacke und die gerunzelte Stirn wirkten bedrohlich, während er die Tür öffnete und mit einem eisigen Luftzug den Laden betrat.

Carlinas Stimme versagte.

»Nun?« Der Kopf der Engländerin erschien wieder in dem Vorhang. Ihre Augen blickten feindselig. »Was ist jetzt mit dem Preis?«

Carlina raffte ihre Sinne zusammen. »Es sind neunundvierzig Eu –«

Annalisa stieß einen hohen Schrei aus. »Ich war es nicht! Ich schwöre!« Sie sprang auf und klammerte sich an Carlinas Arm fest. »Carlina! Lass nicht zu, dass er mich festnimmt!«

Die Augen der Engländerin weiteten sich. »Das ist ja ein unglaublicher Preis!« Sie wandte den Kopf und schaute Garini an. »Sagen Sie mal, sind Sie Polizist? Sie sollten den Ladeninhaber hier wegen Überteuerung der Produkte festnehmen!«

Garini ignorierte sie. »Kann ich einen Augenblick mit dir sprechen?« Er schaute Carlina mit ausdruckslosem Gesicht an.

»Ja.«

»Hören Sie mal, wie können Sie denn einfach davonlaufen? Haben Sie so viele Kunden, dass Sie sie wie Dreck behandeln können?«

Ricciarda machte einen Schritt nach vorne. »Wenn Sie etwas benötigen, bin ich gern für Sie da.«

»Carlina!« Annalisa zog am Arm ihrer Cousine. »Verlass mich nicht!«

Carlina löste sich mit einem tröstenden Klaps aus der Umklammerung. »Mach dir keine Sorgen. Ich bin gleich wieder da.« Sie lächelte Frau Unzufrieden an. »Vielen Dank für Ihr Verständnis. Es handelt sich um eine dringende Angelegenheit.« Sie schnappte sich ihre Jacke vom Haken im Lagerraum, bedankte sich bei Ricciarda, als sie an ihr vorbeiging und eilte nach draußen.

Garini folgte ihr. »Was macht denn Annalisa hier?« Sein Stirnrunzeln verstärkte sich.

»Sie kam, um getröstet zu werden.« Carlina zog den Reißverschluss ihrer Jacke zu und schlug den Kragen hoch. »Ist das ein Problem?« Warum schaut er mich so böse an? Ist er noch wütend, wegen der Dinge, die ich gestern gesagt habe?

»Ich denke, du solltest ein wenig auf Distanz bleiben.«

»Sie ist meine Cousine!« Carlina hob ihr Kinn, bereit für den Kampf. Er versteht überhaupt nicht, was eine Familie ausmacht.

»Ja, und sie ist auch die Hauptverdächtige in einem Mordfall, mit einem Motiv, der Mordwaffe und keinem Alibi. Versuche doch, ein wenig vernünftig zu sein.« Er schloss seinen Mund mit einem hörbaren Geräusch, als ob er noch viel mehr sagen wollte und sich nur mit Mühe zurückhalten konnte.

Ärger schoss in ihr hoch wie in einem Vulkan und erstickte sie fast.

»Jetzt hör mir mal zu, Garini. Ich bin kein Kind mehr. Ich weiß, was ich tue, und ich kenne meine Familie sehr gut.«

»Na gut.« Jedes Wort klang wie abgeschnitten. »Aber bist du dir im Klaren, dass Annalisa keinen Finger bewegen würde, um dich zu schützen?«

Carlina blinzelte. Sie kannte Annalisa gut genug, um den starken egoistischen Zug in ihr zu sehen, aber sie wusste auch, wie sehr ihre jüngere Cousine nach dem frühen Tod ihres Vaters gekämpft hatte. Da sie ihren eigenen Vater mit dreizehn verloren hatte, wusste sie, was Annalisa durchgemacht hatte und hatte einen starken Beschützerinstinkt ihr gegenüber entwickelt. Aber sie entschied sich, dass es klüger war, nicht auf Garinis Frage zu antworten. »Warum bist du hier?«

»Hast du wirklich gedroht, Trevor umzubringen, als du mit Annalisa beim Essen warst?«

Also hat er uns gestern zugehört. Carlina richtete sich gerade auf. Der kalte Wind kroch mit eisigen Fingern unter ihre Jacke. Angriff ist die beste Verteidigung. »Ich hätte nicht gedacht, dass du hinter Türen lauschst.«

»Ich habe nicht gelauscht.« Sein Kiefer verhärtete sich. »Ich habe gehört, dass du oben aufgeschrien hast. Hast du gedacht, dass ich unten bleiben würde, bis ich deinen Körper auf den Boden aufprallen höre? Natürlich bin ich sofort nach oben gerannt.«

Carlina runzelte die Stirn. »Ich habe dich nicht gehört.«

»Du hättest noch nicht mal ein Walross gehört. Ihr wart ja völlig ineinander vertieft.«

»Oh.« Carlina schluckte. »Aber dennoch hast du der Unterhaltung zugehört, ohne dich bemerkbar zu machen.«

»Richtig.« Garini nickte. »Mir fiel ein, dass du ja alleine mit Annalisa sprechen wolltest.«

»Ha.« Carlina schnaufte verächtlich. »Und das soll ich glauben?«

Ohne Vorwarnung erschien ein Lächeln auf seinem Gesicht. »Nein. Hättest du es nicht getan?«

Sein Lächeln machte Dinge mit ihr, die sie nicht kontrollieren konnte. Mit eiserner Hand unterdrückte sie ihr eigenes Lächeln. Aller Ärger verschwand. »Hätte ich was nicht getan?«

»Hättest du nicht die Gelegenheit ergriffen zu lauschen, wenn du an meiner Stelle gewesen wärst?«

Carlina öffnete den Mund und schloss ihn wieder.

»Gib es zu.« Ein amüsiertes Funkeln erschien in seinen Augen.

»Na, gut.« Carlina zuckte mit den Schultern und lächelte ihre Fußspitzen an, damit sie nicht ihn anlächelte.

»Du hast meine Frage nicht beantwortet.« Seine Stimme klang weich.

Sie wusste, was er meinte. »Ich habe das an dem Abend zu Annalisa einfach so gesagt, ohne es zu meinen. Du weißt, wie das läuft – man ist sauer und man sagt, dass man jemanden umbringen möchte, aber es heißt ja nichts. Es war Teil der Situation.« Sie versuchte, in seinem Gesicht zu lesen. Vielleicht drohte er nur, Leute umzubringen, wenn er es auch wirklich meinte. Mit einem Seufzer zog sie ein Stück Papier aus ihrer Jackentasche. »Hier ist die Liste.«

Er runzelte die Stirn. »Welche Liste?«

»Die Liste der Orte, an denen Annalisa gestern war. Ich habe sie gebeten, sie mir bis heute früh zu geben.«

»Danke.« Er streckte die Hand aus, um das Papier entgegen zu nehmen. Seine Hände berührten ihre für einen Augenblick. »Dir ist kalt.«

»Ja. Kann ich wieder reingehen?« Sie schaute zur Eingangstür.

Die Engländerin kam mit stolzgeschwellter Brust aus dem Laden, eine Tüte mit dem Temptation-Logo in der Hand.

Gut gemacht, Ricciarda.

»Noch nicht.« Seine Hand hielt sie auf. »Kannst du mir eine komplette Liste aller Leute geben, die bis gestern dreizehn Uhr ein Paar deiner besonderen Nylonstrumpfhosen in Besitz hatten?«

Sie seufzte. »Aber das habe ich dir doch schon gesagt.«

»Nur zur Sicherheit.«

Was wollte er ihr mitteilen? Dass er noch mehr Verdächtige brauchte? Sie biss sich auf die Lippe. »Ich glaube nicht, dass ich jemanden vergessen habe.« Stirnrunzelnd versuchte sie sich an die Unterhaltungen zu erinnern, die sie geführt hatte, während sie die Nylons weggab. Sie erinnerte sich daran, wie sie mit Ricciarda gelacht hatte, wie begeistert Annalisa gewesen war, wie sehr ihre erste Kundin das weiche Material bewundert hatte.

Er unterbrach ihre Gedanken. »Bis jetzt habe ich nur vier Leute auf meiner Liste. »Dich, ...«

Natürlich nennt er mich an erster Stelle.

»... deine Assistentin Ricciarda, eine unbekannte Frau, die ein Paar am Vormittag gekauft hat und bar zahlte und deine Cousine Annalisa.«

Carlina nickte. »Das war's.«

»Bist du ganz sicher?«

»Ja.« Sie dachte noch einmal nach. »Oh, nein, das habe ich ja ganz vergessen. Da war noch ein Paar. Es wurde geklaut.«

»Was?« Er stand bedrohlich nahe neben ihr. »Wann hast du das festgestellt?«

»Heute Morgen. Wir haben alles zweimal durchgezählt, aber ein Paar ist verschwunden.«

»Na, super.« Garini schloss für einen Augenblick die Augen. »Ich dachte, wir müssten nur eine unbekannte Frau finden, jetzt müssen wir zusätzlich noch einen unbekannten Dieb ausfindig machen.«

»Es tut mir leid.« Carlina schüttelte den Kopf. »Ich –«

»*Ciao, Carlina!*« Emmas Stimme kam wie eine Fanfare quer über die Straße.

Carlina fuhr zusammen. »Emma!«

Ihre Cousine überquerte die Straße direkt vor einem Alfa Romeo, der mit quietschenden Bremsen anhalten musste. Sie schaute noch nicht einmal in seine Richtung. Der Pelz, den sie trug, sah teurer aus als das Auto neben ihr. Durch den üppigen Schnitt wirkten ihre langen, schlanken Beine noch länger als sonst. »Ist es hier nicht ein wenig kühl für ein Rendezvous?« Emma zwinkerte dem *commissario* zu.

»Na, immerhin haben wir ja ein wenig mehr an als du.« Carlina zeigte auf Emmas kurzen Rock. Er bedeckte ihre Oberschenkel nur zur

Hälfte und ihre hochhackigen Schuhe verlängerten die Beine um weitere neun Zentimeter.

»Aber Carlina, ich muss doch meine neuen Nylonstrümpfe vorführen!«

Carlina stockte der Atem. *Verdammt, verdammt, verdammt.* Sie hatte Emma vergessen. Als sie versucht hatte, sich an alle Leute zu erinnern, hatte sie sich die Unterhaltungen dazu ins Gedächtnis gerufen, aber natürlich hatte sie gar nicht mit Emma gesprochen. Stattdessen hatte sie ihr das Paket vor die Haustür gelegt und die Sache danach komplett vergessen. Sie spürte den unbeweglichen Körper von Garini neben sich, aber sie traute sich nicht, ihn anzusehen. Nie im Leben würde er ihr glauben, dass es sich wirklich um ein Versehen handelte.

»Neue Strumpfhosen, die keine Laufmaschen bekommen können?« Seine Stimme klang gefährlich ruhig.

»Ja!« Emmas glückliche Stimme schallte quer über die Straße. »Aber jetzt muss ich weiter. Wir sehen uns!«

Kapitel 7

I

Carlina fragte sich, ob sie vielleicht in Ohnmacht fallen sollte. Nein, besser noch, wegfliegen. Sie würde wegfliegen und einfach nicht wiederkommen.

»Äh.« Sie räusperte sich. »Ich habe Emma vergessen.«

Sein Gesicht war unbeweglich. »Schon klar.« Die Worte troffen vor Ironie.

Der Ausdruck in seinen Augen ließ sie innerlich zittern. Heiße Wut mischte sich mit etwas, was sie nicht genau definieren konnte. Ihr Hals schmerzte plötzlich. Sie hatte es verbockt. Ihre Freundschaft mit Garini war zu Ende, bevor sie richtig angefangen hatte.

»Ich muss los.« Ihre Stimme klang ganz rostig. Sie drehte sich auf dem Absatz um und rannte fast in die Sicherheit ihres Ladens zurück.

Als sie durch die Tür stürmte, blickten Annalisa und Ricciarda überrascht hoch. Sie standen nahe beieinander und schienen sich intensiv unterhalten zu haben.

»Carlina, Ricciarda hatte gerade eine tolle Idee!« Annalisas Wangen hatten wieder ihre normale, rosige Farbe angenommen. »Sie sagte, ich könnte bei den Vorbereitungen für die Weihnachtsmesse helfen!«

Carlina schluckte.

Ricciarda lachte und hob beide Hände. »Das habe ich nicht gesagt, Annalisa!« Sie lächelte Carlina etwas schief an. »Ich habe nur erwähnt, dass wir sehr viel für die Weihnachtsmesse vorbereiten müssen und mich gefragt, ob Annalisa uns vielleicht helfen könnte.«

»Findest du nicht, dass das eine tolle Idee ist, Carlina?« Annalisa umarmte ihre Cousine.

Carlina erwiderte die Umarmung nur halbherzig. Sie fühlte sich zu überfordert, um eine Entscheidung zu treffen. Ihre Gedanken waren noch bei den vergessenen Strümpfen und bei Garini, der kochend vor Wut auf der Straße stand. Es fühlte sich an, als ob sie einem wütenden Tiger den Rücken zugewandt hätte. Er konnte jetzt jeden Augenblick geräuschlos hinter ihr erscheinen und Worte wie flüssiges Feuer über sie ausgießen – oder er konnte sich umdrehen und nie wiederkommen. Sie wusste nicht, was schlimmer war.

»Nun sag schon was, Carlina!« Annalisa runzelte die Stirn. »Was ist bloß los mit dir? Hat der *commissario* dir etwas getan? Er ist furchtbar, das habe ich dir schon immer gesagt.«

»Mir geht es gut.« Carlina brachte die Worte mit Mühe über ihre Lippen. Sie hängte ihre Jacke auf und trat zur Seite, um einen Bügel gerade zu rücken, der schon perfekt hing. Während sie dies tat, schaffte sie es, unauffällig zur Tür zu schauen.

Nichts.

Er war gegangen.

Ein scharfes Brennen hinter den Lidern ließ sie blinzeln.

»Und, was sagst du?« Annalisa hüpfte vor Ungeduld förmlich auf und ab. »Seitdem du erzählt hast, dass der Laden dein Universum ist und dass du alles tun kannst, was du willst, habe ich mir gedacht, dass ich auch gern bei Temptation arbeiten würde. Und wenn du im Moment so viel Arbeit hast, passt das doch super, oder nicht?«

»Ja, natürlich.« *Vielleicht werde ich ihn nie wiedersehen.*

»Also steht's fest.« Annalisa strahlte sie an. »Wann soll ich anfangen?«

Carlina blinzelte. »Was?«

»Soll ich morgen um zehn anfangen? Ich muss heute noch ein paar Dinge arrangieren.«

Carlina nickte. Garini war gegangen und er würde nie wiederkommen. Jetzt war sowieso alles egal.

II

Das gelbe Straßenlicht spiegelte sich in einem kränklichen Farbton auf dem nassen Kopfsteinpflaster. Garini fröstelte und zog die Lederjacke enger. War der Boden nur nass oder gefroren? Er fühlte sich glitschig an. Gott sei Dank hatte er nur noch eine kurze Strecke bis nach Hause zu gehen. Seine Schritte hallten von den verfallenen Wänden um ihn herum wider. Um diese Uhrzeit war niemand unterwegs.

Aber halt.

Eine Frau erschien aus einer Seitengasse und eilte die Straße entlang, von ihm weg. Jetzt wandte sie den Kopf und warf einen ängstlichen Blick über ihre Schulter. Das gelbe Licht ließ sie blass wie einen Geist erscheinen.

Stefanos Herz zog sich zusammen. Carlina? Was machte sie hier, mitten in der eisigen Nacht?

Er öffnete seinen Mund, aber kein Geräusch kam heraus. Er fühlte, wie er anfing zu schwitzen. Ein kalter Film legte sich wie eine Hand auf seine Stirn. Warum sah sie so verängstigt aus? Er lief hinter ihr her, um sie einzuholen, aber die Distanz zwischen ihnen wurde nicht kleiner. Rannte sie etwa vor ihm weg? Hatte sie Angst ... vor ihm?

Sein Mund wurde trocken. Er fing an zu rennen. Sie hatte doch von ihm nichts zu befürchten. Wusste sie das denn nicht? Er versuchte zu rufen, doch seine Stimme war ein Flüstern, gefroren in der Luft, zu schwach, um auch nur seine eigenen Ohren zu erreichen.

Ein schwarzer Mercedes überholte ihn mit einem bösartigen Zischen. Das Auto raste durch eine dunkle Pfütze und ein Strahl eisigen Schlamms und Wassers ergoss sich über seine Beine, bis hin zu den Hüften.

Carlina! Endlich kam er näher.

Der Mercedes hielt mit quietschenden Bremsen an. Eine Tür öffnete sich ohne ein Geräusch, stand offen wie der Eingang zu einem dunklen Grab, dann sprang ein Mann in einem dunklen Anzug heraus.

Nein!

Der Mann legte eine Hand über Carlinas Mund.

Sie versuchte, ihn zu treten, aber verfehlte seine Beine.

Garini zog seine Waffe, doch er traute sich nicht zu schießen. »Polizei! Stopp!« Seine Füße hämmerten über den Boden. Angst krallte sich in seine Kehle. Er war zu weit weg.

Carlina brach zusammen.

Der Mann fing sie auf, warf sie wie einen Sack ins Auto und sprang hinterher. Der Mercedes raste mit einem ohrenbetäubenden Aufheulen des Motors los.

Garini feuerte auf die Reifen, aber seine Kugeln schienen zu verpuffen.

Der Kidnapper lehnte sich aus der offenen Tür. Sein maskiertes Gesicht drehte sich zu Garini. Höhnisches Lachen übertönte den Motor und klirrte in der kalten Luft. Er hob die Hand mit einem Victory-Zeichen, dann schloss sich die Tür mit einem Knall.

»Carlina!«

Sein eigener Schrei weckte ihn. Seine Hände waren klamm vor Schweiß, und er trat gegen die Bettdecke, die sich um seine Beine gewickelt hatte. *Ein Alptraum.*

Erleichterung gemischt mit Ärger erfüllte ihn. Ein Traum. Wie konnte sein Unterbewusstsein es wagen, ihm so einen Streich zu spielen? Er stand auf. Seine Knie fühlten sich immer noch an, als ob sie mit Pudding gefüllt wären. *Verdammt.* Sie hatte ihn angelogen, hatte so getan, als ob sie Emma auf ihrer Liste der Nylon-Besitzerinnen vergessen hätte, hatte wieder einmal jemanden aus ihrer Familie beschützt. Sie hatte kein recht, sich so in seine Nacht zu schmuggeln und ihn zu stören. *Ich kann ihr nicht vertrauen.* Dass sie Emma von der Liste weggelassen hatte, war Beweis genug.

»Was, wenn sie's wirklich vergessen hat?«, sagte eine Stimme in ihm, die, die immer ihre Partei ergriff. »Immerhin hat Emma keine Verbindung zu dem Fall. Es gibt gar keinen Grund, sie zu beschützen.«

Garini schüttelte den Kopf und füllte ein Glas mit Wasser. Nein, sie hatte keinen offensichtlichen Grund, Emma zu schützen. Aber wieviel wusste er wirklich über Carlina? Was bedeutete es schon, dass jeder Instinkt in ihm darauf bestand, dass man ihr vertrauen konnte. Konnte er sich darauf verlassen oder war er durch seine Hormone verwirrt, durch das männliche Verlangen nach einer Partnerin? Er liebte die Art, wie ihre Augen ein wenig schief standen, grün, wie bei einer Katze. Sie veränderten sich je nach Stimmung, leuchteten vor Begeisterung oder schossen Blitze vor Wut.

Jetzt mal langsam, Garini. Er kippte das eisige Wasser runter und fühlte, wie es seine Kehle entlangrann.

Vielleicht sollte er ihr eine SMS senden, fragen, ob alles okay war. Er schaute auf die Uhr. Drei Uhr morgens. *Tu's nicht. Sie schläft fest. Sie wird nicht antworten, und du wirst den Rest der Nacht über dem Telefon hängen.*

Er seufzte und ging zurück ins Schlafzimmer. Zeit, Musik zu hören, um sich abzulenken. Ein Saxophon schaffte es immer, ihn wieder in gute Stimmung zu versetzen, die Schatten zu vertreiben. Antonia Hart vielleicht. Oder Sam Levine. Auf die Musik konnte er sich immer verlassen. Bis jetzt.

III

Ein Gewicht fiel ihm vom Herzen, als er sie hinter dem Tresen bei Temptation stehen sah, wie sie über irgendetwas lachte, was Ricciarda gesagt hatte. Es ging ihr gut. *Gott sei Dank.*

Er öffnete die Glastür und trat ein. *»Buongiorno.«*

Carlinas Gesicht verschloss sich. Sie schaute ihm nicht in die Augen.

Verdammt, sie konnte doch keine Angst vor ihm haben. »Wie geht es dir?« Er musste von ihr selbst hören, dass alles in Ordnung war. So eine Nacht wie die letzte wollte er nie wieder erleben.

»Es geht mir gut.«

Eine Standardantwort. »Wirklich?« Er blickte sie scharf an und registrierte jedes Detail. »Ich meinte das ernst. Geht es dir gut?«

Sie wurde rot, aber diesmal schaute sie ihm in die Augen. »Ja.«

»Gut.«

Er wandte sich an Ricciarda. »Ich muss Ihre Aussage noch aufnehmen, aber ich würde es vorziehen, wenn wir das irgendwo tun können, wo wir nicht gestört werden. Ist das möglich?«

Ricciarda nickte. Ihr Gesicht war ruhig. »Natürlich.« Sie sagte zu Carlina: »Falls du mich brauchst, sind wir in *La Piccola Trattoria*.«

»Okay.« Carlina nickte.

Ricciarda holte ihren dunklen Mantel und zog ihn über. Sie sah damit wie eine schlanke Madonna aus, mit einer dunklen Kapuze, die ihren Kopf bedeckte. Sie führte ihn zu einem kleinen Restaurant auf der anderen Seite der Straße.

In der Trattoria roch es nach frischem Brot und Kaffee. Garinis Magen knurrte.

Er hatte sich heute Morgen keine Zeit für ein Frühstück genommen.

Sie hatten kaum in einer ruhigen Ecke Platz genommen, als der Kellner auch schon heraneilte und den Tisch mit einem feuchten Tuch abwischte. Es hinterließ glänzende Streifen auf der Oberfläche. »Guten Morgen, Ricciarda.« Der Kellner lächelte. Er war in den Zwanzigern und konnte seine Augen kaum von ihr abwenden. »Du bist früh dran heute. Möchtest du das Übliche haben?« Ein neugieriger Blick streifte den *commissario*, aber er sagte nichts.

Garini fragte sich, ob er wohl zu alt war, um als Rivale zu gelten.

»Ja, bitte.« Ricciarda lächelte.

»Und was kann ich Ihnen bringen?«

»Ich nehme ein *pannino* und einen Espresso, bitte.« Garini nahm sein Aufnahmegerät aus der Tasche und schaltete es an. »Darf ich unsere Unterhaltung aufnehmen?«

»Natürlich.«

Ihr ruhiges Gesicht, umrahmt von dem dunklen Haar, erinnerte ihn wieder an eine Madonna. Sie war eine in sich ruhende Schönheit, die Gelassenheit ausstrahlte.

»Was möchten Sie gern wissen?« Ihre Stimme war weich, wie Rahmschokolade.

»Bitte berichten Sie mir vom gestrigen Tag.«

»Carlina und ich haben eine Stunde früher als sonst angefangen, weil wir die Dekoration für die besonderen Nylonstrumpfhosen noch aufstellen wollten.«

»Um wieviel Uhr war das?«

»Gegen neun. Als wir mit der Deko fertig waren, ging Carlina in den hinteren Teil des Geschäftes und fing an, noch einige Kartons auszupacken und ich –«

»Worüber haben Sie gesprochen?«

»Wie bitte?« Ihre Augen öffneten sich weit. »Daran kann ich mich nicht erinnern. Obwohl ...« Sie drehte eine glänzende Haarsträhne um ihren Zeigefinger. »Doch. Wir sprachen über Copate Kekse, und wir haben eine Wette abgeschlossen.«

»Eine Wette?«

»Ja. Wir haben gewettet, wie viele Strumpfhosen wir verkaufen würden.«

Der Kellner brachte ihnen den Espresso, einen Milchkaffee und das *pannino*.

»Verstehe. Was geschah dann?« Garini biss in sein *pannino*. Es war noch warm und der Käse war aromatisch, genau so, wie er es gern hatte.

Diesmal musste sie nicht erst nachdenken. »Während Carlina hinten war, kam ein Kunde ins Geschäft und kaufte einige BHs und Slips für seine Freundin. Später habe ich dann gehört, dass das Trevor Accanto war.«

»Wieviel später?« Er wandte keine Sekunde lang seinen Blick von ihr ab. Sie schien absolut entspannt, ganz anders als die meisten Leute, die nervös wurden, wenn sie von der Polizei befragt wurden.

»Ich wusste, wer er war, als er mir sagte, dass ich die Einkäufe ins Garibaldi Hotel schicken sollte, weil Carlina mir schon von ihm erzählt hatte.«

»Was hat sie über ihn gesagt?«

Ricciarda lächelte. »Sie hat gesagt, dass er charmant und gutaussehend ist und man ihm nicht über den Weg trauen darf.«

»Also waren Sie neugierig darauf, ihn kennenzulernen?«

Sie zuckte mit den Schultern. »Ich kenne viele Männer, die charmant und gutaussehend sind und denen man nicht über den Weg trauen darf.«

Das glaube ich dir aufs Wort. »Und was haben Sie sich gedacht, als Sie ihn dann kennenlernten?«

Ricciarda nahm einen kleinen Schluck von ihrem Milchkaffee. »Dass Carlina recht hatte.«

»Also mochten Sie ihn?«

Ricciarda zögerte. »Ein charmanter Mann hat mich einmal tief verletzt.« Ihre Stimme klang rau. »Deshalb erlaube ich mir nicht mehr den Luxus, diese Sorte Männer zu mögen.« Der Blick ihrer blauen Augen traf ein wenig trotzig auf seinen.

»Verstehe.« Stefano trank mit Schwung den heißen Espresso. »Hat er sonst noch irgendetwas zu Ihnen gesagt? Wohin er gehen würde, was er tun würde?«

»Ich glaube, er wollte zum Arno runterlaufen. Er trug Sportschuhe.«

»Hat er mit Carlina gesprochen?«

»Ein wenig. Sie sagte, dass er vorsichtig sein sollte.«

Verdammt. »Weshalb?« Seine Stimme wurde schärfer.

»Es ging um ihre Cousine, Annalisa. Sie waren Geliebte, und Carlina glaubte nicht, dass die Beziehung halten würde.«

»Würden Sie sagen, dass sie eine Warnung ausgesprochen hat?« *Sag nein.*

Ricciarda zuckte mit den Schultern. »Das weiß ich nicht. Ich war nicht nahe genug dran, um jedes Wort zu verstehen. Ich hörte ihn nur sagen, dass er alles unter Kontrolle hat.«

Die berühmten letzten Worte. Garini entschied sich, das Thema zu wechseln. »Kennen Sie die Basilica di Santa Trìnita?«

»Natürlich.« Ricciarda lächelte, als ob sie sich an einen Geliebten erinnern würde. »Ich bin ein aktives Mitglied der Gemeinde und gehe oft hin, um zu beten.«

»Also kennen Sie *padre* Balli?«

»Ja.« Ihr Lächeln wurde noch sanfter. »Er ist ein wunderbarer Mann.«

»Sind Sie zufälligerweise auch an dem Tag, an dem Trevor Accanto ermordet wurde, in die Kirche gegangen, um zu beten?«

Sie wurde rot. »Nein. Und ich finde, es ist eine Schande, jemanden in einer Kirche zu ermorden. *Padre* Balli muss sich ganz schrecklich fühlen. Er tut mir sehr leid.«

»Haben Sie *padre* Balli seitdem gesehen?«

Einen Augenblick lang zitterte ihre Unterlippe. »Nein. Ich weiß noch nicht, ob ich zurückgehen werde. Ich habe das Gefühl, dass meine Kirche entweiht worden ist. Es gibt mir das Gefühl ganz ... ganz heimatlos zu sein.«

Darauf antwortete Garini nicht. Seine Mutter war eine überzeugte Katholikin gewesen, die sich für alles schuldig fühlte, egal, ob es falsch war oder nicht. Für ihn würde sich eine Kirche niemals wie ein Zuhause anfühlen, aber er konnte sich vorstellen, wie Ricciarda sich fühlte, nachdem er die Augen seiner Mutter während des Gottesdienstes gesehen hatte.

»Bitte erzählen Sie weiter.« Er nahm einen weiteren Bissen von seinem *pannino*.

»Wir hatten überhaupt keine Kunden. Es war so entmutigend. Schließlich hat Carlina gesagt, dass sie Hunger habe und ging.«

»Wann war das?«

»Ich weiß nicht mehr.« Wieder drehte sie eine Strähne ihres Haares zwischen den Fingern. »Wir halten uns nicht an genaue Stunden, es hängt immer von den Kunden ab. Ich glaube, es war so um eins herum.«

»Um eins?« Er runzelte die Stirn. Carlina hatte zwölf gesagt. *Hat sie wieder gelogen?*

Ricciarda zuckte mit den Schultern. »Vielleicht war es früher.« Sie schob ihre Haarsträhne zurück. »Wahrscheinlich war es wirklich früher. Ich kann mich beim besten Willen nicht erinnern.«

»Wann sind Sie in die Pause gegangen?«

»Sobald sie wiederkam. Es war immer noch alles ruhig, nicht ein

Kunde, also sagte Carlina, dass ich ruhig ein wenig länger wegbleiben könne.«

»Wie lange waren Sie in Summe nicht im Geschäft?«

Ricciarda holte tief Luft. »Maximal eine halbe Stunde. Ich wollte Carlina nicht zu lange alleine lassen, weil ich das Gefühl hatte, dass sie sehr entmutigt war. Aber Sie können den Kellner hier fragen. Ich komme mittags immer hierher.«

»Das werde ich tun.« Er antwortete mit sinkendem Herzen. Es war alles viel zu vage. Er wollte Verdächtige von seiner Liste streichen, stattdessen tappte er im Nebel, der jede Minute dichter wurde. Vor allem wollte er Carlina von der Liste streichen, nicht, um sich selbst zu beweisen, dass sie es nicht getan hatte, sondern in erster Linie, damit niemand anderes mit dem Finger auf sie zeigen konnte. *Verdammt.* Er musste Resultate bringen und zwar schnell, sonst würde Cervi ihn mit bissigen Kommentaren nerven.

Er verbschiedete Ricciarda, die zurück zu Temptation ging, und rief den Kellner an den Tisch. »Könnten Sie sich bitte eine Minute Zeit nehmen, um mir einige Fragen zu beantworten?« Er zeigte seinen Ausweis.

Die Augen des jungen Mannes weiteten sich. »Holla, die Waldfee!« Er ließ sich auf den Platz fallen, den sein Schwarm gerade freigemacht hatte. »Hat Ricciarda Schwierigkeiten?« Er warf einen gehetzten Blick durch das Restaurant. »Ich habe nicht lange Zeit, aber wenn Sie etwas von mir brauchen, helfe ich natürlich, wo ich kann.«

Garini merkte schon, dass er sich in der Rolle des Retters sah, der Ricciarda beschützte. Sie hatte nicht mit ihm gesprochen, als sie nach draußen gegangen war, aber vielleicht hatte sie ihm schon vorher eingetrichtert, was er zu sagen hatte. Garini entschied sich, besser gleich klarstellen, dass es sich um eine ernste Sache handelte. »Wir prüfen gerade, wo sich verschiedene Leute aufhielten, die in Zusammenhang mit einem Mord stehen, der gestern geschah.«

Der Kellner nickte mit Begeisterung. »Ja, der reiche Amerikaner, der in der Basilica di Santa Trìnita erwürgt wurde. Ich habe davon gehört.« Er beugte sich nach vorne. »Was möchten Sie wissen?«

»Zunächst einmal möchte ich Ihre Erlaubnis haben, diese Unterhaltung aufzuzeichnen.«

»Ja, natürlich.« Er zögerte keinen Augenblick.

Garini drückte auf den Aufnahmeknopf. »Bitte geben Sie mir Ihren Namen und Ihre Adresse.«

»Ich heiße Enrique Passo, und wohne an der Via Faenza, 13.« Sein Blick war klar und direkt.

Er wirkte völlig unbekümmert. Es war Zeit, ihm klar zu machen, um was es hier ging. »Bevor Sie weitersprechen, möchte ich darauf hinweisen, dass dies eine Morduntersuchung ist. Es handelt sich um ein schwerwiegendes Verbrechen. Überlegen Sie sich gut, was Sie sagen, und erinnern Sie sich daran, dass Sie dies eventuell vor einem Gericht beschwören müssen. Jetzt ist nicht der richtige Zeitpunkt, um zu sagen, was vielleicht passiert ist oder was Sie glauben oder nicht glauben. Ich möchte nur Tatsachen wissen. Ist das klar?«

Der junge Mann nickte mit ernstem Gesicht. Er hatte seine Beschwingtheit verloren.

»Bitte erzählen Sie mir, was gestern zwischen 11:30 und 14:30 Uhr geschah.«

Der Kellner runzelte die Stirn und fuhr sich mit der Hand durch das braune Haar. »Es war zuerst ganz ruhig, absolut tote Hose. Normalerweise brennt die Luft einige Tage vor Weihnachten, aber gestern war ganz seltsam.«

Das passt zu Carlinas Aussage. »Ja?«

»Also hatten wir nur die Stammkunden, wie den alten *signor* Pepoli.« Er nickte in Richtung einer Ecke, wo ein weißhaariger Mann Zeitung las. »Er kommt jeden Morgen um zehn und geht um zwölf.«

»Wer war noch da?«

»*Signora* Barberini. Sie kommt um elf und trinkt jeden Tag einen Espresso. Dann zwei Touristen, die ich nicht kannte.«

»Kannten Sie den Amerikaner?«

»Nein.« Enrique schüttelte bedauernd den Kopf.

»Wer noch?«

»Ricciarda kam wie immer zur Mittagszeit.«

»Wann war das?«

Er zögerte keinen Augenblick. »Sie kam um fünf nach eins und blieb bis fünf nach halb eins.«

»Wie kommt es, dass Sie das auf die Minute genau sagen können?«

Enrique errötete bis zu seinen Haarwurzeln. »Ich weiß es einfach.«

»Hmm.«

»War *signor* Pepoli noch hier?«

»Oh nein, wie gesagt, er geht immer um zwölf. Ricciarda kam später.«

»Jeden Tag oder war dies eine Ausnahme?«

»Sie kommt nicht immer zur gleichen Zeit, denn es hängt davon ab, wie viele Kunden sie haben.« Ein Lächeln ließ ihn noch jünger erscheinen. »Aber gestern habe ich sie früher erwartet, weil sie gar keine Kunden hatten.«

»Woher wussten Sie das?«

»Ich kann das Schaufenster von Temptation sehen, wenn ich in den Spiegel dort schaue.« Enrique zeigte zur Wand.

Garini stand auf und blickte in den Spiegel. Er bot einen perfekten Blick auf die Eingangstür von Temptation. »Interessant.« Er kehrte zum Tisch zurück und wartete auf die Rückkehr von Enrique, der die Pause genutzt hatte, um aufzuspringen und einen Kunden zu bedienen.

»War der Spiegel immer schon an diesem Platz?«

»Na ja ...« Enrique wurde wieder tiefrot. »Äh. Wir haben ihn erst kürzlich dorthin gehängt, weil er da das Licht besser spiegelt.«

Na klar. »Haben Sie zufälligerweise gesehen, wie Ricciarda aus dem Laden trat?«

»Hören Sie, Inspektor.« Enrique zog an den Manschetten seines Hemdes, als ob es plötzlich zu klein geworden wäre. »Ich will ganz ehrlich zu Ihnen sein. Sie ist eine tolle Frau.« Die Ehrfurcht in seiner Stimme zeigte, wie hoffnungslos sein Fall war. »Und ich konnte gar nicht anders, als mich in sie zu verlieben. Aber ich verfolge sie nicht und bedränge sie auch keinesfalls.«

»Dessen habe ich Sie gar nicht beschuldigt.« Garinis Stimme war ruhig.

Enrique beäugte ihn. »Nein?«

»Nein.« Garini lächelte. »Also bitte beantworten Sie meine Frage.«

»Was für eine Frage? Oh.« Enrique schluckte. »Ja, ich sah, wie sie rauskam. Ihre Chefin ging zuerst zum Essen. Das war ungewöhnlich, normalerweise lässt sie Ricciarda den Vortritt. Sie machen über Mittag nicht zu, wissen Sie.«

»Haben Sie gesehen, wann die Chefin zu Mittag ging?« Der Kellner war ja eine wahre Goldgrube. Er könnte sich glatt an ihn gewöhnen.

Enrique zuckte mit den Schultern. »So gegen zwölf, glaube ich.«

Es war klar, dass Carlina nicht in seinem Fokus stand. Aber zumindest passte seine Antwort zu Carlinas Aussage.

»Also verließ Ricciarda um eins den Laden und kam direkt hierher?«

»Fünf nach.« Offensichtlich hatte er endlos lange warten müssen. »Ja, sie kam direkt hierher, und sie kehrte danach auch direkt zum Laden zurück.«

»War sie anders als sonst?«

Er runzelte die Stirn. »Nein. Sie war ruhig, wie immer. Vielleicht sogar noch ruhiger als sonst. Sie ist wie eine Heilige, wissen Sie. Immer freundlich.«

Gleich wird mir schlecht. »Verstehe.« Garini lehnte sich nach vorne. »Und Sie sind ganz sicher, dass Ricciarda Sie nicht bat, diese Zeiten genauso zu bestätigen? Es klingt ein wenig zu perfekt, wenn Sie wissen, was ich meine.«

Enrique wurde blass. »Nein, das hat sie nicht getan. Ich verspreche es.«

»Wenn Sie sie fälschlicherweise decken, wäre das das Schlimmste, was Sie für sie tun könnten.«

Der junge Kellner setzte sich gerade hin. »Ich habe Ihnen nichts als die Wahrheit gesagt! Ich kann nichts dafür, dass ich mir die Zeit merke, in der sie hier ist. Es ... es ist einfach so. Das können Sie ihr nicht zum Vorwurf machen.«

Nein, das kann ich wirklich nicht, und irgendwie bist du überzeugender, als du glaubst. Garini wechselte das Thema. »Haben Sie einen Amerikaner in Sportsachen in den Laden gehen sehen? Mittleres Alter, schlank, groß, dunkle Haare?«

Enrique schüttelte den Kopf. »Nein, an so jemanden kann ich mich nicht erinnern, aber wissen Sie, ich sehe auch nicht jede einzelne Person.« Er lächelte etwas schief. »Wenn ich weiß, dass Ricciarda vermutlich nicht aus dem Laden kommt, schaue ich nicht in den Spiegel. Wann soll das denn ungefähr gewesen sein?«

»Zwischen neun und zehn Uhr morgens.«

»Oh, nein.« Enrique hob beide Hände. »Wir öffnen erst um zehn, also hätte ich ihn eh nicht gesehen. Außerdem muss ich morgens oft erst mal klar Schiff machen und kann die Tür von Temptation nicht im Auge behalten.«

Garini stellte das Aufnahmegerät aus. »Vielen Dank. Ich komme vielleicht später noch einmal auf Sie zu, um weitere Details zu prüfen.«

»Gern.« Enrique sprang auf. »Wann immer Sie wollen.« Er eilte zu seinen Kunden, während ihm Garini mit gerunzelter Stirn hinterherschaute. Dieser junge Mann war ein wenig zu praktisch. Aber wenn Ricciarda wirklich ein Alibi benötigt hätte, hätte sie sich keines gesucht, das so offensichtlich war. Enrique wirkte nicht wie ein guter Schauspieler.

Freundlich, ja.

Offen, ja.

Unaufrichtig? Ganz und gar nicht.

Nicht für eine Minute glaubte er, dass jemand, der so intelligent wie Ricciarda war, ihr Schicksal in die Hände eines Mannes legen würde, der sich gegebenenfalls als Belastung herausstellen könnte. Es sei denn … Er ging zu Enrique und hielt ihn an, bevor er in Hörweite des nächsten Tisches gelangte. »Noch eine Sache, *signor* Passo.«

»Ja?«

»Seien Sie in den nächsten Wochen ein wenig vorsichtig.«

Enrique sah ihn ungläubig an. »Warum? Glauben Sie, ich bin in Gefahr?«

»Das habe ich nicht gesagt.« Garini schaute ihn geradewegs an. »Aber vermeiden Sie gefährliche Situationen, ja?«

Der Kellner schluckte. »Ja.«

Als Garini das Café verließ, klingelte sein Telefon. Er fischte es mit einer Hand heraus, während er mit der anderen den Kragen seiner Lederjacke enger um sich zog. Der Wind war heute eisig.

»Hallo, hier ist Piedro.«

»Piedro. Was ist passiert?« Sein Assistent machte sich selten die Mühe, ihn anzurufen.

»Wir haben gerade einen Bericht über den Onkel von *signor* Accanto bekommen.«

»Welcher Onkel?«

»*Signor* Accanto hatte Peter Grant vom Garibaldi Hotel doch erzählt, dass er einen Onkel hier in der Gegend hatte, den er jedes Jahr besuchte.«

»Ach der.« Garinis Laune hob sich schlagartig. Der Onkel würde ihm ein genaueres Bild von Trevor Accanto vermitteln, würde ihm eine andere Seite zeigen, die er noch nicht kannte – über seine Familie, über die Leute, die längere Zeit mit ihm verbracht hatten – im Gegensatz zu den Frauen an seiner Seite, die ständig gewechselt hatten. »Was sagt der Bericht?«

»Es gibt ihn nicht.«

»Was?« Garinis Hoffnungen zerschellten wie die Wellen an einem Felsen in der Brandung.

»Der Bericht besagt, dass unsere Kollegen überall nach Verwandten von *signor* Accanto gesucht haben, aber sie haben keine einzige Spur gefunden. Er hatte eine Mutter, die am 3. Januar Geburtstag hatte. Als sie noch lebte, kam er sie immer um diese Zeit besuchen.«

»Verdammt. Wann ist sie gestorben?«

»Vor sieben Jahren. Sie war achtundneunzig.«

Garinis Laune wurde noch schlechter. Anscheinend hatte Trevor nur kurzfristige oder oberflächliche Beziehungen geführt. Eigentlich ein trauriges Leben.

»*Commissario?*« Piedro klang unsicher, wie so oft.

»Ja?«

»Möchten Sie sonst noch etwas wissen?«

Garini bezwang seine Ungeduld. »Wurde im Bericht denn sonst noch etwas erwähnt? Wenn ja, solltest du es mir erzählen.«

»Oh.« Piedro versank in nachdenkliches Schweigen. »Nein, ich glaube, sonst stand da nichts.«

Garini entschied sich, den Bericht sobald wie möglich selbst zu lesen, nur, um auf der sicheren Seite zu sein.

»Ach, doch«, sagte Piedro plötzlich mit einer Stimme, als ob er ein neues Gemälde von Leonardo da Vinci auf einem Dachboden entdeckt hätte. »Jetzt weiß ich's wieder. Die Nachbarn seiner Mutter erinnern sich an ihn.«

»Und?«

»Sie sagen, er war sehr charmant.«

Garini schloss verzweifelt die Augen. Sag mir mal etwas, was ich noch nicht weiß.

»Und dass er die Weihnachtszeit in Italien liebte.«

»Hmm.«

»Weil sie so ... so natürlich ist und nicht so künstlich wie in den Staaten.«

Das war immerhin eine Antwort auf die Frage, warum Trevor Accanto es vorzog, im Winter nach Florenz zu kommen. Es klang wie ein ganz schön schwacher Grund, aber wer war er schon, um die Eigenheiten amerikanischer Millionäre zu beurteilen? Dennoch brachte ihn dies kein Stückchen näher an den Mörder heran. »Ist das alles? Stand sonst wirklich gar nichts mehr in dem Bericht?«

»Ja, das war alles.«

Kapitel 8

»Wo bist du?« Die Nachricht blinkte auf ihrem Mobiltelefon, unschuldig, harmlos und doch löste sie einen Sturm an Gefühlen in Carlina aus.

Den ganzen Tag lang hatte sie sich bedrückt gefühlt, und selbst das Treffen mit den anderen Teilnehmern der Weihnachtsmesse hatte nicht dazu beigetragen, dass die schwarze Wolke über ihr verschwand. Während des Essens hatte sie wie eine Statue da gesessen und Sabrina, der lebhaften Gastgeberin und Frau des Bürgermeisters, nur mit halbem Ohr zugehört. Sie hatte Garini verloren, und der Verlust schmerzte tief in ihr.

Aber jetzt hatte er ihr eine Nachricht geschickt, und es fühlte sich an, als ob sie direkt durch ihr Blut pulsierte. Es war nun wirklich keine liebevolle Nachricht, und vielleicht musste er auch nur mit ihr über den Fall sprechen, aber wenigstens hatte er Kontakt aufgenommen.

Sie runzelte die Stirn. Es war so gar nicht ihre Art, verzweifelt auf einen Mann zu hoffen. Wann war sie von seiner guten Meinung abhängig geworden? *Verflixter Kerl.*

Sie schob ihren Stuhl zurück und stellte sicher, dass alle rund um sie herum mit ihren Unterhaltungen beschäftigt waren. Sie diskutierten gerade die letzten organisatorischen Details der Messe. *Gut.* Carlinas Finger glitten über das Display. »Bin in einem Restaurant in der Nähe vom Palazzo Pitti. Abendessen mit der Frau des Bürgermeisters.«

Die Antwort kam einen Herzschlag später. »Beeindruckend.« Sie konnte fast die Ironie in seiner Stimme hören. »Staatsbankett?«

»Vorbereitungsessen für die Weihnachtsmesse.« Würde er sich daran erinnern, dass sie ihm von der Messe erzählt hatte?«

»Kann ich dich nach Hause begleiten?«

Carlina blinzelte. Wusste er, dass sie die Vespa zu Hause gelassen und geplant hatte, ein Taxi zu nehmen, weil sie zu viel Wein trinken würde? Ihm entging wirklich nicht viel.

»Gern. In einer halben Stunde?«

»Okay.«

Es war kein Liebesgeplänkel, also warum erschien ihr der Raum auf einmal so viel heller? Sie schaute zu ihrer Freundin Rosanna hinüber, die gerade mit einer Innenarchitektin darüber sprach, wie sie ihren Blumenstand dekorieren konnte. Vor einigen Wochen hatten die beiden sich noch nicht gekannt. Selbst wenn die Messe sich als Katastrophe herausstellen sollte, hatten die Vorbereitungen sie alle zusammengebracht, sodass wertvolle Kontakte geknüpft wurden. Das machte sie alle stärker.

Jemand legte ihr die Hand auf die Schulter. Schon bevor sie sich umdrehte, wusste Carlina, dass es Sabrina war. Ihr Parfum war unverwechselbar, französisch, teuer, und ein Hauch blieb immer in der Luft hängen, nachdem sie schon lange gegangen war.

»Ist alles in Ordnung?« Sabrinas Stimme war tief und klangvoll, fast wie die eines Mannes.

»Ja.« Carlina lächelte sie an. »Ich habe gerade gedacht, dass du uns alle enorm weitergebracht hast, indem du uns in Kontakt gebracht hast. Die Männer haben ihre Clubs und ihre altehrwürdigen Verbindungen. Wir Frauen müssen lernen, besser zu netzwerken.«

Sabrina nickte. »Schön, dass du das sagst. Das ist genau der Grund, warum ich diese Messe ins Leben gerufen habe.« Sie schaute sich mit leuchtenden Augen um. Die dunkle Farbe der Iris bildete einen interessanten Kontrast zu ihrem kurzen, hellen Haar.

Carlina wünschte, sie könnte sich mit genauso viel Selbstbewusstsein wie die Frau des Bürgermeisters bewegen. Vielleicht war es etwas, das mit mehr Erfahrung kam. Sie schätzte, dass Sabrina Mitte fünfzig war, obwohl es schwer zu schätzen war, weil sie so attraktiv und jung wirkte.

Ein zufriedenes Lächeln breitete sich auf Sabrinas Gesicht aus, als sie die lebhaften Leute um sich herum betrachtete. »Es ist gut zu wissen, dass man etwas verändern kann, wenn man sich nur anstrengt.«

Carlina schaute sie neugierig an. Sie kannte Sabrina nicht gut, aber die Art und Weise, wie sie sich auf das Projekt konzentriert und sie alle zusammengebracht hatte, erfüllte sie mit Respekt. »Irgendwie glaube ich nicht, dass dies die erste Sache ist, um die du dich bemüht hast.« Sie lächelte. »Im Gegenteil, du wirkst sehr geübt.«

Sabrina nickte. »Danke. Ich muss sagen, dass ich deine Spitzenkollektion richtig beeindruckend finde. Ich werde eine deiner Hauptkundinnen werden.«

Heißes Glück breitete sich in Carlina aus. »Wie nett, vielen Dank.« Die Worte klangen völlig banal verglichen mit ihren Gefühlen. Sie hatte hart an ihrer Kollektion gearbeitet, und jemanden zu treffen, der diese Arbeit schätzte, machte einen Unterschied. Aber Sabrinas nächste Worte warfen sie rüde von ihrer Glückswolke herunter.

»Ich habe gehört, dass du den Inspektor kennst, der den Santa Trìnita Mord untersucht.« Sabrina bewegte ihre Hand und beobachtete, wie sich das Licht in dem großen Diamantring, den sie immer trug, fing.

Carlinas starrte sie überrascht an. »Wer hat dir denn das erzählt?«

Sabrina lächelte. »Mein Mann.«

»Oh.« *Und woher weiß er das?* Sie traute sich nicht, zu fragen.

Sabrina zog einen Stuhl heran und setzte sich neben Carlina. »Er bekam einen Bericht von der Polizei und erzählte mir davon.«

»Ich hätte nicht gedacht, dass ich in dem Polizeibericht vorkomme.« *Was stand da genau drin?*

Sabrina rieb sich die Nase. »Vielleicht hätte ich es dir nicht sagen sollen. Ich glaube, es ist vertraulich. Aber Temptation ist als einer der letzten Orte genannt, wo –«, sie schluckte hart, »... das Opfer gesehen wurde.«

»Ja. Leider.«

»Also kanntest du ihn?«

»Trevor?« Carlina lächelte ein wenig. »Ja, ich kannte ihn.«

»Wie war er so?«

Ich frage mich, warum du das wissen willst. Ist es natürliche Neugierde oder steckt mehr dahinter? »Er war sehr charmant. Gutaussehend. Sehr selbstbewusst.« Ihre Worte klangen zurückhaltend. *Wohin führt diese Unterhaltung?*

»Verstehe.« Sabrina starrte an die gegenüberliegende Wand, als ob sie eine interessante Eigenart hätte, die nur sie sehen könnte. »Wissen sie schon, wer ihn umgebracht hat?«

»Nicht, dass ich wüsste. Aber ich bin nicht in die Polizeigeheimnisse eingeweiht.«

Carlina bedeckte ihr Handy mit der Hand. Falls Stefano jetzt eine Nachricht schicken sollte, würde es ankündigen, dass sie eine Nachricht vom »Aaaanstrengenden Inspektor« erhalten hatte. Garini hatte sie mal dazu gebracht, seinen Namen so einzuprogrammieren, damit sie ihn in Sekundenschnelle anrufen konnte, wenn sie ihn brauchte.

Sabrina lachte, ein silberhelles Lächeln, das leicht und frisch klang. »Natürlich sagen sie den Zivilisten nichts, das weiß ich ja. Ich habe mich nur gefragt, ob du vielleicht mitbekommen hast, worauf sie sich konzentrieren, welche Fragen sie stellen. Du hast es vielleicht bemerkt, während die Polizei dich befragt hat.« Sie begann, den glänzenden Ring an ihrem Finger zu drehen. »Ich bin eine begeisterte Krimileserin, und als Fabrizio mir von dem Fall erzählt hat, habe ich mich gefragt, ob du mir vielleicht ein paar Details nennen kannst.« Sie lächelte ihr charmantes Lächeln. »Du denkst wahrscheinlich, dass mein Interesse ganz morbide ist.«

»Das ist schon in Ordnung.« Carlina konnte nicht anders, sie musste das Lächeln erwidern. »Ich bin selbst neugierig. Aber bis jetzt sieht es nicht so aus, als ob sie viele Fortschritte gemacht hätten.« Sobald die Worte heraus waren, fühlte sie sich unloyal gegenüber Garini. »Obwohl sie wirklich jeden Stein umdrehen.«

»Dieser *commissario*, der für den Fall verantwortlich ist, ist der gut?«

»Sehr gut.« Carlina nickte.

»Wirklich?« Sabrina beugte sich nach vorne. »Woher weißt du das?«

Carlina schluckte. »Wir ... wir sind Freunde.«

Eine fein geschwungene Augenbraue ging in die Höhe. »Freunde?«

Carlina erwiderte den Blick geradewegs. »Ja.«

»Verstehe.« Sabrina schaute weg und konzentrierte sich wieder auf ihren Ring. »Und denkst du, dass er es schaffen wird, den Fall zu lösen?«

»Ja. Er ist sehr intelligent.« Sie schaute Sabrina an. Etwas in ihrem Gesicht ließ sie hinzufügen. »Und unbestechlich.«

»Das ist super.« Die Antwort klang mechanisch. Sabrina schaute quer über den Tisch. »Oh, Barbara gibt mir ein Zeichen. Ich muss mal zu ihr gehen.« Sie sprang auf.

Carlina folgte ihr. »Ich muss auch los. Danke, dass du die Messe organisiert hast.« Sie beugte sich nach vorne und küsste die Luft neben Sabrinas Wangen. »*Buona notte.* Wir sehen uns auf der Messe.«

Als Carlina aus dem Gebäude kam, griff der Wind sie an, als ob er ein lebendiges Wesen wäre. Er sprang ihr ins Gesicht, zog an ihren Haaren und heulte vor Wut. Carlina schauderte und verkroch sich tiefer in ihre Jacke. *Was für eine Nacht.* Aber wenigstens hatte es aufgehört zu regnen.

Ein Schatten löste sich vom Gebäude gegenüber und kam zu ihr. »Vielleicht solltest du den besser umlegen.« Garini hielt ihr einen dicken Schal entgegen.

»Ist das deiner?« Ihr Herz schlug schneller. *Dies ist keine Verabredung. Dies ist Teil einer polizeilichen Untersuchung, also hör auf, dich wie eine schwärmerische Sechzehnjährige zu benehmen.*

»Ja, es ist mein Schal, aber ich habe ihn für dich mitgebracht.«

Carlina lachte und tat so, als ob die Worte sie nicht berühren würden. »Danke, aber wir werden ja nicht lange draußen sein, also glaube ich nicht, dass ich ihn brauchen werde.«

In dem schwachen Licht der Laternen konnte sie seinen Gesichtsausdruck nicht richtig ausmachen.

»Ich dachte mir, dass wir vielleicht zu Fuß gehen könnten.« Der Wind fuhr durch seine Haare.

»Du machst wohl Scherze.«

Er schaute sie auf seine besondere Art an, ohne einen Muskel zu bewegen, ohne ihr die kleinste Chance zu geben, zu erraten, was er dachte. »Würdest du es hassen?«

Der Wind wirbelte ihre Haare um ihr Gesicht. Sie schaute ihn an, und plötzlich wusste sie, dass sie mit ihm überall hingehen würde, Sturm hin oder her. »Ich ...« Sie schluckte. »Nein.«

Er hob den Schal, als ob er es schon hundertmal getan hätte, schob ihre Haare zurück und band ihn locker um ihren Kopf, sodass ihre Ohren bedeckt waren, dann legte er ihn um ihren Hals. Das Heulen des Windes ließ nach. Was für einen Unterschied es machte, wenn der Kopf bedeckt war. Vielleicht hatte der Wind auch einfach aufgehört. Sie konnte es nicht beurteilen.

»Besser?« Seine Stimme war weich, sein Gesicht nahe an ihrem.

Seine Hände banden den Schal unter ihrem Kinn fest, und für einen Augenblick konnte sie Leder und Seife riechen, bevor der Wind seinen Geruch verwehte.

Sie räusperte sich. »Ja. Danke.« *Jetzt. Sag es ihm jetzt.* »Stefano, ich –« Sie verlor den Mut. Es klang einfach zu dumm.

»Sag's mir.« Seine Stimme war ruhig. Er stand direkt vor ihr, die Hände in den Taschen, als ob er alle Zeit der Welt hätte.

»Ich habe dich nicht angelogen.« Ihr Hals fühlte sich ganz rau an. »Ich weiß, dass es dumm klingt, und ich weiß, dass du mir nicht glaubst, aber ich habe Emma vergessen. Es war wirklich so.«

Er sagte nichts. Sein Blick durchforschte ihr Gesicht.

»Es würde mich ganz unglücklich machen, wenn ich dich anlügen müsste.« Sie biss sich auf die Lippe. »Das kannst du mir glauben oder auch nicht.« Der letzte Satz kam zu trotzig raus, als ob sie ein Teenager wäre und sich ihrer Stellung in der Welt nicht sicher. Sie starrte auf ihre Schuhe und wartete darauf, dass er anfing, ihr Fragen zu stellen, tiefer in ihre Gedanken und in ihre Familie einzudringen.

»Ich glaube dir.«

Sie hob ihren Kopf. Hoffnung schäumte in ihr auf. »Wirklich?«

»Ja.« Er nahm ihren Arm und führte sie die Straße hinab, Richtung Innenstadt.

Sie ging neben ihm. »Warum?«

Er schaute sie kurz an. »Warum ich dir glaube?«

»Ja.«

Er fuhr sich mit der Hand durch die Haare. »Ich weiß es nicht.« Noch ein Blick. »Eigentlich sollte ich es nicht tun.« Er zuckte mit den Schultern.

»Warum nicht?«

»Weil du eine Verdächtige in einem Mordfall bist. Weil du Gelegenheit, Motiv und Mittel hattest. Weil ich weiß, wie ausgesprochen ausgeprägt dein Familiensinn ist. Weil ... es tausend Gründe gibt, es nicht zu tun.«

Seine Schritte wurden schneller, und Carlina musste sich beeilen, um mitzuhalten.

»Und trotzdem glaubst du mir?«

»Ja.« Er führte es nicht weiter aus. Es klang nicht, als ob es ihn glücklich machen würde. Er sagte es, als ob es sein Schicksal sei, etwas Unvermeidliches, etwas außerhalb seiner Kontrolle, was man akzeptieren musste, selbst wenn es keinen Sinn ergab.

»Ich freue mich sehr darüber.«

Sie erreichten den Lichtkegel der nächsten Straßenlampe. Er drehte seinen Kopf zu ihr. Ein kleines Lächeln saß in einem seiner Mundwinkel. »Nun, das ist dann wenigstens einer von uns.«

Sie hätte beleidigt sein können, aber sie wusste, warum er es sagte. Er war ein Mann, der die Dinge nicht dem Zufall überließ, ein Mann, der sich zwar von seinem Instinkt und seinem Gespür leiten ließ, sich aber niemals ganz darauf verließ. Ein Mann, der sich mit Vorsicht entschied und die Dinge von allen Seiten betrachtete. Und jetzt, ganz plötzlich, hatte er einen blinken Fleck bei sich entdeckt. Er musste sich einer

Sache stellen, die er nicht kontrollieren konnte, einer Überzeugung, die stärker war als die Vernunft.

Ja, Carlina verstand, und sie wusste, was es für ihn bedeutete, diesen blinden Fleck zuzugeben. Sie gab sein Lächeln zurück, ein wenig schief, ein wenig ironisch, aber mit tiefem Verständnis.

Sein Lächeln vertiefte sich. Er beugte sich nach vorne.

Carlinas Herz schlug so schnell, dass sie es im Hals spürte. Sie kam ihm entgegen.

Ein Auto bog in die Straße ein und ließ den Motor hinter ihnen aufheulen.

Sein Kopf hob sich abrupt. Durch eine schnelle Bewegung stellte er sich vor sie, sodass sie von der Straßenseite her geschützt war.

Der gemeinsame Augenblick war verloren.

Das Auto fuhr vorbei, ohne langsamer zu werden.

Er legte ihr den Arm um die Schultern und begann weiterzugehen, sein Gesicht verschlossen.

Carlina holte tief Luft. Sie mochte die Art, wie er sie an seine Seite zog. Es fühlte sich so sicher an, so geborgen. Sie hatte vorher nie gemerkt, wie gut sie zusammen passten. Nun, bis jetzt hatte sie ja auch keine Gelegenheit dazu gehabt. Es war das erste Mal, dass er den Arm um sie gelegt hatte.

»Was war denn das eben?«

»Hmm?« Er drehte den Kopf und sah sie an, als ob sie in einer anderen Sprache gesprochen hätte.

»Hattest du Angst vor dem Auto?«

»Gewissermaßen.«

Sie runzelte die Stirn. »Warum?«

»Ein schlechter Traum.« Sein Gesicht blieb unbeweglich.

»Ein schlechter Traum?« Sie hob ihre Augenbrauen. »Wovon handelte er?«

Er warf ihr einen Blick zu, den sie nicht deuten konnte. »Ich habe geträumt, dass du auf offener Straße entführt wirst.«

Eine Mischung aus Angst und Freude schoss durch Carlina. Er hatte von ihr geträumt. Aber Kidnapping? »Gibt es irgendeinen besonderen Grund, weshalb du ausgerechnet auf Kidnapping gekommen bist?«

»Nein.« Er zuckte mit den Schultern. »Aber ich war froh, dich heute Morgen gesund und munter bei Temptation zu sehen.«

Die Angst verging und ein tiefes Glücksgefühl nahm ihren Platz ein. Sie lächelte ihn an, dann schaute sie nach vorne. Sie waren ans Ende der Straße gekommen und gingen jetzt nach links, in die Richtung zum Arno hinunter. Carlina bemerkte, dass er seine Schritte den ihren anpasste. Der Wind zerrte an ihrer Jacke, aber sie fühlte sich warm, während sie neben Garini lief. Vielleicht musste sie jetzt gar nicht reden. Vielleicht sollte sie einfach den Augenblick genießen, sollte das Glück akzeptieren, selbst wenn es in unerwarteten Umständen erschien. Sie legte ihren Arm nicht um seine Hüften, stattdessen hielt sie beide Hände tief in den Taschen ihrer Jacke vergraben, aber sie achtete darauf, eng an seiner Seite zu bleiben, damit er keinen Grund hatte, sie loszulassen.

Sie gingen den Hügel weiter hinab, mit dem Stadtzentrum vor sich. Es leuchtete gelb im Licht der Straßenlaternen, eine friedlich schlafende Stadt.

»Warum wolltest du mit mir zu Fuß gehen?«, fragte sie. »Es ist wirklich nicht das richtige Wetter für einen Spaziergang.«

»Ich wollte mit dir reden. Der Car Pool war heute Abend ausgebucht und eine Autofahrt wäre auch zu schnell vergangen.« Er klang entspannt, sich selbst sicher.

»Zu schnell wofür?«

Er lächelte. »Zu schnell für alles.« Mit seiner freien Hand berührte er den Schal über ihrer Stirn. »Ist dir warm genug?«

»Ja, danke. Und dir?«

»Alles gut.« Ihre Schritte hallten durch die ruhige Nacht, aber ausnahmsweise einmal klang es nicht beunruhigend. Sie gingen an einer Straße mit vielen krummen Häusern entlang. Viele der Fenster hatten eine Weihnachtsbeleuchtung, die in die Dunkelheit hinaus schien.

Carlina lächelte. *Ich bin genau da, wo ich gern sein möchte.* Sie hielt den

Gedanken fest und fragte sich erneut, ob sie darauf bestehen sollte, dass er mit ihr sprach, um herauszufinden, was er ihr nicht sagte. Nein. *Zerstöre den Augenblick nicht. Entspanne dich einfach.*

Schweigend gingen sie weiter. Einmal rutschte sie auf dem Kopfsteinpflaster aus, doch er hielt sie fest und sorgte dafür, dass sie nicht fiel. Es fühlte sich gut an, mit ihm zusammen zu sein, ohne Ablenkung, ohne vorwärts getrieben zu werden. Die leicht nebelige Luft wirbelte um sie herum wie ein verzauberter Schleier und versteckte sie vor der wirklichen Welt. *Warum kann das Leben nicht immer so sein?*

Als sie die Brücke zum Arno überquerten, brach Carlina aber doch die Stille. »Für jemanden, der sich unterhalten will, bist du ganz schön schweigsam.«

Er lachte. Es war ein leises Lachen – sie fühlte es mehr, als sie es sah. »Ich habe keine Lust mehr zu reden.«

Sie lächelte. »Das habe ich auch gerade gedacht.«

Die Worte verschwanden zwischen ihnen, ohne einen Eindruck zu hinterlassen. Sie war zufrieden damit, nicht zu sprechen.

Als sie vor ihrer Haustür ankamen, sah sie zu ihm hoch. »Vielen Dank.«

»Gute Nacht, Carlina.« Er zog sie näher an sich heran.

Sie hob ihr Gesicht und schloss die Augen.

Etwas krachte gegen ihren Rücken und schob sie ruckartig nach vorne, gegen Stefanos Brust.

»Carlina!« Ihre Mutter schoss aus der Haustür. »Was bin ich froh, dass du zu Hause bist! Ich habe mir solche Sorgen gemacht!«

Carlina unterdrückte einen Seufzer und drehte sich um. Sie traute sich nicht, Garini anzusehen. »Ich bin über dreißig, *mamma*, und es ist noch nicht einmal Mitternacht. Wo ist das Problem?«

»Die Karten haben mir eine bevorstehende Tragödie gezeigt!« Ihre Mutter hob beide Hände. Sie trug zwei identische Armbänder mit einer Vielzahl von goldenen Anhängern, die gegeneinander klapperten. Ein Schauder ging durch ihren Körper. »Es ist schrecklich hier draußen. Kommt rein.«

Carlina schaute Garini an. Sein Gesicht wirkte etwas perplex.

»Kommt rein, kommt rein.« Fabbiola zog sie nach oben in ihre Wohnung. »Die Karten sind noch auf dem Tisch. Ich zeige euch, was ich gesehen habe, und ihr werdet verstehen –«

Sie warf die Tür zu ihrer Wohnung weit auf und eilte hinein, während ihr Kleid hinter ihr her flatterte.

Garini hielt die Tür für Carlina auf.

»Es tut mir leid«, sagte sie leise, als sie an ihm vorbeiging.

»Ich möchte dies um keinen Preis der Welt verpassen.« Seine Stimme klang amüsiert. »Ich bin sicher, dass die Zukunft mehr birgt, als ich mir jemals vorstellen könnte.«

Sie rollte mit den Augen und folgte ihrer Mutter ins Wohnzimmer.

Es roch betäubend nach Weihrauch, irgendetwas Indisches vielleicht. Carlina ging zum Fenster und öffnete es weit.

»Schließe das Fenster!« Fabbiola hob beide Hände mit einer wilden Bewegung, sodass die Armbänder wie Kastagnetten klapperten. »Die Karten fliegen sonst weg.« Sie nahm ihr Lieblingskissen hoch und hielt es wie ein Schild über die Karten.

Carlina seufzte und stellte das Fenster auf Kippe, dann drehte sie sich herum.

Ihre Mutter warf das Kissen zur Seite und beugte sich über den niedrigen Holztisch, auf dem die Karten in einem ausgefeilten Muster angeordnet lagen.

Sie muss sich die Haare nachfärben. Carlina wandte den Blick vom gesenkten Kopf ihrer Mutter ab und schaute Garini an. Er beobachtete ihre Mutter mit geduldigem Gesichtsausdruck, beide Hände in den Taschen, das Gewicht auf den Fußballen. *Ich frage mich, was er denkt.*

In diesem Augenblick schaute er auf und lächelte sie an.

Carlina fühlte, wie ihr Gesicht heiß wurde. *Ich wette, meine Ohren werden gerade leuchtend rot.*

Fabbiola runzelte die Stirn und schüttelte den Kopf. »Schaut!« Sie sagte es mit dem Schwung eines Zauberers, der gerade ein weißes

Kaninchen aus dem Hut gezaubert hat. Sie machte eine weite Bewegung mit ihrem rechten Arm. »Schaut euch das an!«

»Ich kann die Karten nicht lesen«, sagte Carlina. »Und ich glaube ihnen sowieso nicht.«

Ihre Mutter zeigte auf etwas in der Mitte. »Der schwarze Knappe. Der schwarze Knappe bedeutet Tod.« Sie nahm eine Karte auf, die rechts daneben lag. »Und diese hier!« Sie schwenkte sie durch die Luft. »Kinder.« So, wie sie es betonte, hätte sie auch »Cholera und Pest« sagen können.

Carlina rollte mit den Augen. »Was ist so schlimm an den Kindern?«

»Sie stehen für Gefahr.« Die Stimme ihrer Mutter wurde tief. »Große Gefahr.« Sie hob den Kopf und starrte Carlina an. »Hüte dich vor Kindern.«

Carlina fing an zu lachen. »Okay, ich werde darauf achten, dass mich keine Kinder angreifen. Sonst noch was, *mamma*? Soll ich mich vielleicht vor ... Brokkoli hüten?«

»Brokkoli? Warum erwähnst du Brokkoli?« Die Augen ihrer Mutter weiteten sich.

Carina zuckte mit den Schultern. »Er ist harmlos. Genau wie Kinder. Darum fiel mir Brokkoli ein. Ich hätte auch Blumenkohl sagen können. Oder Rosenkohl.«

Stefanos Mund zuckte.

Fabbiola beugte sich wieder über die Karten. »Komisch, dass du das erwähnst. Ich hatte eine Karte hier, eine, die ich nicht richtig deuten konnte. Die Farbe ist grün. Meinst du wirklich ... Brokkoli?« Die nächsten Worte gingen in einem Gemurmel unter.

Carlina wagte einen Blick in Stefanos Gesicht.

Er hatte die Augenbrauen so hoch gezogen, dass sie fast im Haaransatz verschwanden.

Carlina entschied sich, dass es für heute genug war. Sie machte einen Schritt nach vorne. »Vielen Dank für die Warnung, *mamma*. Ich denke, jetzt sollten wir besser –«

»Nicht nur für dich.« Ihre Mutter schaute nicht hoch. »Auch für ihn.«

»Du meinst Stefano?«

»Ja. Ich sehe Gefahr. Für euch beide. Gefahr, die von der Jugend ausgeht.«

»Wir werden es im Kopf behalten.« Stefano wandte sich zur Tür. »Gute Nacht, *signora* Ashley-Mantoni.«

»Buona notte, mamma.« Carlina gab ihrer Mutter einen Kuss auf die Wange. »Mach dir keine Sorgen. Wir denken an deine Warnung.«

Ihre Mutter schaute hoch und lächelte plötzlich. »Gut. Macht das. Gute Nacht.«

Sie winkte ihnen zu und vertiefte sich wieder in die Karten. Das Letzte, was sie von ihr hörten, war ein gemurmeltes »Zucchini?«.

Als sie die Wohnung verließen, sagte Carlina leise: »Mach dir keine Sorgen, es ist nur eine Phase.«

»Du lieber Himmel.« Garini fuhr sich mit der Hand durchs Haar. »Jetzt sag mir nicht, dass sie verschiedene Phasen durchmacht wie schon dein Opa?«

Carlina unterdrückte ein Lächeln. »Ich bin mir nicht so sicher. Aber diese ist ja ziemlich harmlos, verglichen mit den Phasen, die Opa so hatte.«

»Bis jetzt«, sagte er. »Aber mir wird schon schlecht, wenn ich darüber nachdenke, was vielleicht als nächstes kommt.« Er lächelte, während er das sagte.

Er hob die Hand und berührte ihre Wange, aber bevor er noch irgendetwas tun konnte, schallte eine Stimme von unten durchs Treppenhaus.

»Bist du das, Carlina?« Emma streckte den Kopf über die Brüstung eine Treppe tiefer und verdrehte ihn, um nach oben zu sehen.

»Ja.« Carlina unterdrückte einen Seufzer. *Notiz an mich selbst: Versuche niemals, jemanden zu küssen, solange sich noch ein Familienmitglied im Umkreis von zehn Kilometern befindet.*

Sie gingen nach unten.

Emma empfing sie mit einem Stirnrunzeln. »Worüber habt ihr mit Fabbiola gesprochen?«

»Ach.« Carlina machte eine vage Handbewegung. »Dies und das. Gemüse.«

»Gemüse?« Emmas Augen drohten, aus ihrem Kopf zu fallen.

»Ja. Brokkoli.« Carlina hob eine Augenbraue. »Willst du sonst noch etwas wissen?«

Emma seufzte. »Nein. Ich habe mich das nur gefragt, weil ich eure Stimmen gehört habe.« Sie wandte sich an Garini. »Möchten Sie wieder die Nylonstrumpfhosen sehen?«

»Nein, danke. Einmal hat gereicht.«

»Oh. Was machen Sie denn dann hier?« Sie schaute ihn erstaunt an.

Carlina wand sich innerlich. *Emma, bitte!* »Stefano hat mich von einem Treffen der Weihnachtsmesse nach Hause begleitet.« Sie blickte ihre Cousine drohend an.

»Ach, verstehe.« Emma schien jegliches Interesse an Stefano zu verlieren und nahm ihre Cousine am Arm. »Carlina, du musst einfach sehen, was ich mir heute gekauft habe. Es ist wirklich –«

»Ich wollte mich gerade von Stefano verabschieden.« Carlina widerstand dem Druck ihrer Hand und biss die Zähne zusammen.

»Na, das kannst du doch jetzt tun, oder?« Emma öffnete die Tür ihrer Wohnung und ging hinein. »Das dauert ja nur einen Augenblick, und dann kannst du dir ansehen, was ich gekauft habe. Ich bin in einer Minute zurück.«

»Netter Rausschmiss.« Stefanos Stimme klang ironisch. »Kann sie mich so wenig leiden?«

»Ich weiß nicht.« Carlina war verwirrt. »Eigentlich hätte ich das nicht gedacht.«

»Ist auch egal.« Stefano lächelte. »Gute Nacht, Carlina.«

»Es tut mir leid.« Ihr war ganz elend zumute.

»Wir sehen uns bald.« Er nahm ihre Hand und zog sie kurz an seine Lippen, dann drehte er sich um und ging die Stufen hinab.

»Carlina? Wieso stehst du denn hier herum wie ein Schaf im Gewitter? Komm jetzt endlich rein, es ist verdammt kalt auf der Treppe.«

Carlina ging in die Wohnung ihrer Cousine und schloss die Haustür sorgfältig hinter sich. »Kannst du mir sagen, warum du es darauf angelegt hast, meine Verabredung zu unterbrechen?«

Emma wühlte durch einige glänzende Einkaufstüten, ohne hochzuschauen. »War das eine Verabredung? Sorry. Ich dachte, er ist schon wieder dabei, diesen Mord zu untersuchen.«

»Nein, das hat er nicht getan.« Carlina ließ deutlich durchklingen, dass sie sauer war. »Und du wusstest das auch ganz genau. Also sag mir, was los ist.«

Emma antwortete nicht. Ihr glänzendes Haar war nach vorne gefallen und bedeckte ihr Gesicht, und sie war immer noch damit beschäftigt, Dinge aus den Tüten zu ziehen und wieder hineinzustopfen.

Carlina ging zu ihrer Cousine und nahm sie bei den Schultern. »Hör auf damit. Wir wissen beide, dass das nur eine Entschuldigung war, um Stefano loszuwerden. Was geht hier vor?«

Emma schaute hoch und seufzte. Ihre Mundwinkel fielen nach unten. »Ich mag ihn einfach nicht.«

Carlina verengte die Augen. »Ich glaube, du versteckst etwas. Du hast Angst vor ihm.«

Emma wurde rot. »Ganz und gar nicht. Ich mag nur seine Manieren nicht. Er ist so … abrupt.«

Carlina musste lächeln. Emmas Ehemann Lucio und Stefano waren so unterschiedlich wie Salz und Zucker, aber reichte das aus, um Emmas plötzliche Abneigung zu erklären? Bis jetzt hatte sie Carlina immer vorwärts getrieben, hatte sie gedrängt, eine neue Beziehung mit jedem unpassenden Mann einzugehen, der am Horizont aufgekreuzt war.

»Er ist kein Casanova, wenn du das meinst.« Obwohl sein Handkuss sie umgehauen hatte. Es war eine ungewöhnliche Geste, altmodisch und doch hatte er es mit Leichtigkeit und Charme gemacht. Sie unterdrückte das Bedürfnis, ihre Hand gegen ihre Wange zu halten.

Emma runzelte die Stirn. »Warum grinst du wie ein Kind vorm Weihnachtsbaum?«

Carlina wischte sich hastig das Lächeln vom Gesicht. »Also willst du's mir nicht sagen?«

»Es gibt nichts zu sagen.« Emma klappte ihren Mund hörbar zu. »Aber ich warne dich ... du solltest von dem Kerl Abstand halten. Du kannst ihm nicht vertrauen.«

Carlina hob die Augenbrauen. »Ich merk's mir.« Ihre Stimme troff vor Ironie. Sie drehte sich zur Tür. »Willst du der Warnung nicht noch was hinzufügen?«

»Was soll ich denn vergessen haben?« Emma stemmte die Hände in die Hüften und funkelte ihre Cousine an.

»Kinder.« Carlina öffnete die Haustür. »Die sind so richtig gefährlich.« Sie schüttelte den Kopf. »Oh, ja, diese gefährlichen Kinder. Richtig bösartig, sag ich dir.« Sie schlüpfte aus der Wohnung heraus. »Nicht zu vergessen, Brokkoli. Richtig übles Zeug.«

Sie konnte noch einen letzten Blick auf Emmas Gesicht erhaschen, bevor sie die Tür mit einem leisen Klicken hinter sich ins Schloss zog. Der Mund ihrer Cousine stand weit offen und ihre Augen sahen aus, als ob sie gleich aus dem Gesicht fallen würden.

Kapitel 9

I

»Amerikanischer Tourist mit unzerstörbaren Nylonstrumpfhosen erwürgt!«

Der sonnige Morgen verdunkelte sich abrupt. Carlina blieb mitten in der Bewegung stehen und starrte auf den kleinen Zeitungsstand an der Ecke der Straße, wo die Zeitungen hingen, die den Passanten ihre Schlagzeile entgegenschleuderten. Nicht eine Zeitung, nein, Dutzende in Reihen, wie Hemden auf einer Wäscheleine aufgehängt. Und jede einzelne zeigte ihr stirnrunzelndes Gesicht, ein verwischter Schnappschuss, mit dem unverkennbaren Temptation-Logo im Hintergrund. *Sie müssen es gestern geschossen haben, als ich den Laden verlassen habe.* Sie hatte den Fotografen auf der Straße noch nicht mal bemerkt. »Ich habe die Mordwaffe verkauft«, stand in fetten Buchstaben unter ihrem Bild.

»Madonna.« Carlina zwang sich, trotz ihrer schwachen Knie zu dem Zeitungsstand zu gehen. »Ich hätte gern eine *Quotidiano*, bitte.«

Der alte Mann zog die Quotidiano vom Stapel und reichte sie ihr, ohne hochzusehen. Dann streckte er die andere Hand aus. Seine Fingerspitzen waren blau vor Kälte. »Ein Euro dreißig.«

Als sie die Zeitung nahm, trafen sich ihre Blicke.

Seine Augen weiteten sich. »Sie sind das.« Er schluckte so schwer, dass sein Adamsapfel sichtbar auf und ab hüpfte. Seine Hand begann zu zittern. »Sie!«

Sie versuchte ein Lächeln, doch es wurde nur eine gefrorene Grimasse. »Ich fürchte, ja.«

Jede Falte in dem Gesicht des alten Mannes streckte sich in ein falsches Lächeln. »Tun Sie mir nichts!«

»Natürlich nicht.« Carlina klang eher genervt als beruhigend. »Ich habe ihn nicht umgebracht.«

Sie ließ die Münzen in seine Hand fallen, doch er zitterte so stark, dass ein zwanzig Cent Stück auf den Boden glitt, hinter die Zeitungen, die vor dem Verkäufer aufgestapelt waren.

Der alte Mann schien es nicht zu merken. Seine hellen Augen waren immer noch auf ihr Gesicht geheftet. Er trat einen Schritt zurück. »Gehen Sie!«

Carlina biss sich auf die Lippe. Sie nickte und drehte sich auf dem Absatz um, während sie sich an der Zeitung wie an einem Rettungsring festhielt.

Sicher in Temptation angekommen, breitete sie die Zeitung auf dem Tresen aus und las die ganze flammend aufgemachte Geschichte:

»Es gibt einen neuen Hinweis im Mordfall des reichen Amerikaners Trevor V. Accanto! Bis gestern wussten wir nur, dass er am 18. Dezember in der Basilica di Santa Trìnita erwürgt worden ist, doch ein Insider hat jetzt offenbart, dass der Mörder einen verdrehten Sinn für Humor hatte: Der Amerikaner, der jedes Jahr zur Weihnachtszeit in Florenz eine andere Geliebte hatte, wurde mit einem Paar unzerstörbarer Strumpfhosen erwürgt – das war wohl eine romantische Verwicklung zu viel! Die Besitzerin des Luxus-Lingerie Geschäfts Temptation, Carlina Ashley (siehe Bild rechts), hat die ungewöhnliche Mordwaffe verkauft. Sie kannte das Opfer, behauptet aber, von dem Mord in der Kirche nichts gewusst zu haben. Die italienische Polizei arbeitet eng mit der Schweiz, Frankreich und den USA zusammen, weil sie hinter dem Mord eine internationale Verwicklung vermuten. Wird der Nylon-Mörder weitermachen? Hat er die untreuen Männer in ganz Florenz aufs Korn genommen? Hat er schon sein nächstes Opfer ausgesucht? Hat Ihre Frau unzerstörbare Strumpfhosen von Temptation auf der Via de' Tornabuoni gekauft? Falls ja, sollten Sie dunkle Orte meiden! Bleiben Sie uns treu ... wir halten Sie auf dem Laufenden!«

Carlina hielt entsetzt die Hand vor den Mund, ihre Augen weit aufgerissen. Das war ja noch schlimmer als erwartet.

Sie hob den Kopf und starrte mit blinden Augen auf zwei Teenager, die sich von außen gegen das Schaufenster pressten. Sie umrahmten ihre Gesichter rechts und links mit den Händen und starrten fasziniert in den Laden. In der Sekunde, in der Carlina sich bewegte, kreischten sie und rannten weg. *Oh mein Gott.*

Ihr Mobiltelefon klingelte.

Sie schaute aufs Display und drückte wie von der Tarantel gestochen die grüne Taste.

»Hast du den *Quotidiano* gesehen?«

»Gerade in diesem Augenblick.« Garinis Stimme klang grimmig.

»Was soll ich bloß tun?« Ihre Stimme wurde hoch und dünn.

»Ich vermute, dass du nicht bereit bist, den Laden übergangsweise zu schließen, oder?« Er klang ganz ruhig.

Carlina fuhr zusammen. »Natürlich nicht! Es ist Selbstmord, einen Einzelhandelsladen drei Tage vor Weihnachten zu schließen!«

»Ich habe keine andere Antwort erwartet.« Nun klang er resigniert. »Aber dir ist schon klar, dass Hunderte von Neugierigen in deinen Laden stampfen werden und vielleicht auch der ein oder andere Verrückte?«

Carlina schluckte schwer. »Ja, ich denke schon. Aber ich kann trotzdem nicht schließen.«

Schweigen.

Sie konnte ihn noch nicht einmal atmen hören.

Ricciarda kam durch die Tür, windverweht und mit rosigen Wangen. Sie lächelte Carlina an und ging nach hinten, um ihre Jacke aufzuhängen.

Carlina musste sich zwingen, das Lächeln zu erwidern, dann konzentrierte sie sich wieder auf das Gespräch. »Hast du irgendeine Ahnung, wer die Info an die Presse weitergegeben habe könnte, Stefano?«

»Ja.« Er zögerte, dann sagte er: »Hör mal, ich schicke dir Piedro heute für den Tag vorbei.«

»Piedro? Ist das nicht dein Assistent, der ein wenig schwer von Begriff ist?«

Er knurrte. »›Ein wenig‹ ist die Untertreibung des Jahres. Verglichen mit ihm bewegen sich Schnecken in Lichtgeschwindigkeit. Er ist der schlechteste Assistent, den ich je hatte.«

»Oh.«

»Ich möchte gern, dass er vor deinem Schaufenster steht und die Leute bewacht, die rein und raus gehen. Ich werde ihn auch bitten, ein Auge auf die Dinge zu haben, die im Laden vor sich gehen. Wenn du dich in irgendeiner Weise bedroht fühlst, gibst du ihm ein Zeichen, ja? Es tut mir leid, dass ich niemand anderen schicken kann.«

»Aber er wird sich zu Tode frieren, wenn er den ganzen Tag vor Temptation stehen muss!«

»Ja, und ich hoffe, dass es wehtut.« Stefanos Stimme klang ruhig. »Er ist derjenige, der für den ganzen Dreck im *Quotidiano* verantwortlich ist.«

Carlina schnappte nach Luft. »Piedro war das? Aber warum?«

»Anscheinend hat er gestern einen alten Schulfreund getroffen, sie haben einen netten Abend verbracht und in aller Unschuld, so behauptet er, hat er von dem Fall berichtet. Der gute Freund hat vergessen, ihm mitzuteilen, dass er für den Quotidiano arbeitet, obwohl Piedro vielleicht eine Warnglocke hätte läuten hören sollen, als er vor sich hinmurmelte, dass er als selbständiger Journalist arbeitet.«

»Himmel.«

Carlina schob die Zeitung in Richtung Ricciarda, die vom Lagerraum nach vorne zurückgekehrt war. »Lies das«, flüsterte sie und drehte ihrer Assistentin den Rücken zu, mit dem Blick aus dem Fenster. Zwei Männer in Anzügen eilten vorbei. Der eine schaute auf das Firmenschild über der Tür, stieß den anderen in die Seite und zeigte auf das Werbeschild für die Strumpfhosen. »*Mai più smagliature!* Nie wieder Laufmaschen!« Sie grinsten und gingen weiter.

Etwas in Carlina zerbrach. Sie erinnerte sich an den Stolz, den sie empfunden hatte, als das Temptation-Logo in das Glas über der Tür geätzt worden war. Es war ein Synonym für Schönheit und Luxus gewesen. Jetzt war es ein Synonym für Mord.

»Carlina?« Garini klang besorgt. »Ist alles in Ordnung?«

»Ja.« Carlina presste die Lippen zusammen. »Hat Piedro dir das alles freiwillig erzählt?« *Wenn er das getan hat, ist er mutiger, als ich je vermutet habe.*

»Sagen wir eher, ich habe es Stück für Stück aus ihm herausgelockt.«

»Verstehe.« Carlina sah, wie eine Frau vor dem Schaufenster stoppte. Sie hatten den Kopf zwischen die Schultern gezogen, um sich vor der Kälte zu schützen und starrte auf das Werbeschild für die Nylonstrumpfhosen. Dann verengte sie die Augen, schüttelte den Kopf und ging weiter.

Carlina schluckte. »Du kannst Piedro sofort herschicken. In der Sekunde, wo ein Verrückter versucht, um mich umzubringen, schubse ich ihn vor mich, sodass er meine Stelle einnehmen kann.«

Sie legte auf und drehte sich um.

Ricciarda schaute mit großen Augen von der Zeitung hoch. »Wow. Was für eine Wagenladung an Dreck.«

»Ja.« Carlina biss die Zähne zusammen. »Und was für ein entsetzlich schlechter Zeitpunkt. Jeder, der für heute noch keine Pläne hatte, wird zu uns kommen. Sie werden so tun, als ob sie ernsthafte Käufer sind, werden alles anprobieren, was ihnen in die Hände fällt, werden ausführliche Beratung einfordern und das alles, obwohl sie nur mich und den Laden anstarren wollen.«

Ricciarda runzelte die Stirn. »Das ist unfair.«

»Ja.« Carlina hob die Schultern. »Wir könnten Temptation in einen Souvenir-Shop verwandeln und Anstecker mit einem tollen Motto verkaufen. Irgendwas im Stil von ›Ich war in dem Laden, in dem sie unzerstörbare Nylonstrumpfhosen als Mordwaffe verkaufen.‹ Dann könnten wir sie für fünf Euro pro Stück verschleudern.« Sie schnaufte. »Ich wette, ich wäre heute Abend Millionärin.«

Ricciarda lächelte ihr ermutigend zu. »Ich bin sicher, dass es nicht so schlimm wird.«

»Hoffentlich nicht. Ich –« Carlina brach ab und starrte vor sich hin. »Aber was sage ich denn da? Natürlich!«

Ricciarda blinzelte. »Du willst die Anstecker machen?«

»Nein, nicht die Anstecker!« Carlina lachte. »Aber wir können stattdessen die Temptation-Tassen anbieten. Erinnerst du dich an sie?«

»Die Espressotassen mit dem goldenen Temptation Logo? Ich dachte, die hast du als Geschenk für besonders gute Kunden reserviert?«

»Stimmt.« Carlina schnappte sich das Telefon und fing an zu wählen. »Aber ich musste viel mehr bestellen, als ich eigentlich brauchte, um mein eigenes Logo zu bekommen. Sie sind in meiner Wohnung, und Gott sei Dank sind sie in kleine Pakete gepackt, sodass sie leicht zu transportieren sind. Ich rufe Onkel Teo an und bitte ihn, sie mir zu bringen. Wir können sie hier in die Deko einbauen und für fünf Euro pro Stück anbieten.« Sie fing an, im Singsang der Marktverkäufer zu sprechen. »Kommen Sie her, *signore, signori,* wir haben das perfekte Souvenir aus dem Mordladen in der historischen Altstadt von Florenz!«

Sie klemmte sich das Telefon zwischen Schulter und Ohr, während sie auf dem Tresen Platz für die Tassen machte. »Onkel Teo? Hier ist Carlina. Könntest du mir einen Gefallen tun? Ich brauche die Kartons mit den Espressotassen aus meiner Wohnung. Du hast mir vor einigen Wochen geholfen, sie hochzutragen, erinnerst du dich daran?«

»Es tut mir leid, Carlina, aber ich habe heute keine Zeit.« Onkel Teo keuchte, als ob er gerannt sei.

Im Hintergrund hörte Carlina ein vertrautes Geräusch, ein lautes »Ping«. Sie runzelte die Stirn. Sie kannte das Geräusch. Was war das noch? »Wo bist du, Onkel Teo?«

»Ach, ich bin auf dem Weg zu einem Freund.«

Jetzt fiel es ihr ein. Das Geräusch kam von dem Bus, wenn man an dem Kabel über sich zog, um ihn dazu zu bringen, anzuhalten. »Du fährst mit dem Bus?« Carlina glaubte es kaum. »Aber du hasst Busfahren!«

»Ähm.« Onkel Teo räusperte sich. »Ich muss jetzt wirklich auflegen, Carlina. Es tut mir leid, dass ich heute nicht helfen kann. Ein anderes Mal, ja?«

»Ich –«

Er legte auf, bevor sie den Satz zu Ende bringen konnte.

»Wow.« Carlina schüttelte den Kopf. »Wie seltsam.« Jetzt, wo sie darüber nachdachte, fiel ihr auf, dass Onkel Teo gestern sehr beschäftigt gewirkt hatte, mit einem Gesicht, das so aussah, als ob er ganz begeistert sei, es aber nicht zeigen dürfe. Sie runzelte die Stirn. Vielleicht plante er eine besondere Weihnachtsüberraschung? *Bloß nicht.*

»Wir könnten Annalisa bitten, uns die Tassen zu bringen.« Ricciarda hatte die Unterhaltung mitbekommen.

»Gute Idee.« Carlina schaute auf die Uhr. »Wo bleibt sie denn überhaupt? Wir hatten doch gesagt, dass sie um halb zehn anfangen soll.« Sie wählte Annalisas Nummer und wartete, bis sie eine verschlafene Antwort hörte. »Guten Morgen, Sonnenschein. Hier spricht deine Arbeitgeberin. Du hättest vor einer Viertelstunde auf der Arbeit erscheinen sollen.«

»Mensch, Carlina, sei doch nicht so unmenschlich.« Annalisa nuschelte so leise, dass die Wörter alle ineinander rutschten. »Ich hatte eine fürchterliche Nacht und fühlte mich einfach nicht danach, früh aufzustehen.«

Heiße Wut schoss in Carlina hoch. »Ich kenne ein perfektes Rezept, um über dieses Problem hinwegzukommen, Annalisa. Beweg deinen Hintern aus dem Bett und fang an zu arbeiten. Es gibt nichts Besseres als ein wenig Ablenkung, um über seine Sorgen hinwegzukommen.«

Ricciarda schaute sie erschrocken an.

Carlina brach ab. Sie verlor nicht oft ihre Geduld, aber im Augenblick fühlten sich ihre Nerven wie durchgekaut an.

»Wie kannst du es wagen, so mit mir zu sprechen?« Annalisa

kreischte laut und deutlich ins Telefon. »Nach allem, was ich durchgemacht habe!«

Carlina holte tief Luft. »Es tut mir leid. Ich bin auch ein wenig gestresst.«

»Wie kannst du gestresst sein, wenn du keine Ahnung hast, was ich durchgemacht habe und –«

»Annalisa.« Carlina konzentrierte sich darauf, ihre Stimme ruhig und kontrolliert klingen zu lassen. »Ich brauche deine Hilfe. Jetzt.«

»Was?« Jetzt endlich wurde ihre Cousine hellwach. »Ist etwas passiert?«

»Nicht wirklich. Es ist nur, dass die ganze Stadt heute bei Temptation vorbeilaufen wird, um nachzusehen, wie ich aussehe, weil eine dumme Zeitung mich als die wahrscheinlichste Mörderin von Trevor dargestellt hat.« Ihre Stimme brach.

»Was?« Annalisa schien völlig erstaunt.

»Deshalb brauche ich die Espressotassen mit dem Temptation Logo aus meiner Wohnung.« Carlina sprach hastig weiter. »Ich plane, sie jeder sensationssuchenden Person zu verkaufen, die es wagt, ihre Nase in meinen Laden zu stecken.

»Du willst Profit aus Trevors Tod schlagen?« Annalisas Stimme sank zu einem Flüstern. »Wie gemein ist das denn? Wie kannst du nur an Geld denken, wenn der wunderbarste Mann auf der Welt tot ist?«

Carlina schloss die Augen. Der Gedanke, die Espressotassen zu verkaufen, hatte ihr das Gefühl gegeben, den endlosen Tag ertragen zu können. Ja, vielleicht war es gefühllos, aber ihr Betragen war nicht schlimmer als das der Leute, die sie im Laden erwartete, und wenn sie ihren Laden blockierten, würde sie mehr Umsatz verlieren, als sie jemals mit den blöden Tassen machen konnte. Verstand Annalisa das denn nicht?

»Wie du meinst, Annalisa.« Plötzliche Müdigkeit überwältigte sie. »Tu, was immer dich glücklich macht. Viel Glück dabei.« Sie hängte auf, schluckte den Kloß in ihrem Hals hinunter und wandte sich an Ricciarda. »Bin ich gefühllos, wenn ich die Tassen verkaufe?«

Ricciarda zuckte mit den Schultern. »Du zwingst ja niemanden, sie zu kaufen. Die Kunden entscheiden selbst, was sie haben möchten. Ich sehe da nichts Verwerfliches.«

»Danke.« Carlina holte tief Luft. »Weißt du was, wir haben noch eine Kiste im Lager. Lass uns die rausholen und das Fenster dekorieren.«

Sie hatten die Tassen gerade in einer langen Reihe ins Schaufenster gestellt, zusammen mit einem Schild »Souvenir von Temptation – fünf Euro«, als ein Auto vor dem Laden hielt.

Annalisa und Benedetta stiegen aus und luden mehrere Kisten aus, dann fuhr Benedetta weiter. Annalisa trug die Kisten in den Laden und schaute Carlina kleinlaut an.

»Entschuldigung. *Mamma* hat mir gesagt, dass ich mich daneben benommen habe. Sie hat unsere Unterhaltung mitgehört.«

Carlina lächelte zaghaft zurück. »Schon gut. Lass uns nicht streiten. Die Welt ist so schon schwierig genug.«

II

Garini lehnte sich gegen die Marmorwand der Banca di Firenze und seufzte, während er seine Notizen durchging. Er hatte mit einer Million Verkäufer gesprochen – wenigstens fühlte es sich so an – und überall hatte er die gleiche Geschichte gehört. Nach aufwendigen Stilberatungen hatte Annalisa enorme Summen ausgegeben. Wenn sie einen roten Leuchtstreifen hinter sich hätte herziehen wollen, hätte sie es nicht besser anstellen können.

Aber man brauchte nicht lange, um jemanden in einer Kirche zu erwürgen. Zwei Minuten, vielleicht fünf. Und wie das Unglück es wollte, war Annalisa zur entscheidenden Zeit zwischen zwei Geschäften gewesen. Verdammt. Er hätte sie gern von der Liste seiner Verdächtigen gestrichen – wenigstens hätte das seine Beziehung zu Carlina etwas entspannter gestaltet.

Er schob die Notizen zurück in seine Lederjacke und ging zum Arno hinunter. Der nächste Punkt auf seiner Liste stand an, einer, den er nach hinten geschoben hatte, weil er wie Zeitverschwendung wirkte. Er musste noch mit dem Kellner sprechen, der Carlinas und Annalisas Unterhaltung am Abend vor Trevors Mord mitgehört hatte. Nicht, dass ihn das irgendwie weiterbringen würde, aber er musste schließlich beweisen, dass er keinen Hinweis in Bezug auf Carlina ausließ. Sein Chef Cervi wäre nur zu glücklich, wenn er mit dem Finger auf einen Fehler weisen könnte.

Mit einem geistigen Schulterzucken lief er die kurze Strecke zu Ginos Restaurant, ging durch die Tür und sah sich um. Die Luft hing schwer und verbraucht in dem Raum, und das schwache Winterlicht drang kaum durch die kleinen Fenster. Seine Schritte hallten in dem Raum wieder, als er an verlassenen Tischen und hochgestellten Stühlen vorbeiging.

»Hallo?« Seine Stimme klang hohl.

»Ja, ja, ich komme schon.« Ein rundlicher Mann mit dunklen Locken eilte herbei und schaute ihn aus kleinen Augen an. »Wir haben noch nicht geöffnet.«

»Sind Sie der Besitzer dieses Restaurants?«

Der Mann runzelte die Stirn. »Ja. Ich bin Gino Benvenuto. Was wollen Sie?«

Garini unterdrückte ein Lächeln. Wie konnte man mit Nachnamen »Willkommen« heißen und dabei so ein Griesgram sein?

Er zog seinen Ausweis hervor. »Ich bin Stefano Garini von der Mordkommission. Ich muss mit dem Kellner sprechen, der hier vor zwei Abenden serviert hat.«

Signor Benvenuto hob das Kinn mit einer schnellen, wachen Bewegung. »Ist er in Schwierigkeiten?«

»Nein.« Garini tat der Kellner jetzt schon leid. *Signor* Benvenuto wirkte nicht wie ein Chef, der zuhörte, bevor er bestrafte. »Ich muss nur ein Detail in Zusammenhang mit zwei Gästen klären.«

Er nahm das Bild aus seinem Portemonnaie. Es zeigte Carlina und ihre Cousine Emma an Emmas Hochzeitstag und war im letzten Herbst aufgenommen worden. Stefano trug es bei sich, seitdem er vor Monaten einen Mordfall in der Mantoni-Familie untersucht hatte, und er tat vor sich selbst so, als ob er nur vergessen hätte, das Bild aus seinem Portemonnaie zu nehmen. Immerhin war es jetzt ganz nützlich.

Er zeigte dem Restaurantbesitzer das Bild. »Kennen Sie diese zwei Frauen?«

Signor Benvenuto schaute auf das Bild und deutete mit einem knubbeligen Finger auf Carlina. »Die war hier.« Seine Stimme klang wie ein Knurren. »Augen wie ne Katze. Ich erinnere mich an sie.«

»War sie in Begleitung der Frau neben ihr?«

»Nö.« Benvenuto schüttelte den lockigen Kopf. »Sie war mit ner Rothaarigen hier.«

Garini fischte Annalisas Bild, das er im Internet gefunden und ausgedruckt hatte, aus der Tasche. »Diese hier?«

Benvenuto warf einen Blick darauf. »Jau. Das ist sie.«

»Können Sie sich erinnern, wie lange sie blieben?«

»Sie kamen so um neun. Silvio wird's wissen.«

»Silvio?«

»Mein Kellner.« Benvenuto runzelte die Stirn und schaute auf seine goldene Armbanduhr. »Er wird in fünf Minuten hier sein. Wenn er nicht wieder zu spät kommt.«

Ich hoffe, er kommt nicht zu spät. Nicht nur um meinet-, sondern vor allem um seinetwillen. Garini nickte.

Benvenuto drehte ihm den Rücken zu. »Sie können hier warten. Ich hab Arbeit.« Er verschwand im hinteren Bereich des Restaurants, ohne Garini einen Platz anzubieten.

Garini nahm einen der umgedrehten Stühle und stellte ihn auf den Boden, dann setzte er sich, um zu warten. Mr. Benvenuto vermittelte ihm ein schlechtes Gefühl. Er war weder kühl und arrogant wie die Gewohnheitsverbrecher, noch nervös wie ein Unschuldiger. Er wirkte undurchsichtig und hatte ganz bestimmt das eine oder andere Geheimnis, das er nicht mit der Polizei teilen wollte. Na ja, im Moment interessierte ihn das wenig, es sei denn, es hatte Auswirkungen auf den Mord an Trevor Accanto gehabt.

Garini bewegte die Zehen in seinen Schuhen. Es wurde jeden Tag kühler und der eiskalte Luftzug um seine Beine machte die Sache nicht besser. Wenn Annalisa bloß nicht diese Beziehung eingegangen wäre, dann hätte er genug Zeit gehabt, um seine zerbrechliche Beziehung zu Carlina langsam aufzubauen. Jetzt standen sie schon wieder auf feindlichen Seiten. Er schüttelte den Kopf. Was für ein Pech. Dann rieb er sich die Hände und stellte den Kragen seiner Lederjacke hoch.

Fünfzehn eisige Minuten später flog die Tür auf und zusammen mit einem kalten Windzug kam ein unordentlich gekleideter junger Mann hereingestürmt. Er blieb vor Garini stehen wie ein verspielter Bernhardiner, groß, haarig, harmlos. *»Buona sera.«* Er schaute sich in dem leeren Raum um und wirkte etwas verwirrt.

Er hat bessere Manieren als sein Chef. »Buona sera.« Garini stand auf. »Ich bin Stefano Garini von der Mordkommission und ich –«

Der junge Mann machte einen Schritt zurück. Seine braunen Augen waren weit aufgerissen. »Hat er jemanden umgebracht?«Garini wandte seinen Blick nicht vom Kellner ab. »Wen meinen Sie?«

»*Signor* Benvenuto! Hat er's getan?«

»Nicht, dass ich wüsste.« Garini zog die zwei Fotos aus der Tasche. »Ich bin hier, weil ich eine Information von Ihnen benötige.«

»Von mir? Wirklich?«

Silvios Gesicht erinnerte Garini wieder an einen Bernhardiner. Er konnte schon fast seine Zunge in eifriger und freundlicher Begeisterung aus seinem Mund hängen sehen.

»Erinnern Sie sich an diese Frauen?« Er zeigte ihm das Bild von Emma und Carlina.

Der junge Mann nahm es, und ein Ausdruck von fassungslosem Entsetzen erschien auf seinem Gesicht. »Also hat sie es wirklich getan?« Seine Stimme wurde zu einem Flüstern. »Sie sah so freundlich aus.«

»Was meinen Sie?« Eine kalte Hand presste Stefanos Magen zusammen.

Silvio zeigte mit zitterndem Finger auf Carlina. »Sie hat gesagt, dass sie ihn umbringen würde.«

»Könnten Sie die Unterhaltung bitte genau wiederholen?« Garinis Stimme klang scharf.

Silvio runzelte die Stirn und starrte vor sich hin, dann schüttelte er den Kopf. »Nein. Es war viel los an dem Abend, wissen Sie, und ich bin die ganze Zeit hin- und hergerannt. Ich erinnere mich nur daran, weil ich zu ihrem Tisch kam und sie sagte, sie würde ihn lieber selbst umbringen. Ich erinnere mich daran, weil es mich total überraschte. Sie wirkte vorher so freundlich.«

Garinis Mund war trocken.

Silvio zeigte auf Emma. »Aber diese Frau war nicht hier.«

»War es diese hier?« Garini zeigte ihm Annalisas Bild.

»Ja! Das ist sie!« Silvio nickte so eifrig, dass sein braunes Haar nach vorne fiel und seine Augen verdeckte. »Tolle Haare. Ich mag rothaarige Frauen.« Er lächelte Garini schüchtern an. »Sie war sehr traurig und die andere«, er zeigte auf Carlina, »war wütend auf sie.« Er sah so aus, als ob er Erfahrung damit hätte, von wütenden Leuten umgeben zu sein.

»Können Sie sich noch an irgendetwas anderes erinnern?«

Silvio zuckte mit den Schultern. »Die mit den roten Haaren aß nur Salat und die andere hatte *gnocchi*. Es war unser Tagesgericht am Donnerstag.«

»Sonst nichts?«

»Leider nein.« Silvio starrte Garini mit weit geöffneten Augen an. »Sagen Sie, ist es wirklich wahr? Hat sie den Mann umgebracht, von dem sie gesprochen hat?«

»Nein.« Die Antwort kam direkt aus seinem Innersten, eindeutig und ohne den Hauch eines Zögerns. Garini brach ab. *Ich bin ganz und gar nicht mehr unparteiisch.* Er nickte in Richtung der Küche. »Brauchen Sie meine Bestätigung, dass Sie sich keiner Sache schuldig gemacht haben?«

Die braunen Augen blickten ihn dankbar an. »Oh, würden Sie das tun?«

»Sicher.« *Ich weiß, was es heißt, einen unfairen Boss zu haben.*

Eine Stunde später streckte Garini sich in seinem Bürostuhl, indem er beide Arme weit über den Kopf hob. Er seufzte und schaute mit sinkendem Herzen auf den Bildschirm. Wie sehr er doch die bürokratische Seite an seinem Job hasste. All diese Formulare, die man auszufüllen hatte, all die Erklärungen. Es war schon schlimm genug, einen Bericht schreiben zu müssen, aber zumindest brachte das Ordnung in seinen Kopf. Aber Behördenformulare konnten nur als Strafe für unbekannte Sünden aus vergangenen Leben dienen. Unbekannt, aber furchtbar.

Sein Telefon klingelte. Garini sprang mit Begeisterung auf und nahm den Hörer ab. Jede Unterbrechung war willkommen. »*Pronto!*«

»Stefano, hier ist Peter.« Sein Freund klang aufgeregt. »Könntest Du bitte sofort zum Garibaldi Hotel kommen?«

»Sofort?« Garini schaute auf die Uhr. Es war fünfzehn Uhr, und er musste die Formulare bis achtzehn Uhr einreichen.

»Es ist wichtig.«

»Bin in fünf Minuten bei dir.« Garini legte den Hörer auf, ging zum Fenster und schaute hinaus. Nieselregen bedeckte die dunklen Kopfsteinpflastersteine mit einer feuchten Schicht. Er nahm sich die schwere Lederjacke und eilte hinaus.

Als er in der großzügigen Lobby des Garibaldi Hotels ankam, hießen ihn die funkelnden Lichter willkommen. Es roch weihnachtlich nach Zimt. Er musste noch ein Geschenk für seinen Vater und seine Schwester kaufen und vielleicht … er zögerte. Er hätte Carlina gern etwas geschenkt, aber ihm fiel nichts Passendes ein.

Peter kam ihm mit spannungsgeladener Miene entgegen. »Danke, dass du so schnell gekommen bist.« Er nahm Stefano am Arm und führte ihn die Stufen an der Seite der großen Halle hoch. »Du musst das sehen, um es zu glauben.«

»Ich platze vor Neugier.« Garinis Stimme klang trocken.

Peter warf ihm einen Seitenblick zu und grinste. »Kann nicht sagen, dass man das sieht. Du bist ziemlich gut darin, deine Gefühle zu verstecken.« Er führte ihn in den nächsten Stock, dann öffnete er die Tür zur Boccaccio Suite und ließ seinen Freund vorgehen. »Habe ich dir gesagt, dass Mr. Accanto immer darauf bestand, genau diese Suite zu bekommen?«

»Ja.«

»Ich hätte schwören können, dass ich jede Ecke dieses Hauses kenne, aber das hier hat mich überrascht.« Er zeigte auf das schwere Bett, das jetzt auf der anderen Seite des Zimmers stand.

»Ihr habt das Zimmer umgeräumt?« Garini ging zu dem Bett.

»Ja. Es war Annes Idee. Sie sagte, es würde mehr Distanz zu dem Mord schaffen.« Peter zuckte mit den Achseln. »Frag nicht. Frauen halt.«

Garini nickte. »Ich verstehe das.«

»Wirklich?« Peter hob die Augenbrauen. »Ich dachte, du –« Er brach ab. »Entschuldigung. Ich wollte dir nicht unterstellen, dass ...«

Garini grinste. »Hast du ja nicht. Auch wenn ich nicht verheiratet bin, habe ich doch ab und zu mit Frauen zu tun, weißt du.«

Peters Augen verengten sich. »Stefano. Jetzt sag mir nicht, dass du –?«

»Was?«

»Mit jemandem zusammen bist?«

Garinis Lächeln wurde breiter. »Nicht wirklich.«

»Aber vielleicht?«

Garini nickte langsam. »Vielleicht.« Er wandte sich wieder dem Zimmer zu. »Nun erzähl mal, was hier passiert ist.«

»Na ja, nachdem Anna mich überzeugt hatte, dass wir die Möbel im Zimmer umstellen sollten, sagte sie mir, dass sie mir zeigen wolle, wie es aussehen würde, also gingen wir hier hoch. Sie wollte das Bett in diese neue Position schieben, die es jetzt hat. Obwohl ich nicht ihrer Meinung war, habe ich schließlich und endlich nachgegeben und ihr geholfen, das Bett zu verschieben.«

Stefano beäugte das schwere Holzbett mit den üppigen Vorhängen. »Sieht ein wenig schwer aus für zwei Leute.«

»Die Beine sind hohl. Das wusste ich auch. Aber das hier wusste ich nicht.« Er beugte sich nach vorne und drückte auf das Bein, das der Wand am nächsten stand. »Hier ist eine kleine Tür eingearbeitet, das perfekte Versteck.«

Garini kniete sich hin und untersuchte das Türchen. »Interessant.« Er tastete die Öffnung ab. »Also habt ihr es durch Zufall entdeckt?«

»Ja.« Peter nickte. »Als wir das Bett bewegt haben, bin ich mit meinen Zehen an den Pfosten gekommen. Die kleine Tür hat sich geöffnet und ein Notizbuch ist herausgefallen.« Er zog es aus seiner Jackentasche. Es war nicht viel größer als sein Handteller, in schwarzes Leder gebunden, mit einem zerbrechlich aussehenden Gummiband, das den Einband zusammenhielt.

Garini hob die Augenbrauen.

»Du wirst es nicht glauben«, sagte Peter. »Ich wusste ja, dass er ein Frauenheld war, aber das hätte ich nie gedacht.«

Stefano akzeptierte das Notizbuch ohne ein Wort. Auf der ersten Seite stand der Name Trevor V. Accanto in schwarzer Tinte, mit einer entschiedenen Handschrift groß über die ganze Seite geschrieben.

»Das ist seine Unterschrift«, sagte Peter. »Jetzt schau dir die nächste Seite an.«

Garini gehorchte. Ein verblasstes Bild zeigte eine große Frau mit einem außerordentlichen Gesicht. Es war nicht nur Schönheit, sie hatte auch eine gewisse Ausstrahlung, eine Anmut und Sicherheit, die von dem Bild ausstrahlte, als hätte sie plötzlich persönlich den Raum betreten. Der Mann, der den Arm um ihre Schultern gelegt hatte, ein sehr viel jüngerer Trevor, sah sie mit einem Lächeln in den Augen an, das keine Erklärung brauchte. Das schwarze Haar der Frau fiel auf ihre Schultern und am Schnitt der Bluse erkannte man, dass das Bild zwanzig oder fünfundzwanzig Jahre alt war. Garini schaute hoch. »Kennst du sie?«

Peter schüttelte den Kopf. »Nein. Aber sie erinnert mich an das Bild in einem meiner Kinderbücher – Schneewittchen.« Er nickte in Richtung Notizbuch. »Blätter mal weiter.«

Das nächste Bild zeigte den gleichen Mann, den gleichen Ausdruck in seinen Augen … aber eine andere Frau. Sie hatte blonde Haare, die zu einem lockeren Knoten hochgesteckt waren. Ihre Augen lachten mutwillig und amüsiert in die Kamera. »Die unbekannte Frau Nummer Zwei – lachende Augen.« Garini blätterte die nächste Seite um. Als sein Blick auf das Bild fiel, erstarrte er. »*Madonna*.« Es war nur ein Flüstern.

Peter kam näher und schaute über Garinis Schulter. »Diese sieht nicht ganz so gut aus wie die anderen, finde ich.« Er schaute seinen Freund an. »Sag nicht, dass du sie kennst?«

»Ich kenne sie.« Garinis Stimme klang grimmig. »Sie ist die Frau meines Chefs. Marcella Cervi. Fünfundzwanzig Jahre jünger, fünfundzwanzig Kilo leichter. Verdammt.«

»So ein Pech.« Peter machte ein Gesicht, als ob er in eine Zitrone gebissen hätte. »Musst du deinem Chef das Buch zeigen?«

»Irgendwann schon, denke ich. Aber noch nicht.« Er blickte seinen Freund an. »Weißt du, ich habe fast Angst, weiterzublättern. Wurde diese Galerie zwanzig Jahre lang fortgeführt? Wie viele Verdächtige werde ich am Ende haben?«

»Keine Sorge.« Peter schüttelte den Kopf. »Accanto kam fünfzehn Jahre lang nicht mehr nach Florenz zurück. Er hat mir mal erzählt, dass er in diesen Jahren zu sehr damit beschäftigt war, sein Vermögen zu verdreifachen.«

»Ich wünschte, er hätte sich weiterhin darauf konzentriert. Das wäre doch ein schönes Projekt gewesen.« Garini blätterte die nächste Seite um. Eine atemberaubende japanische Schönheit lächelte sie an, mit Gesichtszügen, die klar und süß waren und Augenbrauen so perfekt wie der abnehmende Mond. Der Mann neben ihr war älter geworden, ohne seine Attraktivität verloren zu haben, und ihre warme Kleidung wirkte modern. Hinter ihnen stand die Statue des David im schwachen Winterlicht.

»Erkennst du sie?«, fragte Peter.

Garini runzelte die Stirn. »Ich habe sie schon einmal gesehen, dessen bin ich mir sicher, aber ich weiß nicht mehr, wo.«

»Es ist Akemi Hateyama, die berühmte Violinistin. Ich habe eine CD von ihr zu Hause.«

»Lebt sie in Florenz?«

»Ich glaube nicht. Ihr Vater war Italiener, aber jetzt lebt sie in Tokio, wenn ich mich nicht täusche. Das Bild wurde übrigens vor fünf Jahren gemacht. Ich erinnere mich an sie, auch wenn sie sich damals nicht ins Gästebuch eintrug.«

»Na, dann haben wir ja schon mal zwei Namen. Das ist immerhin etwas.« Garini wendete die nächste Seite, in Gedanken noch mit der Vorstellung beschäftigt, wie er seinem Chef mitteilen sollte, dass dessen Frau Marcella vor fünfundzwanzig Jahren die Geliebte eines reichen Amerikaners gewesen war. Wenn er sich nicht sehr irrte, waren die zwei seit über fünfundzwanzig Jahren verheiratet. *Verdammt.*

Sein Blick fiel auf das nächste Bild. Ein plötzliches Bedürfnis, sich zusammenzukrümmen, überkam ihn, als ob ihn jemand mitten ins Zwerchfell geboxt hätte, aber er stand wie eingefroren, ohne einen Muskel zu rühren.

»Stefano?« Peter warf einen raschen Blick auf das Bild, dann wieder auf seinen Freund. »Was ist los?«

Garini antwortete nicht. Er starrte bewegungslos auf das Bild.

Dieses Mal war der attraktive Amerikaner von zwei Frauen umringt. Zu seiner Rechten stand eine schlanke, sportlich aussehende Frau mit einem langen Pferdeschwanz, ihr Gesicht halb weggedreht von der Kamera. Dennoch strahlte sie Gesundheit und Vitalität aus, wie aus einer Werbung für einen Fitnessclub. Stefano sah sie kaum. Sein Blick war auf die Frau zur Linken fixiert. Sie lächelte ihn mit ihren Katzenaugen an, Augen, die er so gut kannte. Ihre braunen Locken waren vom Wind zerzaust. *Carlina.*

Peter drehte sich auf dem Absatz um und ging zur Wand, wo eine reich geschnitzte Täfelung einen Schrank verbarg. Er schob die Täfelung zur Seite, nahm eine kleine Flasche Whisky heraus sowie zwei Gläser und füllte beide. »Trink das.« Er drückte Garini ein Glas in die Hand.

Stefano nahm es, ohne den Blick vom Bild abzuwenden und kippte den Whisky hinunter. Der rauchige Geschmack füllte seinen Mund. Er fühlte, wie der brennende Trunk seine Kehle hinunterlief. Es half ein wenig. »Danke.« Seine Stimme klang rau.

»Carlina Ashley, die Besitzerin von Temptation.« Peters Stimme klang nüchtern. »Also ist sie es.« Es war keine Frage.

Stefano blinzelte. »Was meinst du?«

»Sie ist die Besondere, die du erwähnt hast.«

Stefano quälte sich ein Lächeln ab. »Sieht man es so sehr?«

»Nun, für einen Mann, der seine Emotionen sonst nie zeigt, war das eine ziemlich dramatische Darbietung.« Peter lächelte. »Ich mache dir keinen Vorwurf. Wenn ich Annes Bild da drin gefunden hätte ...« Er schauderte. »Aber du brauchst dir keine Sorgen zu machen. Sie passt nicht in sein Beuteschema. Ihre Haare sind nicht lang genug.«

Stefano blätterte zurück. Peter hatte recht. All die anderen Frauen hatten lange, prächtige Haare, weit über Schulterlänge hinaus, ganz anders als Carlinas kurze Locken. Sein Herz wurde leichter, aber laut sagte er: »Sie hat erzählt, dass er sehr charmant war.«

»Das war er.« Peters Stimme klang trocken. »Aber das heißt nicht, dass sie mit ihm geschlafen hat.«

»Nein.« Stefano holte tief Luft. »Warum hast du nicht gedacht, dass es mir um die andere geht, diese Sportgöttin?«

»Als du das Buch so krampfartig festgehalten hast, hat dein Daumen das Gesicht der Sportgöttin halb bedeckt, aber das scheinst du gar nicht bemerkt zu haben.«

»Weißt du, wenn der olle Garibaldi dich jemals feuern sollte, dann komm zu mir. Leute wie dich könnte ich gut brauchen.«

Peter grinste. »Mach ich.«

Garini wandte sich wieder dem Notizbuch zu. »Nach diesem Schock kann es gar nicht mehr schlimmer werden.« Er wendete das nächste Blatt und schnappte nach Luft. »Oh, nein. *Madonna*, nein.«

»Was?« Peter schaute über seine Schulter. »Wer ist sie? Kennst du sie?«

»Und ob ich sie kenne.« Garinis Stimme klang grimmiger als je zuvor. »Es ist Emma, Carlinas Cousine. Sie hat vor einigen Monaten einen extrem eifersüchtigen Mann geheiratet.«

»Wenn es nichts mit dem Fall zu tun hat, musst du es ihm nicht sagen.«

»Du kennst die Familie nicht.« Garini starrte Emma immer noch an, die ihn aus Accantos Arm heraus aufreizend anlächelte. »Carlina hat einen so stark entwickelten Beschützerinstinkt, dass es völlig lächerlich ist. Und die ganze Stadt ist mit Mantonis übersät, sodass ich jedes Mal unweigerlich über sie stolpere, sobald ich einen Fall übernehme.«

»Da bin ich ja direkt froh, dass Anne keine Familie mehr hat.«

»Hat manchmal seine Vorteile.« Garini fuhr sich mit der Hand durchs Haar. »Jetzt fehlt nur noch ihre Mutter, dann ist diese Scharade perfekt.«

»Ist die Mutter auch eine Schönheit?«

»Die Mutter ist ungewöhnlich, um es nett zu sagen. Wenn man deutlicher werden will, kann man getrost sagen, dass sie völlig verrückt ist.«

»Oh.« Peters Blick sprach Bände.

Mit Unbehagen blätterte Stefano eine weitere Seite um, doch dieses Mal sah er das Bild einer ihm unbekannten Frau. Erleichterung überflutete ihn. Sie erinnerte ihn an die Mona Lisa, mit ihren traurigen Augen und dem kleinen Lächeln, das nichts verriet. »Kennst du diese hier?«, fragte er.

»Den Namen nicht.« Peter schüttelte den Kopf. »Aber ich erinnere mich an ihr Gesicht. Sie war sehr ruhig. Normalerweise mochte er temperamentvollere Frauen, ich erinnere mich, dass ich das damals bemerkte.«

»Hast du je mit ihr gesprochen?«

»Nein. Wir könnten ein paar Mitarbeiter fragen, ob sie sich an sie erinnern, aber ich glaube nicht, dass das viel bringen wird.« Er zuckte mit den Schultern. »Es kommen so viele Leute her, und wie gesagt, sie war so ruhig, dass sie keinen großen Eindruck hinterließ, es sei denn, man nahm sich die Zeit, sie genauer anzusehen, erst dann bemerkte man ihre Schönheit.«

»Verstehe.« Garini schlug die letzte Seite um und sah eine Frau mit glänzenden braunen Haaren.

»Das ist die Französin«, sagte Peter. »Ich habe dir schon von ihr erzählt. Suzanne Irgendwas aus Paris. Sie hat vielleicht eine Szene gemacht. So was habe ich noch nie erlebt.« Er schüttelte den Kopf. »Es war schrecklich.«

»Wenn du ihre Adresse wiederfinden solltest oder sonst irgendeine Information über sie, dann gib mir sofort Bescheid, ja?«

»Mach ich.« Peter richtete sich auf und verschränkte die Arme vor der Brust. »Das war's. Die anderen Seiten sind alle leer.«

»Gott sei Dank.« Garini seufzte. »Ich habe ja so schon fast einen Herzinfarkt bekommen.« Er blätterte durch die leeren Seiten. »Zweifellos wäre Annalisa die nächste in dieser ungewöhnlichen Galerie gewesen.«

»Annalisa?«

»Die rothaarige Schönheit, mit der Accanto dieses Jahr ausging. Auch eine von Carlinas Cousinen.«

»Oh.« Peter schnitt eine Grimasse. »Pech.« Er warf seinem Freund einen schnellen Blick zu und zögerte.

Garini runzelte die Stirn. »Was ist?«

»Ich habe mich nur gefragt ...«

»Nun?«

»Wirst du Carlina Ashley dieses Buch zeigen?«

Garini holte tief Luft. »Ja, das werde ich. Sie kannte ihn und erkennt vielleicht einige der Frauen wieder. Außerdem kann sie mir helfen, mit Emma zu sprechen.«

»Meinst du wirklich, dass sie sich da einmischen will?«

»Du kennst sie nicht.« Stefano schaute seinen Freund an. »Sie wird darauf bestehen, ihre Hand zu halten und mir die ganze Zeit das verdammte Gefühl geben, dass ich die große Inquisition bin.«

Kapitel 10

»*Ciao.*« Carlinas Stimme kam undeutlich durchs Telefon, kaum zu hören über dem Stimmengewirr im Hintergrund.

»Ich bin's, Stefano.« Warum hatte er jedes Mal, wenn er mit ihr sprach, dieses verrückte Glücksgefühl? Er räusperte sich. »Wo bist du? Es klingt, als ob du von einer Horde Menschen umringt seist.«

»Das bin ich wirklich.« Carlina lachte leise. »Piedro hat mir letzten Endes einen Gefallen getan, obwohl es heute Morgen erst mal nicht so wirkte. Die Leute trampeln sich hier fast zu Tode, und ich bin die Königin der Espressotassen.«

»Espressotassen?«

»Ja. Sie tragen das Temptation-Logo, und obwohl ich sie eigentlich als Geschenk geplant hatte, habe ich heute Morgen spontan beschlossen, sie als Souvenir zu verkaufen.«

Er grinste. »Schlau.«

»Piedro steht vor der Tür, genau wie du vorgegeben hast. Ich habe ihm gesagt, dass er eine Mittagspause machen kann, und das hat er auch getan, aber jetzt ist er wieder da.«

»Gut.« Er biss die Zähne zusammen. Piedros indiskretes Verhalten hatte sie in Gefahr gebracht. Das würde er nicht vergessen.

Das Stimmengewirr im Hintergrund schien anzuschwellen. »Ich muss jetzt auflegen. Es ist ein wenig verrückt hier.«

»Ich muss noch einmal mit dir sprechen, in Zusammenhang mit dem Fall, Carlina. Können wir uns irgendwo treffen, wo deine Familie uns nicht unterbricht?« Er hörte, wie sie schluckte und hielt den Atem an. Würde sie sich verschließen und ihm sagen, dass sie ihn nicht sehen wollte?«

»Na klar«, sagte sie. »Wann?«

Erleichterung überflutete ihn. »Heute Abend, wenn du's schaffst?«

»Gern.«

Das liebte er an ihr. Sie tat nicht so, als wäre sie unerreichbar. Entweder hatte sie Zeit oder sie hatte keine. So einfach war das. »Danke.« Er hoffte, sie würde die Aufrichtigkeit in seiner Stimme hören.

»Soll ich in dein Büro kommen?«, fragte sie. »Das ist wahrscheinlich der einzige Ort in Florenz, wo kein Mantoni-Familienmitglied ohne Vorwarnung auftaucht.«

Der Gedanke, sie in seinem staubigen Büro zu empfangen, erfüllte ihn mit Widerwillen. Er wollte sie nicht ganz verlieren. »Es ist kein sehr schöner Treffpunkt.«

Sie lachte. »Da hast du recht.«

Er fühlte sich gleich besser, wenn sie lachte.

»Ich erinnere mich an ein ziemlich ungemütliches Treffen.«

»Ich auch.« Garini lächelte. »Es gibt noch einen anderen Platz, wo deine Familie nicht hinkommt. Würdest du zu mir nach Hause zum Abendessen kommen?« Er brach ab. Er hatte nicht geplant gehabt, diese Einladung auszusprechen, aber jetzt waren die Worte gesagt, und er konnte sie nicht zurücknehmen. Er wollte es auch gar nicht, aber trotzdem war er es nicht gewohnt, sich selbst unerwartete Dinge sagen zu hören.

»Ich wusste gar nicht, dass du kochen kannst.« Sie klang überrascht.

»Kann ich nicht.« Er unterdrückte das Gefühl von Panik, das in ihm aufstieg. »Darum gibt's auch nur Omelette.«

»Ich mag nur Omelette.«

Er hörte das Lächeln in ihrer Stimme und etwas in ihm machte einen Freudensprung. »Um acht Uhr dreißig?«

»Gern. Soll ich noch was mitbringen?«

»Nur dich selbst.«

Bevor er nach Hause fuhr, hielt er noch schnell am Supermarkt an der Ecke, kaufte Eier und Kräuter, frisches Brot und eine Flasche Wein. Dann räumte er die Wohnung auf, deckte den Tisch und öffnete die Weinflasche. Innerlich summte er vor Aufregung und Glück. »Du bist ein Dummkopf, Stefano«, sagte er zu sich selbst. »Wenn sie das Bild von Emma gesehen hat, wird sie dich einmal quer durch die Wohnung treten.«

Aber als er ihr die Tür öffnete, lächelten ihre Katzenaugen ihn an, als ob sie noch nie uneins gewesen wären.

Er räusperte sich. »Komm rein.«

Carlina schaute sich in der kleinen Küche um und erinnerte sich an das letzte Mal, als sie hier gewesen war. Der schmale Tisch an der Seite des Zimmers war für zwei gedeckt. Keine Kerzen, keine Servietten. Alles war praktisch, auf ein Minimum reduziert, ohne Rüschen und Schmuck. Genau wie Garini. Sie warf ihm einen schnellen Blick zu. Seine hellen Augen, die nie ein Detail zu übersehen schienen, waren auf das Glas gerichtet, das er gerade füllte. Am Anfang hatte er sie eingeschüchtert. Jetzt war es anders. Sie kannte und akzeptierte seine emotionslose Art und, dass er wie ein Tiger auf Details sprang. Aber irgendwie waren sie nicht mehr auf gegenüberliegenden Seiten. Ohne es zu bemerkten, war sie auf seine Seite gerutscht, obwohl die Fakten sie eigentlich wieder in feindliche Lager verschlagen hätten sollen. Wie seltsam.

Er reichte ihr das schwere Glas mit Chianti.

»Grazie.« Carlina atmete den intensiven Duft des Weines tief ein. »Hmm.«

Er hob sein Glas und sah ihr in die Augen.

Sie konnte den Ausdruck in ihnen nicht deuten. War es Zärtlichkeit? Bedauern? Ihr Herz flatterte nervös.

»Ich bin nicht sicher, worauf wir anstoßen sollen«, sagte er.

»Dass wir den Mörder bald finden?« Sie hatte das Wort »wir« mit Absicht gewählt und an der Art, wie seine Lippen zuckten, erkannte sie, dass er es gemerkt hatte.

»Gut. Und darauf, dass wir hinterher noch Freunde sind.«

Carlina schluckte. Das klang nicht gut. Was um Himmels willen hatte er herausgefunden?

Sie nahm einen kleinen Schluck. »Das ist ein guter Wein«, sagte sie.

»Ich habe nicht vergessen, dass du mal mit einem Mann verlobt warst, dem ein berühmtes Weingut gehört.«

»Oh.« Sie hatte es vergessen. »Dass hätte mir ja eigentlich die Lust auf Wein austreiben sollen, aber glücklicherweise ist das nicht der Fall.«

»Carlina.« Er lehnte sich gegen den Herd und schaute auf das Weinglas in seiner Hand, das er langsam am Stil drehte. »Meinst du, wir könnten zusammen essen, ohne über den Mord zu sprechen?«

»Natürlich.« Die verkrampften Muskeln in ihrem Magen entspannten sich. Die Konfrontation war noch eine Weile hin. Erst bekam das dünne Band der Freundschaft, das sie verband, die Chance, ein wenig stärker zu werden. Nichts wollte sie lieber.

»Danke.« Er stellte das Glas auf den Tisch und nahm einige Eier aus dem Kühlschrank. »Kannst du die Eier für das Omelett schlagen?«

»Na klar. Ich bin gut darin, Dinge kaputt zu machen.« Sie nahm ihm die Eier ab.

Für einen Augenblick berührten sich ihre Hände und ihre Blicke trafen sich.

Carlina fühlte, wie sie rot wurde und wandte sich schnell ab.

Während sie das Abendessen zubereiteten, erzählte ihm Carlina von ihrem Strandurlaub im letzten November und den Tagesausflügen, die sie gemacht hatte. Sie erzählte ihm nicht, wie oft sie an ihn gedacht hatte.

Er beschrieb ihr die Schönheit der verschneiten Alpen und wie gern er Skifahren ging. Er sagte, dass er seine Schwester gern fünf Tage im Jahr sah, aber niemals mehr, weil sie dann unweigerlich anfingen, miteinander zu streiten. Seine Schwester würde Weihnachten bei ihren Schwiegereltern in der Schweiz verbringen. Er erwähnte nicht, dass er sich alleine fühlte, aber er fragte sie, wie sie Weihnachten verbringen wollte.

Carlina erklärte, dass in ihrer Familie nur Selbstgemachtes verschenkt wurde. Ihre Tante Benedetta verschenkte deshalb jedes Jahr die köstlichsten Schokoladenpralinen in den unterschiedlichsten Ausführungen. Emma formte kleine Seifenbälle mit Rosenblättern und anderen Kräutern. Ihre Mutter häkelte meistens etwas Fürchterliches, wie Überzüge für Toilettenrollen. »Aber die beste Idee ist von Onkel Teo.« Carlina grinste. »Er lernte vor einigen Jahren, wie man Fünf-Euro-Scheine in kleine Frösche falten kann, sodass sie springen, wenn man sie an einer Seite herunterdrückt. Es ist eine Art Origami-Technik, glaube ich. Also bekommen wir alle Frösche zu Weihnachten.«

»Das ist nicht dein Ernst.«

»Doch.«

Er schüttelte den Kopf. »Und was machst du?«

»Ich verfalle jedes Jahr in Panik«, sagte Carlina. »Aber dieses Jahr bin ich ausnahmsweise einmal gut vorbereitet. Ich habe eine neue Unterwäschekollektion zusammen mit dem Spitzenfabrikanten Bartosti hier aus Florenz entworfen und die ersten Stücke werden auf der Weihnachtsmesse verkauft werden.« Sie versuchte, nicht zu stolz zu klingen. »Darum werden alle weiblichen Mitglieder der Familie dieses Jahr Spitzenunterwäsche bekommen. Auch wenn ich die Spitze nicht selbst gemacht habe, finde ich, dass es doch in Ordnung ist, weil es ja meine eigenen Entwürfe sind.«

Er nickte. »Was ist mit Onkel Teo und Ernesto?«

Carlina lachte. »Keine Spitzenunterwäsche für die Männer. Stattdessen habe ich im Herbst einen Weinkeller besichtigt, in dem man selbst Flaschen abfüllen kann. Ich finde, das ist fast wie selbstgemacht.«

»Klingt zumindest besser als Häkelarbeiten.«

»Nicht wahr?« Carlina lächelte. »Obwohl, jetzt, wo ich darüber nachdenke, frage ich mich, ob *mamma* dieses Jahr etwas anderes geplant hat. Ich habe sie noch gar nicht häkeln sehen.«

»Ist das ein gutes Zeichen?«

»Ich glaube nicht.« Carlina runzelte die Stirn. »Beim Häkeln wussten wir wenigstens, woran wir waren, und wir konnten das Resultat hinterher irgendwo beerdigen.«

Das Omelett war ein Erfolg. Leicht und fluffig, mit Oregano, Kräutern der Provence und ein wenig Milch schmeckte es wie ein glücklicher Sommertag. Das frische Brot war weich und hatte eine dicke Kruste. Sie träufelten etwas Salz und Olivenöl darauf.

»Gutes Brot ist irgendwie wahnsinnig befriedigend, findest du nicht?« Carlina atmete tief den Duft des frischen Brotes ein. »Es macht mich glücklich.«

Er schaute sie mit einem seiner seltenen Lächeln an. »Schneide dir noch eine Scheibe ab.«

»Danke.« Carlina genoss noch eine Scheibe, dann lehnte sie sich zurück und streckte sich. »Das war köstlich, vielen Dank!«

»Im Vergleich zu den Kochkünsten von Benedetta ist das gar nichts.«

»Es war einfach und lecker. Genau meine Art von Essen.« Sie lächelte ihn an.

»Danke.« Stefano stand auf. »Möchtest du eine Tasse Kaffee haben?«

»Sehr gern.«

Er ging zum Schrank und holte eine Dose heraus. Während er den gemahlenen Kaffee in die schon etwas mitgenommene Kaffeemaschine füllte, sagte er: »Ich habe versucht, aus diesem Fall herauszukommen.«

Das Glück fiel ihr wie ein warmer Mantel von den Schultern. »Ja?«

»Mein Chef wollte nichts davon wissen. Er hat mir befohlen, weiterzumachen.«

Puh. Sie bemühte sich, sich ihre Erleichterung nicht anmerken zu lassen, weil sie ihn nicht schon wieder abschrecken wollte. »Verstehe.«

»Ich habe heute ein neues Beweisstück erhalten, das den Fall noch einmal komplett anders darstellt. Wir haben ungefähr ein halbes Dutzend neue Verdächtige.«

Gut. Dann könnt ihr euch nicht auf Annalisa konzentrieren. Carlina sprach den Gedanken nicht aus, sondern achtete darauf, ihr Gesicht völlig neutral erscheinen zu lassen.

Er schaute sie undurchdringlich an. »Und nein, das heißt nicht, dass ich Annalisa vergessen werde.«

»Verdammt!« Carlina sprang auf. »Ich war mir sicher, dass ich meine Gedanken nicht gezeigt habe.«

Sein Mund zuckte.

Er lachte sie aus! Sie verschränkte die Arme vor der Brust. »Das ist unfair. Du kannst jeden meiner Gedanken lesen.«

Stefano stellte die Kaffeemaschine an und drehte sich zu ihr um. »Das ist Schicksal.« Sein Lächeln verblasste. »Carlina.«

»Ja?«

»Bevor wir über den Fall sprechen, möchte ich, dass du drei Dinge weißt.«

Sie ahnte Böses. »Ja?«

»Erstens: Ich glaube nicht eine Sekunde lang, dass du Trevor Accanto umgebracht hast.«

»Gut.« Sie schluckte. »Habe ich übrigens wirklich nicht.«

»Zweitens: Das gilt nicht für den Rest deiner Familie.«

»Aber –«

Er hielt eine Hand hoch. »Drittens: Wenn ich diesen Fall richtig untersuchen will, muss ich für alles und jeden offen bleiben. Das umschließt wirklich jedes Indiz, auch die, die auf dich hinweisen.«

»Verstehe.« Ihre Stimme klang flach. »Ich bin eine Verdächtige.«

»Ja.« Er klang müde. »Aber du bist auch ...« Er zögerte.

»Ja?«

»Du bist auch ... Du.« Er holte tief Luft. »Jedenfalls ist wie gesagt ein neues Beweisstück aufgetaucht, und ich habe mich entschieden, es dir zu zeigen, um die daraus resultierenden Möglichkeiten zu besprechen.«

Carlina verengte die Augen. »Warum tust du das?«

»Weil du mir vielleicht helfen kannst.«

Sie nickte. »Okay. Was soll ich tun?«

»Ich möchte, dass du dir einige Bilder anschaust und mir sagst, ob du diese Frauen erkennst.« Er verließ die Küche und kam eine Minute später mit einem kleinen, schwarzen Notizbuch zurück. »Sei vorsichtig.

Dies ist das Original. Ich habe eine Kopie gemacht, aber die Farben kommen nicht so gut raus, darum habe ich es mitgebracht.«

Carlina nahm das Buch, sank in ihren Stuhl und öffnete es vorsichtig.

Er zog seinen Stuhl heran und setzte sich so neben sie, dass er sowohl ihr Profil als auch das Buch sehen konnte.

Sie fühlte seine Gegenwart neben sich, konnte sogar einen Hauch von dem typischen Garini-Geruch erhaschen, diese Mischung aus Leder und Seife. *Ich werde mich gar nicht konzentrieren können.* Sie schaute fest auf das Buch und blätterte die ersten zwei Seiten um. »Was ist das?«

»Es ist eine Galerie der Eroberungen von Trevor Accanto.«

Fassungslos starrte sie auf das Buch. »Das ist nicht dein Ernst.« Sie schüttelte den Kopf und rümpfte die Nase vor Ekel. »Wie ... erniedrigend.«

»Wie meinst du das?« Sein Blick war fest auf ihr Gesicht gerichtet.

»Ich wusste, dass er jedes Jahr eine andere Geliebte hatte und ich mochte ihn trotzdem. Aber wenn ich mir vorstelle, dass er sie alle in einer Galerie zusammenstellte, wie eine seltsame Trophäen-Sammlung, das ist ...«, sie brach ab und zuckte die Schultern. »Ich weiß nicht ... krank, irgendwie.«

»Ich bin ganz deiner Meinung.«

Carlina schaute auf das Buch, das jetzt geschlossen in ihrer Hand lag. »Und du sagst, du kennst einige dieser Frauen?«

»Ja.« Seine Stimme klang nüchtern. »Und du auch.«

Ihr Blick traf seinen.

»Schockierend?«, fragte sie.

»Ich fürchte schon.«

Carlina holte tief Luft. »Na gut.« Sie öffnete das Buch mit den Fingerspitzen, als ob es hoch ansteckend wäre. »Also das war die erste.« Sie studierte das Bild. »Das ist schon eine ganze Weile her, oder?«

»Zwanzig bis fünfundzwanzig Jahre, würde ich sagen.«

»Hmm.« Carlina starrte die Frau an. »Was für tolle, schwarze Haare. Ich habe das Gefühl, dass ich sie irgendwoher kenne, aber nur ganz vage, als ob ich sie nur kurz mal gesehen hätte. Aber ich bekomme es jetzt nicht mehr zusammen.« Sie schaute hoch. »Kennst du sie?«

»Nein. Ich habe ihr den Spitznamen Schneewittchen gegeben.« Er zuckte mit den Schultern. »Man muss sie ja irgendwie auseinanderhalten.«

Sie nickte. »Verstehe. Der Name passt zu ihr.« Sie blätterte die Seite um. »Wow. Diese Frau hat unglaubliche Augen.«

»Ich nenne sie ›Lachende Augen‹.«

»Klingt ziemlich fantastisch.« Sie grinste. »Ich hätte erwartet, dass du ihnen Nummern gibst.«

Garinis Mund zuckte. »Nummern rufen keine Bilder im Kopf hervor. Ich muss sie schnell zuordnen können.«

Carlina nickte und blickte wieder das Bild an, die Stirn gerunzelt. »Ich habe bei ihr genau das gleiche Gefühl. Als ob ich sie kennen würde.« Sie schaute hoch. »Glaubst du, das ist Wunschdenken?«

»Ich glaube, es ist ziemlich normal. Du hast dein ganzes Leben in Florenz gelebt und hast wahrscheinlich die gesamte weibliche Bevölkerung zu irgendeinem Zeitpunkt mal in deinem Laden gesehen.«

Sie lächelte. »Das stimmt. Aber ich habe nicht mein ganzes Leben in Florenz gelebt. Wir kamen erst aus den USA hierher, als ich dreizehn war.«

»Ich weiß.« Das schien ihn nicht zu überraschen.

Er erinnert sich an alles. Carlina wandte sich wieder dem kleinen Buch zu und schaute die nächste Seite an. Dann blickte sie hoch. »Es ist doch kein Wunschdenken. Diese hier«, sie zeigte auf das Bild, »habe ich noch nie gesehen.«

»Dafür kenne ich sie.« Garinis Mund wurde fest. »Sie wird mich wahrscheinlich meinen Job kosten.«

»Was? Wieso?« Sie starrte ihn an.

»Sie ist die Frau meines Chefs.«

Carlina riss die Augen weit auf und bedeckte ihren Mund mit einer Hand. »Oh nein. Weiß er das schon?«

»Noch nicht.« Garinis Blick war angespannt. »Ich sage es ihm so spät wie möglich. Habe sogar darüber nachgedacht, ob ich das Bild entfernen kann.« Er zuckte mit den Schultern. »Mein Assistent Piedro, der den ganzen Tag lang vor deinem Laden stand ... er ist Cervis Sohn.«

»Autsch.«

»Genau.« Garinis Stimme klang trocken. »Ich habe zwar eine Kopie im Büro gelassen, aber ich habe sie im Safe eingeschlossen.«

»Gut.« Carlina drehte die nächste Seite um.

»Wir springen jetzt einige Jahre nach vorne«, sagte Garini. »Dieses Bild wurde erst vor fünf Jahren gemacht.«

»Ich kenne sie.« Carlina nickte. »Sie ist eine berühmte Musikerin. Violine, oder?«

»Ja. Ihr Name ist Akemi Hateyama. Ich habe Piedro schon gebeten, herauszufinden, wo sie zur Zeit des Mordes war. Wenn wir Glück haben, hat sie den ganzen Tag mit Freunden in Tokio verbracht, sodass wir sie von der Liste streichen können.«

Carlina blätterte eine Seite weiter und schnappte nach Luft. »Ileana! Die hatte ich ja ganz vergessen!«

»Ileana?«

»Ja, Ileana Marani. Wir sind zusammen zur Schule gegangen. Sie war immer schon eine Schönheit.« Carlina runzelte die Stirn, als sie das Foto betrachtete. »Ich hasse es, dass ich da zwischen den ganzen anderen Frauen erscheine. Es gibt mir das Gefühl, irgendwie schmutzig zu sein.« Sie runzelte die Stirn. »Ich denke mal, er hat kein anderes Foto mit ihr bekommen können. Sie hasste Kameras, hat sich immer abgewendet. Ich glaube, ich habe noch ein Klassenfoto von der Abschlussfeier, auf dem sie mit dem Rücken zur Kamera steht.« Sie schüttelte den Kopf. »Ich kann mich noch nicht mal erinnern, wann das Bild gemacht wurde.«

Er antwortete nicht.

Sie schaute hoch. Er schaute sie mit einem Ausdruck an, den sie nicht lesen konnte. »Was ist?«

Er nahm ihre Hand und zog sie an seine Lippen. »Danke.«

Ihre Kehle wurde trocken und ihr Herz schlug schneller. Sie fühlte die Wärme seiner Hand und etwas bewegte sich tief in ihr. »Wofür?« Ihre Stimme klang wie ein Krächzen.

»Für deine Reaktion.« Er ließ ihre Hand los.

Das warme Gefühl ging nicht weg. »Oh.« *Ich möchte, dass du mich berührst.* Der Gedanke fuhr wie ein Blitz durch sie hindurch. Sie hatte Mühe zu atmen.

»Lebt Ileana noch in Florenz?« Er konzentrierte sich auf seine Aufgabe, als ob er ständig Hände küssen würde. Sein Gesicht war völlig unberührt.

»Nein.« Carlina schüttelte den Kopf und zwang sich, ihre Gedanken unter Kontrolle zu bringen. »Sie ist vor einigen Jahren nach Rom gezogen.«

»Kommt sie ab und zu zurück, zu Weihnachten, um ihre Familie zu sehen?«

Carlina zuckte mit den Schultern. »Ich weiß es nicht. Ich habe sie nie getroffen.«

»Das finde ich heraus. Jetzt, wo ich ihren Namen weiß, wird es einfach sein.« Er zog ein schmales Notizbuch heraus und notierte Ileanas Namen. »Kannst du mir noch etwas über sie erzählen?«

»Sie war eine Sportkanone. Und clever. Wir waren alle überzeugt, dass sie es ganz weit bringen würde.« Sie lächelte. »Das hat sie auch. Wenn ich mich nicht irre, arbeitet sie jetzt in der Regierung.«

»Na super.« Garini runzelte die Stirn.

»Warum sagst du das so ironisch?«

»Regierung heißt Politik, und wenn man mit der Politik zu tun hat, ist es ein wenig, als ob man einen Feuerwerkskörper in der Hand hält ... das Ganze kann einem jeden Augenblick ins Gesicht springen.«

Carlina nickte und blätterte die nächste Seite um. Ihre Hand hielt mitten in der Bewegung inne und ihr Atem stockte. Für einen Augenblick hörte man nur das Brummen des Kühlschranks in der Küche, dann fand sie ihre Stimme wieder. »Ich glaube keine Sekunde lang, dass das wirklich Emma ist.« Sie hob das Buch hoch, um das Foto genau zu betrachten. »Es muss eine Fälschung sein!«

Er sagte nichts.

»Sag jetzt nicht, dass es wahr ist!« Carlina starrte Garini an. »Es kann nicht Emma sein. Ich glaube das einfach nicht!«

Sein Gesicht war noch unbewegter als sonst.

Sie schluckte und holte tief Luft. »Also ist sie es wirklich.«

»Ich fürchte ja.«

Carlina schüttelte den Kopf. »Wann wurde dieses Bild aufgenommen? Sie hat Lucio nicht betrogen, oder?«

»Wir wissen, dass er vor genau fünf Jahren die japanische Freundin hatte, und es sieht so aus, als ob das Album jedes Jahr um ein Foto ergänzt wurde. Wenn das korrekt ist, dann war dies vor genau drei Jahren.«

»Vor drei Jahren.« Carlina rechnete schnell im Kopf nach. »Ich glaube, damals ging sie noch nicht mit Lucio ...« Sie runzelte die Stirn. »Aber ich bin mir nicht sicher. Ich kann mich nicht erinnern, wann genau sie anfing, mit ihm auszugehen. Ich muss sie fragen.« Sie wandte sich mit weit geöffneten Augen an ihn. »Bitte sag Lucio nichts. Versprich mir das.«

Er hielt ihren Blick. »Ich kann gar nichts versprechen.«

Sie fühlte, wie ihr Gesicht vor Wut rot wurde. »Aber verstehst du denn nicht, dass dies ihre Ehe zerstören könnte? Sie haben doch erst vor einigen Monaten geheiratet!«

»Ich werde nur mit Lucio sprechen, wenn ich es nicht vermeiden kann. Aber mit ihr muss ich sprechen.«

»Natürlich!« Sie warf ihm einen schnellen Blick zu. »Stefano ... kann ich dabei sein?«

Er schloss die Augen für einen Moment. »Ich wusste, dass du mich das fragen würdest.«

»Natürlich!« Sie nahm die Schultern zurück. »Emma wird mich brauchen!«

»Wenn du versprichst, dass du dich im Hintergrund hältst und nicht für sie antwortest oder in irgendeiner Form beeinflusst, was sie sagt, dann kannst du dabei sein. Aber keine versteckten Nachrichten. Ist das klar?« Sein Gesicht wirkte streng.

»Absolut klar, *commissario.*« Sie sagte es auf übertriebene Weise, als ob sie sich über ihn lustig machen würde, aber sie meinte es ernst. Er wirkte doch ziemlich furchteinflößend, wenn er so schaute.

»Warum bittest du sie nicht, morgen zu Temptation zu kommen?«, fragte Stefano. »Wir können zum Café gegenüber gehen. Es dürfte nicht länger als eine halbe Stunde dauern.«

»Einverstanden.« Carlina nickte. »Ich kann sie fragen, ob sie mit mir Mittag essen will.«

»Aber nicht vergessen, du darfst vorab kein Wort darüber verlieren.«

Carlina schluckte. »Ich habe das Gefühl, dass ich sie in eine Falle locke.«

»Tust du nicht. Ich kann dich jetzt auch nach Hause begleiten und Emma sofort darum bitten, mit mir zu sprechen.«

»*Madonna*, nein! Lucio bekommt einen Anfall, wenn er das mitbekommt.« Sie machte eine schwache Handbewegung in Richtung Notizbuch.

»Also verabredest du dich mit ihr und verrätst ihr vorab kein Wort?«

Sie holte tief Luft. »Mache ich.«

Er beugte sich nach vorne. »Ich bin mir nicht sicher, ob dir klar ist, dass dies absolut nicht regelkonform ist. Ich habe keine Garantie, dass du nicht sofort zu Emma gehst und ihr alles erzählt. Dann hat sie die ganze Nacht Zeit, sich ein perfektes Alibi zu überlegen.«

»Ich habe es dir versprochen.« Ihre Stimme klang leise.

»Das ist der Grund, warum ich mich überhaupt auf dieses verrückte Vorhaben einlasse.«

Ihre Blicke trafen sich. Sie konnte ihren Atem hören, konnte hören, wie seine Jeans auf dem Stuhl rieb, als er sich leicht bewegte. Er vertraute ihr. Sie hatte den Eindruck, dass er so etwas nicht oft tat.

Er nickte in Richtung Notizbuch. »Bitte mach weiter.«

Sie schlug die nächste Seite um. Als sie das Gesicht der Frau auf dem Bild sah, erkannte sie sie sofort. Sie sprang auf. »Ich kenne sie!«

Er schaute sie scharf an. »Wirklich?«

»Ja! Ja!« Carlinas Stimme war entschieden. »Sie ist es! Sie hat Trevor umgebracht! Ich bin mir ganz sicher!« Der Fall war gelöst. Das Gefühl der Erleichterung, das sie durchströmte, war so groß, dass sie den Eindruck bekam, unbeschwert davonfliegen zu können.

Er streckte die Hand aus und zog sie auf ihren Stuhl zurück. »Ganz ruhig. Warum um alles auf der Welt denkst du, dass sie die Mörderin ist?«

Carlina schaute ihn mit heißen Wangen an. »Weil sie die unbekannte Frau ist, die an dem besagten Morgen die Strumpfhose gekauft hat! Sie ist die Frau, die in bar bezahlte.«

Seine Augen verengten sich. »Bist du ganz sicher?«

»Hundert Pro.« Sie strahlte ihn an. »Ist das nicht perfekt? Jetzt haben wir alles! Ein Motiv – sie war Trevors Geliebte. Die Waffe – sie kaufte die Strumpfhose kurz vorher. Der Platz – sie war vor Ort. Temptation ist ganz in der Nähe von der Basilica.«

Er schüttelte den Kopf. »Es wirkt ein wenig zu perfekt, um wahr zu sein.«

Carlina lachte. »Hey, das hier ist doch keine Geschichte aus einem Buch! Ich finde, es ist großartig. Jetzt kannst du damit aufhören, meine Familie zu verdächtigen.«

Stefano runzelte die Stirn. »Wenn wir sie finden – und das ist nicht sehr wahrscheinlich – ist es immer noch möglich, dass sie ein unwiderlegbares Alibi für den Zeitpunkt des Todes hat.«

Carlina wischte das unwiderlegbare Alibi mit einer Handbewegung weg. »Dann ist es gefälscht und wir knacken es.«

»Na klar.« Er schaute sich das Bild wieder an. »Wir müssen ihren Namen herausfinden.«

»Was ist dein Spitzname für sie?«

»Mona Lisa.«

»Das passt.« Carlina nickte. »Mona Lisa hat den Mord begangen.«

»Ich gebe ja zu, dass alles auf sie hinweist, aber ich kann nicht einfach alle anderen Verdachtsmomente fallen lassen, Carlina.«

»Ach, das weiß ich doch.« Ihre gute Laune ließ nicht nach. »Aber jetzt ist es nur noch Routine.«

»Hmm.« Er blickte wieder auf das Buch. »Du hast das letzte Bild noch nicht gesehen.«

Carlina blätterte die Seite um.

»Kennst du sie?«

»Nein.«

»Sie ist eine Französin, aus Paris, und ihr Vorname ist Suzanne.«

»Ich erinnere mich daran, dass Trevor im letzten Jahr von ihr sprach.« Carlina schaute das Bild genau an. »Aber ich habe sie nie getroffen.«

»Hat er je ihren Nachnamen erwähnt?«

»Nein. Er hat nur allgemeine Dinge erwähnt, dass sie hellbraune Haare hat und helle Haut. Daran erinnere ich mich noch.«

»Sie scheint die einzige zu sein, die es nicht verkraftet hat, dass er sie wieder hat fallen lassen. Sie kam im Januar noch einmal nach Florenz zurück.«

Carlina runzelte die Stirn. »Was hat sie getan?«

»Sie ging zum Management des Garibaldi Hotels und hat eine Szene macht, um seine Adresse zu erhalten, aber sie haben sie natürlich nicht herausgegeben.«

»Wow.« Sie zog eine Grimasse. »Ich finde es echt heftig, dass Trevor jedes Jahr eine andere Geliebte hatte und jedes Jahr ins gleiche Hotel zurückging. Damit hat er sich ja geradezu als Zielscheibe präsentiert.«

»Es hat lange funktioniert.« Seine Stimme klang trocken.

»Ja. Vielleicht war es den Frauen zu peinlich zurückzukommen. Oder sie wussten, dass es hoffnungslos war?«

Stefano zuckte mit den Schultern. »Ich finde das ganze Konzept immer noch unglaublich. Er muss ja völlig von sich selbst überzeugt gewesen sein.«

Sie legte den Kopf schief. »Ja, er war eingebildet. Aber durch seinen Charme hat man es ihm verziehen.«

»Annalisa hätte es jedoch nicht akzeptiert.«

Carlina schauderte. »Oh nein. Sie hätte ihm eine schreckliche Szene gemacht.«

»Wie geht es ihr jetzt?«

Carlina schaute ihn an. War das eine private Frage oder war das Teil der polizeilichen Untersuchung? Egal. Sie würde sagen, was sie dachte. »Sie ist sehr unglücklich. Ich glaube, es hilft ihr, bei Temptation zu arbeiten.«

Stefano fuhr zurück. »Sie macht *was*?«

Carlina hob die Augenbrauen. »Sie hilft im Laden aus. Immerhin haben wir nicht nur die Weihnachtszeit und Hochsaison, sondern auch noch eine besondere Präsentation in der Zeitung gehabt. Sie haben uns heute fast zu Tode getrampelt.« Sie grinste. »Aber wenigstens hatten die meisten Leute das Gefühl, dass sie etwas kaufen mussten, selbst wenn es nur eine Espressotasse ist.«

Stefano sprang auf, steckte die Hände in die Taschen seiner Jeans und lief ruhelos in der Küche auf und ab. »Das gefällt mir nicht.«

Sie versteifte sich. »Was meinst du?«

Er wandte sich um und blickte sie an. »Annalisa ist eine der Hauptverdächtigen. Sie hatte ein Motiv, sie besaß ein Paar der reißfesten Strumpfhosen, die im Übrigen spurlos verschwunden sind, und sie hat kein Alibi für den relevanten Zeitraum. Ich möchte nicht, dass sie die ganze Zeit in deiner Nähe ist. Ich traue ihr nicht.«

»Sie hat überhaupt kein Motiv!« Carlina sprang auf. »Ich sage dir doch die ganze Zeit, sie wollte ihn lebend haben! Sie wollte Trevor heiraten!«

Er bewegte sich nicht vom Fleck. »Was wäre, wenn sie sich getroffen haben, Annalisa ihm einen Heiratsantrag machte und er auf unmissverständliche Weise klargemacht hätte, dass er sie nie im Leben heiraten würde?«

Carlina rollte mit den Augen. »Dann hätte sie geschmollt und sich einen Plan ausgedacht, um ihn so zu verführen, dass er seine Meinung änderte. Sie hätte ihn nicht erwürgt!«

»Trotzdem.« Stefano schüttelte den Kopf. »Es gefällt mir nicht. Sie ist der egoistischste Mensch, den ich je getroffen habe.«

Carlina verschränkte die Arme vor der Brust. »Ich muss nicht vor meiner Familie beschützt werden, Stefano!«

Er presste die Lippen zusammen. »Gut.«

Carlina schnappte sich ihre Handtasche und zeigte auf das kleine Buch auf dem Tisch. »Ich weiß wirklich nicht, warum du dich so über Annalisa aufregst. Die Verdächtigen in diesem Buch sollten dich diverse Wochen in Atem halten. Fang mit Mona Lisa an.« Sie ging zur Tür. »Ich muss los.«

Er folgte ihr. »Carlina.«

»Was?« Wenn er ihren Namen so sagte, wurden ihre Knie weich wie Tiramisu. Er stand direkt neben ihr, so nahe, dass sie einen Hauch seines Duftes wahrnehmen konnte. *Wie kann ich mich so sehr zu ihm hingezogen fühlen, während er mich gleichzeitig so wütend macht?*

»Sei vorsichtig.«

»Bin ich immer.«

Er stand noch lange, nachdem sie die Stufen hinabgeeilt war, in dem schmalen Eingang seiner Wohnung. *Ich hätte es ihr nicht sagen sollen.* Er zuckte mit den Schultern und kehrte in die Küche zurück. *Ich bin doch sonst nicht so ungeschickt – ich hätte wissen müssen, dass sie jeder Hinweis auf ihre Familie in Rage versetzt.* Aber Annalisa den ganzen Tag bei Temptation zu lassen und im gleichen Atemzug zu behaupten, dass sie immer vorsichtig war! Er schüttelte den Kopf. Carlina war nie vorsichtig. Sie hatte wilde Ideen und dann blieb sie dabei, egal, welche Fakten zwischenzeitlich zu Tage kamen.

Mit fest zusammengepresstem Mund nahm er das kleine Buch in die Hand. *Ich werde eine Liste machen. Das wird mir helfen, Ordnung in meinen Kopf zu bringen.* Er setzte sich an den Tisch, nahm ein Blatt Papier und fing an zu schreiben. Dabei sortierte er die Verdächtigen so, dass er ganz oben die Frauen auflistete, die Zugang zu den Strumpfhosen gehabt hatten. *Wenn doch nur das eine Paar nicht gestohlen worden wäre.* Theoretisch könnte *jede einzelne Verdächtige die Diebin sein. Na gut, vielleicht nicht.* Der Morgen vor Trevors Mord war ruhig gewesen, und Carlina hätte bestimmt das Gesicht der Diebin wiedererkannt, selbst, wenn sie sie nicht inflagranti beim Diebstahl ertappt hatte.

Als er sich eine halbe Stunde später zurücklehnte, fühlte er sich besser, obwohl er immer noch zusammenzuckte, wenn er auf den ersten Namen schaute. Er hatte ihn bewusst dorthin geschrieben, um sich selbst zu beweisen, wie offen und neutral er war, aber es juckte ihn in den Fingern, ihn mit einem dicken Strich durchzustreichen.

Verdächtige / Zugang zu Nylonstrumpfhosen / Alibi unklar

- *Carlina Ashley / JA / JA*
- *Annalisa Santorini / JA / JA*
- *Ricciarda Fazzolari / JA / NEIN*
- *Emma Mantoni-Casanuova / JA / ?*
- *»Mona Lisa« / JA / ?*
- *X (die Diebin, die ein Paar gestohlen hat) / JA / ?*
- *Leopold Morin / NEIN / JA*
- *Gertrude Asseli / NEIN / JA*
- *»Schneewittchen« / NEIN / ?*
- *»Lachende Augen« / NEIN / ?*
- *Marcella Cervi / NEIN / ?*
- *Akemi Hateyama / NEIN / ?*
- *Ileana Marani / NEIN / ?*
- *Suzanne X / NEIN / ?*

Carlinas Ansicht nach war der Fall schon gelöst. Sie wusste, wie viele Leute Zugang zu den Strumpfhosen hatten, und von den sechs möglichen Täterinnen gehörten vier zu ihrer Familie. Er kannte sie gut genug, um zu wissen, dass ihre uneingeschränkte Loyalität sich auch auf ihre Mitarbeiterin erstreckte, selbst wenn sie technisch eigentlich nicht zur Familie gehörte. Damit blieben ihm noch Mona Lisa und X. *Na toll.*

Er streckte sich und stand auf. Morgen würde er die Fotos von Mona Lisa und X in allen Zeitungen veröffentlichen lassen. Dann würde er Emma befragen. Er musste die Bilder auch Ricciarda zeigen, damit sie Carlinas Aussagen bestätigen konnte. Ansonsten musste er einfach auf sein Glück hoffen.

Garini öffnete den Laptop und schrieb Piedro eine E-Mail, in der er ihn bat, herauszufinden, wo Akemi Hateyama und Ileana Marani am 18. Dezember gewesen waren. Für Piedros Mutter Marcella Cervi würde er einen anderen Weg finden müssen. Er schauderte, als er über die möglichen Fallstricke auf diesem Weg nachdachte.

Kapitel 11

Ihr honigfarbenes Haar war in einem eleganten Chignon hochgesteckt. Ihre Wangen waren rot vom beißenden Wind, der draußen wehte, und ihre Augen sahen ... verrückt aus. Carlinas Unterbewusstsein notierte diese Dinge, bevor sie die kleine Pistole in der Hand der Dame sah.

Losgelöste Gedanken schossen ihr durch den Kopf. Ricciarda hatte Temptation gerade verlassen, um neues Fensterreinigungsmittel und Desinfektionsmittel zu kaufen. Sie würde erst in zwanzig Minuten zurückkommen. Die Telefone waren alle außer Reichweite, hinter dem Tresen. Stefano war nirgendwo in der Nähe.

»Schließen Sie die Tür ab.« Die hochgewachsene Dame machte eine leichte Bewegung mit ihrer Pistole. Sie sprach Englisch mit französischem Akzent.

Siedend heiß durchfuhr eine Erinnerung Carlina. Sie kannte diese Frau. Sie hatte ihr Bild gesehen. Es war Suzanne, Trevors Geliebte vom letzten Jahr. Die, die eine Szene im Garibaldi Hotel gemacht hatte. Ihr Mund wurde trocken und ihre Knie fühlten sich wie Pudding an.

»Schnell.«

Carlina räusperte sich. »Der Schlüssel ist in meiner Handtasche.«

Suzanne kam einen Schritt näher. »Holen Sie ihn raus. Ich bin direkt neben Ihnen. Ich schaue zu, während Sie den Schlüssel rausholen, und wenn sie eine falsche Bewegung machen, schieße ich. Ist das klar?«

»Völlig.« Carlinas Stimme klang wie ein Krächzen. Sie ging hinter den Tresen und bewegte sich dabei langsam und vorsichtig, um eine hastige Reaktion von Suzanne zu vermeiden. Ihre Finger berührten die glatte Oberfläche ihres Mobiltelefons, als sie nach dem Schlüssel suchte, aber sie traute sich nicht, einen Knopf zu drücken.

Suzanne stand direkt neben ihr und schaute über ihre Schulter. Sie roch nach Parfum und etwas anderem, etwas, was Carlinas Puls noch mehr in die Höhe trieb vor Angst. Suzanne schwitzte.

»Schneller.« Ihre Stimme klang leise und bedrohlich.

Carlina zog den Schlüssel heraus, ging zur Tür und schloss sie zu. Dann drehte sie sich um. »Erledigt.«

»Gut.« Suzanne machte wieder eine kleine Bewegung mit der Pistole. »Jetzt gehen wir nach hinten, wo uns niemand sehen kann.«

Carlina wurde schlecht. »Das Lager ist hinten.«

»Zeig mir den Weg.«

Wenn sie bloß aufhören würde, mit dieser Pistole herumzufuchteln. Was, wenn sich ein Schuss löste? Suzanne schien ein wenig zu nervös zu sein, um sich unter Kontrolle zu haben. Carlina quetschte sich an ihr vorbei und schob den Vorhang zur Seite. Durch den Bewegungsmelder gingen mehrere helle Strahler an der Decke an. Der vertraute Geruch von Staub und neuer Ware hieß sie willkommen. Ihr Heiligtum. Ihr Geschäft. Eingenommen von einer verrückten Frau. *Madonna.* Sie räusperte sich erneut. »Hier ist nicht viel Platz.«

»Egal.« Suzanne schloss den Vorhang hinter ihnen, ohne den Blick von Carlina zu wenden. »Jetzt sprechen Sie.«

»Was?«

»Erzählen Sie mir von Trevor. Die Zeitung sagt, dass Sie ihn zuletzt gesehen haben.«

»Hab ich nicht.«

»Lügen Sie mich nicht an.« Suzanne machte eine fahrige Bewegung mit der Pistole. »Erzählen Sie mir von ihm!«

Lass ihr ihren Willen. Carlina zwang sich, ruhig zu klingen. »Er kam früh am Morgen, um neun Uhr circa.«

Wieder wackelte die Pistole und die großen Augen verengten sich voller Misstrauen. »Sie lügen. Der Laden macht erst um zehn Uhr auf.«

Carlinas Mobiltelefon fing an zu klingeln.

»Ignorieren Sie das und beantworten Sie meine Frage.«

Carlina riss sich mit Mühe zusammen. »Wir haben früher als sonst geöffnet, weil wir eine besondere Promotion geplant hatten. Er wollte joggen gehen.«

Suzannes Gesicht zuckte. »Weiter.«

»Er hielt kurz an und kaufte einige Dinge.«

Suzanne beugte sich nach vorne. Die Mündung der Pistole befand sich nur wenige Zentimeter von Carlinas Magen entfernt.

Zwischen Carlinas Schulterblättern lief der Schweiß herunter. Sie biss die Zähne zusammen.

»War sie bei ihm?«

»Wer?«

»Die letzte Geliebte.« Hass flammte in Suzannes Augen auf.

»Nein.« Ihre Stimme war nur ein Krächzen.

»Wer ist sie?«

»Ich weiß es nicht.« Carlina zögerte nicht mit der Antwort, aber sie fühlte, wie ihr Gesicht heiß wurde.

»Lügen Sie mich nicht an!« Suzannes Gesicht verzerrte sich. »Sie hat ihn umgebracht. Ich weiß es. Sie wird dafür bezahlen.«

»Die Polizei untersucht den Fall noch.« Carlina versuchte, ihre Stimme fest klingen zu lassen. »Sie werden den Mörder finden.«

»Die Polizei ist nutzlos.« Suzanne hob die Pistole und presste die Mündung gegen Carlinas Brust.

Carlina wich zurück, bis sich die Kanten des Holzregals an der Wand gegen ihre Schultern pressten.

»Ich weiß, dass Sie miteinander verwandt sind.«

Ein Schweißtropfen rollte von Carlinas Stirn. »Mit wem verwandt?«

»Mit der letzten Geliebten.«

Carlina öffnete den Mund und schloss ihn wieder. Sie war eine schlechte Lügnerin. *Lenk sie ab! Angriff ist die beste Verteidigung!* »Die Polizei sucht nach Ihnen.« Sie hörte sich selbst sprechen, als ob sie eine fremde Person wäre.

Suzanne gefror. »Mich?«

»Ja. Sie wissen, dass Sie vor einem Jahr Probleme im Garibaldi Hotel gemacht haben. Sie haben Ihre Adresse hinterlassen. Wenn ich Sie wäre, würde ich hier so schnell wie möglich verschwinden.« Sie ballte die Fäuste. Würde Suzanne ihr glauben?

Suzanne starrte sie an. »Sie meinen, ich bin eine Verdächtige? Sie glauben, ich hätte Trevor umgebracht?«

»Ja.« Carlina hielt ihrem Blick stand.

Suzanne brach in Gelächter aus.

Carlina blickte sie entsetzt an.

Die Pistole zeigte jetzt auf ihre Füße. Suzanne krümmte sich vor hysterischem Lachen ... oder war es hysterisches Schluchzen?

Wie ein Blitz hob Carlina ihre Hände, die sie wie zum Beten gefaltet hatte, und ließ sie mit einem Krachen auf Suzannes Hand niedersausen.

Die Pistole fiel mit einem Knall auf den Boden und rutschte in Richtung Vorhang.

Suzanne schrie etwas auf Französisch.

Carlina warf sich der Länge nach auf den Boden und schnappte sich die Pistole.

Suzanne landete auf ihr.

Carlinas Atem wurde aus ihr herausgequetscht wie aus einem Ballon. Es fühlte sich an, als wäre durch den Aufprall jeder Knochen in ihr gebrochen. »Runter!«

Suzanne griff mit beiden Händen in ihr Haar und zog daran.

Carlina schrie vor Schmerz, aber sie ließ die Pistole nicht los. Stattdessen versuchte sie, sich herumzudrehen, sodass sie die Pistole auf Suzanne richten konnte, aber jetzt hielt Suzanne ihre Hände umkrallt und drückte sie mit ihrem ganzen Gewicht nach unten. Ihre langen Fingernägel hinterließen Spuren auf Carlinas Hand. »Geben Sie mir die Pistole!«

Jemand hämmerte an die Glastür von Temptation.

Suzanne zuckte zurück. Für den Bruchteil einer Sekunde lockerte sich ihr Griff.

Carlina bockte wie ein Pferd und zog die Pistole unter sich.

Suzanne glitt zur Seite.

Das Hämmern an der Tür wurde lauter. »Aufmachen!«

Carlina drehte sich zusammengerollt zur Seite und kam mit einer schnellen Bewegung auf die Knie. Ihr Fuß verwickelte sich in dem Vorhang, aber sie schaffte es, sich zu befreien und richtete die Pistole mit einer wackeligen Hand auf Suzanne. Das Metallgehäuse glitzerte im Licht der Strahler. Die Pistole fühlte sich rutschig an in ihren verschwitzten Händen, und ihr Atem kam stoßweise, schmerzhaft. »Keine Bewegung.«

Suzanne starrte sie mit wogender Brust an. »Sie ist nicht geladen.«

Carlinas Hals wurde trocken. Sie machte einen Schritt zurück, bis sich der Vorhang um sie legte und dann zur Seite rutschte. Jetzt stand sie außerhalb des kleinen Lagerraums. »Keine Bewegung«, wiederholte sie.

Suzanne sprang auf die Füße und warf sich vorwärts. »Halt mich auf, wenn du dich traust.«

Carlina hielt die Pistole grob in die Richtung von Susannes Beinen und drückte ab, ihr Gesicht vor Angst verzerrt.

Ein ohrenbetäubender Krach erfüllte den kleinen Laden. Die Glastür und alle Fenster klirrten in ihren Fassungen. Eine Staubwolke erhob sich und das untere Ende eines Regals brach in sich zusammen.

Suzanne fiel auf den Boden. Ihre Hände umklammerten ein Bein. Etwas Rotes schoss zwischen ihren Fingern hervor. »Du hat mich angeschossen! Wie kannst du es wagen!«

Der Boden unter Carlinas Füßen schwankte. Sie starrte auf das Blut. In ihren Ohren rauschte es betäubend laut.

Die Eingangstür von Temptation brach auf.

Carlina schaute über ihre Schulter.

Garini, Ricciarda, der Kellner von gegenüber und Carlinas Mutter rannten in den Laden.

Carlina schaute Stefano an. »Ich habe sie angeschossen«, sagte sie. Kleine Funken schossen vor ihren Augen hin und her, und sie hatte das seltsame Gefühl, dass jemand das Tageslicht dimmte. Ihr wurde schwindelig.

Stefano warf ihr nur einen Blick zu, dann kniete er sich neben die Frau, die auf der Erde lag. Er fischte ein Paar Handschellen aus der Tasche und legte sie ihr mit überraschender Geschwindigkeit an.

»Was glauben Sie eigentlich, was Sie hier tun?« Suzanne versuchte, ihre Hände zurückzuziehen, aber es war zu spät. »Ich war das nicht! Sie hat geschossen!« Sie ballte die Hände zu Fäusten und machte eine Kopfbewegung Richtung Carlina. »Sehen Sie die Pistole denn nicht? Ich bin das Opfer hier! Ich verlange einen Anwalt! Sofort!«

»Ich wusste es.« Die Sterne auf Fabbiolas weitem Rock glitzerten, als sie auf die am Boden liegende Suzanne zuglitt, das Kissen wie immer fest unter den Arm geklemmt. »Die Sterne haben es mir gesagt. Ein Duell. Und Gefahr.« Sie schaute sich mit verwirrtem Gesichtsausdruck um. »Aber wo sind die Kinder?«

Carlina blinzelte.

Fabbiola wischte die Kinder mit einer Handbewegung vom Tisch. »Jedenfalls bin ich jetzt hier, mein Kind. Ich werde dich beschützen.«

Sie nahm das Kissen in eine Hand, sodass es nicht auf den Boden fallen konnte, dann öffnete sie beide Arme weit, um Carlina in eine Bärenumarmung zu nehmen, aber irgendwie schaffte Garini es, zwischen sie zu treten. »Lassen Sie mich erst mal die Pistole nehmen.« Er hielt seine Hand auf.

Carlina übergab sie ihm, zu geschockt, um irgendetwas zu sagen.

Seine hellen Augen ruhten für einen Augenblick auf ihrem Gesicht. »Das ist ein neuer Grünton.«

Carlina schaffte ein wackeliges Lächeln. »Gefällt er dir?«

»Ich mochte den anderen lieber.« Seine Stimme klang trocken.

Aber sie hatte die Sorge tief unter der Oberfläche gesehen. Der Boden hörte auf zu wanken. »Wirst du mich festnehmen?«

»Dich festnehmen?« Fabbiolas Stimme erfüllte den ganzen Laden mit Missbilligung. »Ja, bist du denn verrückt geworden? Erst mal muss er mit mir fertig werden! Niemand nimmt mein Kind fest, während ich daneben stehe. Niemand, sage ich!« Sie stemmte die Hände in die Hüften und schob ihr kriegerisch blickendes Gesicht vor Garini.

»Zufälligerweise will ich gerade niemanden festnehmen, *signora* Mantoni-Ashley.« Garini nahm sein Mobiltelefon heraus und gab rasch eine Nummer ein. »Ich rufe jetzt erst mal den Arzt für diese Dame hier, und dann nehmen wir auf, was hier geschehen ist.«

»Wenn Sie mich nicht festnehmen möchten, dann nehmen Sie mir gefälligst die Handschellen ab!« Suzanne schaute ihn böse an. »Sie haben kein Recht, mich festzuhalten. Absolut kein Recht.«

Er nickte ihr beruhigend zu, drehte ihr den Rücken zu und fing an, in sein Telefon zu sprechen.

Ricciarda stand am Rand der Szene. Sie war kalkweiß geworden. »Bist du in Ordnung, Carlina?«

»Ja.« Carlina schluckte. »Wie hast du so schnell Hilfe holen können?«

Ricciarda holte tief Luft. »Als ich zurückkam und feststellte, dass die Tür verschlossen war, wusste ich, dass etwas Seltsames vor sich ging. Dann sah ich, wie sich der Vorhang des Lagerraums bewegte. Ich ... ich weiß nicht wieso, aber es hat mir Angst gemacht.« Sie holte tief Luft. »Ich bin zu Enrique gerannt, um mir Rat zu holen und wir haben die Polizei gerufen. *Signor* Garini kam zwei Minuten später.« Sie klang beeindruckt.

»Und ich.« Fabbiola richtete sich auf und quetschte das Kissen zwischen ihren Händen. »Ich wusste, dass du in Gefahr schwebst. Die Karten haben es mir gesagt, und da war mir klar, dass ich kommen musste.«

»Danke, *mamma*.« Carlina lächelte ihre Mutter, Ricciarda und Enrique an. »Vielen Dank, dass ihr alle so schnell gehandelt habt, ohne zu zögern. Wie seid ihr denn bloß durch die Tür gekommen?«

»Der *commissario* hat sie geöffnet. Er hat ein spezielles Werkzeug.«

»Ich kann einfach nicht glauben, dass wir über Türen sprechen.« Suzanne hielt immer noch ihr Bein fest, obwohl es nicht mehr blutete.

»Ich bin diejenige, die angeschossen wurde, aber Sie legen mich in Handschellen und diskutieren über Türen. Das ist nicht normal.«

Carlina schaute sie an. Der verrückte Blick war aus ihren Augen verschwunden. Eine beleidigte Frau war übrig, eine Frau, die mal eine Schönheit gewesen, aber durch ihren Kummer und Hass tief gezeichnet war. »Warum sind Sie nach Florenz gekommen?« fragte sie.

»Ich wollte in Trevors Nähe sein.« Sie fing an zu schluchzen. »Ich kann nicht glauben, dass er tot ist. Er war so voller Leben.«

Carlinas Gesicht wurde weich. Sie nahm ein Taschentuch heraus und reichte es Suzanne.

Garini drehte sich um und erfasste die Situation mit einem Blick. »Der Arzt wird in wenigen Minuten hier sein.« Er nahm ein Aufnahmegerät aus der Jackentasche. »Ich möchte gern Ihre Aussage aufnehmen.«

Suzanne schüttelte den Kopf. »Ich sage gar nichts. Ich will einen Anwalt haben.«

Garini zögerte nicht. »Ich besorge Ihnen einen.« Er rief kurz jemanden an, dann wandte er sich an Carlina. »Kannst du mir sagen, was geschehen ist?«

Sie nickte und warf einen Blick auf das Aufnahmegerät. Ein rotes Licht blinkte und zeigte, dass es schon lief. »Mein Name ist Caroline Arabella Ashley.«

»Ich kenne deinen Namen.« Sein Gesicht war unbeweglich. »Den Teil kannst du überspringen.«

Er sagte es auf eine Art und Weise, die etwas in ihr erwärmte. Ein fast vergessener Vers aus der Bibel fiel ihr ein. »Ich kenne deinen Namen, du bist mein.« Wann hatte sie das zuletzt gehört? Bei ihrer Kommunion? Carlina lächelte und konzentrierte sich mit Mühe auf ihren Bericht. »Heute Morgen ging Ricciarda fort, um Reinigungsmittel zu kaufen. Sobald sie weg war, kam Suzanne herein.«

»Wann war das?«

Carlina schüttelte den Kopf. »Ich weiß es nicht mehr. Ziemlich früh, nachdem wir geöffnet hatten.«

Ricciarda sagte: »Es war Viertel nach zehn.«

Carlina nickte. »Suzanne bedrohte mich mit der Pistole. Sie zwang mich, die Tür zu Temptation abzuschließen. Dann brachte sie mich dazu, ins Lager zu gehen.«

Ihre Mutter holte zischend Luft.

Stefanos Gesicht zeigte keinerlei Bewegung. »Sprich weiter.«

»Sie dachte, ich sei die letzte Person, die Trevor lebend gesehen hatte. Sie wollte alles darüber wissen. Dann fragte sie nach Trevors letzter Geliebten. Sie wollte sie finden und Rache an ihr nehmen, weil sie überzeugt war, dass sie Trevor getötet hatte.«

»Annalisa?« Fabbiola machte einen Schritt nach vorne. »Wie kann sie unterstellen, dass meine liebe Nichte so etwas tun würde?«

Carlina zuckte zusammen.

»Ich wusste, dass du mich angelogen hast.« Suzanne fixierte Carlina mit drohendem Blick. »Du bist eine schleimige, kleine –«

»Das reicht.« Garini unterbrach sie. »Bitte fahre fort, Carlina.«

»Ich ... ich wollte sie ablenken, also sagte ich ihr, dass die Polizei sie schon suchte und sie des Mordes verdächtigte. Ich sagte ihr, sie solle sich so schnell wie möglich vom Acker machen.«

Enrique pfiff durch die Zähne. »Gut gedacht.«

»Du hast ein unmögliches Risiko auf dich genommen.« Stefanos Stimme klang grimmig.

»Ich verstehe kein Wort.« Fabbiola blickte ihre Tochter an. »Woher kennst du sie? Sie ist Französin, oder?« Es klang, als ob kein Italiener, der etwas auf sich hielt, jemals einen Franzosen kennen wollen würde.

»Es war vielleicht ein Risiko, aber es hat funktioniert.« Carlina schaute Garini an. »Sie krümmte sich vor Lachen.«

»Vor Lachen?« Fabbiola wiederholte die Worte voller Unglauben.

»Vor Lachen?« Ricciarda starrte Suzanne an, als ob ihr gerade ein dritter Arm gewachsen wäre.

»Das war der Augenblick, in dem ich auf sie zusprang, um ihr die Waffe abzunehmen.«

Garini schloss die Augen.

»Wow.« Enrique klatschte in die Hände. »Ich bin beeindruckt.«

»Es gab einen ... einen Kampf.« Carlina blickte auf die Kratzspuren an ihren Händen. »Aber ich habe es geschafft, die Pistole zu fassen zu kriegen. Da sagte Suzanne mir, dass die Waffe nicht geladen sei. Sie kam auf mich zu, um sie mir abzunehmen und da ... da habe ich sie ... angeschossen.« Sie biss sich auf die Lippen. »Es war pure Selbstverteidigung.«

Garini schaute sie mit einem Gesichtsausdruck an, den sie noch nie gesehen hatte.

»Das sind alles nur Lügen!« Suzanne zischte die Worte voller Hass heraus. »Ich war in ihrem Laden, um einen neuen BH zu kaufen. Und plötzlich schrie sie mich an und verschloss die Tür. Ich bekam solche Angst, dass ich meine Pistole aus der Tasche holte und auf einmal hat sie mich angegriffen und sie mir abgerungen. Ich werde sie verklagen!«

»Sie!« Fabbiola stellte sich breitbeinig vor Suzanne hin, einen Zentimeter vor ihrem Gesicht und schob das Kissen unter ihrem Arm höher. »Wagen Sie es ja nicht, diesen Schmutz noch einmal zu erzählen. Meine Tochter würde niemals jemanden angreifen. Niemals!«

Garini schaltete das Aufnahmegerät ab. »Es sei denn, sie denkt, dass es nötig ist«, sagte er so leise, dass nur Carlina es hören konnte.

»Sie können meine Akten prüfen«, sagte Suzanne. »Es gibt überhaupt keine negativen Berichte über mich. Absolut gar nichts. Sie werden feststellen, dass ich, Suzanne Morin, ein völlig schuldfreies Leben geführt habe.«

Garini fuhr herum und starrte sie an. »Was haben Sie da gerade für einen Namen gesagt?«

Suzanne richtete sich auf. »Ich bin Suzanne Morin. Wenn Sie mir diese völlig lächerlichen Handschellen abnehmen würden, könnte ich Ihnen meine ...«, sie zögerte und fügte auf Französisch hinzu, »... meine *carte d'identité* zeigen.«

In diesem Augenblick eilte ein dünner Mann mit einer schwarzen Tasche durch die Tür. Er schaute sich um, nickte Garini zu und ging neben Suzanne auf die Knie.

»Wer ist dieser Mann?« Fabbiolas Stimme zitterte vor Wut.

»Der Arzt.« Garini wandte seinen Blick nicht von Carlina ab.

»Warum behandelt er die Kriminelle, die versucht hat, meine Tochter umzubringen? Ich habe kein Verständnis für diesen Luxus.« Fabbiola schnaubte verächtlich. »Es ist eh nur ein Kratzer.«

Garinis Lippen zuckten. »*Dottore?*«, fragte er. »Was sagen Sie?«

»Die Dame hat recht.« Der Doktor war schon damit beschäftigt, die Wunde zu verbinden. »Die Kugel hat das Bein nur gestreift. Es wird bald eine ferne Erinnerung sein.«

Carlina fühlte, wie eine Welle der Erleichterung und Müdigkeit sie überwältigte. Sie schwankte und griff hastig nach dem Tresen, um nicht hinzufallen.

Suzanne hob beide Hände. »Ein Kratzer! Das ist kein Kratzer! Sie hat mich für den Rest meines Lebens gezeichnet!« Sie zeigte auf Carlina. »Diese Frau hat versucht, mich umzubringen, und hier tun alle so, als ob ich es war. Sie stecken ja alle unter einer Decke! Das ist die Mafia! Das ist eine Farce!« Ihre Stimme wurde jede Sekunde lauter. »Ich will einen Anwalt. Einen französischen Anwalt! Ich bestehe darauf!«

Piedro stürmte durch die Tür, sein Haar in Stacheln gestylt. »Hier bin ich, *commissario*«, informierte er seinen Chef, als ob alle auf ihn gewartet hätten. Sein Blick fiel auf die attraktive Frau am Boden und seine Augen weiteten sich. »Wow.«

Garini nickte seinem Mitarbeiter zu, dann wandte er sich an Suzanne. »Dies ist mein Assistent Piedro Cervi. Draußen wartet ein Auto, um Sie zur Polizeistation zu bringen, wo Sie auf den Anwalt Ihrer Wahl warten können. Dann können Sie mit ihm Ihre Verteidigung erarbeiten. Mein Assistent wird Ihre Aussage aufnehmen. Ich komme später nach.«

Piedro wurde sichtbar größer. Er straffte die Schultern und half Suzanne vom Boden hoch. Zusammen mit Garini brachte er sie zum Polizeiauto.

Ihr Gehen brachte Bewegung in die restliche Gruppe, die alles wie in Trance beobachtet hatte.

»Bin ich froh, dass die weg ist.« Fabbiola schüttelte den Kopf. »Die hat mich ganz nervös gemacht.«

Ricciarda holte tief Luft. »Mir ging es genauso. Mann, war das ein aufregender Morgen.«

Enrique warf noch einen sehnsüchtigen Blick auf die dunkle Schönheit Ricciarda, dann winkte er ihnen zum Abschied schnell zu und kehrte in sein Café zurück.

Garini kam mit langen Schritten zurück. »Wo ist Annalisa?«

Carlinas Augen weiteten sich. »Glaubst du, dass sie in Gefahr ist?«

»Nein.« Seine Stimme klang harsch. »Aber sie muss dich hier in Temptation ersetzen.«

»Meinen Platz ersetzen? Hier in Temptation? Aber warum denn, um Gottes willen? Gestern hast du mich fast in Stücke zerrissen, weil ich ihr erlaubt habe, hier zu arbeiten, und heute fragst du, wo sie steckt.« Plötzlich war ihr alles zu viel. Sie blinzelte.

Er schaute sie an und verengte die Augen. »Heute liegen die Dinge anders.« Er nahm ihren Arm und führte sie in den hinteren Teil des Ladens, wo er einen Klappstuhl von der Wand nahm. »Setz dich hin und ruf sie an. Sie muss herkommen. Ich brauche dich bei mir.«

Carlina war zu durcheinander, um zu widersprechen. Sie rief Annalisa an, unterbrach sie mitten in einer Entschuldigung, warum sie nicht pünktlich bei der Arbeit erschienen war, und bat sie, sofort zu Temptation zu kommen, ohne weitere Hintergründe zu erklären.

Annalisa versprach, in fünfzehn Minuten da zu sein.

Fabbiola fiel plötzlich ein, dass sie fürs Mittagessen auf Bestellung ihrer Schwester Benedetta hin noch dringend Padano Käse kaufen musste, und sie eilte mit einem luftigen Schwenken des Kissens als Abschiedsgruß davon.

Die Glocke an der Tür ertönte und ein Paar kichernder Mädchen kam in den Laden. Ricciarda ging nach vorne, um sie zu beraten.

Carlina lehnte den Kopf an das Regal hinter sich, schloss die Augen und holte tief Luft.

»Tu mir das bitte nie wieder an.« Stefanos Stimme war leise, aber sie klang rau.

Ihre Augen flogen auf. »Was meinst du?«

»Dass du dich fast umbringen lässt.« Er beugte sich nach vorne und nahm ihr Kinn in seine Hände. Seine hellen Augen durchbohrten sie fast. »Ich habe noch nie in meinem Leben solche Angst gehabt.«

Seine Hände fühlten sich warm und fest an, und der Ausdruck auf seinem sonst so unbeweglichen Gesicht erwärmte ihr Inneres. »Ich habe es nicht mit Absicht gemacht, Stefano.«

»Ich weiß.« Er schüttelte den Kopf, als ob er es immer noch nicht glauben könne.

»Wohin bringst du mich gleich?«

»Nach Hause.« Sein Mund war angespannt. »Dein Zuhause, meine ich.«

»Aber das ist nicht nötig. Gib mir fünf Minuten, dann geht's mir wieder gut.«

»Es ist sehr nötig. Ich habe deinem Großonkel gesagt, dass er mir helfen kann, Leopold Morin zu beschatten.«

»Wen?« Carlina schaute verwirrt.

»Der französische Tourist, der ohnmächtig auf Trevor Accanto gefunden wurde.«

Jetzt verstand sie. »Morin?« Sie legte erschrocken die Hand vor den Mund. »Du meinst, sie sind verwandt?«

»Es ist immerhin möglich. Es könnte sein, dass sie geschieden wurden, weil Suzanne nicht über Trevor hinwegkam und dass Leopold Morin sich jetzt entschieden hat, sich zu rächen. Oder sie könnte seine Schwester sein und er denkt, dass Trevor dafür bestraft werden muss, dass er ein emotionales Wrack aus ihr gemacht hat.«

In Carlinas Kopf drehte sich alles. »Das ist alles zu viel heute Morgen. Aber ich habe noch nie von einem Mörder gehört, der direkt über seinem Opfer ohnmächtig wird.«

Sein Mund zuckte. »Du kennst Leopold Morin nicht. Er ist ein Mann mit hohen ästhetischen Ansprüchen. Ich kann mir durchaus vorstellen, dass er ihn ermordet hat und dann vor Horror in Ohnmacht gefallen ist.«

»Was ist mit der Nylonstrumpfhose? Wie ist er an sie herangekommen?«

Garini schüttelte den Kopf. »Das weiß ich nicht. Wir finden es später heraus. Jetzt müssen wir erst mal Onkel Teo warnen und ihn von dem Fall abziehen.«

»Deshalb war er die letzten Tage so beschäftigt und sah aus, als hätte ihm der Weihnachtsmann ein Geheimnis anvertraut.« Carlina stand auf. »Und ich dachte, er hat sich eine neue Art ausgedacht, wie man Geldscheine falten kann.«

»In Form von Kängurus?«

Carlina warf ihm einen scharfen Blick zu. »Machst du dich etwa über meine Familie lustig?«

Er sah sie mit einem seiner seltenen Lächeln an. »Das würde ich mich nie trauen.«

Aber als sie einige Zeit später in Benedettas Küche traten, den Platz, an dem sie alle Familieninformationen finden würden, fiel ihm jede Spur von Lächeln aus dem Gesicht. »Was um alles in der Welt –?«

Leopold Morin saß an Benedettas Küchentisch, direkt neben Onkel Teo.

Sie schauten beide gleichzeitig hoch. Tränen liefen ihnen übers Gesicht.

»Warum weint ihr?« Carlina eilte auf sie zu. Ihre Augen begannen zu brennen. Sie blinzelte und erkannte den Berg an braunen, papierdünnen Zwiebelschalen vor den beiden Männern und die glitzernden weißen Zwiebelstücke in der Schale zwischen ihnen.

»Sie schneiden gemeinsam Zwiebeln.« Garinis wirkte angespannt. »Was für ein charmantes Familienbild.« Seine Stimme troff vor Sarkasmus.

Onkel Teo duckte sich.

Benedetta hörte auf, in einem Schrank herumzuwühlen und schaute über die Schulter. »Ach, der *commissario* und Carlina! Bleibt ihr zum Mittagessen? Kennt ihr Leo schon?« Sie winkte in Richtung der beiden Männer am Tisch. »Er ist Franzose, aber sein Italienisch ist wunderbar.« Sie küsste ihre Fingerspitzen. »So beeindruckend.«

Carlinas Blick schoss von einem zum anderen.

Leopold Morin rutschte wie ein Fünfjähriger mit schlechtem Gewissen auf seinem Stuhl hin und her.

Onkel Teo wischte seine Tränen weg, zwinkerte Carlina zu und stand auf. »Hören Sie, *commissario*, ich muss mit Ihnen sprechen.« Er nahm Stefano beim Arm und zog ihn aus dem Raum.

Benedetta hob die Augenbrauen und schaute Carlina an. »Was geht hier vor?«

»Nichts.« Carlina folgte den Männern und schloss die Tür hinter sich.

»Er war einsam.« Onkel Teo war mitten in einer wortreichen Erklärung, beide Hände in Bewegung. »Und ich, ich weiß, was es heißt, einsam zu sein. Also haben wir irgendwie ... miteinander gesprochen.«

»Ich habe Ihnen gesagt, dass Sie auf Abstand bleiben müssen, *signor* Mantoni!« Garinis Ton war eisig.

»Nun ja, das weiß ich.« Onkel Teo bewegte den Kopf hin und her, als ob er über dieses Konzept nachdenken würde. »Und ich gebe zu, dass der erste Kontakt nicht ganz freiwillig war. Ich ... nun, ich bin in ihn hineingelaufen.«

Stefano sagte gar nichts mehr, aber sein Schweigen war einschüchternd genug. Es umhüllte ihn wie eine schwarze Wolke.

»Und dann ... dann kamen wir ins Gespräch, und dann bemerkte ich, was für ein netter Mann er ist.« Onkel Teo strahlte ihn an.

Garini presste die Lippen aufeinander.

»Sie können mir vertrauen, *commissario*.« Onkel Teo nickte vor sich hin. »Ich bin jetzt schon fast acht Jahrzehnte hier auf diesem Planeten, und ich kenne die Menschen. Leo würde keiner Fliege etwas zuleide tun. Niemals.«

Stefanos Gesicht blieb unbeweglich. »Ihr harmloser Leo wurde ohnmächtig auf einem Mordopfer gefunden.«

»Ja, das hat er mir erzählt.« Onkel Teo rümpfte die Nase. »Ziemlich eklig, vor allem für ihn. Er findet viele Dinge eklig, wissen Sie, und er –«

Garini unterbrach ihn. »Und heute Morgen kam eine Suzanne Morin zu Temptation und hat Carlina mit einer Pistole bedroht.«

Onkel Teo drehte überrascht den Kopf und blinzelte Carlina an. »Ach, du meine Güte. Geht es dir gut, Carlina?«

»Ja, alles in Ordnung, Onkel Teo.« Carlina kam näher. »Aber ich denke auch, dass du den Anweisungen des *commissarios* wirklich hättest Folge leisten sollen. Er könnte gefährlich sein, weißt du.«

»Blödsinn.« Onkel Teo richtete sich gerade auf, und bevor sie ihn zurückhalten konnten, drehte er sich auf dem Absatz um, stürmte durch die Tür in die Küche und wandte sich an seinen neuen Freund. »Sag mal, Leo, ist es möglich, dass du mit einer Suzanne Morin verwandt bist?«

Das scharfe Gemüsemesser fiel mit einem Krachen auf die glänzenden Bodenfliesen. Leopold Morin wurde so weiß wie die Zwiebeln in der Schale neben ihm und kippte in Zeitlupe vom Stuhl.

Benedetta sprang nach vorne und fing den zarten Mann auf, bevor er auf den Boden fallen konnte.

»Bist du verrückt geworden, Onkel Teo?«

Garini unterdrückte ein Fluchen. Zwei lange Schritte brachten ihn an die Seite des Franzosen. »Wir müssen ihn irgendwohin legen.«

»In mein Zimmer.« Benedetta führte sie an.

Garini trug den leblosen Leopold und legte ihn auf Benedettas Bett. Dann schaute er sich um. Das ganze Zimmer war lila gestrichen, nur die Decke leuchtete weiß. Lila Vorhänge filterten das schwache Winterlicht, und sogar der Bettüberwurf hatte einen dunkellila Farbton.

Benedetta hielt eine geschälte Zwiebel unter Leos Nase.

Seine Augenlider flatterten, dann öffneten sie sich. »Wo bin ich?«

»In meinem Zimmer.« Benedetta setzte sich aufs Bett und fing an, seine Hände zu reiben.

Ein Ausdruck von Panik erschien auf seinem Gesicht.

»Ich bin auch hier.« Onkel Teo beugte sich nach vorne. »Und der *commissario*.«

»Der *commissario*«, wiederholte Leo. Seine Augen öffneten sich so weit, dass man das Weiße um die gesamte Iris sah.

»Du brauchst keine Angst zu haben.« Onkel Teo setzte sich auf die andere Seite des Bettes. »Der *commissario* ist fast ein Familienmitglied. Er sieht zwar furchterregend aus, aber tief im Inneren ist er gar nicht so schlecht.«

Carlina verschlug es die Sprache.

Garini nahm ein kleines Notizbuch heraus. »Ich muss so schnell wie möglich Ihre Aussage aufnehmen, *signor* Morin.«

Leopold Morin seufzte und schloss die Augen wieder.

»Er braucht mehr Zeit.« Benedetta funkelte den *commissario* böse an. »Er ist ja gerade erst aus einer tiefen Ohnmacht erwacht.«

»Ich habe nicht viel Zeit, *signora*.« Garini erwiderte ihren Blick unbewegt.

»Es ist schon in Ordnung.« Leopold hob seine Hand. »Ich sage Ihnen alles.«

»Ich würde Ihre Aussage gern aufzeichnen, wenn ich darf.« Garini zog das schmale Aufnahmegerät aus der Tasche seiner Lederjacke. »Und ich muss Ihnen auch sagen, dass Sie das Recht haben, einen Anwalt zu rufen.«

»Ich brauche keinen Anwalt, und ja, Sie können alles aufnehmen, was ich sage.« Leopold fing an zu sprechen, ohne seine Augen zu öffnen.

Ausnahmsweise einmal verhielt sich der ganze Mantoni-Clan mucksmäuschenstill, und nur die kultivierte Stimme mit dem leichten französischen Akzent erfüllte den schattigen, lilafarbenen Raum.

»Ich habe Suzanne vor acht Jahren geheiratet. Ich wusste immer, dass sie mich nicht so sehr liebte, wie ich sie liebte, aber das war mir nicht wichtig. Ich wusste auch, dass sie mich nach einer großen Enttäuschung geheiratet hat, aber das war mir egal. Wir waren glücklich, zumindest dachte ich das.«

Leopold holte tief Luft. Seine Hände lagen steif neben ihm, flach auf der Bettdecke, und waren das einzige Anzeichen dafür, mit wieviel Mühe er seine Gefühle unter Kontrolle hielt. »Letztes Jahr entschieden wir uns, über Weihnachten nach Florenz zu fahren. Ich verbrachte den Morgen in der *Biblioteca Medicea Laurenziana*. Es ist meine Lieblingsbibliothek. Als ich in unser Hotelzimmer zurückkam, fand ich einen Brief vor. Suzanne hatte mich verlassen ... für einen Mann, den sie an diesem Morgen kennengelernt hatte. Sie schrieb, es wäre ein *coup de foudre gewesen*, Liebe auf den ersten Blick. Er sei der Mann, auf den sie ihr ganzes Leben lang gewartet hatte. Sie bat mich, ihr zu vergeben.«

Niemand rührte sich. Die leise Stimme zog sie alle in ihren Bann.

»Ich weiß, es klingt unglaublich, aber so ist es geschehen. Ich versuchte, sie zu finden.« Seine Stimme klang gepresst, als er sich erinnerte. »Sie hatte ihr Telefon abgestellt. Ich konnte keine Spur von ihr entdecken. Ich dachte, sie hätte Florenz verlassen. Schließlich entschied ich mich, nach Hause zurückzukehren. Ich wartete darauf, dass Suzanne wiederkommen würde. Ich wartete wochenlang.«

Carlina schluckte. Sie hatte einen Kloß im Hals.

»Dann, irgendwann im Januar, war Suzanne wieder auf der Arbeit. Sie sah wie eine andere Frau aus, verrückt, ausgemergelt, zehn Jahre gealtert. Ich versuchte, sie dazu zu bringen, dass sie mit mir sprach. Sie sagte, dass er sie fallengelassen habe. Er hat meine Suzanne fallengelassen. Er hat sie zerstört.« Seine dünnen Schultern zuckten. »Sie wollte nicht zu mir zurückkehren. Sie sagte, sie sei es nicht wert.«

Er verstummte.

»Bitte fahren Sie fort, *signor* Morin.« Garinis Stimme klang sanft.

Leopold öffnete die Augen und sah ihn an. »Ich fand seinen Namen heraus. Ich fand heraus, dass er jedes Jahr zur gleichen Zeit nach Florenz zurückkehrte. Und jedes Jahr hatte er eine andere Geliebte. Ich entschied mich, hinzufahren und ihn zu sehen. Ich wollte den Mann sehen, der meine Suzanne zerstört hatte.«

Benedetta schluckte so laut, dass sie es alle hören konnten.

»Und das tat ich auch.« Morin setzte sich hin. »Er war attraktiv, ja, aber ich konnte keinen Grund erkennen, warum die Frauen ihn so liebten. Ich folgte ihm überall hin. Ich versuchte, zu verstehen. Ich war ... wie besessen.«

»Haben Sie je mit ihm gesprochen?« fragte Garini.

»Ja.« Das dünne Gesicht sah müde aus. »Ich habe ihn einmal gefragt, ob er mir den Weg zur Bücherei sagen kann. Er kannte ihn. Er war ein gebildeter Mann.« Er verfiel in Schweigen und starrte auf seine Hände.

»Was geschah dann?« Onkel Teos Stimme klang rau.

Garini warf ihm einen warnenden Blick zu.

»Ich fand heraus, dass er oft in die Kirche ging. Er blieb nie lange. Fünf Minuten, manchmal weniger. Er ging nicht zur Beichte, er betete nur.« Leopold schloss für einen Augenblick die Augen. »An dem Morgen bin ich ihm nicht ins Gebäude gefolgt. Ich wusste, dass er bald wieder herauskommen würde und es ... es bedrückte mich, ihn beten zu sehen. Es war wie ein Frevel. Ich konnte es nicht ertragen. Also bin ich ins Café gegenüber gegangen und habe einen Kaffee bestellt. Es war so ein kalter Tag. Ich habe die Tür aber nie aus den Augen gelassen.«

»Haben Sie irgendjemanden hineingehen oder herauskommen sehen? Jemanden, den Sie kennen?« Garini beugte sich nach vorne.

Leopold zögerte keinen Augenblick. »Nein. Ich habe einige Frauen gesehen, aber mit ihren dicken Jacken und Schals sahen sie alle gleich aus. Ich habe sowieso nicht auf die Frauen geachtet, ich wollte ihm nur folgen, sobald er wieder draußen war.« Er zuckte mit den Schultern. »Aber er kam nicht.«

Benedettas Augen wurden jede Sekunde größer.

»Irgendwann entschied ich mich, nachzusehen, wo er blieb. Soweit ich wusste, gab es keinen anderen Ausgang aus der Kirche, aber vielleicht war ich nicht gut informiert. Ich ging hinein. Es war eisig kalt und dunkel. Ich bin ganz langsam gegangen, als ob ich das Gebäude bewundern würde. Wie ein normaler Tourist.« Er nickte ein wenig. Seine rosige Kopfhaut schimmerte durch das kurz geschorene Haar. »Ich sah niemanden. Ich dachte, ich hätte ihn verpasst, und um ganz sicher zu gehen, ging ich nach vorne.« Er zuckte mit den Schultern. »Er betete immer ganz vorne. Die letzten Plätze waren nicht richtig für ihn.« Er schluckte so schwer, dass sein Adamsapfel sich sichtbar auf und ab bewegte. »Ich bin über ihn gestolpert. Ich wusste sofort, dass er es war. Ich weiß gar nicht, warum. Das ist das letzte, woran ich mich erinnere, bis …«

»Bis?« Benedetta beugte sich nach vorne.

»Bis diese furchtbare Schweizerin versuchte, mich mit einer Mund-zu-Mund-Beatmung wiederzubeleben.« Seine dünnen Lippen verzogen sich bei der Erinnerung, und ein wenig Farbe kam in seine blassen Wangen zurück.

Garini starrte ihn unbewegt an. »Was ist mit Ihrer Frau?«

Eine traurige Falte erschien neben Leopolds Mund. »Sie hat den Kontakt abgebrochen und die Scheidung eingereicht. Ich habe sie seit August nicht mehr gesehen.«

Carlina und Garini blickten sich an.

Dann beugte Garini sich nach vorne. »Können Sie beschwören, dass Sie sie seit August nicht gesehen haben?«

Er schaute überrascht. »Ja, das kann ich beschwören.«

»Sind Sie in irgendeiner anderen Form mit ihr in Kontakt gewesen? Telefon? E-Mail? Briefe?«

»Nein. Gar nichts.« Leopold schüttelte langsam den Kopf. »Sie sagte, es sei zu schmerzhaft für sie.«

Garini lehnte sich zurück. »Ihre Frau, *signor* Morin, hat Carlina Ashley«, er zeigte auf Carlina, »heute mit einer Pistole bedroht.«

Leopold schnappte nach Luft und sprang vom Bett. »Suzanne ist in Florenz? Warum?« Er schwankte und griff hastig nach dem Bettpfosten, um nicht umzufallen.

»Weil sie wissen wollte, wer die aktuelle Geliebte von Trevor ist«, sagte Carlina. »Sie ist überzeugt, dass die diesjährige Geliebte ihn umgebracht hat. Jetzt möchte sie sich an ihr rächen.«

Benedetta stieß einen kleinen Schrei aus. »Aber das ist ja Annalisa!«

Leopold schaute verwirrt. »Wer ist Annalisa?«

»Meine Tochter!« Benedetta blickte mit einem überraschten Gesichtsausdruck auf die Zwiebel, die sie immer noch in ihrer Hand hielt, und warf sie zur Seite. »Ich muss zu ihr gehen!« Sie drehte sich zur Tür.

»Suzanne ist jetzt auf der Polizeistation.« Garinis ruhige Stimme stoppte sie. »Annalisa ist nicht in Gefahr.«

»Was ist, wenn sie diese Suzanne gehenlassen?« Benedetta verschränkte die Arme vor der Brust. »Sie wird hierher kommen, und sie wird Annalisa verletztn wollen!«

»Sie haben strikte Anweisung, sie nicht gehen zu lassen, bis ich komme.«

»*Madonna!*« Die Stimme kam von der Tür. »Was macht ihr denn alle in Mamas Schlafzimmer?«

»Emma!« Benedetta eilte zu ihrer ältesten Tochter. »Annalisa ist in Gefahr!«

Emma lachte. »Da hast du bestimmt etwas missverstanden, *mamma*. Normalerweise ist es Annalisa, die eine Gefahr für andere darstellt.«

Benedetta stampfte mit dem Fuß. »Wie kannst du es wagen, so etwas über deine Schwester zu sagen, Emma?«

Emma zuckte mit den Schultern. »Ich kenne sie halt.« Sie schaute sich mit einem überraschten Ausdruck in ihren leuchtenden Augen um. »Ihr habt immer noch nicht erklärt, warum ihr hier alle um das Bett herumsteht?« Sie reckte den Hals. »Ist irgendetwas Besonderes passiert?«

Garini schaute sie nüchtern an. »Ich werde in einer Minute alles erklären, in Carlinas Wohnung. Würden Sie bitte hochgehen? Vielleicht kann Carlina mitgehen?«

Carlina nickte und nahm ihre Cousine am Arm, aber als Garini noch einmal das Wort ergriff, blieb sie an der Tür stehen.

Er schob das Aufnahmegerät in seine Tasche und wandte sich an Leopold. »Ich rate Ihnen, bei Ihren Freunden zu bleiben.« Er blickte kurz zu Onkel Teo. »Sie helfen niemandem, wenn sie jetzt zur Polizeistation eilen.«

Leopold wrang die Hände. »Suzanne! Geht … geht es ihr gut?«

Garini schüttelte den Kopf. »Physisch hat sie nur einen Kratzer, der schnell heilen wird, aber ich fürchte, sie ist nicht ganz …«

»Was?«

»Ganz zurechnungsfähig.«

Leopold fing an zu zittern.

»Ein Psychologe wird sich mit ihr unterhalten, aber es würde mich wundern, wenn man sie nach diesem Vorfall alleine lassen würde.«

»Alleine lassen? Meinen Sie, sie wird eingewiesen?«

»Ich weiß es nicht.« Garini schaute ihn an. »Ich tendiere dahin, ihre Geschichte zu glauben, *signor* Morin. Wenn sie wahr ist, sollten Sie eine Sache wissen: Es ist nicht Ihr Fehler.«

Der Franzose blickte ihn an. Die Haut über seinen Gesichtsknochen war straff gespannt. »Ich habe ihr nicht gereicht.«

»Das ist der Fehler von Suzanne, nicht Ihrer. Im Augenblick sollten Sie hier bleiben. Bitte.«

Onkel Teo nickte und legte eine Hand auf Leopolds Schulter. »Wir holen dir etwas zu trinken und dann essen wir zu Mittag. Benedetta ist eine wunderbare Köchin und du wirst dich besser fühlen, wenn du erst einmal etwas gegessen hast.«

Emma schaute ihre Cousine an. »Wo wir gerade vom Mittagessen sprechen – hatten wir uns heute nicht bei Temptation verabredet?«

»Die Pläne haben sich geändert.« Carlina zog sie durch die Tür. »Komm mit hoch und dann erkläre ich dir alles.«

Zwei Minuten später, als Garini die Tür von Carlinas Wohnung hinter sich schloss, flackerte Angst in Emmas Blick auf. »Was soll das?« Sie stürzte sich wie ein Falke auf ihre Cousine. »Ein Kreuzverhör?«

Carlina blickte auf den Boden. »Garini muss mit dir sprechen, und ich dachte mir, dass es dir vielleicht helfen würde, wenn ich in der Nähe wäre. Aber ich kann auch gehen, wenn es dir lieber ist.« Sie wandte sich zur Tür.

»Stopp.« Emma hielt eine Hand hoch. »Du kannst bleiben.« Mit einem plötzlichen Stimmungsumschwung warf sie sich auf Carlinas bequemes Sofa und streckte die langen Beine aus. »Also, was ist los, *commissario?*« Sie schaute ihn unter ihren langen Wimpern hinweg an. »Ich hoffe, es ist nicht allzu fürchterlich.« Ihre wachsamen Augen standen im Kontrast zu ihrem freundlichen Tonfall.

Er nahm ein gefaltetes Papier aus der Tasche und reichte es ihr. »Das ist es.« Sein Blick ruhte auf ihrem Gesicht.

»Das belastende Dokument.« Emmas Stimme war voller Hohn, während sie es auseinanderfaltete. »Überreichen Sie es der Verdächtigen, und sie wird –« Sie brach ab und starrte auf das Bild, dann sprang sie auf. »Das ist eine Fotomontage!«

»Ich fürchte nicht.« Er stand wie ein Baum, keine Emotion sichtbar.

Carlina beobachtete ihre Cousine, die Stirn besorgt gerunzelt.

»Wo haben Sie das gefunden?« Emma hielt das Papier von sich, als ob es ansteckend wäre.

»In den Unterlagen von Trevor Accanto. Wir wissen, dass Sie vor drei Jahren ein Verhältnis mit ihm hatten.«

Emma warf Carlina einen verängstigten Blick zu.

Carlina sah sie hilflos an. Sie öffnete den Mund, aber ein Blick von Stefano sorgte dafür, dass sie ihn wieder schloss.

Plötzlich schien die Luft aus Emma zu entweichen, und mit einem Stöhnen ließ sie das Bild fallen und bedeckte ihr Gesicht mit den Händen. »Erzählt bloß Lucio nichts.« Die Worte waren nur ein Flüstern.

Garini las das Bild vom Boden auf und steckte es wieder in die Tasche. »Nur, wenn es absolut unvermeidbar ist.«

Emma wandte ihm ihr blasses Gesicht zu. »Lucio würde es nicht verstehen.«

»Würden Sie uns bitte alles erzählen?«

Emma schauderte. »Ja, das mache ich, aber nur, wenn Sie dieses schreckliche Aufnahmegerät nicht anschalten. Und Sie dürfen auch keine Notizen machen!«

»Dann müssen wir die Information später noch einmal offiziell festhalten.« Garini wich nicht einen Zentimeter von seiner Position ab.

Emma zuckte mit den Schultern. »Das ist mir egal. Möchten Sie jetzt meine Geschichte hören oder nicht?«

»Ich möchte sie gern hören.«

Carlina hielt es nicht mehr aus. Sie setzte sich neben ihre Cousine und nahm ihre Hand.

Emma lächelte ihr etwas wackelig zu, dann wandte sie sich mit einer ungeduldigen Bewegung an Stefano. »Ach, setzen Sie sich hin, Garini. Ich möchte nicht, dass Sie drohend über mir stehen, während ich mein Innerstes ausschütte.«

Stefano setzte sich auf den Stuhl mit dem Überwurf im Leopoardenfellmuster und beugte sich nach vorne. »Bitte fangen Sie an.«

»Ich traf ihn auf dem Markt der *Piazza Lorenzo Ghiberti*, eine Woche vor Weihnachten. *Mamma* hatte mich hingeschickt, um einige Oliven zu kaufen. Du weißt ja, Carlina, dass *mamma* überzeugt davon ist, dass Giulios Oliven die besten sind, wegen seiner Eichenfässer. Wie immer hat Giulio mir verschiedene Oliven zum Kosten angeboten, und plötzlich stand Trevor neben mir. Wir haben die Oliven zusammen probiert und sie verglichen. Es war so lustig. Sein Italienisch war perfekt und er war so ... charmant.«

Carlina nickte. Sie wusste genau, wovon Emma sprach.

»Den Rest könnt ihr euch vorstellen. Er sagte mir von Anfang an, dass es nur eine Weihnachtsaffäre sei. So hat er es genannt.« Emmas Lächeln war ein wenig zynisch. »Ich habe ihm nicht geglaubt, aber ich habe die Sache vor der Familie geheim gehalten.« Sie holte tief Luft. »Nach vier Wochen verschwand er spurlos. Sein Telefon ging nicht mehr, und ich wusste seine Adresse in den USA nicht.«

»Haben Sie versucht, ihn aufzuspüren?«, fragte Garini.

»Nein.« Emma hob den Kopf. »Ich habe auch meinen Stolz. Außerdem wurde mir klar, dass ich mich dumm benommen hatte. Das Gefühl mag ich nicht. Lucio verdient Besseres.« Sie presste die Lippen zusammen. »Reicht das?«

»Nicht ganz.« Garini schüttelte den Kopf. »Können Sie mir noch etwas mehr über ihn sagen, über seinen Charakter?«

»Er war großzügig.« Emma zögerte nicht mit ihrer Antwort. »Er war total amüsant, aber er hatte einige feste Regeln, und wenn man ihm zu nahe kam, verschloss er sich komplett.« Sie runzelte die Stirn. »Er hasste das Gefühl, gebunden zu sein.«

»Das kann ich mir vorstellen.« Garinis Stimme war trocken.

»Ich bekam den Eindruck, dass er einmal ein schlimmes Erlebnis durchgemacht hatte, und dass er seitdem nur noch nach seinen eigenen Regeln spielte.«

»Könnten Sie etwas genauer werden?«

»Nein.« Emma schüttelte den Kopf und starrte vor sich hin. »Oh, und er war ein gläubiger Katholik. Er ging mindestens einmal die Woche in die Kirche, und manchmal ging er einfach so zum Beten hin, ganz spontan.«

Garini hob die Augenbrauen. »Ein notorischer Frauenheld und gleichzeitig Katholik?«

Emma zuckte mit den Schultern. »Es gibt alles Mögliche auf dieser Welt.«

»Haben Sie ihn je wiedergesehen?«

Emma nickte, als ob sie sich lieber nicht erinnern wollte. »Einmal, letztes Jahr. Er war in einem Konzert, zusammen mit einer anderen Frau. Ich tat so, als ob ich ihn nicht gesehen hätte.«

»Was haben Sie gefühlt, als Sie ihn sahen?«

Emmas Blick sprach Bände. »Wollen Sie das wirklich wissen?«

»Ja.« Er hielt ihrem Blick stand.

»Es war mir peinlich.« Sie ballte die rechte Faust. »Ich hatte mich gerade erst mit Lucio verlobt und wollte mich nicht daran erinnern, wie dumm ich gewesen war.«

Carlina wurde schlecht. Wie sehr Emma gelitten haben musste ... und sie hatte nicht den leisesten Schimmer gehabt.

Garini nickte. »Was haben Sie gedacht, als Sie gehört haben, dass er Annalisas Geliebter war?«

»Ich konnte es nicht glauben. Natürlich wusste ich, dass Annalisa einen neuen Freund hatte, aber ich hatte keine Ahnung, dass es Trevor war, bis *mamma* seinen Namen nebenher erwähnte. Ich ließ meine Gabel auf den Boden fallen und versteckte mich unter dem Tisch, bis ich mein Gesicht wieder unter Kontrolle hatte.« Emma hob ihre schmale Hand und schob sich die Haare aus der Stirn. »Und als nächstes hörte ich, dass er ermordet worden war. Das konnte ich auch nicht glauben. Er war immer so voller Leben gewesen.« Sie holte tief Luft. »Aber er hatte es verdient.«

»Haben Sie Annalisa verdächtigt?«

Carlina zuckte zusammen.

»Keine Minute lang.« Emma zögerte nicht.

Seine hellen Augen verengten sich. »Ist das die berühmte Mantoni-Loyalität oder sagen Sie die Wahrheit?«

»Es ist die Wahrheit.« Emma spuckte die Worte förmlich aus. »Annalisa hätte ihn niemals umgebracht. Sie wollte ihn heiraten. Eine totale Wahnvorstellung, natürlich, aber ich konnte ihr schließlich schlecht sagen, dass sie diesen besonderen Traum besser austräumen sollte.«

Garini zog ein Stück Papier, das er vorbereitet hatte, aus der Tasche. Es zeigte alle Frauen aus Trevor Accantos Notizbuch nebeneinander. Trevor war auf allen Bildern abgeschnitten, und die Frauen waren nicht in der Reihenfolge abgebildet, in der sie im Notizbuch erschienen. »Bitte schauen Sie sich diese Bilder an, und sagen Sie mir, ob Sie irgendeine dieser Frauen erkennen.«

Emma rollte mit den Augen, aber sie hielt ihm ihre Hand mit einer gelangweilten Geste entgegen. »Lassen Sie mich mal sehen.« Sie schaute sich die Bilder ohne besonderes Interesse an. »Hab noch nie eine einzige davon gesehen.« Sie zeigte auf die Bluse von Schneewittchen. »Fürchterliches Oberteil. Die hätte gut daran getan, sich professionelle Hilfe zu holen, was ihre Garderobe anging.«

Garini ignorierte diese Bemerkung. »Sind Sie ganz sicher, dass Sie niemanden erkennen?«

»Ja, bin ich. Das habe ich doch schon gesagt!« Emma funkelte ihn an.

»Aber vor einigen Augenblicken sagten Sie, Sie hätten Trevor mit einer anderen Frau im Konzert getroffen.«

Emma schaute ihn irritiert an. »Na und?«

Carlina zuckte zusammen. Sie verstand, dass Emmas Aggressivität dem Gefühl entsprang, in eine Ecke getrieben worden zu sein. Würde Garini das auch so sehen? Sein Gesicht gab nichts preis. *Ich hoffe, Emma sagt die Wahrheit, auch wenn sie Angst hat.*

Garini schaute so unbewegt, als ob er Aggressivität noch nicht mal erkennen würde, wenn sie ihn ins Bein biss. »Sind Sie bereit zu schwören, dass Sie diese Frauen noch nie gesehen haben? Stellen Sie sie sich in einer anderen Aufmachung vor, vielleicht mit hochgesteckten Haaren.«

Emma beugte sich mit einem übertriebenen Seufzer wieder über die Bilder, schaute jedes Gesicht genau an, indem sie das jeweilige Foto ins Licht hielt, legte es schließlich sorgfältig hin und sagte: »Nein. Ich kenne kein einziges dieser Gesichter.«

Carlina schluckte. Normalerweise war Trevor über den gesamten Zeitraum seines Besuches bei einer einzigen Frau geblieben. Wenn dies der Fall war, wäre Suzanne Morin die Frau an seiner Seite gewesen, als er vor einem Jahr zum Konzert gegangen war, aber Emma hatte nicht das leiseste Erkennungszeichen von sich gegeben.

»Hören Sie zu, *commissario*.« Emma presste die Lippen zusammen. »Beim Konzert sah ich sie nur einen flüchtigen Augenblick. Das Licht war nicht sehr gut, und ich gebe zu, dass ich mich mehr auf Trevor als auf sie konzentriert habe, also ist es kein Wunder, wenn ich sie nicht wiedererkenne, selbst wenn sie Teil dieser seltsamen Galerie hier sein sollte.« Sie machte eine verächtliche Handbewegung. »Wo kommt das Papier überhaupt her?«

Er schaute sie mit einem seiner unbeweglichen Ausdrücke an. »Das kann ich Ihnen nicht sagen.«

Carlina schloss die Augen. Sie wusste, dass er es sagte, um sie zu beschützen, immerhin war sie Teil der seltsamen Galerie gewesen, aber sie wusste auch, wie Emma auf diese Aussage reagieren würde.

Emma sprang mit funkelnden Augen auf. »Gut. Müssen Sie sonst noch etwas wissen, *commissario?*«

»Im Augenblick nicht.« Auch Garini stand auf.

»Prima.« Emma machte zwei schnelle Schritte zur Tür. »Denn ich habe die Nase gestrichen voll davon, ins Kreuzverhör genommen zu werden.« Sie zog die Tür knallend hinter sich zu.

Eine Welle der Müdigkeit überschwemmte Carlina.

Stefano wandte sich mit einem Seufzer an sie. »Das war nicht einfach. Danke, dass du dich an die Regeln gehalten hast.« Er runzelte die Stirn. »Du siehst blass aus. Brauchst du was zu essen?«

Langsam stand sie vom Sofa auf. Ihre Beine fühlten sich an, als ob sie aus altem Gummi wären, schlapp und brüchig. »Ich glaube, ich brauche eine Umarmung.« Zu ihrem Schrecken brach ihre Stimme.

Ohne ein Wort breitete er die Arme aus.

Sie brauchte keine weitere Aufforderung.

Er drückte sie fest an seine Brust und hielt sie umfangen.

Ihr Kopf passte genau neben seine Schulter und ihre Nase war gegen seinen Hals gedrückt. Sie atmete seinen Duft tief ein und schloss die Augen. Tränen brannten hinter ihren geschlossenen Lidern, Tränen der Erleichterung, der Erschöpfung und des Glücks. Sie konnte seine Lippen in ihrem Haar fühlen, und einen Augenblick lang war das Leben perfekt.

Sie wusste nicht, wie lange sie so gestanden hatten, ohne sich zu bewegen, ohne dass sie irgendwo anders sein wollte, jemals, aber schließlich hob er den Kopf.

»Carlina.«

»Hmm?«

»Du hast heute einen großen Schrecken erlebt, und ich glaube, du stehst immer noch unter Schock. Ich möchte, dass du den Rest des Tages zu Hause bleibst.«

Bedauernd trat sie einen Schritt zurück. »Das kann ich nicht tun, Stefano. Es sind nur noch zwei Tage bis Weihnachten. Dies ist die wichtigste Zeit des Jahres. Ich kann meine Füße nicht einfach aufs Sofa legen wie eine alte Medici Dame. Ich habe ein Geschäft zu führen.«

Er zögerte, dann senkte er den Kopf. »Na gut.«

Erleichterung erfüllte sie. Er nahm ihr Geschäft ernst. Er verstand, wie wichtig es ihr war, selbst, wenn es sie etwas kostete, selbst, wenn sie nicht in der besten Form war, damit fertig zu werden. Er nahm sie ernst und behandelte sie wie eine Gleichrangige. Sie lächelte.

Er blinzelte. »Woher kommt denn das?«

»Was?«

»Dieses Tausend-Watt-Lächeln.«

Sie fühlte, wie sie rot wurde. »Ich … es ist nur, weil du mich nicht wie eine schwache Frau behandelst.«

Er schüttelte den Kopf. »Das wäre eine Beleidigung für dich, hm?«

»Ja.«

Er lächelte. »Verstehe. Würdest du es akzeptieren, dass ich schnell etwas zu essen vorbereite, während du auf dem Sofa bleibst? Nachdem du gegessen hast, bringe ich dich zu Temptation zurück.«

»Sehr gern.« Sie ließ sich aufs Sofa fallen. Wenn sie ganz ehrlich war, fühlten sich ihre Beine immer noch ziemlich wackelig an.

Er nahm die warme Decke mit dem Leopardenmuster und deckte sie sorgfältig zu, indem er die Ecken um sie herum feststeckte.

Es fühlte sich seltsam an. Sie hatte Garini nie als jemanden gesehen, der sich um andere kümmerte.

»Jetzt ruhe dich aus.«

Sie schloss die Augen. »Ich glaube nicht, dass du viel finden wirst, um ein Mittagessen zuzubereiten.«

»Das schaffe ich schon.«

Sie hörte, wie er in die Küche ging. Passte er da überhaupt rein? Ihre Küche unter dem krummen Dach war winzig, und sie konnte sich nicht vorstellen, wie er ausreichend zum Essen finden sollte, aber er überraschte sie. Fünfzehn Minuten später kam er mit einem großen Teller zurück. Darauf hatte er einige Oliven, getoastetes Brot mit Butter und einigen Scheiben florentinischer Salami, ein Stück von ihrem Lieblingskäse – *Marzolino di Lucardo* – und zum Nachtisch eine Schale Joghurt mit Zucker und eine Tasse Kaffee arrangiert.

Während sie das Essen teilten, fühlte Carlina, wie sie langsam wieder Boden unter den Füßen gewann. »Das brauchte ich«, sagte sie überrascht.

»Ich weiß.« Stefano ließ ein Stück Käse in seinem Mund verschwinden und schaute sich um. »Warum hast du so viele Dinge mit Leopardenmuster?«

Sie lächelte. »Weil ich es mag.«

»Verstehe.«

»Gefällt es dir nicht?«

Er grinste. »Nein. Es ist mir zu dramatisch, zu schwer.« Er schaute sie an. »Aber es passt zu dir.«

»Soll das heißen, ich bin dramatisch und schwer?«

»Nein.« Er nahm den leeren Teller und stand auf. »Aber du hast viele unerwartete Facetten.«

Sie schob die Leopardendecke von den Knien. »Ich helfe dir.«

»Das brauchst du nicht.« Er ging in die Küche. »Es wäre mir lieber, wenn du dich noch ein wenig länger ausruhst.«

»Aber ich –«

Er schaute über seine Schulter, und sie erblickte ein Lächeln in seinen Augen. »Tu mir den Gefallen.«

Sie ließ sich zurück ins Sofa sinken. Na gut.« Es tat gut, ihm beim Herumklappern in der Küche zuzuhören. Es war ein wenig, als ob sie zusammengehören würden. »Stefano?«

»Ja?«

»Wo stehen wir jetzt?«

»Meinst du mit dem Fall?« Etwas fiel mit metallischem Klappern in die Spüle.

»Ja.«

»Ich befinde mich in einem Zustand, den man als fast komplette Verwirrung beschreiben könnte«, sagte er. »Es sind viel zu viele Frauen involviert.«

Sie lachte. »Ich wette, am Ende war der Mörder ein Mann.«

»Das ist nicht sehr wahrscheinlich.« Ein weiteres Klappern begleitete seine Worte. »Aber ich halte mit meinem Urteil erst mal zurück. Schwebt dir jemand Spezielles vor?«

»*Madonna*, nein.« Carlina lachte. »Ich setze mein Geld immer noch auf Mona Lisa, die Frau, die die Strumpfhose in bar bezahlt hat.«

»Wir haben ihr Bild heute in die Zeitung gesetzt. Ich hoffe, dass jemand sie erkennen wird.« Eine Schranktür klapperte. »Ich habe auch vor, die Bilder heute Nachmittag Ricciarda zu zeigen, wenn ich dich wieder bei Temptation absetze. Vielleicht weiß sie mehr über Mona Lisa.«

»Das bezweifle ich.« Carlina runzelte die Stirn. »Wenn ich mich richtig erinnere, sprach Mona Lisa an dem Morgen des Mordes nur mit mir.« Dann zuckte sie mit den Schultern. »Aber wer weiß, vielleicht kann Ricciarda ja trotzdem helfen. Wenn du Mona Lisa erst mal hast, ist dein Fall gelöst, dessen bin ich sicher.«

»Also glaubst du nicht, dass es Suzanne war?«

Carlina zögerte. »Ich ... nein, jetzt nicht mehr. Sie schien zwar völlig neben der Spur zu sein, aber ihre fixe Idee entsprang ja gerade aus ihrer Unschuld – sie wollte Rache nehmen, für den Mord an Trevor. Das passt nicht zum Rest, oder?«

»Nicht wirklich.« Er kam aus der Küche und trocknete seine Hände an einem Geschirrhandtuch ab. »Sie wird sich in Behandlung begeben müssen, und es wird sehr lange dauern, bis man sie wieder alleine auf die Straße lässt.«

»Armer Leopold.«

Er schaute sie mit einem sarkastisch wirkenden Blick an. »Ich mache mir keine Sorgen um ihn. Der Mantoni-Clan wird sich um ihn kümmern, bis seine Wunden geheilt sind.«

Carlina warf ihm ein Kissen an den Kopf.

Er fing es auf und gab es ihr zurück. »Jetzt haben Sie sich genug auf dem Sofa ausgeruht, meine Dame. Sie sind jetzt fit genug, um in die Welt zurückzukehren.«

Carlina lachte und stand auf. »Weißt du was? Ich frage mich, wo meine Mutter steckt. Sie hätte schon längst hier sein müssen, um zu kontrollieren, was vor sich geht.«

Stefano zwinkerte ihr zu. »Ich habe Onkel Teo gebeten, sie zu beschäftigen.«

Kapitel 12

»Ich bin so froh, dass Sie wieder da sind, *commissario!*« Piedro, der mit hängenden Schultern auf einem Stuhl gesessen hatte, sprang auf.

»Was für ein herzliches Willkommen.« Garini zog seine dicke Jacke aus und hängte sie an einen Haken hinter der Tür. »Was ist denn geschehen?«

»Diese Französin, diese … diese Suzanne …« Piedros Stimme wurde leiser und brach dann ab.

»Ja. Was ist mit ihr?«

»Ich glaube, sie ist verrückt.« Piedros Augen wurden groß. »Ich meine …« Er machte eine vage Handbewegung. »Im Kopf.«

»Ich glaube, da könntest du recht haben.«

»Sie wirkte ganz nett und freundlich, bis der Anwalt auf den Mord an Trevor Accanto zu sprechen kam, und plötzlich verwandelte sie sich in eine Art …«

»Nun?« Stefano hob die Augenbrauen.

»In eine Art Monster.«

»Oh?«

»Ja!« Piedro holte tief Luft. »Sie schrie und zischte und heulte. Es war richtig beängstigend. Sie haben einen Psychologen kommen lassen, und der meinte, sie müsse in eine geschlossene Anstalt.«

»Gut.« Stefano nickte. »Im Augenblick ist das der beste Platz für sie.«

Piedro schaute ihn mit großen Augen an. »Stimmt es, dass sie Carlina Ashley angegriffen hat?«

»Ja.«

»Wow. Ich meine, da müssen Sie ja richtig wütend geworden sein.«

»Bin ich.« Ausnahmsweise einmal hatte Piedro den Nagel auf den Kopf getroffen. Stefano schloss fest den Mund. Waren seine Gefühle so offensichtlich? Er warf seinem Mitarbeiter einen herausfordernden Blick zu, der ihm bedeuten sollte, lieber nicht weiter zu sprechen.

Piedro schluckte und hatte genug Verstand, das Thema zu wechseln. »Ich habe noch keine Bestätigung zu der Japanerin erhalten, und auch nicht zu der Frau, die in Rom lebt, aber man hat mir versprochen, spätestens morgen die Berichte zu senden.«

»Gut.« Stefano runzelte die Stirn. »Bitte prüfe, wann Suzanne Morin ins Land gekommen ist.«

Piedro nickte.

»Du solltest das besser notieren.«

»Ich kann mich auch so daran erinnern.« Piedro starrte auf den Boden.

»Sicher?«

»Ja.«

»Gut.« Stefano erwähnte nicht die vielen Male, bei denen Piedro mehrere Aufgaben auf einmal vergessen hatte. Heute musste er sich schließlich nur eine Sache merken.

»Äh.« Piedro verlagerte sein Gewicht von einem Bein auf das andere.

»Ja?«

»Wir haben heute einen Expressbericht aus Amerika bekommen.«

Stefano hob die Augenbrauen. »Wo ist er?«

Piedro zeigte auf das Eingangsfach auf Stefanos Tisch. »Ich habe ihn da reingelegt.«

Stefano nahm den Umschlag heraus. »Hast du ihn gelesen?«

»Ich hab's versucht, aber es war alles auf Englisch.«

Als Stefano den Aktendeckel aus Karton öffnete, stieg ihm ein süßlicher Geruch in die Nase. Amerikanisches Papier. *Es riecht anders als unseres*. Er fragte sich, warum. Mischten sie etwas Besonderes in die Pulpe?

»Kann ich jetzt gehen, *commissario*?« Piedro rutschte auf der Kante seines Stuhls hin und her. »Meine Mutter hat morgen Geburtstag und ich muss ihr noch ein Geschenk kaufen.«

»Ihr Geburtstag, sagst du?« Garini schaute von dem amerikanischen Bericht hoch. Hier war die Gelegenheit, auf die er gewartet hatte. »Ich dachte, es sei der Hochzeitstag deiner Eltern, oder habe ich das falsch verstanden?«

»Nein, nein.« Piedro schüttelte den Kopf, ohne etwas zu merken. »Der Hochzeitstag meiner Eltern ist im Mai, nicht im Dezember.«

»Es werden im nächsten Mai sechsundzwanzig Jahre sein, oder?«

Piedro schaute überrascht. »Nein. Sie sind seit dreiundzwanzig Jahren verheiratet.« Er lächelte. »Ich kann es mir gut merken, weil ich zweiundzwanzig bin.«

»Da muss ich etwas verwechselt haben.« Garini erwiderte das Lächeln. »Ja, du kannst gehen.« Sobald die Tür sich hinter Piedro geschlossen hatte, lehnte Garini sich zurück und runzelte die Stirn. Dreiundzwanzig Jahre. Wenn er Glück hatte, lag die Affäre vor der Cervi-Hochzeit. Das würde zumindest ein wenig helfen. Hoffentlich. Er musste heute noch mit Marcella Cervi sprechen, aber vorher wollte er lesen, was die Amerikaner zu sagen hatten. Das erste Dokument war mit einer entschiedenen Handschrift in schwarzer Tinte geschrieben. Das Testament von Trevor Accanto. *Endlich.*

»Ich, Trevor Vincent Accanto, schreibe dieses Testament im Vollbesitz meiner geistigen Kräfte. Zuerst spielte ich mit der Idee, jeder der wunderbaren Frauen, mit denen ich mein Leben geteilt habe, einen Teil meines Vermögens zu geben, aber ich glaube, dass einige es ein wenig schwierig finden würden, ihren aktuellen Partnern ihren plötzlichen Reichtum zu erklären, und ich denke auch, dass es sehr anstrengend werden würde, sie alle ausfindig zu machen, weil ich den Kontakt in den vergangenen Jahren so erfolgreich verloren habe.«

Garini schluckte. Gott sei Dank war der Amerikaner nicht diesem Impuls gefolgt. Dann hätte er zwar den Namen jeder einzelnen Frau gehabt, aber sie hätten auch alle ein noch viel stärkeres Motiv für den Mord bekommen. Er schauderte, als er sich vorstellte, wie Lucio durch die Erbschaft von Emmas Verhältnis mit dem reichen Amerikaner Wind bekam. Was für ein Chaos dieser Mann um sich herum geschaffen hatte. Er wandte sich wieder dem Dokument zu. »Daher gebe ich mein gesamtes Vermögen einer neu geschaffenen Institution, die jungen Frauen hilft, die unverheiratet schwanger werden. Die Trevor V. Accanto Stiftung wird in meinem Haus in Boca Raton, Florida, ansässig sein und alle notwendigen Details sind im beiliegenden Geschäftsplan erläutert.«

Das Dokument endete mit der Unterschrift, die Garini schon auf der ersten Seite des Notizbuches mit den Frauenfotografien gesehen hatte.

Junge Frauen, die unverheiratet schwanger werden. Garini runzelte die Stirn. Konnte es sein, dass Trevor Accanto illegitime Kinder hatte und von ihnen wusste? Anscheinend war es ihm nicht wichtig gewesen, sie direkt zu unterstützen, und stattdessen hatte er lieber die Stiftung gegründet. *Kinder* – Fabbiolas Prophezeiung erschien aus dem Nichts in seinem Kopf. *Hüte dich vor den Kindern.* Er schüttelte sich. Was für ein Unsinn.

Die Polizei von Boca Raton hatte eine Zusammenfassung von Trevor Accantos Leben beigelegt, die wie die Lobrede auf einer Beerdigung klang: Ein scharfsinniger Geschäftsmann, nicht nur fair, sondern auch großzügig, überall beliebt, eine Säule der katholischen Gemeinde, Präsident des Golfclubs, Besitzer unzähliger Immobilien in Top Lagen ... Garini wurde schlecht. Er ging nicht davon aus, dass die US-Polizei bestochen worden war, was nur eine einzige Schlussfolgerung zuließ: Der Millionär kam nach Italien, um in Saus und Braus zu leben, während er zu Hause ein fleckenloses Leben führte.

Er zuckte mit den Schultern. Nun, warum auch nicht? Wenn er es nur nicht geschafft hätte, sich ausgerechnet in Florenz umbringen zu lassen. Trotzdem ... irgendetwas an dem Mann störte ihn. Etwas war nicht richtig – er war zu glatt, zu oberflächlich. Spontan zog er sein Telefon näher heran und bat darum, mit dem Kontakt verbunden zu werden, der in dem amerikanischen Bericht angegeben war. Er wurde sofort durchgestellt und sprach in kürzester Zeit mit dem Mann, der die Daten zusammengetragen hatte, *sergeant* Dan Matador. Er erklärte die Situation, während er häufiger als er wollte nach Worten suchte, und bereute schon seinen spontanen Entschluss. *Ich hätte mir vorher einige Wörter heraussuchen sollen.* Aber *sergeant* Matador schien ein geduldiger Mann zu sein, und als er anfing zu sprechen, war Garini dankbar, dass er nicht nur langsam sprach, sondern zwischendurch auch genug Pausen machte, sodass er eine schnelle Notiz aufschreiben konnte.

»Ich verstehe, was Sie meinen«, sagte der *sergeant*, als Garini den Grund seines Anrufs erläutert hatte. »Sie suchen nach einer persönlicheren Verbindung – nach Freunden.«

»Genau.« Garini war froh, dass er jemanden an den Apparat bekommen hatte, der so schnell von Begriff war.

»Nun, das ist mir auch aufgefallen. Herr Accanto war natürlich in der ganzen Stadt bekannt. Er hat für wohltätige Zwecke und Events häufig Geld gespendet, und ich erinnere mich, dass er auch kurz bei der Einweihung der Boca Raton Plaza sprach.«

»Boca Raton Plaza?«

»Ein Einkaufszentrum, das er gekauft und vor zwei Jahren komplett neu aufgezogen hat.« Dan Matador machte eine Pause. Dann sagte er: »Aber er hatte keine Freunde.«

»Nein?«

»Nein. Ich sprach mit den Leuten, mit denen er Geschäfte machte, seinem Anwalt, seinem Architekten, seinem Bankberater und mit den anderen Mitgliedern des Golfclubs. Sie waren alle voller Lob, aber immer, wenn ich fragte, ob sie sich als engen Freund bezeichnen würden, sagten sie, dass es eher eine oberflächliche Beziehung war.«

»Seine Haushälterin?«

»Die Haushälterin ist seit siebenundzwanzig Jahren bei ihm. Sie sagte, er reiste viel, war im Winter immer in Florenz, aber wenn er zu Hause in Florida war, blieb er für sich.«

»Hat er Leute zu sich eingeladen?«

»Oh ja, das hat er gemacht, aber niemals weniger als zwanzig auf einmal. Er hatte keinen besonderen Freund, niemanden, mit dem er Vertrautes austauschte.«

Garini verdaute diese Information. Was für ein einsames Leben. »Was machte er denn, wenn er einen Rat brauchte?«

»Dann fand er die besten Leute aus der Branche, bezahlte sie fürstlich und blieb für immer in freundlichem Kontakt.«

»Ich meinte persönlichen Rat.«

Jetzt war es der *sergeant*, der schwieg. »Ich weiß es nicht.«

»Der Bericht sagt, dass er nie verheiratet war. Hatte er keine Freundinnen?«

»Nein.« Die Antwort des *sergeant* war entschieden. »Nichts in der Art.«

»Familie?«

»Er erwähnte mal einen Onkel in Florenz.«

Garini schnaubte. »Dieser Onkel war nur ein Euphemismus für eine attraktive Frau – eine andere jedes Jahr.«

»Das habe ich in Ihrer ersten Kontaktanfrage gelesen.« Sergeant Matador klang nicht überzeugt. »Aber ich kann das gar nicht mit dem Mann zusammenbringen, den wir kannten.«

»Es wirkt, als ob er zwei getrennte Welten aufgebaut und nie zusammengebracht hätte.«

»Anscheinend.«

Garini runzelte die Stirn. Wenn Accanto es geschafft hatte, sich zwei völlig verschiedene Leben aufzubauen, was hatte ihn dann davon abgehalten, ein drittes oder viertes zu schaffen? Der Pass des Amerikaners hatte Stempel aus der ganzen Welt gezeigt, doch nur der italienische hatte sich wiederholt. Aber die USA waren ein riesiges Land. Vielleicht hatte Accanto ja innerhalb der USA ein weiteres Leben geführt »Sie sagten, er reiste viel. Wissen Sie, ob er innerhalb der USA häufig das gleiche Ziel ansteuerte, so wie im Falle von Florenz?«

»Wir haben das überprüft«, antwortete *sergeant* Matador in seiner langsamen Art. »Aber wir haben nichts gefunden.«

Garini hatte das Gefühl, gegen eine Wand zu rennen. Er hatte so sehr darauf gehofft, die Wurzeln für diesen Mord weit weg von Florenz zu finden, weit weg von Carlina und ihrer Familie ... aber jeder Hinweis führte ins Nichts und ließ ihn mit einem Chaos zurück, das zu nahe an ihn herankam. Warum konnte der reiche Amerikaner nicht eine unzufriedene Ehefrau haben, einen Erben mit teuren Hobbies oder einen wütenden Geschäftspartner, der um eine große Summe Geld betrogen worden war? Das wäre hilfreich gewesen. Stattdessen hatte er sich wie ein allgemein beliebter Heiliger benommen, wenn er zu Hause war.

»Wie sieht es mit seiner finanziellen Situation aus? Woher kam sein Geld?«

»Er war ein sehr reicher Mann – er erbte alles von seinem Vater, als er neunzehn war, und hat sein Vermögen durch kluge Investitionen vergrößert. Er hat sich schon vor Jahren aus dem aktiven Geschäft zurückgezogen und lebte nur noch von den Zinsen. Aber an seinen Finanzgeschäften ist nichts auszusetzen. Wir haben uns das sehr gründlich angesehen, weil wir zuerst dachten, dass er sich vielleicht umgebracht hat.«

Garini blinzelte. »Aber die Idee, sich selbst mit einer Nylonstrumpfhose in einer Kirche zu erwürgen, klingt ein wenig weit hergeholt.«

»Wir haben die Details seines Todes erst später erfahren.« Der Sergeant klang verletzt.

»Verstehe.« Garini unterdrückte einen Seufzer, dankte dem Sergeant und legte auf.

Während seine Hand noch auf dem Hörer lag, klopfte es an der Tür. Ein Kopf mit schwarzer Brille und Haaren, die wie weich gekochte Spaghetti aussahen, schob sich um die Türkante. Der Mann blinzelte in das schwache Nachmittagslicht, als ob er gerade aus ewiger Dunkelheit gekommen wäre.

»Arturo, komm rein.« Garini winkte den Computerexperten der Polizei herein. Vielleicht hatte er ja etwas Stichhaltiges auf dem Rechner von Trevor Accanto gefunden. Man sollte die Hoffnung nie aufgeben. »Hast du es geschafft, das Password zu knacken?«

»Jau.« Arturo nickte. »War einfach.«

Natürlich. Arturo fand alles, was mit Technik zu tun hatte, einfach. Es war eine ganz andere Sache, wenn er einen Laib Ciabatta kaufen musste. »Was war es?«

»Carpe_Diem.«

Lebe den Tag. Das passte. Trevor Vincent Accanto hatte die Kunst verstanden, im Hier und Jetzt zu leben, ohne sich Gedanken über die Vergangenheit oder die Zukunft zu machen. »Hat es sonst noch etwas gebracht?«

»Musik.« Arturo verschwendete nie ein Wort.

»Musik? Was für eine Art?«

»Klassische Musik. Und romantisches Zeug für die Damen.«

Garini beäugte Arturos blaue Jeans, die so aussahen, als ob er sie zuletzt im Juli ausgezogen hätte. *Hoffentlich kommt er nicht näher.* »Sonst nichts?«

»Nö.« Arturo schüttelte den Kopf. »Schade. Tolle Hardware. Viel zu gut für ne Musikbox.«

»Was ist mit Briefen?« Garini verzweifelte langsam. Hätte das Opfer denn nicht wenigstens einen einzigen Hinweis hinterlassen können?

»Ein paar E-Mails. Meist nur Musik-Bestellungen.« Arturo zuckte mit den Schultern. »Und Schmuck. Teuer.«

»Aber sonst keinerlei Geschäftskorrespondenz?«

»Nö.«

Natürlich nicht. Das wäre ja auch zu einfach gewesen. »Danke, Arturo.« Garini wartete, bis die Tür sich hinter seinem Kollegen geschlossen hatte, dann stand er auf und nahm die Schultern zurück. Jetzt musste er sich um den nächsten Punkt auf seiner Agenda kümmern. Die Frau seines Chefs. Manchmal war es schwierig, sich daran zu erinnern, warum um alles auf der Welt er sich für diesen Beruf entschieden hatte.

Die Temperatur war noch weiter gesunken, und Garini schlug den Kragen seiner Lederjacke hoch, als er vor Cervis Haus aus dem Auto stieg. Er biss die Zähne zusammen, während er die Stufen zu der Villa hochstieg, und drückte mit dem lächerlichen Gefühl, das er dem Schicksal nicht entkommen konnte, auf die Klingel.

Sie öffnete die Tür persönlich. *Gott sei Dank.* »Guten Tag, *signora* Cervi.« Stefano zwang sich, die Frau seines Chefs anzulächeln.

Sie hatte unwahrscheinlich blondes Haar, hoch auf ihrem Kopf aufgetürmt, mitten im Winter ein braungebranntes Gesicht und trug glitzernde Ohrringe, die mit einem Chanel Kostüm kombiniert waren. Die fünfundzwanzig Kilo, die sie in den letzten Jahren zugenommen hatte, machten ihre Schönheit etwas knuddeliger, aber sie versteckten nicht, wie attraktiv sie war, selbst, wenn sie die Stirn runzelte. »*Commissario* Garini? Ist etwas mit meinem Mann passiert?« Ihre Stimme war die am wenigsten attraktive Seite an ihr. Sie klang hoch und quietschig.

»Nein, nein, alles in Ordnung.« Er schüttelte den Kopf. »Ich würde gern ein persönliches Thema mit Ihnen besprechen.«

»Natürlich, obwohl ich mir beim besten Willen nicht vorstellen kann, was Sie mir gern sagen möchten.« Sie öffnete die Tür, die mit einem geschmackvollen Weihnachtskranz geschmückt war. Er sah amerikanisch und völlig fehl am Platz aus.

Garini folgte ihr in die Villa. Marcella Cervi war eine Erbin mit exzellenten politischen Verbindungen. Sie verbrachte ihre Tage in vielen Komiteesitzungen und war die inoffizielle Strippenzieherin in vielen Teilen der Stadt. Garini hatte sie bei mehreren offiziellen Anlässen kennengelernt und schnell festgestellt, dass sie eine gefährliche Frau war, gierig und unglücklich. Wann immer möglich, machte er einen weiten Bogen um sie, aber er wusste, dass er sie wie alle anderen Frauen auf der Liste befragen musste, wenn er nicht den Respekt vor sich selbst verlieren wollte. Trotzdem wünschte er sich weit weg aus Cervis opulenter Villa und hoffte inständig, dass sein Boss an diesem frostigen Winternachmittag nicht spontan ein wenig früher als sonst nach Hause kommen würde.

Sie öffnete die Tür zu einem Raum, der so perfekt aussah, dass er allzu deutlich die Hand des Innenausstatters zeigte. Der weiße Teppich schaffte einen reizvollen Kontrast zu dem dunkel glänzenden Holzfußboden, die weißen Brokatvorhänge wurden von breiten Leinenquasten zurückgehalten, und die Wände waren in einem Schlammton gestrichen, der wahrscheinlich in irgendeinem Designerkatalog als »rauchiges Taupe« bezeichnet wurde. Aufwändige Stuckelemente an der Decke schafften den passenden Rahmen für den glitzernden Kronleuchter und die Möbel – ein Sofa und zwei Sessel – waren so makellos weiß, sie waren bestimmt noch nie wirklich benutzt worden. Die Mitte des Raumes wurde von einem niedrigen Tisch dominiert, der aus massivem Glas gemacht zu sein schien. Das Einzige, was nicht passte, war der Geruch nach kaltem Rauch.

Marcella Cervi drapierte sich auf einen der großen Sessel und zog eine Zigarette aus einem goldenen Zigarettenetui. »Möchten Sie eine?«

»Nein, danke.« Garini zog die Kopie, die er von Trevor Accantos Buch gemacht hatte, aus der Jacke, aber er hielt sie so, dass sie das Bild nicht erkennen konnte.

»Ich vergaß, Sie sind ja immer so überkorrekt.« Sie verengte die Augen, zündete die Zigarette an und zog mit einer nervösen Bewegung daran, dann beugte sie sich nach vorne und legte das schwarze Streichholz vorsichtig auf einen schweren Aschenbecher aus Glas.

»Ich halte mich kurz«, sagte er.

»Das tun Sie immer.« Ihr Stimme klang herb.

Er ignorierte sie, obwohl sein Puls sich beschleunigte. *Sie wird es mir nicht einfach machen.* »Sie werden schon gehört haben, dass der Millionär Trevor Accanto in der Basilica di Santa Trìnita vor vier Tagen erwürgt wurde.«

Sie antwortet nicht.

Er nahm seinen Blick nicht eine Sekunde von ihr und meinte zu sehen, dass ein wachsamer Ausdruck in ihre Augen trat. »Als wir *signor* Accantos private Unterlagen durchsahen, stießen wir auf dies hier.« Er zeigte ihr das Foto. »Es war Teil eines ziemlich eindeutigen Albums, welches uns den Eindruck vermittelte, dass es sich bei den abgebildeten Damen um seine Geliebten handelte.«

Marcella Cervi schaute sich das Bild an, ohne mit der Wimper zu zucken. Einen Augenblick lang verkrampften sich ihre Finger, dann entspannten sie sich wieder. Sie hob den Kopf. »Was genau ist Ihre Frage, *commissario*?«

»Ich möchte gern alles wissen, was Sie mir über Trevor Accanto sagen können.«

Sie zog an ihrer Zigarette und lachte hell auf. »Ich schlage vor, dass Sie sich eher mit der Gegenwart als mit der Vergangenheit befassen. Wenn ich einen Groll gegen Trevor gehegt hätte, hätte ich nicht gut zwanzig Jahre gewartet, bevor ich etwas unternommen hätte.«

»Wann wurde das Bild gemacht?«

Sie zuckte mit den Schultern. »Ich weiß es nicht mehr genau, es ist so lange her. Fünfundzwanzig Jahre vielleicht? Sechsundzwanzig? So ungefähr.«

Garini schaute sie ernst an. »Ich glaube, Sie könnten sich sehr gut daran erinnern, wenn Sie nur wollten.«

Sie blies einen Ring aus Rauch in die Luft. »Ich versichere Ihnen, lieber *commissario*, dass ich mich nie an unwichtige Dinge erinnere.«

»Waren Sie zu der Zeit schon verheiratet, *signora* Cervi?«

Sie beugte sich mit einer heftigen Bewegung nach vorne, und ihre dunklen Augen funkelten plötzlich vor Wut. »Also das ist es? Ich gestehe, dass ich überrascht bin. Ich hätte nie gedacht, dass Sie der Typ sind, der sich dann und wann mal auf ein wenig Erpressung einlässt.«

Stefano biss die Zähne zusammen. »Ich untersuche einen Mord, *signora* Cervi, nicht mehr und nicht weniger. Ihr Mann weiß nicht, dass ich hier bin und wenn die Information, die ich von Ihnen erhalte, nichts mit dem Mord zu tun hat, dann werde ich ihm diese auch nicht weiterleiten.«

Sie lehnte sich zurück und warf ihm einen hochmütigen Blick zu. »Was ist mit Ihren Berichten?«

Verdammt. Mit unfehlbarem Instinkt hatte sie den Finger in die Wunde gelegt. Als Frau seines Chefs wusste sie, dass er jedes Detail, egal wie unwichtig, in den Bericht schreiben musste. Wenn er anbot, die Information wegzulassen, machte er sich selbst angreifbar, und das würde sie in der Sekunde ausnutzen, in der sie selbst in Gefahr geriet. Aber wenn er die Informationen über die Frau seines Chefs in den Bericht schrieb, würde Cervi es als persönliche Beleidigung empfinden und es an ihm auslassen. Er konnte also gar nicht gewinnen.

Stefano hielt ihrem Blick stand. »Mein Bericht wird jedes Wort enthalten, das wir miteinander besprochen haben.« Er hatte sich noch absolut nicht entschieden, was er mit den Informationen machen würde, die er von ihr erhielt, aber das würde er ihr unter gar keinen Umständen sagen. Diese Frau war das genaue Gegenteil von Carlina. Carlina, die so gerade heraus war, so ehrlich, die niemals Spielchen spielte. Plötzlich vermisste er sie so sehr, dass es wie ein Schmerz durch ihn hindurchfuhr.

»Aha.« Sie drückte ihre Zigarette aus. »Also habe ich mich doch nicht in Ihnen geirrt. Das ist immerhin etwas.« Sie stand auf. »Ich sehe allerdings überhaupt keinen Grund, Ihnen weitere Informationen zu geben. Meine Vergangenheit hat absolut nichts mit dem Mord an Trevor Accanto zu tun. Darauf gebe ich Ihnen mein Wort.« Sie lächelte ihn schwach an. »Das sollte reichen.«

Garini streckte die Beine aus und tat so, als ob er es sich bequem machte. »Bitte bleiben Sie sitzen, *signora.*«

Sie begegnete seinem kühlen Blick mit sprühender Wut. »Was wollen Sie? Ich werde Ihnen gar nichts sagen!«

Er nahm die Bilder von Schneewittchen und Lachende Augen, ohne Trevor an der Seite, heraus. Es fiel ihm schwer, die Bilder jemandem zu zeigen, der so wenig hilfsbereit war wie Marcella Cervi, aber sie waren ein oder zwei Jahre nach ihr seine Geliebten gewesen, und sie konnte sich vielleicht an die Gesichter erinnern, wie sie damals gewesen waren, selbst wenn die Frauen sich in der Zwischenzeit dramatisch verändert haben sollten.

»Könnten Sie sich diese Bilder bitte ansehen und mir sagen, ob Sie diese Frauen kennen?«

Wie erwartet war ihre Neugierde stärker als ihre Abneigung.

Sie hielt ihm die Hand entgegen.

Er gab ihr zuerst das Schneewittchenbild.

Ein schnelles Kopfschütteln. »Nie gesehen.«

Lachende Augen.

Ihre Augen weiteten sich. Sie öffnete den Mund, dann schloss sie ihn wieder. »Die habe ich auch noch nie gesehen.« Sie gab ihm die Bilder zurück. »Reicht das jetzt? Oder möchten Sie noch den Rest des Tages hier herumsitzen?«

Er stand langsam auf. »Sie haben mir alle Antworten gegeben, die ich brauchte.« *Also kennt sie Lachende Augen, aber sie will das Geheimnis für sich behalten.* Er runzelte die Stirn. Warum? Es konnte Loyalität sein. Schwer vorzustellen bei einer Frau wie Marcella Cervi. Er vermutete eher, dass sie ihr Wissen aus anderen Gründen verbarg ... Macht, zum Beispiel – oder sogar Erpressung. Ja, er konnte sich gut vorstellen, dass Marcella Cervi ihr Wissen nutzte, um einen Vorteil zu erhalten, den sie anderweitig nicht gehabt hätte. Wenn das ihr Plan war, lebte sie gefährlich.

Er drehte sich an der Tür um und fixierte sie mit einem harten Blick. »Ich möchte Sie warnen, *signora* Cervi. Dieser Mörder ist rücksichtslos.«

Sie hob eine spöttische Augenbraue. »Sind sie das nicht alle?«

»Möglich.« Seine Stimme war trocken. »Wenn Sie feststellen sollten, dass Sie Ihrer Aussage etwas hinzufügen möchten, dann nehmen Sie bitte sofort Kontakt mit mir auf.«

»Ich könnte es auch meinem Mann sagen.« Sie lächelte ihn frech an.

Um Himmels willen. »Selbstverständlich.« Er nickte und ging die Stufen hinab. Ein eisiger Wind blies ihm zwischen Hals und Kragen, aber er fühlte sich draußen besser, mit größerem Abstand zu der Frau seines Chefs. *Puh.* Jetzt musste er sich nach einer Frau umsehen, die im Wettbewerb mit Marcella Cervi stand. Wer konnte es sein? Eine anerkannte Schönheit? Vielleicht sogar eine ehemalige Geliebte ihres Mannes? Stefano schauderte. Er wollte lieber keinen Fall untersuchen, der seine Wurzeln tief in der Cervi Familie hatte.

Spontan holte er sein Handy heraus und rief Carlina an.

»Hallo, *commissario*.« Ihre Stimme klang leicht spöttisch, aber auch zärtlich.

Seine Stimmung hob sich. *»Ciao.«*

»Was ist los?« Jetzt klang sie besorgt.

Verrückt, wie wichtig es ihm war, ihre Ängste sofort zu vertreiben. »Nichts. Jedenfalls nicht mehr als das, was du schon weißt.«

»Gut.« Eine Pause.

Er hörte, wie sie tief Luft holte, also ob sie sich für etwas innerlich stählte.

»Warum rufst du dann an?«, fragte sie.

Er zögerte, dann sagte er das erste, was ihm in den Kopf schoss. »Ich wollte deine Stimme hören.«

»Oh.« Sie lachte.

Es klang wie ein privates Lachen, nur für ihn, leise und vertraut. Er bekam eine Gänsehaut. »Geht es dir gut? Keine Nebeneffekte von dem Schock heute Morgen?«

»Mir geht's gut.« Ihre Stimme war ruhig. »Die Pause heute Mittag hat sehr geholfen.«

»Gut.«

»Du klingst komisch«, sagte sie plötzlich.

»Komisch?«

»Ja. Besorgt.«

Er schnaubte. »Kein Wunder. Ich habe gerade die Frau meines Chefs befragt.«

»Verstehe.« Sie klang nachdenklich. »War sie kooperativ?«

»Ganz und gar nicht.« Er fühlte sich schon besser, nur weil er mit Carlina gesprochen hatte. »Ich bin sogar zu einhundert Prozent sicher, dass sie eine der anderen Frauen erkannt hat, aber sie hat es mir nicht verraten. Ich vermute, dass sie einen eigenen Plan verfolgt.«

»Beängstigend.«

»Hmm.« Er konnte sich gar nicht satt hören an ihrer Stimme. »Und, was machst du heute Abend?«

»Ich treffe mich mit Sabrina.«

»Sabrina?«

»Sie ist die Frau des Bürgermeisters, die die Weihnachtsmesse von Florenz organisiert.«

»Ich erinnere mich. Du hast dich mit ihr auch an dem Abend getroffen, als ich dich nach Hause begleitet habe.«

»Ja. Übrigens –« Sie brach ab.

»Ja?«

»Ach, nichts.«

Garini runzelte die Stirn. Versteckte sie etwas? Etwas, was mit dem Fall zu tun hatte? Er öffnete den Mund, um zu fragen, doch sie war schneller.

»Wir treffen uns alle in dem historischen *palazzo*, wo die Weihnachtsmesse stattfinden wird. Er heißt Palazzo Davanzati. Du kennst ihn bestimmt. Wir werden den Aufbau der Messestände besprechen, und dann wird sie uns zu sich nach Hause auf einen kleinen Umtrunk einladen.« Carlina seufzte. »Es wird eine lange Nacht, aber ich denke, es lohnt sich. Ich muss nur sicherstellen, dass ich irgendwo einen Stuhl finde. Es wäre zu grausam, wenn sie uns einlädt, ohne für jeden von uns einen Sitzplatz zu haben.«

Er lächelte. »Wann findet die Messe denn statt?«

»Morgen.«

»Morgen, am dreiundzwanzigsten? Ist das nicht einer der wichtigsten Einkaufstage im Jahr? Wie wirst du das schaffen?«

»Die Messe fängt erst um fünfzehn Uhr an und geht bis zweiundzwanzig Uhr. Ich werde den Stand früh am Morgen aufbauen.« Carlina seufzte. »Zwischen sechs und neun. Ich habe meine Mutter gebeten, von halb zehn bis fünfzehn Uhr auf den Stand aufzupassen, weil ich am Morgen in Temptation sein möchte. Ich weiß, dass einige andere Ladenbesitzer es genauso machen werden.«

»Klingt anstrengend.« *Ich hoffe, sie kann sich auf ihre Mutter verlassen.*

»Wenn man ein kleines Geschäft hat, muss man flexibel sein. Am Nachmittag jedenfalls lasse ich Annalisa und Marianna in Temptation und gehe zusammen mit Ricciarda zur Weihnachtsmesse zurück.«

»Wer ist denn Marianna?«

»Du kennst sie nicht, sie hilft mir zeitweise aus, wenn ich in Urlaub bin oder andere Notfälle eintreten.«

Er grinste. Wie typisch für sie, dass sie einen Urlaub als Notfall bezeichnete. »Und am vierundzwanzigsten?«

»Das wird der letzte und hektischste Tag des Weihnachtskampfes.« Carlina seufzte wieder. »Und wahrscheinlich werde ich während der Mitternachtsmesse einschlafen, wenn alles vorbei ist.« Sie lachte. »Aber das tue ich eh meistens.«

»Ich schaue mal, ob ich morgen bei der Messe vorbeikommen kann.«

»Das wäre schön. Du kannst ja einige Last-minute-Weihnachtseinkäufe erledigen.«

»Last-minute-Einkäufe werden erst am vierundzwanzigsten gemacht«, sagte er. »Aber vielleicht ist es an der Zeit für einen etwas gemäßigteren Lebensstil.«

Kapitel 13

Sabrinas Schritte hallten vom polierten Parkett wider. Der mittelalterliche Raum im ersten Stock hatte eine hohe Decke mit kleinen Fenstern, die auf die Straße hinauszeigten, aber da es schon früh dunkel geworden war, sah man die honigfarbenen Steinhäuser auf der anderen Straßenseite nur wenig.

Carlina folgte Sabrina zusammen mit den anderen Ausstellern. Sie schaute auf die handgeschriebene Karte in ihrer Hand und versuchte, den Platz für ihren Messestand zu finden.

»Ich musste der Stadt versprechen, unter gar keinen Umständen irgendetwas an die getäfelte Wand zu hämmern und auch auf keinen Fall das Parkett zu beschädigen«, erklärte Sabrina der Gruppe. »Darum haben wir diese faltbaren Kartonwände mit abgerundeten Ecken als Rückseite für jeden Stand entwickelt.«

Carlina lächelte. Das auffällige Logo von Temptation mit seinem gebrochenen Goldton auf der Mitte der Rückwand sah wunderschön aus. Es war ein großartiger Hintergrund für die drei Puppen, die sie davor stellen wollte. Drei schwarze Würfel, innen hohl, würden als Stauraum und Sitzplätze gleichzeitig dienen. Sie hatte Sabrina um einen Platz in einer Ecke des Raums gebeten, sodass ihre Kundinnen die neue Spitzenunterwäsche diskret hinter der Faltwand anprobieren konnten.

Sabrina drehte sich herum und schaute die Gruppe der vierzehn Frauen vor sich an. »Wenn ihr also eigene Möbel mitbringen möchtet, dann achtet darauf, dass ihr Filzuntersetzer unter die Füße klebt.« Sie hielt große Din-A4-Blätter mit Filzaufklebern hoch. »Ich habe jedem von euch ein Blatt mitgebracht, sodass ihr die richtige Größe zuschneiden könnt. Wenn Ihr mehr braucht, sagt Bescheid.«

Carlina befühlte die graue Filzfläche. Sie war ein wenig rau, aber nachgiebig. Wie typisch für Sabrina, jedes Detail vorzubereiten.

»Außerdem dürfen wir nichts auf diese Falltüren stellen.« Sabrina zeigte auf mehrere Quadrate, die in einer langen Reihe im Fußboden erschienen. »Sie sind vielleicht nicht stabil genug, um das Gewicht zu tragen.«

»Falltüren?«, fragte Carlina. »Wozu hat man denn die gebraucht? Darunter ist doch gar kein Raum, oder?«

»Nein. Unter diesem Raum ist nur der Bogen des Haupteingangs. Im Mittelalter konnte man, wenn die Feinde versuchten, das Haus zu stürmen, die Falltüren öffnen und flüssiges Blei herunterkippen. Das war ein ziemlich effizienter Weg, um sie zu stoppen.«

Carlinas Freundin Rosanna erschauderte. »Brr, das kann ich mir vorstellen.« Sie machte einen weiten Bogen um die Falltür.

Carlina schüttelte den Kopf. »Es ist echt verrückt, da lebe ich schon so viele Jahre in Florenz und doch gibt es immer wieder Dinge, die ich noch nicht kenne.«

»Das liegt daran, dass du kein Tourist bist«, sagte Rosanna. »Wenn sie nach Florenz kommen, verbringen sie eine ganze Woche damit, sich jede kleinste Ecke anzusehen. Dabei saugen sie die Geschichte seit Cäsars Zeiten auf und hinterher sind sie Experten.«

Carlina lächelte. »Na, solange sie zwischendurch noch Zeit haben, in unsere Läden zu schauen, ist mir das nur recht.«

Sie gingen gemeinsam mit der Gruppe weiter. Sabrina erklärte, dass die Toiletten auf der gleichen Etage um die Ecke lagen, wo sich auch der Hintereingang befand, und dass das Gebäude am nächsten Tag ab sechs Uhr geöffnet werden würde, damit die Messestände vorbereitet werden konnten. Einige der Frauen stöhnten.

Sabrina lächelte. »Ihr könnt auch später kommen, wenn ihr wollt, aber ich weiß, dass einige am Vormittag noch in die eigenen Läden müssen. Solange alles um drei Uhr fertig ist, könnt ihr mit dem Aufbau anfangen, wann ihr wollt. Die Messe wird offiziell um zweiundzwanzig Uhr schließen und danach ist der Abbau. Wir müssen diesen Raum um Mitternacht in seinen Originalzustand zurückversetzt haben und schließen.«

Carlina biss die Zähne zusammen. Sie hatte sich zu viel vorgenommen. Es war der schiere Wahnsinn, Temptation Marianna und Annalisa zu überlassen, einen Tag vor Weihnachten. Aber sie hatte das Gefühl, dass sie persönlich auf der Messe sein musste, um die Reaktionen auf ihre neue Spitzenkollektion zu sehen. Wenn sie auch nur annähernd so war wie Annalisas spontane Antwort, war die Kollektion schon jetzt gestorben. Sie hatte sich entschieden, Ricciarda mitzunehmen, da sie wusste, dass es unmöglich sein würde, mit vielen Besuchern fertig zu werden, wenn sie ganz alleine war. Sobald Temptation abends die Türen schloss, würde Annalisa zu ihnen stoßen und die letzten Stunden sowie beim Abbau helfen. Zumindest war das der Plan. Wenn nur wenige Besucher kommen sollten, würde Carlina sie früher nach Hause schicken.

Sie unterdrückte einen Seufzer. Hoffentlich würde Annalisa eine Hilfe sein und kein Hindernis. Was, wenn sie vor einer Kundin einen ihrer berühmten Anfälle hatte?

Sie schüttelte den Kopf. *Es wird schon klappen. Es ist nur wieder mal Weihnachten.* Wenn die Messe vorbei war, musste sie nur noch den vierundzwanzigsten überstehen und am fünfundzwanzigsten konnte sie zusammenbrechen, bis elf Uhr ausschlafen und später das traditionelle Familienweihnachtsmittagsessen genießen, das Benedetta wie immer mit viel Liebe zubereiten würde. Zwischendurch musste sie noch ihre Geschenke einpacken, aber das würde nicht lange dauern ...

Sabrina klatschte in die Hände. »Ich würde euch jetzt gern zu einem kleinen Umtrunk bei mir zu Hause einladen. Ich wohne direkt hinter der Galerie der Uffizien. Wir müssen feiern, dass wir die Vorbereitungen überstanden haben. Und wir werden auf unseren Erfolg trinken, denn morgen Abend werden wir zu erschöpft sein, um das noch zu tun. «

Alle lachten.

Als Carlina vor Sabrinas Haus von ihrer Vespa stieg, hatte sie das Gefühl, dass ihre Gelenke eingefroren waren, so scharf war der kalte Wind. Es schien jeden Tag kälter zu werden. Vielleicht würde es ja sogar noch schneien. Sie schüttelte sich und verkroch sich tiefer in ihre Jacke. »Hauptsache, es schneit morgen nicht«, murmelte sie. Wenn es schneite, kam der Verkehr in Florenz komplett zum Erliegen. Die Einwohner würden sich entweder weigern, einen Fuß vor die Tür zu setzen oder fahren, als ob ihre Autos sich in betrunkene Tausendfüßler verwandelt hätten – mit Ausnahme der wenigen Wahnsinnigen, die fuhren, als hätten sie sieben Leben.

Als die Tür zu Sabrinas Haus aufging, war sie dankbar für die Wärme, die sie empfing. Ein Glas Prosecco, der festliche Weihnachtsbaum in der Ecke des eleganten Wohnzimmers und die aufgeregt summenden Stimmen um sie herum hoben ihre Laune. »Ich wollte mich noch einmal bei dir dafür bedanken, dass du mich zur Weihnachtsmesse eingeladen hast«, sagte sie zu Rosanna, die neben ihr auf einer modernen Chaiselongue saß. »Ich schätze das wirklich sehr, denn ich habe so viele interessante Frauen kennengelernt.«

Rosanna hob ihr Glas und stieß es gegen Carlinas, sodass es einen hellen Klang erzeugte. »Ich bin froh, dass du mitmachen konntest. Jetzt trinken wir erst mal auf unseren Erfolg.« Ihr elfenhaftes Gesicht leuchtete.

Sie lächelten sich an und tranken einen Schluck, dann stellte Carlina ihr Glas auf einen kleinen Seitentisch und wandte sich an ihre Freundin. »Ich muss mal kurz verschwinden. Weißt du, wo die Toiletten sind?«

»Ja.« Rosanna zeigte in den hinteren Teil des Hauses. »Du musst ins Musikzimmer gehen, am Klavier vorbei und dann immer geradeaus. Kannst es gar nicht verfehlen.«

Carlina zuckte zusammen, als sie aufstand. Ihre Füße taten so weh. Nach all diesen Jahren hätte sie sich längst daran gewöhnt haben müssen, den ganzen Tag zu stehen, aber aus irgendeinem Grund wurde es nicht besser. Mit vorsichtigen Schritten durchquerte sie den Raum und öffnete die Tür, auf die Rosanna gezeigt hatte. Als sie sie hinter sich schloss, war das Summen der Stimmen wie abgeschnitten und eine plötzliche Ruhe senkte sich über den Raum. Carlina holte tief Luft und schaute sich um. Das Musikzimmer hatte eine ungewöhnliche Form, wie ein Oktagon, strategisch in der Mitte des Hauses. Diverse Türen führten von ihm weg.

Es roch nach Hyazinthen. Carlina drehte den Kopf. Ja, dort standen sie auf einer schmalen Kommode. Neben ihnen warfen zwei schlanke Lampen sanfte Lichtkegel gegen die stuckverzierte Decke. Ihr Licht spiegelte sich auch in der glänzenden Oberfläche des Flügels und den silbernen Bilderrahmen, die darauf standen. »Was für ein in sich ruhender Raum.«

Sie ging an dem Flügel vorbei, während sie mit einem Finger leicht über die glatte Oberfläche strich. Durch Zufall fiel ihr Blick auf einen der silbernen Bilderrahmen, und als sie das Bild erkannte, gefror sie mitten in der Bewegung, ihre Hand halb zu dem Bild ausgestreckt. *Das kann nicht sein.* Carlina schluckte. Ihr Herz schlug hart gegen ihre Rippen und ihr Atem ging in kurzen Stößen, als ob sie gerannt wäre.

Sie schaute sich um. Sie war immer noch alleine in dem Raum, aber der Frieden, den sie zuvor verspürt hatte, war verflogen. Plötzlich war der Geruch der Hyazinthen erstickend intensiv und die Stille wirkte bedrohlich. Sie beugte sich nach vorne und verengte die Augen. Kein Zweifel. Die Frau auf dem Foto war Lachende Augen, die zweite Geliebte von Trevor von vor etwa fünfundzwanzig Jahren. Und jetzt wusste sie auch, warum sie ihr so bekannt vorgekommen war. Die neue Frisur hatte sie getäuscht, und die Veränderungen, die sich während der vielen vergangenen Jahre vollzogen hatten, aber sie hätte eigentlich die zarte Kopfform und natürlich diese ungewöhnlichen Augen erkennen müssen. Es war Sabrina.

Die Tür hinter ihr fiel leise ins Schloss.

Carlina fuhr herum.

»Ach, du bewunderst die Bilder.« Sabrina kam zum Klavier. Sie sah frisch und elegant aus, jedes Haar an seinem Platz.

Carlinas Atem stockte. Sie räusperte sich. »Ja.« Ihre Stimme klang rau. »Es ist ein wunderschönes Zimmer.« Sie machte eine weite Geste mit der Hand und wandte den Bildern den Rücken zu. »So schöne Blumen.« *Hauptsache, ich kann sie ablenken.*

Sabrina warf ihr einen scharfen Blick zu. »Ich sehe, dass du das alte Bild erkannt hast.« Sie zuckte mit den Schultern. »Ich hätte es verstecken sollen, aber ich hatte vergessen, dass es auf dem Klavier stand, bis ich dich mit Argusaugen draufstarren sah.«

Oh nein. Durch die direkte Attacke aus dem Gleichgewicht gebracht, machte Carlina einen vorsichtigen Schritt zurück und zwang sich zu lächeln. *Tu einfach so, als ob du sie nicht gehört hast.* »Ich glaube, ich kehre jetzt zu Rosanna zurück. Sie wird sich schon wundern, was aus mir geworden ist.«

»Nicht so schnell.« Sabrinas kühle Hand griff nach Carlinas Handgelenk. »Ich glaube, wir müssen reden.«

»Ich muss wirklich los.« Carlina machte einen Schritt Richtung Tür und entzog ihr den Arm.

Sabrina ließ sie zwar los, aber sie versperrte die Tür. »Du brauchst keine Angst vor mir zu haben, Carlina.« Sie lächelte. »Ich werde dir nicht wehtun.«

Carlina schauderte. Sie hatte noch nie bemerkt, wie groß Sabrina war. Ihre schlanke Figur konnte vom ausgiebigen Training im Fitness Studio stammen, sodass sie stärker war, als sie aussah, stärker als Carlina. Sie zwang sich, Sabrinas Blick zu begegnen. »Du musst mir gar nichts erklären.« Ihre Stimme klang zu gequetscht und zeigte ihre Furcht deutlicher als ihre Worte.

»Aber ich möchte gern.« Sabrina schloss die Lippen, bis sie zu einem schmalen Strich wurden.

Carlina schickte ein stummes Gebet an Garini. Wenn Gedankenübertragung wirklich funktionierte, war dies der Augenblick, es zu beweisen. *Ich bin in Gefahr.* Sie wandte sich halb von Sabrina ab und nutzte den Augenblick, um ihre Hand in die Hosentasche zu schieben, so, als ob sie ganz entspannt stehen würde. Wenn sie Garini anrufen würde, ohne dass Sabrina es merkte, konnte er vielleicht noch rechtzeitig kommen. Er hatte sie einmal dazu gebracht, seinen Namen so einzuspeichern, dass er ganz oben in ihrem Display erschien, aber sie konnte sich nicht erinnern, welchen Knopf sie zuerst drücken musste. Ihre Finger glitten über die kleinen Tasten. *Verdammt.* Sie hatte keine Ahnung, ob sie ihn oder jemand anderes anrief, jemanden, der ihr überhaupt nicht helfen würde, wie zum Beispiel den Anrufbeantworter in Temptation oder noch schlimmer, ihre Mutter. Um von ihrer Handbewegung abzulenken, zuckte sie mit den Schultern und zwang sich zu einem Lächeln. »Nun, wenn du reden willst, kannst du loslegen.«

Sabrina nahm das Bild in die Hand und schaute es stirnrunzelnd an. »Das ist lange her.«

Carlina prüfte die Distanz zur Tür. Zu weit, um zu entkommen. »Ja.«

Sabrina blickte hoch. Ihr Gesicht war von Hass verzerrt.

Carlina schreckte zurück.

»Marcella Cervi war heute Nachmittag hier. Sie hat ein Foto in den Polizeiunterlagen gesehen. Ein Bild von Trevor und mir. Marcella erkannte mich, aber sie hat es niemandem gesagt – zumindest hat sie das behauptet.« Ihr ganzer Körper zitterte. »Ich dachte, ich sei in Sicherheit. Fünfundzwanzig Jahre und jetzt wird mir diese Geschichte zum Verhängnis.«

Carlina drückte noch ein paar Knöpfe mehr und betete lautlos. *Ich bin in Gefahr.* »Was für eine Geschichte?«

»Ich war erst ein Jahr verheiratet. Nur ein Jahr, aber Trevor hat mich einfach umgeworfen.« Ein wehmütiges Lächeln umspielte ihre Lippen und verschwand.

Ein plötzliches Gefühl der Traurigkeit überfiel Carlina. *Das habe ich schon mal gehört.*

Sabrina hob den Kopf. »Kannst du dir vorstellen, dass Marcella Cervi die Frechheit besaß, mich erpressen zu wollen? Sie kam heute hierher und drohte, alles weiterzusagen, wenn ich ihr nicht helfen sollte, sie in einigen Ausschüssen an die Spitze zu setzen.« Ihre Augen glühten vor Wut.

Carlina holte wackelig Luft. *Lebt Marcella Cervi noch?* »Wirklich?« Es klang wie ein Krächzen.

»Diese schleimige, ineffiziente, falsche –« Sabrina brach ab.

Carlina machte noch einen Schritt rückwärts.

Sabrina verengte die Augen und folgte ihr. »Bleib hier.«

»Ich denke, du solltest mit der Polizei sprechen.« Carlina schluckte schwer. »Die wissen, wie man mit Erpressern umgehen muss.«

Sabrina lachte. Das freudlose Geräusch ließ Carlina erschaudern. »Ach, die Hilfe der Polizei brauche ich nicht.« Sabrina schaute sie aus ihren großen Augen unverwandt an. »Ich habe meine eigene Art, mit Marcella fertig zu werden.«

»Super.« Carlina machte noch einen Schritt Richtung Tür. »Ich ... ich freue mich, das zu hören.« *Warum muss eigentlich niemand aufs Klo? Sind alle schon gegangen?*

Sabrinas Hand schoss nach vorne und schnappte sich wieder ihr Handgelenk. »Ich will nicht, dass du jetzt schnurstracks zum *commissario* rennst. Bleib.«

Carlina wurde schlecht. *Warum habe ich bloß erwähnt, dass ich mit Stefano ausgehe? Spürt er nicht, dass ich in Gefahr bin?* »Warum hast du Trevor umgebracht?« Die Frage sprang aus ihrem Mund, bevor sie sie zurückhalten konnte.

Sabrina starrte sie an. »Ich?« Sie klang völlig entsetzt. »Ich habe Trevor nicht umgebracht.«

Carlinas Knie fingen an zu zittern. »Du ... du hast Trevor nicht umgebracht?« In ihrem Kopf drehte sich alles.

»Natürlich nicht.« Sabrina schüttelte den Kopf. »Ich wusste, dass er jedes Jahr zu Weihnachten zurückkam, denn ich habe ihn bei einem Empfang der amerikanischen Botschaft vor einigen Jahren getroffen.« Ihr Mund verzerrte sich. »Er war mit einer jungen Frau da, die vom Alter her seine Tochter hätte sein können.«

Entweder war Sabrina eine exzellente Schauspielerin oder sie sagte die Wahrheit. Carlina sank auf die Klavierbank. »Aber ... wenn du ihn nicht umgebracht hast ... womit hat Marcella Cervi dann versucht, dich zu erpressen?«

Sabrina warf den Kopf in den Nacken und lachte. »Dein *commissario* muss ja ein ziemlich ungewöhnlicher Mann sein, wenn er akzeptiert, dass du rechts und links kleine Affären hast.«

»Oh.« Carlina blinzelte. »Du meinst, Marcella drohte, deinem Mann von dieser alten Affäre mit Trevor zu erzählen?«

»Natürlich.« Sabrina runzelte die Stirn. »Was um alles in der Welt hast du denn gedacht?«

»Ich dachte, sie drohte, der Polizei mitzuteilen, dass du Lachende Augen bist!«

»Wer?«

Carlina ließ den Kopf in die Hand sinken. »So hat der *commissario* dich genannt, als er das Bild von dir und Trevor fand.«

»Also hast du es gesehen?« Sabrinas Stimme wurde hart. »Ist das Teil der normalen polizeilichen Untersuchung oder hat das etwas mit eurer besonderen Beziehung zu tun?«

Carlina setzte sich gerade hin. »Er hat mich offiziell gefragt, ob ich die Frau auf dem Bild identifizieren kann, denn ich gehöre zu den letzten Menschen, die Trevor lebend gesehen haben.« Sie schaute Sabrina mit einem Blick an, der Bände sprach. »Ich verstehe es immer noch nicht. Warum bist du nicht zur Polizei gegangen, als die Cervi versuchte, dich zu erpressen? Trevor hatte viele Freundinnen, und selbst wenn dich das in einen engeren Kreis der Verdächtigen bringt, heißt das noch lange nicht, dass du ihn umgebracht hast.«

Sabrina strich ihren Rock über den Hüften glatt. »Mein Mann und Cervi stehen sich ziemlich nahe. Wenn es erst einmal Teil eines Polizeiberichtes ist, ist es nur eine Frage der Zeit, bis mein Mann es auch erfährt.«

»Verstehe.« Carlina nahm ihren Mut zusammen. »Und was hast du damit gemeint, als du gesagt hast, du weißt, wie du mit Marcella Cervi umzugehen hast?«

Sabrina setzte sich neben Carlina. »Zufälligerweise weiß ich einige

Dinge über Cervi die ... nun, sagen wir, die seiner Karriere nicht unbedingt förderlich wären.«

Carlina stockte der Atem.

Sabrina lächelte sie etwas schief an. »Das ist die andere Seite der Medaille in Bezug auf die Freundschaft meines Mannes mit Cervi.« Ihr Lächeln wurde boshaft. »Wissen ist Macht.«

»Hast du ihr das gesagt?«

»Noch nicht.« Sabrina schüttelte den Kopf. »Ich wollte erst noch ein wenig mehr erfahren, also habe ich Marcella gesagt, dass sie sich morgen wieder melden soll. Heute Abend finde ich noch einiges heraus und morgen ... nun, morgen werde ich sie davonjagen.« Ihr breites Lächeln entblößte alle Zähne.

Carlina schaute sie an. Sie mochte und bewunderte Sabrina und nach dem, was Garini gesagt hatte, war Cervi nicht gerade ein Musterknabe, wenn es um Integrität ging. *Ich könnte ihr sagen, dass Marcella auch Trevors Geliebte war, ein Jahr später. Dann hätte sie eine viel bessere Ausgangsposition.* Sie biss sich auf die Lippe. *Das kannst du nicht tun. Stefano hat es dir unter dem Siegel der Verschwiegenheit anvertraut.*

»Warum schaust du mich so an?«

Carlina wandte ihren Blick ab. »Ich versuche nur, das alles zu verarbeiten.« Die Dinge, die sie gehört hatte, rasten mit solcher Geschwindigkeit durch ihren Kopf, dass es sich anfühlte, als ob sie ein drehendes Kaleidoskop betrachtete. Ihr wurde ganz schwindelig davon. Marcella Cervi, Sabrina, Emma, Annalisa, Suzanne ... es war furchtbar. »Ich verstehe es einfach nicht«, sagte sie. »Hier haben wir Unmengen von Frauen, die alle bereit sein sollten, ihn umzubringen, und stattdessen trauern sie um ihn, als ob er ein Heiliger war.«

Ein trauriges Lächeln umspielte Sabrinas Mund. »Er war ein ganz besonderer Mann.«

Carlina wandte sich ihr zu. »Hast du irgendeine Ahnung, wer ihn umgebracht haben könnte?«

Sabrina zuckte mit den Schultern. »Nein.«

»Niemand, der wütend auf ihn war? Ihn hasste?«

»Na ja, ... jetzt, wo du's sagst ...« Sabrina runzelte die Stirn. »Da war ein Vorfall.« Sie schüttelte den Kopf. »Witzig, das hatte ich schon fast vergessen, aber jetzt, wo du fragst, ob jemand wütend auf ihn war ...«

Carlina beugte sich nach vorne. »Ja?«

»Ich war ungefähr eine Woche oder so mit Trevor zusammen, als es geschah. Ich kam abends nach Hause und vor der Tür wartete eine Frau auf mich. Sie hatte lange Haare und sie hielt ein Baby in den Armen. Sie weinte, daran erinnere ich mich noch.«

»Ja?«

»Sie erschien neben mir, als ich gerade die Haustür aufschließen wollte, und sie erschreckte mich fast zu Tode, weil sie mir das Baby hinhielt und behauptete, ich hätte den Vater gestohlen.« Sabrina schüttelte wieder den Kopf. »Ich erinnere mich noch, dass es windig war. Der Wind hat ihre Haare hochfliegen lassen und herumgewirbelt. Sie sah aus, als ob sie nicht mehr bei Sinnen war. Einen Augenblick lang hatte ich Angst, dass sie mich angreifen würde.«

»Was hast du getan?«

»Ich hatte Angst, dass mein Mann sie hören würde. Also schob ich sie zur Seite und sagte, dass ich niemanden gestohlen hätte, weil ich keine Sklaven halte. Ein Mann an meiner Seite ist nur dort, wenn er es selbst aus freien Stücken sein will.«

Carlina schluckte. »Und dann?«

»Dann wiederholte sie, dass ich Trevor gestohlen hätte und dass ich dafür bezahlen müsste.«

»Oh Mann.«

»Sie war völlig verrückt und dazu auch noch dumm. Ich sagte ihr, dass ich die Polizei rufen würde, wenn sie nicht sofort verschwindet.«

»Also ging sie?«

»Ja.« Sabrina nickte. »Ich hatte Angst, dass sie zu meinem Mann gehen würde, aber anscheinend hat sie daran gar nicht gedacht. Ich habe nie wieder etwas von ihr gehört oder gesehen.«

Carlina verengte die Augen. Konnte diese Frau der »Fehler aus der Vergangenheit« sein, den Trevor einmal erwähnt hatte? War sie die

Frau, die sie als Schneewittchen bezeichnet hatten? Sie wandte sich an Sabrina. »Du musst unbedingt zur Polizei gehen, Sabrina.«

Sabrina runzelte die Stirn. »Aber nicht jetzt, oder?« Sie schaute auf ihre diamantenbesetzte Uhr. »Es ist fast Mitternacht.«

»Das wäre Garini egal.«

»Aber mir ist das nicht egal!« Sabrina schüttelte den Kopf. »Immerhin ist morgen die Weihnachtsmesse, die ich schon seit Monaten vorbereitet habe und ich werde ganz bestimmt nicht die letzten Stunden dieser Nacht damit verbringen, in einer zugigen Polizeistation herumzusitzen.«

»Er könnte hierhin kommen.«

»Auf gar keinen Fall.« Sabrina stand auf und warf ihre Haare zurück. »Ich muss jetzt meine Gäste verabschieden. Morgen früh um sechs öffne ich den Messeraum. Dein *commissario* kann nach der Messe mit mir sprechen. Ich habe jetzt gerade keine Zeit für Mord.«

Carlina stand auf und legte eine Hand auf Sabrinas Arm. »Es könnte gefährlich sein, diese Information zurückzuhalten. Stefano könnte in fünf Minuten hier sein, und es würde bestimmt nicht lange dauern. Bitte. Ich fühle mich ganz unwohl dabei.«

Sabrina lachte. »Mir ist die letzten fünfundzwanzig Jahre nichts passiert. Ich sehe nicht den leisesten Grund, warum sich das auf einmal ändern sollte.« Sie ging zur Tür, die zurück ins Wohnzimmer führte. »Und bitte laufe nicht sofort zu ihm und erzähle ihm jedes Wort, das ich gesagt habe. Selbst wenn er heute noch hier klingeln würde, würde ich nicht aufmachen.« Sie öffnete die Tür und schaute über die Schulter, der Ausdruck in ihren Augen hart. »Falls das passieren sollte, würde ich meinem Mann gegenüber erwähnen, dass ich von der Qualität unserer Polizeiarbeit nicht ganz überzeugt bin. Habe ich mich deutlich genug ausgedrückt?«

Sabrinas Worte hallten in Carlina nach, als sie nach Hause ging und sich fürs Bett fertigmachte. Mittlerweile war sie völlig erschöpft. Ihre Arme und Beine fühlten sich an, als wären sie mit Blei gefüllt, schwer und ungelenk, gar nicht mehr zu ihr gehörend. Sie putzte sich mit langsamen Bewegungen die Zähne und blinzelte mit rot umrandeten Augen in den Spiegel. Garini würde richtig wütend werden, wenn sie ihm nicht alles erzählte. Andererseits konnte er Sabrina nicht dazu bringen, mitten in der Nacht auszusagen. Es war es nicht wert, ihn dafür aufzuwecken. Sie schaute noch einmal auf die Uhr. Mitternacht vorbei. Vielleicht war er ja noch wach? Am Ende entschied sie sich für einen Kompromiss. Sie konnte ihm ja einfach eine Nachricht schreiben. Falls er wach war, konnte er sie zurückrufen. Ganz kurz, nur »Ruf mich an.« Diese drei Worte sollten reichen.

Sie fühlte sich schon besser, nachdem sie die Entscheidung getroffen hatte und nahm ihr Telefon aus der Tasche. Der Bildschirm war schwarz. Irgendwann am Abend hatte es nicht mehr ausreichend Strom gehabt und sich ausgestellt. *Verdammt.* Kein Wunder, dass das hilflose Herumdrücken auf den Tasten Garini nicht auf den Plan gerufen hatte. Zum ersten Mal bereute sie, dass sie in ihrer Wohnung kein Festnetz mehr hatte.

Verärgert stellte sie das Telefon in die Ladestation. Auf keinen Fall konnte sie nach unten laufen und Garini mitten in der Nacht von einem anderen Telefon aus anrufen. Wenn sie das tat, musste sie ihrer Familie für den Rest der Nacht erklären, was um Himmels willen hier eigentlich vor sich ging.

Sie würde eben morgen früh als allererstes die Nachricht senden müssen. Ihr Wecker stand auf fünf Uhr dreißig. Garini würde sie hassen, aber das konnte sie jetzt nicht ändern.

Carlina fiel wie ein Baum in ihr Bett. Es knarzte leise, und ihre schweren Glieder schienen mit der Matratze zu verschmelzen. Vielleicht sollte sie die Gedankenübertragung noch mal ausprobieren. Obwohl, wenn's in dem Musikzimmer nicht geklappt hatte, wo sie sich ja mit ganzer Kraft darauf konzentriert hatte, würde es jetzt im Halbschlaf wohl noch weniger funktionieren. Vielleicht sollte sie ihre Mutter mal um einen Crashkurs in puncto übersinnliche Kommunikationswege bitten. Carlina lächelte mit geschlossenen Augen und zog die Bettdecke höher. Sie konnte jetzt gar nichts mehr tun. Sie musste schlafen. Morgen würde ein höllisch anstrengender Tag werden – und sie musste sofort aufhören, daran zu denken. Sofort.

Aber trotzdem konnte sie nicht einschlafen. Sabrinas Worte drehten sich in ihrem Kopf im Kreis, und am Ende stand Carlina mit einem Seufzer noch einmal auf. Sie musste es loswerden, sonst würde sie keine Sekunde lang Schlaf bekommen. Sie zog ihren Lieblingsfüller aus ihrer Handtasche, fand ein altes Notizheft und schrieb die Unterhaltung so auf, wie sie sich an sie erinnerte, Wort für Wort.

Kapitel 14

In der Sekunde, in der sie wach wurde, wurde ihr klar, dass etwas nicht stimmte.

Etwas Ungewöhnliches war passiert. Langsam sickerte das Bewusstsein tiefer.

Es war zu leise. Sie war ohne das Radio aufgewacht, das sich von alleine anstellte, wenn sie aufstehen musste.

Carlina öffnete ein Auge und versuchte, das leuchtende Display auf ihrem Wecker in den Fokus zu bringen. Sechs Uhr fünfzehn. Sie schnappte nach Luft und sprang aus dem Bett. Sie war um sechs Uhr auf der Weihnachtsmesse erwartet worden – vor fünfzehn Minuten!

Sie warf sich in ihre Sachen und raste durch die Wohnung, während sie wie eine Verrückte alles zusammenraffte, was sie brauchte. Gott sei Dank hatte sie schon alles gepackt. Ein großer Karton enthielt die Muster der neuen Spitzenkollektion und sie hoffte, dass sie es schaffen würde, alles auf der Vespa zu transportieren. Die andere Ware sowie die drei Schaufensterpuppen und die schwarzen Kuben, die sie extra für die Messe bestellt hatte, würden um sechs Uhr dreißig ankommen – falls der Spediteur pünktlich war. Carlina putzte sich die Zähne, schnappte sich einen Apfel als Frühstücksersatz und eilte aus der Wohnung.

Zehn Minuten später hielt sie mit quietschenden Bremsen vor dem Palazzo Davanzati. Eine zusammengedrängte Gruppe von Frauen stand am Eingang, rieb sich die Hände und stampfte mit den Füßen gegen die Kälte. Es war immer noch dunkel und Frost bedeckte alle Oberflächen mit winzigen Stacheln, die im gelben Licht der Straßenlaternen funkelten.

»Was ist los?« Carlina stellte die Füße auf den Boden, um die überladene Vespa zu stabilisieren und nahm ihren Helm ab. Mann, war das kalt. »Warum steht ihr alle hier herum?«

Rosanna hob in einer hilflosen Geste beide Hände. Sie sah kleiner denn je aus, eingewickelt in einen zerzausten Mantel, der aussah, als ob er mal einem besonders großen Schaf gehört hatte. »Sabrina ist die einzige, die den Schlüssel hat, aber sie ist bis jetzt nicht aufgetaucht.«

Sabrina. Dier Name durchfuhr Carlina wie flüssiges Eis. *Ich habe vergessen, Garini heute Morgen anzurufen.* »Habt Ihr versucht, sie anzurufen?« Ihre Stimme klang scharf. *Und wenn Sabrina etwas passiert ist?*

»Wir haben es versucht, aber niemanden erreicht.« Rosanna schüttelte den Kopf. »Wir hoffen eigentlich noch, dass sie jeden Augenblick kommt. Keine von uns hat die Telefonnummer von dem Mann, der für das Gebäude hier zuständig ist, also ist das auch keine Option.«

Ich muss mit Garini sprechen. Jetzt. Carlina hatte ihre Handtasche quer über die Schultern gehängt, damit sie während der Fahrt sicher saß und trotzdem zugänglich war. Mit einer schnellen Bewegung zog sie sie über den Kopf und öffnete sie, um ihr Telefon herauszuholen. Mitten in der Bewegung hielt sie an. »Oh nein! Das glaube ich einfach nicht!«

Rosanna kam näher. »Was ist los? Warum jammerst du so?«

»Ich habe mein Telefon vergessen. Ich muss Ga –« In letzter Sekunde erinnerte sie sich daran, dass Rosanna nichts von ihrer Beziehung zu Garini wusste. »Ich muss jemanden anrufen.«

Rosanna hielt ihr ihr eigenes Telefon entgegen. »Du kannst meines nehmen.«

Carlina biss sich auf die Lippen. »Danke, aber ich kenne die Nummer nicht auswendig.« Eine plötzliche Angstwelle überflutete sie. Was ging hier vor? Was war mit Sabrina geschehen? Das war ihr ureigenes Projekt, und sie hatte schon seit Monaten für den Erfolg gekämpft. Nichts als eine Katastrophe konnte sie davon abgehalten haben, pünktlich zu erscheinen. Carlina fühlte sich wie erdrückt.

Eine andere Frau trat zu ihnen.

Carlina kannte sie – sie war die Besitzerin eines Handarbeitgeschäfts, das typische, florentinische Handwerkswaren verkaufte. Ihr Name war Lisa. Sie verkaufte die schönsten Quilts, die Carlina je gesehen hatte, dick und flauschig und doch mit unverkennbarem, italienischem Design.

»Hast du eine Ahnung, was wir tun können, Carlina?«

Carlina band ihren Karton von der Vespa los. »Hier, nehmt meine Muster. Ich fahre zu Sabrinas Haus und komme zurück, sobald ich mehr weiß.«

Rosanna nahm ihr den Karton ab. »Okay. Viel Glück.«

Carlinas Herz hämmerte, als sie zu Sabrinas Haus raste. *Ich hätte Stefano doch letzte Nacht schon anrufen sollen.* Ihr Mund wurde trocken. *Verdammt, verdammt, verdammt. Er wird stocksauer auf mich sein.* Als sie an einer Ampel anhalten musste, holte sie mühsam tief Luft und atmete so heftig aus, dass eine weiße Wolke vor ihr aufstieg. *Sabrina hat nur verschlafen, genau wie ich selbst. Ich werde so lange auf die Klingel drücken, bis sich im Haus jemand rührt.*

Aber als sie in die Straße einbog, in der das Haus des Bürgermeisters lag, ließ der Schreck sie schwanken. Die Einfahrt war mit Polizeiband abgesperrt. Sie bremste abrupt ab und kam rutschend nur einen Zentimeter vor dem Band zum Stehen. »Oh, Gott.« In der Ferne konnte sie Leute ausmachen, die sich um den Eingang von Sabrinas Haus zu scharen schienen, aber es war zu dunkel, um irgendwelche Details zu erkennen. Ihr Herz fühlte sich an, als ob es jeden Augenblick aus ihrem Hals springen wollte.

Sie sprang von der Vespa und duckte sich unter dem Band hindurch.

Ein uniformierter Polizist tauchte neben ihr auf und nahm sie am Ellenbogen. »Der Zutritt hier ist verboten.« Er war Mitte zwanzig und seine braunen Haare waren so kurz geschnitten, dass seine Ohren rot in der Kälte leuchteten.

Carlina starrte ihn an. »Ich muss mit Sabrina Aventuri, der Frau des Bürgermeisters, sprechen!« Sie zeigte auf Sabrinas Haus. »Es ist eilig!«

Er schaute sie schweigend an. Sein Gesicht verriet keine Regung. »Ich fürchte, das ist nicht möglich.«

Carlina schluckte. »Ist sie –? Was …?«

»Ich habe leider nicht die Erlaubnis, irgendwelche Informationen weiterzugeben.«

Carlina straffte sich. »Kennen Sie Stefano Garini von der Mordkommission?« Ihre Stimme schwankte.

Der junge Polizist verengte die Augen. »Und wenn ja?«

»Ich muss mit ihm sprechen. Können Sie mich mit ihm in Kontakt bringen?«

»Was meinen Sie?«

»Per Telefon.« Carlina stampfte fast mit dem Fuß auf. »Ich muss ihn dringend sprechen.«

»Wie ist Ihr Name?«

»Carlina Ashley.«

»Einen Augenblick.« Er ging zur Seite, holte ein Mobiltelefon heraus und fing an, hineinzumurmeln.

Carlina bewegte die Hände in ihren Handschuhen. Ihre Finger waren fast gefroren, aber gleichzeitig fühlte sie, wie ihr der Schweiß zwischen den Schulterblättern entlanglief. Dies war nur ein böser Traum. Bestimmt würde sie gleich aufwachen.

Eine einzelne Person löste sich aus der Gruppe vor Sabrinas Haus und eilte auf sie zu.

Carlina holte zitternd Luft. Sie würde ihn überall erkennen, sogar anhand seiner Silhouette. Sie lief auf ihn zu und dieses Mal versuchte der Polizist nicht, sie aufzuhalten. »Garini!«

Er nahm sie bei den Armen. Sein Gesichtsausdruck war streng. »Was machst du hier, Carlina?« Ein blinkender Weihnachtsbaum in einem Fenster zu seiner Rechten erhellte sein Gesicht für einen Augenblick und gab jedem Schatten eine rasiermesserscharfe Kante.

Ihr Mut sank, als sie den harten Ausdruck in seinen Augen sah. »Ich … ich muss mit Sabrina sprechen. Wir waren heute Morgen um sechs Uhr am Palazzo Davanzati verabredet, damit sie die Tore für die Weihnachtsmesse öffnen kann, aber sie ist nicht erschienen und wir können mit dem Aufbau nicht anfangen. Ich bin gekommen, um herauszufinden, wo sie steckt.«

Seine Augen verengten sich. »Wer wusste, dass sie heute Morgen um sechs Uhr am *palazzo* sein sollte?«

Carlina zuckte mit den Schultern. »So ziemlich alle. Wir haben es gestern während des letzten Treffens besprochen.«

»Wann war das?«

»Ich bin so gegen Mitternacht gegangen.« Carlina hielt seinem Blick stand. »Stefano, was ist passiert? Ist sie –?«

Er legte ihr den Arm um die Schultern und hielt sie fest. »Sie wurde heute Morgen vor ihrem Haus erschossen. Der Anruf erreichte uns um Viertel nach sechs.«

Carlina schwankte. »Es ist mein Fehler.« Sie presste ihre behandschuhte Hand vor den Mund und würgte.

»Was?« Stefano ließ sie los und beugte sich zu ihr. »Was sagst du?«

Sie drehte sich so, dass sie ihn ansehen konnte. Es kostete sie ihren ganzen Mut, zu sprechen. »Ich habe gestern herausgefunden, dass sie Lachende Augen ist.«

Sein Gesicht gefror. Er starrte sie ohne eine Bewegung an, doch seine Augen zeigten seine Wut.

»Ich ... ich habe sofort versucht, dich anzurufen. Zuerst habe ich gedacht, dass sie die Mörderin ist und hatte Angst, dass sie mich auch umbringen will, aber dann stellte sich heraus, dass sie befürchtete, ihr Mann könnte etwas über die Affäre erfahren.« Sie schluckte. Er schaute sie wie ein Falke an ... und sie war die Maus. Sie zwang sich, weiterzusprechen. »Als ich nach Hause kam, war Mitternacht vorbei. Ich war total müde und wollte dir noch eine SMS senden, aber mein Telefon war tot. Ich wollte nicht zu *mamma* runter gehen, um dich anzurufen – das hätte endlose Erklärungen mit sich gebracht. Also entschied ich mich, dich gleich heute Morgen anzurufen.«

»Du hast es nicht getan.« Seine Stimme klang flach.

»Ich habe verschlafen und bin voller Panik aus dem Haus gerannt.

Habe mein Telefon zu Hause vergessen, und als ich das feststellte, war ich schon beim *palazzo*. Ich wollte dich von Rosannas Telefon aus anrufen, aber ich kenne deine Nummer nicht auswendig.«

Er schüttelte den Kopf. »Das ist eine ziemlich unwahrscheinliche Geschichte, Carlina.«

Ihr Hals schmerzte. »Ich weiß.«

Seine hellen Augen durchforschten ihr Gesicht. »Gibt es noch etwas, was ich dringend wissen sollte?«

Carlina zwang sich, nachzudenken. Er hatte sie das schon mal gefragt und sie hatte nicht alles gesagt. »Ich ... ich glaube nicht, ... oh, doch!«

»Was?«

»Mir ist gerade eingefallen, dass ich die ganze Unterhaltung mit Sabrina gestern aufgeschrieben habe, damit ich nichts Wichtiges vergesse.«

»Gut.« Der Hauch eines Lächelns spielte um seinen Mund und zeigte die kleine Narbe, die sich an einer Seite befand. »Hast du diesen Bericht vielleicht sogar bei dir?«

»Ja. Ich habe ihn gestern noch in meine Handtasche gestopft.« Sie zog das Notizbuch heraus und reichte es ihm.

»Danke.« Er schaute kurz zu dem blinkenden Weihnachtsbaum im Fenster und schüttelte den Kopf. »Ich muss mit dir reden, aber nicht hier und nicht jetzt. Du frierst.«

Carlina starrte ihn an. Sie fühlte sich wie ein Schiff auf hoher See, ohne Ruder, ohne Motor, unfähig, einen Weg zu wählen. Es war ein seltsames Gefühl, fremd und beängstigend. »Was soll ich jetzt tun?«

Stefano runzelte die Stirn. »Du hast gesagt, die anderen Frauen warten alle vor dem *palazzo*, damit sie die Weihnachtsmesse aufbauen können?«

»Ja.«

»Bleib hier.« Er schaute sie an. »Und ich meine wirklich genau hier. Sabrina ist noch vor dem Haus und ich glaube nicht, dass du das sehen möchtest. Ich hole die Schlüssel, die du brauchst, und bringe dich zurück.«

Carlina holte zitternd Luft. »Du meinst, wir sollten die Messe durchziehen?«

»Warum nicht?« Seine hellen Augen waren kühl. »Hast du mir nicht gesagt, dass es ihr Traum war, diese Messe umzusetzen? Sie hätte sie jetzt nicht abgesagt, oder?«

Carlina schluckte. Es schien gefühllos, aber er hatte recht. Außerdem würde es ihr wieder ein Gefühl von Normalität geben, etwas, was sie beschäftigte, bis sie über den Schock hinweggekommen war.

»Ich bin gleich wieder da.« Er drehte sich auf dem Absatz um und ging zu Sabrinas Haus zurück.

Carlina starrte bewegungslos auf den blinkenden Weihnachtsbaum, ohne ihn wahrzunehmen.

Fünf Minuten später saß sie mit Garini in einem Polizeiauto. Er stellte die Heizung auf die höchste Stufe.

»Ist es wirklich in Ordnung, dass du dir eine Auszeit von dem Fall nimmst, um mich zur Messe zu fahren?« Carlina zitterte. Wie schrecklich, von Sabrina als einem »Fall« zu sprechen.

Stefano warf ihr einen kurzen Blick zu. »Ich nehme mir keine Auszeit. Diese Leute haben sie zuletzt gesehen, sie wissen alle, wann sie plante, das Haus zu verlassen, und sie hat eine Menge Zeit mit ihnen verbracht. Wenn ich irgendeinen Hinweis finden kann, ist es sehr wahrscheinlich, dass ich ihn dort finde.«

Carlina schloss die Augen. Natürlich. Wie dumm von ihr, zu glauben, dass er ihr seine Begleitung aus lauter Ritterlichkeit angeboten hatte.

»In diesem Fall allerdings«, Garini hielt den Blick weiterhin auf die Straße gerichtet und sein Ton war leicht und unverbindlich, »bin ich froh über einen Grund, an deiner Seite zu bleiben.«

Carlina fühlte sich ein wenig wärmer.

Die Menschentraube vor dem *palazzo* war größer geworden, und sie drängten sich alle nach vorne, als das Polizeiauto auf dem schmalen

Seitenstreifen der engen Straße hielt. An der Seite konnte Carlina die gut eingewickelten Schaufensterpuppen und diverse Kartons erkennen. Anscheinend war die Spedition gekommen und schon wieder gefahren, und weil noch alles verschlossen war, hatten sie die Ware kurzerhand auf dem Bürgersteig abgeladen.

Rosannas Engelsgesicht erschien am Fenster. »Carlina! Was ist passiert? Hattest du einen Unfall?«

Carlina schüttelte den Kopf und stieg aus.

Garini kam um den Wagen herum und stellte sich direkt hinter sie. Er berührte sie leicht am Ellbogen.

Es fühlte sich gut an, seine starke Gegenwart zu spüren. Carlina holte tief Luft, um sich zu festigen.

»Sind Sie alle Teilnehmer an der Weihnachtsmesse?«, fragte Garini.

Ein Murmeln war die Antwort und einige Köpfe nickten.

»Ich fürchte, ich habe schlechte Neuigkeiten.«

Garinis Stimme klang völlig emotionslos, wie immer, aber Carlina wusste, dass dies seine wahren Gefühle verbarg. Sie wusste auch, dass er die Menge genau beobachtete und alles, was aus der Norm fiel, registrierte.

»Sabrina Aventuri wurde heute Morgen vor ihrem Haus erschossen.«

Jemand unterdrückte einen Schrei. Zwei Frauen links von Carlina bedeckten erschrocken den Mund mit der Hand in einer fast identischen Geste, ihre Augen weit aufgerissen vor Schock. Aber die meisten standen wie erstarrt, unfähig, sich zu bewegen.

»Das ... das glaube ich nicht.« Rosannas Gesicht wurde bleich.

»Ich fürchte, es ist die Wahrheit«, sagte Stefano. »Ich bin Kommissar Garini von der Mordkommission Florenz. Wir haben schon angefangen, alle Fakten zu diesem Fall zusammenzutragen. Ich bin für den Fall zuständig und ich kenne Carlina Ashley schon länger.«

Alle Augen richteten sich auf Carlina.

Sie schluckte. *Er kennt mich schon länger.* Was für eine neutrale Formulierung. Er hätte auch sagen können, dass sie befreundet waren. Aber vielleicht hatte er es nicht getan, um sie zu schützen. Würde er sie als

Freundin darstellen, könnten die Leute es an ihr auslassen, wenn ihre Gefühle sie überwältigten.

Sie räusperte sich. »Wir haben uns über die Lage unterhalten, und ich denke, wir sollten die Messe durchführen. Es war Sabrinas Traum, und sie hat sehr hart daran gearbeitet, ihn zu verwirklichen. Ich denke, dass sie sich von uns gewünscht hätte, weiterzumachen.«

Stimmengewirr erfüllte die Straße.

Lisa, die Frau mit den florentinischen Quilts, verschränkte die Arme vor der Brust. »Damit bin ich ganz und gar nicht einverstanden. Es ist respektlos. Wir sollten in einer Messe für sie beten, nicht auf einer Messe verkaufen, als ob gar nichts passiert sei.«

Rosanna legte ihr eine Hand auf den Arm. »Ich verstehe deine Gefühle, aber ich glaube wirklich, dass Carlina recht hat. Sabrina hätte die Weihnachtsmesse einem Gebet vorgezogen. Außerdem können wir später immer noch beten.«

Carlina sah einige Köpfe nicken. »Wir können niemanden zwingen, mitzumachen und ich weiß, dass es ein Schock für uns alle ist. Aber leider müssen wir uns jetzt entscheiden. Sollen wir abstimmen?«

»Ja.« Lisa nickte und wandte sich an die Gruppe. »Wer denkt, wir sollten weitermachen?«

Fast alle Hände gingen hoch.

»Gut. Dann machen wir weiter.« Aus irgendeinem Grund erleichterte die Entscheidung Carlina. Sie nahm den Schlüssel, den Garini ihr entgegenhielt. »Ich öffne jetzt die Tür, sodass wir mit dem Aufbau beginnen können.«

Die nächsten Stunden rasten vorbei, als ob sie im Zeitraffer abliefen. Carlina arbeitete mit fliegenden Händen. Ihr Stand musste um halb zehn in perfektem Zustand sein, damit sie rechtzeitig zur Ladeneröffnung in Temptation ankam. Hoffentlich kam Fabbiola nicht zu spät, um tagsüber auf den Stand aufzupassen. Er befand sich in der Nähe der Klapptüren, und jedes Mal, wenn sie das hohle Geräusch unter den Füßen hörte, bekam sie ein mulmiges Gefühl. Sie musste ihre Mutter daran erinnern, nichts daraufzustellen. Der Tag hatte schon genug Katastrophen mit sich gebracht.

Aus dem Augenwinkel sah sie Garini von Stand zu Stand gehen und die Aussagen aufnehmen. Er sprach nicht mit ihr, aber von Zeit zu Zeit trafen sich ihre Blicke und jedes Mal, wenn dies geschah, fühlte sie eine Mischung aus Freude und Nervosität in sich. Sie war froh, dass er in der Nähe war. Irgendwie fühlte sie sich dann sicherer, aber andererseits lenkte er sie mehr ab, als eigentlich erlaubt war.

Gegenüber baute Lisa ihren Stand auf spektakuläre Weise auf – sie hatte ein riesiges, vergoldetes Bett organisiert, das aussah, als ob es zuletzt von Lorenzo dem Prächtigen genutzt worden war, und alle ihre Quilts darüber drapiert. Carlina beäugte es und lächelte wehmütig. Wie gern würde sie sich einfach auf dieses Bett schmeißen und einige Tage schlafen. Aber das stand noch nicht auf der Agenda – noch nicht – für eine lange Zeit noch nicht.

Vielleicht sollte sie einige ihrer Muster Lisa geben, damit sie sie in ihrem Laden zeigte. Betten und Unterwäsche passten immerhin perfekt zusammen. Der Gedanke brachte sie zum Lachen.

»Das ist ein wunderschöner Quilt«, rief sie Lisa zu. »Ich liebe diesen Creme-Ton, das sieht total edel aus.« *Es würde auch gut zu meinen Leoparden-Kissen passen.*

»Vielen Dank.« Lisa zwinkerte ihr zu. »Wir schauen mal, was nach der Messe noch da ist, und dann können wir ja vielleicht einen Tauschhandel machen.«

»Einverstanden.« Carlina drehte sich herum und entdeckte eine andere Ausstellerin, die mit ängstlichem Gesicht vor ihr stand. Die ganze Zeit über kamen bereits Leute und stellten Carlina Fragen. Aus irgendeinem Grund schienen sie sie als Sabrinas Nachfolgerin auserkoren zu haben. Carlina versuchte, soweit zu helfen, wie sie konnte, aber häufig wusste sie die Antworten auch nicht. Sabrina hatte alle Fäden in der Hand gehabt, und sie fehlte an jeder Ecke. Die allgemeine Stimmung war gedrückt. Normalerweise hätte jemand einen Ghettoblaster angemacht, laut Musik gespielt und alle hätten durcheinander geredet und gelacht. Heute war alles gedämpft.

Um Viertel vor zehn erklärte Carlina ihrer Mutter die letzten Details, lief rasch zu Garini, um sich zu verabschieden und eilte dann zu Temptation. Sie musste nicht weit laufen und die kalte Luft und Bewegung vertrieben ein wenig von der Erschöpfung, die sie fühlte. Der Himmel war dunkel und schwer und hing bedrohlich tief über Florenz. *Vielleicht wird es ja noch schneien.* Normalerweise war Carlina tagsüber gern draußen, auch nur für kurze Zeit. Sie fühlte sich immer wie ein Mädchen, das aus der Schule entwischt war, wenn sie das tat. Aber heute schienen die dunklen Wolken in sie hineingedrungen zu sein, trotz der Weihnachtsbeleuchtungen, die in den Fenstern rechts und links glitzerten. Kein Wunder. Sie konnte immer noch nicht glauben, dass jemand Sabrina erschossen hatte. Wer konnte es nur gewesen sein? Und warum? Hatte es etwas mit Trevors Tod zu tun oder waren die beiden Morde nicht miteinander verbunden? Carlina machte einen großen Schritt über einen Hundehaufen und eilte weiter. Eine Sache war klar – der Mörder kam aus ihrem engeren Umkreis. Nicht viele Leute hatten gewusst, dass Sabrina geplant hatte, heute Morgen um sechs ihr Haus zu verlassen. Carlina schauderte und hob die Schultern. Das machte die Sache nicht besser. Was dachte Garini wohl? Sie konnte sich nicht vorstellen, dass er sie ernsthaft als Verdächtige in Erwägung zog, aber wenn die beiden Morde zusammenhingen, dann war sie verdammt nah dran. Wer konnte es nur gewesen sein? Wer? Ihre Gedanken drehten sich im Kreis.

In Temptation traf die Vorweihnachtswelle sie wie eine Lawine. Sie hatten kaum die Türen geöffnet, als die Kunden auch schon geballt durch die Tür drängten ... mehr als sonst, nervös und mit viel Beruhigungsbedarf, dass sie wirklich das Richtige kauften. Es war so viel los, dass Carlina keine Zeit fand, um ihre Mitarbeiterinnen über Sabrinas Tod zu informieren. Eigentlich wollte sie es auch gar nicht tun. Sie hatte Angst vor den Gefühlsausbrüchen, insbesondere bei Annalisa. Die würde vermutlich prompt in Hysterie verfallen. Also hielt sie den Mund

und tat so, als ob nichts außer der Arbeit existierte. Natürlich musste sie noch Ricciarda informieren, bevor sie zur Weihnachtsmesse fuhren, aber das hatte Zeit.

Um zwei Uhr hatte Carlina das Gefühl, dass die Welt sich in Kreisen drehte. Sie hörte den Kunden wie ferngesteuert zu, gab Ratschläge, lächelte, zählte Bargeld ab ... und war in Gedanken meilenweit entfernt.

»Der Tag ist doppelt so lang, wenn du um sechs Uhr morgens anfängst zu arbeiten«, flüsterte sie Ricciarda zu, als sie die BHs auf den Bügeln neu nach Größe sortierte. »Egal, was die Mathematiker sagen.«

»Ich habe nicht um sechs angefangen.« Ricciarda schob sich eine Haarsträhne aus der Stirn. »Aber ich bin auch schon völlig erledigt.«

Zum ersten Mal an diesem Tag schaute sich Carlina ihre Assistentin bewusst an. Ricciarda war blass und sie hatte dunkle Ringe unter den Augen. *Ich hätte das schon früher bemerken sollen.* »Hör mal, wir werden heute Abend ja noch lange arbeiten müssen. Lass uns ins Café gegenüber gehen und uns für zwanzig Minuten hinsetzen. Wir essen etwas und ruhen unsere Füße aus.«

»Haben wir denn die Zeit?« Ricciarda sah aus, als ob sie gern zustimmen würde, sich aber nicht traute.

»Wir nehmen uns die Zeit einfach.« Carlina informierte Marianna und Annalisa, dass sie ein wenig früher gingen und schnappte sich ihren Mantel und ihre Handtasche.

Annalisa verzog das Gesicht, aber Marianna winkte ihnen mit einem fröhlichen Grinsen zu. »Keine Sorge, wir bekommen das hier schon hin.«

»Vielen Dank. Und vergesst nicht, das Sicherheitsschloss heute Abend zu schließen.« Carlina zog Ricciarda durch die Tür, bevor ein neuer Kunde sie aufhalten konnte.

Der kalte Wind wirkte nach der überhitzten Atmosphäre im Laden belebend. »Ich wette, wir bekommen noch Schnee«, sagte Carlina. »Findest du nicht, dass es danach riecht?«

Ricciarda hob ihre Nase in den Wind wie ein Hund und schüttelte den Kopf. »Ich rieche gar nichts. Es ist nicht sehr wahrscheinlich, dass wir Schnee bekommen, oder? Das letzte Mal ist drei Jahre her, wenn ich mich nicht irre.«

Carlina lachte. »Vielleicht habe ich es mir nur eingebildet.«

Sie wartete, bis sie fertig gegessen hatten und jede einen dampfenden Kaffee vor sich hatte, bevor sie Ricciarda die traurige Nachricht mitteilte.

Ihre Assistentin saß wie aus Marmor gehauen da. »Ich ... ich kann das einfach nicht glauben«, sagte sie schließlich. »Wie kann Sabrina tot sein?« Mit einer müden Geste rieb sie sich das Gesicht.

Carlina schüttelte den Kopf. »Es ist völlig verrückt. Wir können nur hoffen, dass die Weihnachtsmesse ein überragender Erfolg wird, damit wir keine Zeit zum Nachdenken bekommen. Sonst werden wir alle in unseren Ständen sitzen und vor uns hingrübeln.« Sie schüttelte sich. »Du kannst dir nicht vorstellen, wie schrecklich der Aufbau heute Morgen war, mit diesem Wissen, das über uns hing wie eine dunkle Wolke.«

»Wie schrecklich.« Ricciarda sprach ohne Betonung und starrte geradeaus.

Carlina nahm sie am Arm. »Du hast einen Schock. Möchtest du vielleicht noch einen Espresso trinken?«

Ricciarda schüttelte den Kopf und schaffte ein schwaches Lächeln. »Nein, danke.«

»Wenn bloß Garini bald den Mörder findet. Dieses zweite Opfer hat den Druck auf ihn ganz schön erhöht.«

»Das kann ich mir vorstellen.« Ricciarda sprach immer noch mit dieser Stimme, die klang, als ob sie ganz weit weg war.

Carlina entschied sich, weiterzureden, bis Ricciarda sich wieder gefangen hatte. »Ich bin sicher, es hat etwas mit diesem Fotoalbum zu tun. Wenn wir bloß wüssten, wer all diese Frauen sind und mit ihnen sprechen könnten! Einige von ihnen kamen mir so bekannt vor!«

»Wirklich?« Ricciarda runzelte die Stirn.

Na, wenigstens reagiert sie wieder. »Ja, aber ich kann mich einfach nicht erinnern, woher ich sie kenne. Du hast auch niemanden erkannt, als Garini dir die Bilder zeigte, oder?«

Ricciarda schüttelte den Kopf. »Nein.«

Carlina schaute sie scharf an. Ihre Assistentin schien sich ein wenig gefangen zu haben, und sie hatte auch wieder etwas Farbe in den Wangen. Gut. »Wir müssen los.« Sie legte ausreichend Geld auf den Tisch und lächelte Ricciarda ermutigend an. »Nur noch ein paar Stunden, dann können wir die Füße hochlegen.« Als sie aufstanden, tat ihr der Rücken weh und sie musste sich zwingen, das Gewicht auf ihre schmerzenden Füße zu verlagern, aber trotz ihrer körperlichen und emotionalen Erschöpfung blieb ein kleines Zittern der Aufregung zurück. *Wird die neue Kollektion ein Erfolg werden?* Sie liebte die Spitzenhöschen und -BHs, aber ihr Meisterstück war ein Negligé, das bis zur Mitte der Wade reichte und in mehreren Zipfeln endete. Es sah unkonventionell, sexy und absolut hinreißend aus. Sie hatte den Prototypen zu Hause getestet und sich gefragt, wie er Garini gefallen würde.

Aus den Augenwinkeln bemerkte sie ihr Gesicht im Spiegel, als sie das Café verließen – sie lächelte in sich hinein. *Was für eine seltsame Kreatur so ein Mensch doch ist – so viele Emotionen so nahe beieinander.*

Die Weihnachtsmesse hatte gerade erst die Türen für die Öffentlichkeit geöffnet, doch sie schlüpften über den Hintereingang noch vor den ersten Besuchern hinein.

»Carlina!« Ihre Mutter stand von einem der schwarzen Würfel auf und eilte zu ihr, um sie zu umarmen. Zur Feier des Tages hatte sie eine weite, schwarze Hose angezogen, die mit Goldstaub überzogen war. Diese hatte sie mit einem goldenen Jackett kombiniert, das gut in die Garderobe eines TV-Stars gepasst hätte, und als Krönung hatte sie sich ein goldenes Band in die hennaroten Haare gebunden, das bis zu ihren Schultern reichte. Sogar das Kissen unter ihrem Arm hatte einen neuen Bezug, mit goldenen und nicht mit silbernen Sternen.

Carlina erhaschte einen Blick auf Ricciardas fassungsloses Gesicht und konnte ein Kichern nicht unterdrücken.

»Du siehst großartig aus, *mamma*, das habe ich mir heute Vormittag schon gedacht, aber es gar nicht gesagt.« Sie erwiderte die Umarmung ihrer Mutter. »Danke, dass du hier die Stellung gehalten hast. War alles in Ordnung?«

»Du hast mir nicht von der Frau des Bürgermeisters erzählt!« Fabbiola stemmte die Hände in die Hüften. »Sie ist heute Morgen vor ihrem eigenen Haus erschossen worden und du sprichst die ganze Zeit nur über Spitzenunterwäsche! Ich habe dir doch gesagt, dass Gefahr im Anflug ist! Gefahr von Kindern, Gefahr von –«

Carlina schloss für einen Augenblick die Augen. »Ja, Gefahr von Brokkoli, ich weiß. Aber ich habe keine Kinder in der Gegend gesehen, und wenn du behaupten solltest, dass Sabrina von einem Kind erschossen wurde, frage ich mich wirklich, wie du auf so eine abwegige Idee kommst.«

Ricciarda schnappte sich eine Preisliste und verdrückte sich in den Hintergrund, um sich mit dem Stand und der Ware vertraut zu machen.

Gott sei Dank. Sie ist ein echter Profi. Carlina wandte sich wieder an ihre Mutter. »Hör mal, *mamma*, ich glaube, es ist besser, wenn du keine Gerüchte dieser Art in Umlauf setzt.«

Ihre Mutter presste die Lippen zusammen und hob das Kinn. »Jeder war mal ein Kind. Denke daran.«

»Immer.« Carlina nahm sie am Arm und schubste sie sanft zur Seite des Standes. »Ich glaube, du hattest noch gar keine Zeit, dir die anderen Stände anzusehen. Warum machst du das nicht jetzt sofort? Ich bin sicher, du wirst tolle Sachen entdecken. Sabrina –«, sie brach ab und schluckte, dann zwang sie sich, weiterzusprechen, »Sabrina hatte wirklich eine Gabe, die richtigen Leute zusammenzubringen.«

»Hrmpf.« Fabbiola warf ihr einen verletzten Blick zu, schob das Kissen höher unter ihren Arm und stapfte davon.

Puh. Carlina drehte sich um. »Nun, was sagst du?« Sie schaute Ricciarda an, die auf einem der schwarzen Würfel saß und die Preisliste durchsah. »Wie findest du den Stand?«

Ricciarda schaute hoch und nickte. »Er ist super. Vor allem mag ich diese schwarzen Schaufensterpuppen, weil die Spitze darauf richtig klasse aussieht.«

»Danke.« Carlina ließ sich auf den anderen Würfel fallen und sah sich um. Sie war zufrieden mit dem Ergebnis ihrer Arbeit, und zum ersten Mal an diesem Tag hatte sie die Zeit, einmal durchzuatmen. Bis jetzt waren erst wenige Kunden erschienen. Beruhigende Klaviermusik erklang aus den Lautsprechern und mischte sich in das Sprachengewirr. Es roch nach Orangen von Rosannas Stand, die weihnachtliche Stillleben mit Früchten und Blumen gestaltet hatte. Sie sahen großartig aus.

Garini scheint gar nicht hier zu sein. Sie hatte sich nach ihm umgesehen, seitdem sie das Gebäude betreten hatten, aber anscheinend war er schon gegangen. *Ich frage mich, was er gerade macht.*

Lisa vom Stand gegenüber winkte ihr freundlich zu, und Carlina winkte zurück.

»Sollen wir noch eine Wette abschließen?«, fragte Ricciarda. »Ich wette um eine Tüte Ricciarelli Kekse, dass wir mindestens fünfzehn von den Negligés verkaufen werden.«

Carlina lief ein Schauder über den Rücken, als sie sich an die letzte Wette erinnerte, aber sie unterdrückte das spontane Ekelgefühl. »Sie sind sehr teuer«, sagte sie. »Zehn wäre schon viel.«

»Die Wette gilt.« Ricciarda lächelte. »Ich würde mich gern ein wenig umsehen, wenn ich darf.«

»Na klar. Bis jetzt werden wir ja nicht gerade zu Tode getrampelt.« Sie brach ab, erschrocken über ihre eigenen Worte. *Wie oft wir das Wort Tod verwenden und es gar nicht meinen.*

Kapitel 15

I

»*Commissario!*« Piedro eilte über die krummen Pflastersteine der Piazza Mentana.

Garini drehte sich um. Er hatte auf fünf Minuten Ruhe ganz für sich alleine gehofft, während er schnell etwas als Ersatz für das ausgefallene Mittagessen in sich hineinstopfte, aber Piedro sah aus, als ob er große Neuigkeiten hätte. »Ja?«

Piedro schnappte nach Luft. »Wir haben einen Anruf erhalten.«

»Ja?« Garini eilte weiter. Wenn Piedro sich an seinen üblichen Erzählstil hielt, konnte er sein Essen in Ruhe beenden, bevor der spannende Teil anfing.

»Es geht um diese Ake ... Ake ...«

Garini runzelte die Stirn. Das Stottern war neu.

»Die japanische Frau«, beendete Piedro verzweifelt seinen Satz. »Ich kann mich nicht an den Namen erinnern.«

»Ah.« Garini öffnete die Tür eines kleinen Imbisses und machte eine Handbewegung, damit Piedro vor ihm hineinging. Christo würde ihm bestimmt ein Käsesandwich anbieten, auch wenn es viel zu spät für das Mittagessen war.

»Sie sagten, sie habe am 19. Dezember ein Konzert in Tokio gehabt. Tausende von Leuten haben sie Geige spielen sehen.«

»Am 19. Dezember? Das war ein Tag, nachdem Trevor ermordet wurde.« Garini rechnete schnell im Kopf nach. Wie war der Zeitunterschied zu Japan? Falls Akemi Hateyama den ersten möglichen Flug nach dem Mord genommen hatte, hätte sie dann pünktlich zum Konzert in Japan erscheinen können, selbst unter Berechnung des Zeitunterschieds? Er würde es nachsehen müssen – es wäre sinnlos, diese Dinge Piedro zu überlassen. Damit wäre er nur Stunden beschäftigt. Er sah seinen Assistenten an. »Willst du etwas essen?«

»Oh, ja.«

Natürlich. Sie bestellten gegrillte Käsesandwiches und setzten sich in eine ruhige Ecke.

Piedro straffte die Schultern. »Der Bericht sagt, dass Ake ... Ake, wie auch immer, die letzte Probe am 18. Dezember hatte, und mehrere Leute haben bezeugt, dass sie da war. Ich habe auch bei unseren Behörden gefragt, ob sie in Italien eingereist ist, aber sie sagten, dass sie das letzte Mal im Mai in Italien war.«

»Gut.« Garini nickte. »Dann können wir sie von der Liste der Verdächtigen streichen.« Er fühlte sich ein wenig besser. Es war der erste Name, der wirklich ohne alle Zweifel gestrichen werden konnte. Ein winziger Schritt nach vorne. »Was ist mit Suzanne Morin? Haben die Behörden dir auch über sie Informationen geben können?«

Christo stellte die Sandwiches auf den Tisch.

»Ja.« Piedro biss so herzhaft in das Sandwich, das der geschmolzene Käse auf einer Seite herauslief. »Laut Fluggesellschaft ist sie am 20. Dezember angekommen.«

»Zwei Tage nach dem Mord.« Garini verschlang sein Sandwich. »Also können wir sie auch streichen.« Er wusste nicht, ob er sich deshalb gut oder schlecht fühlen sollte. Wenn er nur Leute von der Liste streichen konnte, die nicht zur Mantoni-Familie gehörten, war seine Beziehung zu Carlina dem Tode geweiht. Aber wenigstens war es ein Schritt in die richtige Richtung. Zwei Frauen weniger auf der Liste. »Was ist mit Ileana Marani, die, die jetzt in Rom lebt?«

Piedro hob beide Schultern und zog eine Grimasse. »Sie hat ein Alibi.«

»Aber?«

Piedro öffnete seine Augen weit. »Wieso wissen Sie, dass es ein Aber gibt?«

»Weil du so aussiehst, als ob du keine guten Nachrichten hättest.«

»Nun ...« Piedro wischte sich einen Tropfen Fett vom Kinn. »Das Alibi ist vom Erziehungsminister.«

Oh nein. Garini unterdrückte ein Seufzen.

Piedro machte ein unglückliches Gesicht. »Vielleicht war es auch der Wirtschaftsminister.«

»Das wäre eine ganz andere Person.« Garini bemühte sich, seine Stimme ruhig zu halten.

»Oder ... der Finanzminister.« Er schaute Garini betrübt an. »Ich kann mich nicht genau erinnern.«

»Aber du hast doch sicherlich mitgeschrieben, als ihr telefoniert habt?«

Piedro kratzte sich am Kopf. »Ich hab's versucht, aber er hat so schnell gesprochen, dass –«

»Wer ist er?«

»Der Kollege in Rom.«

»Werden sie einen schriftlichen Bericht senden?«

Piedro zuckte mit den Schultern. »Vielleicht.«

Garini hatte Mühe, nicht mit den Augen zu rollen. »Hast du darum gebeten?«

»Ja, habe ich.« Piedro ließ den Kopf hängen. »Aber die haben irgendwas vor sich hin gemurmelt und aufgehängt.«

»Na gut. Aber bis wir den Bericht bekommen, wissen wir immerhin, dass Ileana Marani ein Alibi von irgendeinem Minister hat, der zur entscheidenden Zeit bei ihr war. Soviel steht fest?«

»Ja.« Piedro nickte. »Aber ...«

Garini hielt sein Temperament mit eiserner Faust in der Hand. »Aber was?«

»Aber es ist ein Regierungs-Alibi.«

Stefano hob die Augenbrauen. Warum fühlte sich jede Unterhaltung mit Piedro immer wie ein Kreuzverhör an? »Na und?«

»Sie haben mir doch selbst gesagt, dass man nichts glauben kann, was die Regierung sagt.« Piedro schaute ihn ernsthaft an. »Sie sind eh alle bestochen, haben Sie gesagt.«

II

Auf der Weihnachtsmesse zogen die Stunden wie im Flug vorbei. Sie verkauften die neue Spitzenkollektion, als ob irgendjemand den Frauen von Florenz geraten hätte, sich dringend Sicherheitsvorräte an Unterwäsche zuzulegen. Es gab nur eine Ausnahme. Das Negligé schien unsichtbar zu sein, und die Kunden ignorierten es standhaft, selbst, wenn Carlina darauf hinwies.

»Ich werde es jetzt gleich selbst anziehen«, sagte sie zu Ricciarda, als neunzehn Uhr durch war und sie immer noch kein einziges verkauft hatten. »Nur, damit sie es überhaupt wahrnehmen.«

»Es ist wirklich seltsam.« Ricciarda runzelte die Stirn. »Ich war so sicher, dass wir es gut verkaufen würden.«

Von diesem Augenblick an änderte Carlina ihre Strategie. Immer wenn eine Kundin wieder achtlos über das Negligé hinweg sah, fragte sie sie gerade heraus, warum sie es nicht mochte ... und sie war begeistert von den Antworten. Ihre Kundinnen fanden es großartig, um Rat gefragt zu werden, und fühlten sich wie Designer. Sie kritisierten so ziemlich alles, vom Fall des Stoffs bis hin zu dem Spitzenmuster, aber nachdem sie mit mehr als zehn Leuten gesprochen hatte, war klar, was das Hauptproblem war – die Damen mochten den zipfeligen Saum unten nicht. Anscheinend war das zu unkonventionell. »Komisch.« Carlina schüttelte den Kopf. »Ich hätte nie gedacht, dass unsere Kunden so traditionell sind.«

»Ich auch nicht.« Ricciarda zuckte mit den Schultern. »Man lernt nie aus.«

Als die Weihnachtsmesse endlich zu Ende ging, brachen die Verkäufer in sich zusammen. Carlina hörte Sektkorken knallen und lächelte. Sie mussten alle noch abbauen und wieder alles verpacken, aber das war weniger anstrengend, als zu stehen und zu lächeln und zu verkaufen. Carlina schickte Annalisa nach Hause und packte zusammen mit Ricciarda die Ware ein.

Da sie den Raum am nächsten Morgen in perfektem Zustand zurückgeben mussten, hatte Carlina sich entschieden, ihren Cousin Sergio um Hilfe zu bitten. Er sollte zusammen mit Onkel Teo in seinem kleinen Transporter kommen und helfen. Die Wohnung ihres kürzlich verstorbenen Großvaters stand noch leer, also hatten sie sich darauf geeinigt, die Dekoration erst einmal dort zwischenzulagern. Es war trocken, sicher und kostenlos.

Alles lief wie am Schnürchen – sie hatten gerade die letzte Schaufensterpuppe eingewickelt, als Sergio erschien. Hinter ihm tauchte nicht nur Onkel Teo auf, sondern auch der Franzose, Leopold Morin.

Carlina hob in stummer Frage die Augenbrauen.

»Ich habe ihn gebeten, mitzukommen und zu helfen.« Onkel Teo machte eine lässige Handbewegung. »Jede helfende Hand ist willkommen, habe ich gesagt.«

»Aber immer.« Carlina unterdrückte ein Lächeln und nickte *signor* Morin zu. Anscheinend hatte Onkel Teo ihn adoptiert. Na, warum auch nicht. Sie mussten dieses Jahr zu Weihnachten beide mit traurigen Erinnerungen fertig werden, und wenn das half, war sie in jedem Fall dafür.

Eine halbe Stunde später war der Ausstellungsraum so leer wie vor zwei Tagen. Alle anderen Aussteller waren schon gegangen. Mit müden Gesichtern hatten sie sich gegenseitig *»buon natale, fröhliche Weihnachten«* gewünscht.

Carlina schloss die schwere Holztür des Ausstellungsraums mit einem erleichterten Seufzer. »Das war's.« Sie lächelte Ricciarda an. »Vielen Dank. Du warst eine große Hilfe.«

Ricciardas langer Pferdeschwanz fiel schlapp auf ihre hängenden Schultern. »Ich bin total erledigt.«

»Ich auch.« Carlina ging neben ihrer Assistentin die Treppe hinunter. Jeder Schritt klang übernatürlich laut und hallte durch das leere Gebäude. Mit einem Schock realisierte Carlina, dass es spät in der Nacht war und dass sie mutterseelenallein in dem Gebäude waren. Sie wurde nervös. Der Gedanke an Sabrinas Mord ließ sie erschaudern. Rasch warf sie einen Blick über ihre Schulter. »Irgendwie unheimlich hier, oder?«

»Ja.« Ricciarda eilte nach unten.

Sie stürzten durch die kleine Seitentür in die ruhige Straße hinaus. Die kalte Luft fühlte sich wie flüssiges Eis an, und im gelben Licht der Straßenlampen sah man, dass winzige Schneeflocken auf die Erde trudelten. Die grünen Metallpfosten entlang des Bürgersteigs hatten alle schon weiße Häubchen. Ausnahmsweise einmal war Florenz ruhig und leer.

»Oh, schau doch, Ricciarda!« Carlina zeigte auf die Pfosten. »Es schneit! Wie hübsch!«

Ricciarda wandte den Kopf. Sie waren noch unterhalb des Bogens, der direkt unter dem Ausstellungsraum lag. Im Schatten der massiven Wand verpasste Ricciardas Fuß die letzte Stufe, die zur Straße führte. Sie schrie auf und fiel auf die Knie. Ihre Handtasche knallte auf den Boden, platzte auf und der Inhalt verteilte sich in einem Radius von mehreren Metern um sie herum.

»Oh, nein, es tut mir leid!« Carlina eilte an ihre Seite. »Bist du verletzt?«

Ricciarda schüttelte den Kopf und stand auf. »Nein, alles in Ordnung.«

Carlina half ihr, ihr Eigentum zusammenzusammeln. Sie fing mit den Dingen an, die am weitesten auf die Straße geflogen waren, um sie vor dem Schnee zu schützen.

Ricciarda blieb unter dem Bogen und sammelte die Dinge rund um ihre Füße mit schnellen Bewegungen ein.

Carlina hob einen kleinen Bilderrahmen auf und wischte den Schnee weg. Als ihr Blick auf das Bild fiel, gefror ihr das Blut beinahe in den Adern. Ihr Atem entwich ihr in einem kleinen, lautlosen Stoß, eine weiße Wolke vor ihrem Gesicht. Die Frau, die sie aus dem Bild ansah, war die erste Frau aus Trevors Fotoalbum – Schneewittchen. Plötzlich wusste sie, warum ihr Schneewittchen so bekannt vorgekommen war. Ihr Herz zog sich zusammen.

»Sie war meine Mutter.« Die Stimme von Ricciarda war ausdruckslos.

Carlina schaute hoch und blickte direkt in die Mündung einer Pistole.

Kapitel 16

Piedro platzte in Garinis Büro. »Da ist eine Frau, die Sie dringend sehen will.«

Mit einer raschen Bewegung deckte Garini das Foto von Piedros Mutter zu. Wieder einmal hatte er auf die Bilder gestarrt. Irgendetwas an ihnen sorgte dafür, dass er sich unwohl fühlte – irgendwie war es, als ob er einige der Gesichter erkennen müsse, aber je länger er sie anstarrte, umso weniger kam er darauf. »Was um Gottes willen machst du denn noch hier?« Er schaute auf seine Uhr. »Es ist nach zehn.« Die lange Winternacht hatte schon vor Stunden das schwache Sonnenlicht abgelöst. Garini runzelte die Stirn. Normalerweise verließ Piedro die Polizeistation in dem Augenblick, in dem seine Schicht vorbei war.

Piedro verzog sein Gesicht. »Mein Vater bat mich darum, ihn heute nach Hause zu fahren, aber dann kam der Bürgermeister und sie sind immer noch bei ihm im Büro. Er meinte, es würde nur ein paar Minuten dauern und jetzt sind sie schon Stunden da drin.«

Der Bürgermeister. Sabrinas Mann. Garini fühlte, wie ihm Unbehagen den Rücken hinunterwanderte.

»Wollen Sie die Frau sehen?«, fragte Piedro.

»Wer ist sie?«

»Sie sagt, es sei dringend.«

Garini riss sich am Riemen, um seinen Mitarbeiter nicht anzufahren. »Das war nicht die Frage. Wie heißt sie?«

Piedro starrte auf den Boden. »Hab vergessen zu fragen.«

»Piedro.« Garini zwang sich, ruhig zu bleiben. »Ich bin mitten in einem komplizierten Fall und ich möchte nicht mit irgendeiner Frau sprechen, die mich dringend zu sehen wünscht, wenn du mir noch nicht mal ihren Namen sagen oder mir erklären kannst, um was es eigentlich geht.«

Piedro presste die Lippen aufeinander. »Aber ich weiß doch, worum es geht.«

»Ach ja?« Garinis Stimme klang trocken. »Das ist ja wunderbar. Wirst du dieses Wissen im Laufe der Nacht auch irgendwann mit mir teilen?«

Piedro schluckte. »Sie sagt, sie hat wichtige Informationen.«

»Ja?«

»Wichtige Informationen zu dem Fall.«

»Welchem Fall?« Man musste wirklich übermenschliche Geduld haben, wenn man mit Piedro sprach.

Piedro wrang die Hände. »Der ermordete Charmeur. Der Amerikaner.«

»Ah.« Garini hob den Kopf. »Jetzt kommen wir vorwärts. Das ist interessant. Hat sie dir noch mehr gesagt?«

Piedro nickte, schüttelte den Kopf, zuckte die Schultern.

»Wie bitte?«

»Sie hat irgendwie gesagt, dass sie wisse, wer den Amerikaner umgebracht hat.«

Garini sprang auf. »Was?«

»Ja, aber sie wollte nur mit dem zuständigen Beamten sprechen, mit niemandem sonst, deshalb bin ich zu Ihnen gekommen.«

Garini ging zur Tür. »Dann lass uns sofort zu ihr gehen und mit ihr sprechen. Ist sie durch den Sicherheitscheck durch?«

»Ja.«

Piedro hatte die Unbekannte in das Untersuchungszimmer im Erdgeschoss der Polizeistation gebracht. Etwas wehmütig erinnerte Garini sich daran, wie er hier in diesem Raum einmal mit Carlina gesprochen hatte. Wie lange das her schien. Er wartete, bis auch Piedro im Raum war, dann schloss er die Tür und schaute die junge Frau an, die neben dem wackeligen Tisch saß.

Ihre Hände hielten eine glänzende Handtasche fest auf dem Schoß, und sie schaute ihn mit einem Gesicht voller Angst an. Ihre dunkelbraunen Haare waren in der Mitte gescheitelt und ihre braunen Augen sahen durch die tiefen Schatten unter ihnen riesig aus. Sie hatte einen leichten Silberblick, genau wie Mona Lisa.

Garini erkannte sie sofort. Für einen Augenblick rührte er sich nicht. *Was um alles in der Welt hat Piedro sich bloß gedacht? Ich habe ihm doch alle Bilder mit Ausnahme des Fotos von seiner Mutter gezeigt.* Er ging zu dem Tisch und nickte ihr zu. »Ich bin *commissario* Garini und zuständig für die Untersuchung des Mordes von Trevor Accanto.« Er sah jedes Detail ihres Gesichts. Ihr Mund zitterte und die tiefen Linien um die Augen ließen sie älter erscheinen, aber sogar ihre offensichtliche Erschöpfung konnte ihre Schönheit nicht mildern. *Carlina ist überzeugt, dass diese Frau Trevor ermordet hat.* Er war sich nicht so sicher. »Sie sind wegen der Zeitungsanzeige gekommen?«

Die Frau lächelte ihm verzagt zu und nickte. »Ja.«

»Das war mutig von Ihnen. Danke.« Garini setzte sich neben sie.

Piedro verursachte so viel Krach wie nur möglich, indem er seinen Stuhl über den Boden schleifte und sich mit einem Knall hineinfallen ließ.

»Bitte teilen Sie uns mit, was Sie zu sagen haben«, sagte Garini.

Die Frau schaute ihn nervös an. »Ich will nur mit Ihnen sprechen, mit niemandem sonst.»

Garini schaute Piedro an und machte mit dem Kopf eine Bewegung hin zur Tür.

Piedro zog sich hoch und trampelte aus dem Zimmer.

»Der ist nicht so clever, oder?« Die Frau runzelte die Stirn.

»*Signora*«, sagte Garini und blickte sie direkt an. »Ich kann nicht schlecht über meine Kollegen sprechen.«

Die Frau neigte den Kopf. »Das ist verständlich.« Dann blickte sie Garini entschlossen an. »In der Zeitung stand, dass Sie mit mir sprechen möchten. Ich –« Sie schluckte. »Ich hatte Angst, zu kommen, aber ich …« Ihre Stimme verlief im Sande und sie fing an, ihre Finger in ein kompliziertes Muster zu flechten, ohne den Henkel ihrer Handtasche loszulassen.

»Ja?« Garini ließ sie nicht aus den Augen. Sie schien intelligent und stark zu sein, und er spürte, dass sie lange nachdachte, bevor sie sich zu irgendeiner Handlung entschloss.

»Ich werde Ihnen weder meinen Namen noch meine Adresse geben.«

»Ich verstehe.« *Dafür haben wir später noch Zeit genug.* Garini entschied sich, sie die Geschichte auf ihre eigene Art erzählen zu lassen. Ein Kreuzverhör würde sie nur verschrecken.

»Ich weiß, wer Trevor Accanto umgebracht hat.« Ihre Stimme war leise und entschieden, obwohl Müdigkeit tiefe Linien in ihr Gesicht gegraben hatte.

Sie hat keine Ahnung, wie überzeugend sie ist. »Bitte erzählen Sie mir mehr.«

Sie holte tief Luft. »Es ist eine lange Geschichte.«

Er nickte. »Wir haben Zeit.«

Sie schluckte. »Ich bin vor zwei Jahren mit Trevor zusammen gewesen, um die Weihnachtszeit herum. Danach hat er mich fallenlassen. Ich habe ihm das immer noch nicht verziehen. Aber ich … ich habe ihn nicht umgebracht.« Sie biss sich auf die Lippe. »Ich war in dem Laden, Temptation, an dem Tag, an dem er umgebracht wurde. Ich habe ein Paar dieser Strumpfhosen gekauft.«

»Ich weiß.«

Ihre Augen weiteten sich. »Das wissen Sie? Aber … warum haben Sie mich nicht festgenommen?«

»Ich wusste nicht, wo Sie sich aufhielten.«

Sie sprang auf. »Ich gehe jetzt besser.«

Er zuckte nicht mit der Wimper. »Bitte bleiben Sie sitzen. Ich glaube Ihnen, dass Sie ihn nicht umgebracht haben.«

Ihre Gesichtszüge entgleisten. Ohne den Blick von ihm zu wenden, ließ sie sich wieder in ihren Stuhl fallen. »Ich hätte nicht gedacht, dass es Männer wie Sie bei der Polizei gibt.«

»Männer wie mich?«

»Männer, die zuhören.«

»Danke, *signora.*« Er neigte den Kopf. »Vertrauen Sie mir Ihre Informationen an?«

Sie nickte. »Als ich mein Bild in der Zeitung sah, habe ich Angst bekommen. Ich kannte Trevor, ich hatte keinen Grund, ihn noch zu lieben, und ich hatte die verdammte Strumpfhose gekauft.« Ihr Gesicht zuckte. »Ich wusste, dass ich in einer wirklich schlechten Lage steckte. Zuerst wollte ich das Land verlassen, aber das hätte es nur noch schlimmer gemacht.«

»Ja?«

»Also habe ich mich zu Hause versteckt. Wenn ich ausging, habe ich einen großen Schal und eine Sonnenbrille angezogen, sodass die Leute mich nicht erkannten.« Sie holte zitternd Luft. »Natürlich kennen mich viele Leute, meine Nachbarn, die Kollegen. Glücklicherweise habe ich mich doch ein wenig verändert, seitdem das Bild gemacht worden ist, aber es war schrecklich. Jede Sekunde erwartete ich die Polizei an der Tür, die mich festnehmen würde. Ich konnte gar nichts beweisen. Ich konnte vor allem nicht beweisen, dass ich überhaupt nicht in der Nähe der Basilica war, als Trevor umgebracht wurde.«

»Wo waren Sie?« Sie hatte seine hundertprozentige Aufmerksamkeit.

»Ich bin einfach in der Stadt herumgelaufen, aber ich bin in keinen Laden gegangen. Es war wieder Weihnachtszeit, und ich sah die ganzen Lichter in der Stadt und erinnerte mich an meine Zeit mit Trevor.« Ein Muskel zuckte neben ihrem Mund. »Zuerst wollte ich früh im Garibaldi Hotel zu Mittag essen, in dem Restaurant auf der Dachterrasse, um mich an die guten Zeiten zu erinnern, die wir zusammen erlebt hatten.« Ihr Blick senkte sich auf ihre verkrampften Finger. »Ich habe auch gehofft, ihn zu sehen, aber dann hat es mich zu sehr belastet. Weinende Gäste sind ja nicht so beliebt, denke ich mir.« Ihre blassen Wangen waren eingefallen. »Wenn ich bloß hingegangen wäre. Dann hätte sich der Kellner bestimmt an mich erinnert, und ich hätte ein Alibi gehabt.«

Garini kochte vor Wut. Der charmante Amerikaner mit seiner ungewöhnlichen Anziehungskraft hatte so viele Leben zerstört, indem er nur einer einzigen Regel gefolgt war – wie er den maximalen Genuss für sich selbst erreichen konnte. »Bitte sprechen Sie weiter.«

Mona Lisa zögerte. »Ich hatte das Gefühl, wahnsinnig zu werden, während ich darauf wartete, dass ich verhaftet wurde, wie eine Maus, die eingesperrt ist, unfähig, irgendetwas zu tun.« Sie hob den Kopf und starrte ihn mit brennenden Augen an. »Und heute habe ich es nicht mehr ausgehalten. Ich fühlte, dass ich etwas tun *muss*.«

»Ja?«

»Also bin ich zu dem Unterwäscheladen zurückgegangen.«

Er hielt die Luft an. »Sie sind zu Temptation gegangen?«

»Ja.« Sie nickte. »Heute Morgen, um zehn Uhr.«

Heute Morgen. Er wusste, dass Carlina um zehn im Laden gewesen war, weil sie direkt vom Aufbau der Weihnachtsmesse dorthin hatte gehen wollen. War der Mord an Sabrina erst heute Morgen passiert? Der Tag war so lang gewesen. »Warum haben Sie das getan?«

»Ich hatte das Gefühl, dass ich den Weg noch einmal gehen musste, dass ich jemanden finden musste, der bestätigen konnte, dass ich weit weg von der Kirche war, als Trevor umgebracht wurde. Ich konnte mich nicht erinnern, wo ich genau entlanggegangen war, also dachte ich mir, dass ich mit dem Unterwäscheladen anfange.«

Sein Mund war trocken. Er blickte die Frau erwartungsvoll an.

»Ich stand vor dem Schaufenster von Temptation und schaute hinein, und da sah ich sie.«

»Wen haben Sie gesehen?«

»Die Mörderin.«

»Wie bitte?« Er beugte sich nach vorne. Es kostete ihn seine ganze Selbstbeherrschung, sie nicht zu schütteln.

Sie schaute ihn ängstlich an, aber sie sprach genauso ruhig weiter wie zuvor. »Ich sah sie durch das Fenster, direkt hinter dem Tresen. Sie sprach mit einem Kunden und als sie lächelte, war ich mir ganz sicher.«

Er zwang sich, ruhig zu bleiben. »Was wussten Sie ganz sicher?«

Mona Lisa runzelte die Stirn. »Dass sie seine Tochter ist, natürlich.«

Er glaubte, nicht richtig gehört zu haben. »Was meinen Sie?«

»Sie hat seinen Mund, und wenn sie den Kopf wendet, hat sie genau das gleiche Profil, die gleiche Kinnlinie wie Trevor. Ich habe es auf einen Blick erkannt.« Sie nickte in Gedanken. »Und während ich dastand, wusste ich auf einmal die Wahrheit. Sie ist seine Tochter, und sie hat ihn umgebracht.«

Sie ist verrückt. Hatte Trevor diese Auswirkung auf alle Frauen, die er verließ? »Ich weiß zufälligerweise ganz genau, dass Carlina Ashley nicht die Tochter von Trevor Accanto ist.« Er versuchte, mit ruhiger Autorität zu sprechen.

»Wer?« Jetzt war es an ihr, verwirrt auszusehen.

»Die Besitzerin von Temptation«, erklärte er. »Sie hat grüne Augen und braune Locken.« Hatten sie aneinander vorbeigeredet? Vielleicht war sie doch nicht verrückt. »Sprachen Sie denn nicht über sie?«

»Oh, nein.« Mona Lisa schüttelte den Kopf. »Die sah ich auch, sie stand im Hintergrund und sprach mit einem anderen Kunden. Sie ist diejenige, die mir an dem Tag von Trevors Tod die Strumpfhose verkaufte. Die meine ich aber nicht. Ich meine die Jüngere, mit langem, schwarzem Haar.«

Garini wurde eiskalt. Für einen wahnwitzigen Augenblick hörte er Fabbiolas Stimme: »Hütet euch vor Kindern. Sie bringen Gefahr.« Konnte das die Lösung sein? War Ricciarda Trevors Tochter? *Aber Ricciarda hatte ein Alibi. Sie war zur Zeit des Mordes in Temptation.* Er holte tief Luft. Eine Stimme in ihm machte sich über ihn lustig. *War sie das wirklich? Was, wenn sie den Laden unbeaufsichtigt gelassen hat?* Diesen Gedanken hatte er keine Minute lang berücksichtigt, in die Irre geführt von dem völligen Vertrauen, das Carlina in ihre Assistentin hatte. *Wie dumm von mir.* Die Bilder wirbelten durch seinen Kopf wie in einem Kaleidoskop. Ricciarda, zurückhaltend und gefasst während ihres ersten Gesprächs im

Café. Ihr ruhiges Gesicht, während sie die Bilder der Frauen aus dem Fotoalbum ansah – und ihre klare Aussage, als sie jegliches Wissen über die Frauen verneinte. Konnte das sein?

Seine ganze Wahrnehmung des Falls verschob sich und arrangierte sich zu einem neuen Muster in einem Tempo, dass ihn ganz schwindelig machte. Es gab eine direkte Verbindung – zu einem Vater, der nie für sie dagewesen war. Aber das war noch kein ausreichender Grund, ihn umzubringen. Er hatte keine Ähnlichkeit zwischen Trevor Accanto und Ricciarda erkannt, aber er hatte Trevor auch nur einmal nach seinem Tod gesehen und später auf Fotos. Häufig bestand die Ähnlichkeit im Tonfall der Stimme oder der Art sich zu bewegen, nicht nur alleine in physischen Gemeinsamkeiten. Er schüttelte den Kopf. Die ganze Idee war fantastisch, geschaffen von einer verzweifelten Frau, die mit dem Finger auf irgendjemanden zeigen wollte, um sich selbst aus der Klemme zu ziehen.

Garini verengte die Augen. »Warum denken Sie, dass sie ihren Vater umgebracht hat? Weshalb sind Sie sich dessen so sicher?«

Mona Lisa presste die Lippen aufeinander. »Ich glaube nicht, dass er ein guter Vater war, wenn er jedes Jahr zu Weihnachten mit einer anderen Frau durch die Stadt flanierte.«

»Das gilt auch für jede Menge andere Väter, und dennoch werden sie nicht alle ermordet.« Seine Stimme klang trocken.

Mona Lisa schüttelte den Kopf. »Hinterfragen Sie die Sache. Ich bin sicher, dass ich recht habe.« Sie setzte sich gerade hin und rutschte auf ihrem Stuhl nach vorne. »Ich habe Ihnen alles gesagt, was ich weiß. Jetzt muss ich gehen.«

»Einen Augenblick, bitte.« Er hob die Hand.

Ihre Augen weiteten sich vor Angst. »Sie haben gesagt, ich kann Ihnen vertrauen.«

»Ich verhafte Sie schon nicht.« Er blieb auf Distanz, sodass sie nicht zur Flucht getrieben wurde. »Warum kommen Sie gerade jetzt zu mir, mitten in der Nacht, um ...«, sagte er mit prüfendem Blick auf die Uhr,

»... 22:30 Uhr? Sie sagten, Sie waren heute Morgen bei Temptation. Warum sind Sie dann nicht sofort zu mir gekommen?«

Sie nahm die Schultern zurück. »Ich wollte nicht kommen. Ich dachte mir, dass Sie mir bestimmt nicht glauben würden. Aber als es dunkel wurde und ich wieder zu Hause war und nur darauf wartete, dass Sie endlich kommen und mich verhaften, bis ich glaubte, den Verstand zu verlieren, da wurde mir klar, dass es einen besseren Eindruck machen würde, wenn ich aus freiem Willen zu Ihnen käme.«

»Da hatten Sie recht.« Seine Augen durchforschten ihr Gesicht. Sprach sie die Wahrheit? Hier war eine Verdächtige, auf dem goldenen Tablett serviert, perfektes Motiv, die Mordwaffe frisch erstanden, und kein Alibi für die fragliche Zeit. Er war ein Idiot, wenn er sie gehen ließ. »Haben Sie die Strumpfhose noch?«

»Ja.« Sie öffnete die Handtasche und zog die Strumpfhose hervor. Das weiche Material schimmerte in dem harten Licht des Untersuchungszimmers.

Das beweist gar nichts. Sie kann später noch ein weiteres Paar gekauft haben. Garini nickte. »Danke. Darf ich sie für den Augenblick behalten?« Er wollte sie Carlina zeigen, um sicherzugehen, dass es das richtige Modell war. »Ich gebe Ihnen eine Empfangsbestätigung.«

Sie schaute ihn starr an. »Ich kann sie Ihnen geben, aber ich will keine Bestätigung. Ich sage Ihnen meinen Namen nicht.«

Er hielt ihrem Blick stand. »Ich verspreche Ihnen, jedes Detail zu prüfen, und ich schätze es sehr, dass Sie gekommen sind und mir gesagt haben, was Sie denken. Aber wie kann ich mit Ihnen in Kontakt treten, falls ich noch eine weitere Frage habe?«

»Gar nicht.« Sie stand auf. »Das war's. Ich gehe jetzt nach Hause und werde das erste Mal seit Tagen schlafen. Sie machen jetzt Ihren Job und verhaften die Tochter.«

Er ließ sie gehen. Cervi würde ihn einen Kopf kürzer machen, wenn er je davon erfahren sollte, aber das war egal. Er musste Ricciarda sehen. Sein Herz setzte einen Augenblick aus. Sie war mit Carlina auf der Weihnachtsmesse. Er schaute wieder auf die Uhr. Jetzt waren sie wahrscheinlich mitten beim Abbau. Angst machte sich in seinem Magen breit. Was war, wenn Mona Lisa recht hatte? Carlina war ganz alleine mit Ricciarda, die, falls sie die Mörderin war, keinerlei Skrupel haben würde, sich mit drastischen Mitteln zu verteidigen, wenn Carlina über die Wahrheit stolpern sollte.

Blödsinn, sagte eine beruhigende Stimme in ihm. *Sie arbeiten ganz friedlich zusammen, und du kannst Ricciarda immer noch morgen befragen. Selbst, wenn sie wirklich die Tochter des Amerikaners sein sollte, heißt das noch lange nicht, dass sie ihn auch gleich umgebracht hat.*

Garini ballte die Faust. Ohne eine bewusste Entscheidung getroffen zu haben, hatte er sich schon seine Jacke geschnappt und die Pistole eingesteckt, die er nur selten mitnahm. Sein Körper schien ganz von alleine zu handeln, während sein Kopf sich noch nicht entschieden hatte. *Sie wird dich auslachen.* Er schüttelte den Kopf und schnappte sich das Weihnachtsgeschenk, das er Carlina morgen in Temptation hatte überreichen wollen. *Ha. Glaubst du, du brauchst eine Entschuldigung, um schon wieder bei ihr aufzukreuzen?* Die Stimme in ihm klang höhnisch. Ohne sie zu beachten, fing er an zu rennen.

Kapitel 17

Carlina blickte starr auf die Pistole in Ricciardas Hand. Alles in ihr gefror.

»Es tut mir leid, dass ich dich umbringen muss.« Ricciardas Stimme klang ganz normal, als ob sie besprechen würden, welchen BH sie heute Abend ins Schaufenster hängen wollten. »Ich habe wirklich gern mit dir gearbeitet.«

»Ricciarda.« Carlina räusperte sich mühsam. »Ich ... ich glaube das einfach nicht. *Du* hast Trevor umgebracht? Aber warum? Und wie ...?«

Ricciardas Gesicht verwandelte sich in eine Maske voller Hass.

Carlina hatte Mühe, sie wiederzuerkennen. Dies konnte nur ein Alptraum sein.

»Er war mein Vater.« Ricciardas Hand schwankte, als sie die Worte ausspuckte. »Mein Vater. Der meine Mutter verließ, bevor ich ein Jahr alt war.«

»Dein Vater?« Carlina glaubte, nicht richtig zu hören. »Aber ...»

»Was?« Ricciarda fuhr sie an.

»Ich ... ich kann es einfach nicht glauben.« Der Ausdruck auf Ricciardas Gesicht machte ihr Angst. Sie sah wie ein anderer Mensch aus, wie jemand, den sie nie zuvor getroffen hatte.

»Leider ist es die Wahrheit.« Ricciardas Stimme klang bitter. »Obwohl er es eigentlich nicht verdient, als Vater bezeichnet zu werden. Er verließ uns, sobald er konnte.«

Carlina schaute die Straße hinab. Niemand. Es war, als ob sie ganz alleine auf der Welt wären und nicht mitten in Florenz. *Bring sie zum Spre-*

chen. »Das war doch nicht dein Fehler.« Sie versuchte, beruhigend zu klingen, obwohl ihre Stimme vor Angst ganz gequetscht klang.

»Nein, es war nicht mein Fehler.« Ricciarda stimmte ganz sachlich zu. »Aber es lag in meiner Verantwortung, ihn dafür büßen zu lassen.«

»Blödsinn.«

»Sag nicht Blödsinn zu mir!« Ricciardas Stimme wurde lauter. »Meine Mutter hat mich darum gebeten, ihn zur Rechenschaft zu ziehen. Sie trug es mir auf, als sie starb.«

Carlina schüttelte den Kopf. »Das ist doch verrückt.«

»Ich bin nicht verrückt!« Ricciardas Augen verengten sich. »Er hat es verdient.« Sie klang mittlerweile fast hysterisch.

»Aber ... aber du warst doch in Temptation, als Trevor umgebracht wurde. Der Kellner gab dir für die ganze Zeit ein Alibi!«

»Ich war nicht in Temptation.« Ricciarda sprach mit Verachtung. »Ich habe den Laden nie zuvor unbeaufsichtigt gelassen, aber ich hatte das dringende Bedürfnis, zu beten, mich zu reinigen, also –«

Carlina glaubte, nicht richtig gehört zu haben. »Dich zu reinigen?«

»Ja.« Ricciarda sprach durch zusammengebissene Zähne. »Ich traf meinen Vater«, wieder spuckte sie das Wort aus, als ob es eine Beleidigung sei, »das erste Mal in meinem Leben an diesem Morgen. Er versuchte, mit mir zu flirten.« Ihr Gesicht zuckte. »Mit *mir.*«

Blitzartig erinnerte Carlina sich an Trevor und Ricciarda, die gemeinsam in Temptation gelacht hatten, bevor Ricciarda gewusst hatte, wer er war. Carlina hatte noch gedacht, dass sie wie Werbung für ein Familienshampoo aussahen. Kein Wunder. Sie hatten die gleichen blauen Augen, das gleiche schwarze Haar, sogar die gleich Art, über die Schulter zu schauen. *Wie konnte ich nur so blind sein?*

»Er flirtete mit mir, mit seiner eigenen Tochter. Es hat mich geschockt.« Für einen Augenblick brach Ricciarda den Blickkontakt ab und schaute zur Seite, als ob sie Hilfe suchte.

Carlina hielt die Luft an. Konnte sie es wagen, Ricciarda anzuspringen? Nein, sie war zu weit entfernt. Besser, sie weiter reden zu lassen. »Er wusste nicht, dass du seine Tochter bist.«

»Natürlich nicht!« Ricciardas Gesicht war von Hass verzerrt. »Er hat noch nicht mal seine eigene Tochter erkannt, stattdessen plante er, mich in seinen Harem aufzunehmen. Wie krank ist das?«

Carlina biss sich auf die Lippe. Sie erkannte ihre ruhige Assistentin nicht mehr wieder – die Frau vor ihr wurde von Gefühlen verzehrt. Hilflos warf sie einen Blick auf die leere Straße. Der Schnee dämpfte alle Geräusche. Vielleicht würde ja jemand kommen, bevor Ricciarda sich dazu bringen konnte, den Schuss abzugeben. Aber würde das die Situation ändern? Was würde geschehen, wenn ein unschuldiger Bürger die Straße entlangkäme und Ricciarda mit ihrer Pistole tief im Schatten des Torbogens sah? Es würde überhaupt nichts bringen – Ricciarda war sicher in dem Torbogen, mit ausreichend Zeit, um jeden niederzuschießen, der von der Straße kam. *Verdammt.*

Ricciarda konzentrierte sich wieder auf Carlina. »Er war der Satan.«

»Was?« Es klang wie ein Krächzen. Eisige Schauer liefen wie große Spinnen über Carlinas Rücken.

»Er schien wie der Engel des Lichts, ach, so charmant, so leuchtend, aber darunter war er durch und durch schlecht.«

»Und darum hast du ihn umgebracht?« Carlina schüttelte ungläubig den Kopf. Sie hatte es nicht kommen sehen, hatte nie kochende Gefühle unter Ricciardas kühler Oberfläche vermutet. Sie hatte nie die echte Ricciarda kennengelernt.

»Ich habe nicht geplant, ihn umzubringen.« Ricciardas Gesicht zuckte. »Aber als er in die Kirche kam, in meine Kirche, in mein Heiligtum, um zu beten, wo ich hingegangen war, um mich zu beruhigen, nur fünf Minuten, nicht mehr«, die Worte schossen nur so aus ihr heraus, und ihre Brust hob und senkte sich rasch, »und auf einmal war er da, direkt vor mir, auf den Knien!« Ihre Stimme hob sich. »Er betete! Satan betete in meiner Kirche! Er verunreinigte sie.« Sie schaute auf ihre Hände. »Ich musste es tun. Es war nicht richtig.« Sie hob den Kopf. »Du solltest mir zustimmen. Er war dabei, deine Cousine zu zerstören.«

Carlina schnappte nach Luft. »Du kannst Leute nicht einfach umbringen, auch wenn sie andere zerstören!«

Ricciarda blieb unbewegt. »Auge um Auge. So sagt es die Bibel.«

Sie ist völlig verrückt. Carlina hatte Mühe, Luft zu bekommen.

»Ich hatte ein Ersatzpaar in der Tasche, sodass niemandem etwas auffiel.«

Carlina war nicht an den Strumpfhosen interessiert. »Was war mit Sabrina?«

»Sabrina hat ihn meiner Mutter gestohlen. Als ich deinen Anruf erhielt –«

»Meinen Anruf?« Carlina runzelte die Stirn. »Was für einen Anruf?«

»Du hast mich letzte Nacht angerufen, während des Empfangs in ihrem Haus.«

Carlinas Knie gaben nach, als sie sich daran erinnerte, wie sie auf dem Telefon in ihrer Tasche herumgedrückt hatte, in der Hoffnung, Garini zu erreichen. »Du meinst, ich habe dich angerufen, als –?«

»Du hast erst gar nichts gesagt und ich war gerade dabei, wieder aufzulegen, als ich deine Stimme hörte und dann die von Sabrina. Die Dinge, die sie sagte …«, wieder machte sie eine wackelige Bewegung mit der Pistole, »… ließen mich rot sehen. Sie hat ihn meiner Mutter und mir gestohlen, und dann besaß sie noch die Frechheit, zu behaupten, er hätte es aus freien Stücken getan.« Sie nickte entschieden. »Sie hatte es verdient, erschossen zu werden.«

Vor Carlinas Augen drehte sich alles. »Ricciarda, bitte hör mir zu. Ich denke, es ist an der Zeit, dass wir beide zu Garini gehen und dies mit ihm besprechen.«

Ricciardas hartes Lachen unterbrach sie. »Auf gar keinen Fall. Er wird mich einsperren.«

»Er wird es sowieso herausfinden.« Carlina hoffe, dass ihre Stimme zuversichtlicher klang, als sie sich fühlte. »Und es wäre viel besser, wenn du mit ihm sprichst, bevor das geschieht.«

»Auf gar keinen Fall.« Ricciarda schüttelte den Kopf. »Jetzt hör auf zu reden und –«

Bevor sie den Satz beenden konnte, flog eine weiße Decke von oben über ihren Kopf, dicht gefolgt von etwas Schwerem, Dunklem. Ricciarda fiel mit einem erstickten Schrei auf die Knie.

Carlina warf sich zur Seite.

Der Schuss löste sich mit einem leichten Knall. Ein Schalldämpfer. Carlina kroch auf den Knien durch die dünne Schneeschicht, bis sie ein wenig Schutz hinter den grünen Metallpfosten fand. Sie konnte sehen, dass sich etwas bewegte, ein Schatten, der herumwuselte, aber sie verstand nicht, was genau geschah. Blieb ihr genug Zeit, wegzulaufen, bevor Ricciarda erneut schießen konnte?

»Ist alles in Ordnung, Carlina?«

Garini! Carlinas Herz machte einen Freudenhüpfer. Sie schaute um den Pfosten herum.

»Komm her und hilf mir.« Seine Stimme klang anders, nicht so kühl und ironisch wie sonst. »Es besteht keine Gefahr mehr.«

Sie ging vorsichtig, zusammengekrümmt, auf ihn zu, mit einem wachsamen Auge auf den unbeweglichen Haufen, der neben Garini lag.

Er saß auf dem Boden, als ob er ein Picknick machen würde, unter ihm die weiße Decke. »Ich habe ihr Handschellen angelegt«, sagte er. »An Händen und Füßen. Sie hat das Bewusstsein verloren. Anscheinend bin ich genau auf ihr gelandet.« Er machte mit dem Kinn eine Bewegung zur Seite. »Würdest du die Pistole aufheben und mir geben? Bitte fasse sie ganz vorsichtig nur mit den Fingerspitzen an, ja?«

Carlina blinzelte. Ihr Blick folgte der Richtung, die er gezeigt hatte und landete auf der Pistole, die wie ein Spielzeug im dunkelsten Schatten des Torbogens lag. Ohne ein Wort nahm sie sie und reichte sie ihm.

Er verstaute sie vorsichtig in seiner Tasche und wandte sich ihr zu. »Schau mich an.« Er hob die Augenbrauen, dann klopfte er auf die Decke neben sich. »Setz dich.«

Carlina bewegte sich nicht. »Was um alles in der Welt …?«

»Es ist dein Weihnachtsgeschenk. Der Quilt, den du auf Lisas Stand so bewundert hast.« Er lächelte sie etwas schief an. »Ich hoffe, er ist nicht ruiniert, aber ich hatte nichts anderes, um den Aufprall zu mildern.«

Sein Lächeln erwärmte etwas in ihr. »Stefano.«

»Ich fände es wirklich gut, wenn du dich hinsetzen könntest.« Er klang amüsiert. »Auf diese Distanz kann ich nicht erkennen, welchen Grünton dein Gesicht gerade hat, und ich habe das dringende Bedürfnis, es zu sehen.«

Sie hielt ihm ihre Hand hin. »Warum stehst du nicht auf?«

»Ein kleines Problem mit meinem Fuß«, sagte er. »Ich würde lieber sitzen bleiben.«

Carlina ließ sich auf die Decke neben ihm nieder. Es war gut, ihre zittrigen Knie zu entlasten, aber es fühlte sich alles völlig unwirklich an. Der Schnee fiel weiter in kleinen Wirbeln, unschuldig, weiß, als ob die Welt ein reiner Ort wäre.

Sie saßen unbeweglich im Schatten des Torbogens. Langsam hörte die Welt auf zu zittern. Als sie ihren Blick zu seinem Gesicht hob, verschlug ihr die Zärtlichkeit in seinem Ausdruck den Atem. Um ihre Gefühle zu verstecken, schaute sie auf die Falltür über ihnen, die weit offen stand. »Eine echte Deus-ex-Machina-Aktion, Garini. Du fielst ja wie gerufen vom Himmel.« Sie bemühte sich, ihre Stimme leicht und ironisch klingen zu lassen. »Ziemlich beeindruckend.«

Er lächelte. »Ich hatte gehofft, dass es dich beeindrucken würde.«

»Das ist dir gelungen.« Sie schaffte ein wackeliges Lächeln. »Wie hast du es geschafft, mit so einem perfekten Timing hier anzukommen?«

»Das ist eine lange Geschichte. Ich erzähle es dir später.« Er presste die Lippen zusammen. »Fast wäre ich zu spät gekommen. Als ich durch den Hintereingang ins Gebäude kam – zum Glück hatte jemand vergessen, ihn abzuschließen –, war der Ausstellungsraum schon verlassen. Ich dachte, dass ich euch verpasst hätte, aber dann hörte ich eure Stimmen unten. In dem Augenblick, in dem ich die Seitentür öffnete, sah ich Ricciarda mit der Pistole. Gott sei Dank war sie so auf dich fokussiert, dass sie mich nicht bemerkte. Ich hatte keine Ahnung, wie ich nahe genug an sie herankommen konnte, ohne dich in Gefahr zu bringen.

Carlina schauderte. »Du hättest sie nur mit einer Waffe stoppen können.«

»Ich hatte eine Waffe.« Seine Stimme war ruhig. »Aber wenn ich auf so kurze Distanz geschossen hätte, wäre die Kugel von der Wand abgeprallt, völlig unkontrollierbar. Dann fiel mir die Falltür ein und darum bin ich nach oben gerannt. Es hat ewig gedauert, sie zu öffnen.« Er legte ihr den Arm um die Schultern und zog sie an sich heran. »Fast wäre ich zu spät gewesen.«

Carlina lehnte sich gegen seine Schulter. Aus irgendeinem Grund fühlte sie sich, als ob sie gleich in Tränen ausbrechen würde.

Er legte ihr den Finger unter das Kinn und hob ihr Gesicht, bis sie ihn ansehen musste. »Es ist vorbei, Carlina.«

Sie fing an zu zittern.

Seine Lippen berührten ihre. Sie waren kalt, und dennoch flackerte eine plötzliche Flamme in ihr auf.

Ein Auto raste mit quietschenden Reifen um die Ecke und kam schlitternd vor ihnen zum Stehen. Während es sich noch bewegte, öffneten sich die Türen und mehrere Leute sprangen heraus und landeten direkt vor ihnen.

»Carlina!« Fabbiola kam wie eine goldene Welle auf sie zu. Ihr Jackett glitzerte unter dem gelben Straßenlicht. »Ist alles in Ordnung?«

Carlina blinzelte. »Hallo, *mamma*. Wo kommst du denn auf einmal her?«

Onkel Teo kam vorsichtig durch den Schnee getrippelt, gefolgt von Leopold Morin, der auf seinen Lacklederschuhen wie ein unbeholfener Eisläufer vorwärts rutschte. »Wir haben uns Sorgen um dich gemacht.« Onkel Teo zwinkerte Garini zu. »Aber anscheinend war das gar nicht nötig.«

»Warum kuschelst du dich so an den *commissario*?« Fabbiolas Ton machte klar, dass sie das nicht gut fand. »Konntet ihr keinen romantischeren Platz als einen zugigen Torbogen finden?«

»Wir hatten nicht viel Auswahl.« Garinis Stimme schüttelte sich vor unterdrücktem Lachen. Er zog Carlina enger an sich.

Ein Lächeln breitete sich auf ihrem Gesicht aus. Es fühlte sich seltsam an, als ob sie verlernt hätte, wie man richtig lächelt und es erst wieder ganz neu üben müsste, aber es war ein Anfang.

»Was ist das?« Der Franzose zeigte mit zitterndem Finger auf Ricciarda, die immer noch unbeweglich auf dem Boden lag. Sein schmales Gesicht zuckte.

»Das ist Ricciarda Fazzolari.«

»Was?« Fabbiola machte einen entsetzten Schritt nach hinten. »Ist sie tot?«

»Nein«, sagte Garini. »Sie ist ohnmächtig. Sie ist die Mörderin von Trevor Accanto.« Seine Stimme klang nüchtern.

»Und von Sabrina. Sie hat sie erschossen.« Carlinas Stimme schwankte. »Sie hat es mir selbst gesagt.«

Ausnahmsweise einmal war ihre Mutter sprachlos.

Mit seiner freien Hand holte Garini sein Mobiltelefon hervor und drückte ein paar Tasten.

»Wen rufen Sie da an?« Fabbiola klang vorwurfsvoll.

»Verstärkung. Ich muss den Fall zu Ende bringen. Und Ricciarda und mein Bein müssen beide von einem Arzt untersucht werden, bevor wir hier für immer festfrieren.«

Fabbiola verengte die Augen. »Wie kommt es eigentlich, dass sie bewusstlos ist? Was haben Sie mit ihr gemacht?«

»Ach, das war gar nichts.« Carlina antwortete anstelle von Garini, der angefangen hatte in sein Telefon zu sprechen. »Er ist nur ein paar Meter aus dieser Falltür da oben runtergesprungen«, sie zeigte nach oben, »weil Ricciarda mich ansonsten zu der Liste der Opfer hinzugefügt hätte.«

Fabbiola sah völlig geschockt aus. »Das habe ich nicht in den Karten gesehen.« Sie schüttelte entmutigt den Kopf. »Wie ist das möglich?«

Kapitel 18

Fabbiola stopfte den Slip und den passenden BH in die kleine Faltschachtel, die Carlina extra für das diesjährige Weihnachtsgeschäft gekauft hatte. Wenn man an einer Ecke zog, stellte sie sich ganz von alleine auf, und so war es der schnellste Weg, eine charmante Geschenkverpackung zu schaffen.

Carlina beobachtete ihre Mutter aus den Augenwinkeln, dankbar, dass sie die Schachteln trotz der höheren Kosten gekauft hatte. Wenn ihre Mutter sich nicht bereit erklärt hätte, das Verpacken der Geschenke zu übernehmen, hätten sie den Tag heute nicht überstanden, mit einer Mitarbeiterin weniger als geplant. Wie gut, dass ihre Mutter jetzt nicht mit rutschigem Geschenkpapier und Tesafilm herumhantieren musste. Dabei zuzusehen hätte Carlinas angespannte Nerven zum Zerreißen gebracht.

Carlina schaute auf die Uhr. Noch zehn Minuten, dann konnte sie endlich die Türen von Temptation schließen. Der große Weihnachtsumsatz hatte ihr geholfen durchzuhalten, aber dieses Jahr fühlte sie sich noch müder als je zuvor. Na ja, kein Wunder. Sie konnte immer noch nicht glauben, dass Ricciarda die Mörderin war, Ricciarda, die wochenlang neben ihr gearbeitet hatte.

Garini hatte ihr heute Morgen eine SMS geschickt und mitgeteilt, dass er sich den Knöchel verstaucht hatte. Er hatte auch geschrieben, dass Ricciarda körperlich in Ordnung war und dass er sich später noch mal melden würde. Der letzte Teil hatte ihr geholfen, den Tag zu überstehen.

Der Laden war überfüllt, und sowohl Marianna als auch Annalisa waren in Verkaufsgesprächen. Carlina fühlte sich, als ob sie nie wieder mit einem Kunden reden könnte, aber sie zwang sich, einen älteren Herrn anzusprechen, der vor einem Display stand, die Hände hinter dem Rücken, losgelöst und kühl, als ob er ein Gemälde in den Uffizien bewundern würde. »Kann ich Ihnen mit irgendeinem Rat zur Seite stehen?« Sie lächelte ihn von der Seite an.

Er drehte sich um und schaute sie an.

Ihre Augen weiteten sich. Sie kannte diese hellen Augen, diesen durchdringenden Ausdruck. Garinis Vater!

»Sie müssen *signor* Garini sein.« Sie hielt ihm die Hand hin. »Ich bin Carlina Ashley. Ich kenne Ihren Sohn.« Niemals wieder würde sie eine Familienähnlichkeit übersehen. Niemals!

Er nahm ihre Hand und schüttelte sie. »Ich freue mich, Sie kennenzulernen.«

»Wie ... wie geht es Stefano?« Ihre Augen durchforschten sein Gesicht. Es war dünn und von tiefen Falten durchzogen, aber sie meinte, einen freundlichen Schimmer in diesen seltsam vertrauten Augen zu sehen.

»Gut. Er ist zu Hause und erholt sich. Er hat mich hergeschickt, damit ich nach Ihnen sehe.«

Carlina lächelte. »Damit Sie nach mir sehen?«

»Er hat mir heute Morgen die ganze Geschichte erzählt.« Seine Stimme war weicher als die seines Sohns. »Sie haben eine schlimme Erfahrung gemacht.«

»Ja.« Seine freundliche Art ließ ihre Augen feucht werden, aber sie war auch so müde, dass selbst kleine Dinge sie aus dem Gleichgewicht brachten, Dinge, die sie sonst mit einem Lachen weggesteckt hätte.

»Sind Sie der Vater des *commissarios*?« Fabbiola erschien hinter ihnen, umgeben von einem goldenen Schimmer. Sie trug immer noch das Jackett.

Carlina zuckte zusammen. Sie hatte einen guten Eindruck machen wollen. Wenigstens hatte ihre Mutter das Kissen mit den Sternen hinter dem Tresen gelassen. Wahrscheinlich fühlte sie sich in Temptation sicher.« Was für eine Farce.

»Ja, ich bin sein Vater.« *Signor* Garini sprach gerade heraus und mit Stolz.

Ein warmes Gefühl erfüllte Carlina. *Er hat jeden Grund, stolz zu sein.*

Fabbiola schnappte sich *signor* Garinis Hand und schwang sie mit Enthusiasmus auf und ab. »Ich beglückwünsche Sie!« Sie schüttelte die Hand weiter, als ob das Teil eines exotischen Fitnessprogramms wäre. »Vom Grund meines Herzens. Ich habe ja oft gesagt, dass Ihr Sohn ein etwas seltsamer Typ ist …«

Carlina schloss die Augen.

»Ja, ein seltsamer Typ und ziemlich ruhig und manchmal auch beunruhigend, aber ich vergebe ihm alles.« Jetzt fügte sie ihre zweite Hand ihrer ersten hinzu und schloss beide um *signor* Garinis Hand. »Alles, sage ich, denn er hat meine Tochter vor einer Verrückten gerettet.«

»Mamma.« Carlina lächelte ihrer Mutter gezwungen zu. »Ich glaube, da vorne wartet eine Kundin darauf, dass ihre Ware eingepackt wird.«

Fabbiola schaute über die Schulter und winkte der eleganten Frau zu, die mit nervös tippendem Fuß vor dem Tresen stand. »Ich komme, *signora*!« Ihre Stimme war laut genug, um im ganzen *centro storico*, dem historischen Zentrum von Florenz, gehört zu werden. »Aber zuerst muss ich diesem Mann zu seinem Sohn gratulieren. Er rettete meine Tochter vor dem sicheren Tod, indem er durch ein Loch im Boden sprang.«

Die Frau schaute zur Tür, als ob sie sich überlegte, wie schnell sie die Flucht vollbringen könnte.

Carlina ging zum Tresen und fing leise ein Gespräch an, während sie die Ware schnell in die Geschenkverpackung steckte. Gleichzeitig spitzte sie die Ohren, um der Unterhaltung zwischen *signor* Garini und ihrer Mutter zu folgen, aber sie verstand kein Wort. Ihre Mutter schien die ganze Zeit zu reden. *Oh, Madonna. Was wird sie bloß als nächstes tun?*

Die Leute sagen, wenn man eine Frau beurteilen will, muss man sich die Mutter ansehen. *Um Himmels willen.*

Signor Garini jedoch schien die Lawine an mütterlicher Dankbarkeit mit einem stoischen Lächeln durchzustehen und verließ kurz danach den Laden mit einem freundlichen Nicken in Richtung Carlina.

Sie wandte sich an ihre Mutter. »*Mamma!*« Sie sprach so leise, dass sie nicht überhört werden konnten. »Hättest du nicht ein bisschen weniger ...?«

»Bisschen weniger was?« Ihre Mutter sah überrascht aus.

»Weniger ... überschwänglich sein können?«

»Meine Liebe.« Fabbiola nahm ihr Kissen hoch und zeichnete den Rand eines Sternes mit der Fingerspitze nach. »Ich sehe überhaupt keinen Grund, weniger überschwänglich zu sein, falls du es so bezeichnen willst, wenn es darum geht, jemanden zu loben, der es absolut verdient hat.«

»Er war es ja nicht, der mein Leben gerettet hat«, sagte Carlina, »sondern sein Sohn.«

»Das habe ich nicht vergessen.« Fabbiola lächelte ihr zufrieden zu. »Und du musst dir keine Sorgen machen. Ich werde Stefano Garini morgen deutlich genug meinen Dank ausdrücken.«

Carlina unterdrückte ein Schaudern. »Du wirst ihn morgen nicht sehen.« *Gott sei Dank.* »Morgen ist Weihnachten.« Vielleicht würde ihre Dankbarkeit normalere Ausmaße angenommen haben, wenn die Weihnachtsfeiertage erst vorbei waren. Was für ein Alptraum, sich vorzustellen, dass Garini mit ihnen Weihnachten feiern würde, dass er die Familie ungefiltert in voller Stärke erleben würde: Eine überaus dankbare Fabbiola, die die Zukunft für sie alle ohne Zugeständnisse vorhersagen würde, Benedetta im Kochrausch, Onkel Teo, der Geldfrösche rechts und links verteilen würde, vermutlich dieses Jahr von dem verstörten Franzosen unterstützt, wenn sie die Sache richtig einschätzte. Dann war da noch Annalisa, die ihrem verstorbenen Geliebten hinterhertrauerte, ihr Bruder Enzo, der sie gnadenlos damit aufziehen würde, Emma, völlig selbstgerecht, als ob sie noch nie im Leben einen Fehler gemacht hätte, und schließlich sie selbst, total erledigt von allem ... oh nein. Es war viel besser, wenn Garini auf Distanz blieb, bis ihre Freundschaft stark genug war, um die geballte Macht ihrer Familie auszuhalten.

»Da irrst du dich.« Fabbiola tätschelte das Kissen wie einen braven Hund. »Wir werden beide Garinis morgen sehen, denn *signor* Garini hat gerade eben die Einladung zu unserem Weihnachtsessen akzeptiert. Und ich werde heute Abend zwei extra große Sterne für sie häkeln.«

Epilog

Emma lehnte sich über den festlich gedeckten Tisch. Ihre Augen glitzerten im Kerzenlicht. »Er hat dir einen Quilt für dein Bett geschenkt. Du weißt, was das heißt, nicht wahr?«

Carlina presste die Lippen zusammen. »Halt den Mund, Emma.« Gott sei Dank waren alle in Gespräche vertieft und ausnahmsweise einmal hatte Emma leise genug gesprochen, sodass keiner mitgehört hatte. Sie schaute sich am Tisch um. Die Mantoni Familie hatte gerade den *secondo piatto,* den Hauptgang, verspeist und Carlina fühlte sich, als ob sie platzen würde, wenn sie noch einen einzigen Happen aß.

Es war warm in dem überfüllten Raum, die Luft schwer mit dem Aroma des opulenten Weihnachtsessens. Gott sei Dank hatte ihre Schwester Gabriella sich entschieden, diesen Weihnachtstag mit der Familie ihres Mannes zu feiern und ihr Bruder Enzo war auf Weltreise, sonst wäre Benedettas Küche zu klein geworden.

Zu Carlinas Linken waren ihre Mutter und Benedetta darin vertieft, Leopold Morin zu erklären, wie man einen Rostbraten mit Thymian und Rosmarin auf unvergleichlich italienische Art zubereitete. Wenn man von dem rosigen Hauch auf seinen schmalen Wangen ausging, schien er sich dabei wohl zu fühlen.

Onkel Teo hatte seinen Teller zur Seite geschoben und zeigte beiden Garinis, wie man Geld in Frösche faltete. Von ihren bewegungslosen Gesichtern war schlecht abzulesen, ob sie es wirklich faszinierend fanden oder nur so taten.

Am unteren Ende des Tisches saßen Annalisa und Ernesto, die rothaarigen Köpfe eng beieinander. Ausnahmsweise einmal zankten sie sich nicht. Ernesto probierte sein brandneues Telefon aus, während Annalisa über seine Schulter sah und seine Fortschritte kommentierte.

Gut. Carlina holte erleichtert Luft. Im Moment dachte keiner an die Verluste des letzten Jahres, an die Menschen, die heute nicht mit am Tisch saßen, die Geliebten, die verloren waren. Weihnachten war so eine emotionale Belastung, und sie hatte solche Angst gehabt, dass es dieses Jahr furchtbar werden würde. Stattdessen schien sich jeder darauf zu konzentrieren, das Beste daraus zu machen. Vielleicht hatte ihre Mutter ja etwas Gutes getan, indem sie Leopold Morin und die Garinis eingeladen hatte. Wenn nur Familie da war, vergaß man viel schneller die Grundregeln der Zivilisation.

Emma berührte ihren Arm. »Hey, Erde an Carlina. Was denkst du?«

Carlina schaute ihre Cousine an. »Ich habe gerade gedacht, dass Familien mehr Selbstbeherrschung haben, wenn vergleichsweise Fremde an Weihnachten da sind. Wusstest du, dass Januar Hochsaison für Scheidungsanwälte ist? Der Unterschied zwischen den Weihnachtserwartungen und der Realität ist so groß, dass viele Paare unter dem Druck zusammenbrechen.«

Emma öffnete ihre Augen weit. »Von welchen Fremden sprichst du?«

Carlina blinzelte. »Ich würde sagen, dass das ziemlich offensichtlich ist, oder?«

Ihre Cousine lachte. »Onkel Teo sagte mir heute Morgen, dass Leopold ein Sabbatical an seiner Uni beantragen wird. Er wird in Opas alte Wohnung im Erdgeschoss ziehen, sodass du ihn ab jetzt schon zur Familie zählen kannst.« Sie kicherte. »Ist es nicht perfekt? Leo und Teo, klingt wie ein Kinderbuch, mit fröhlichen Mäusen und so.«

»Das sind ja gute Nachrichten! Ich freue mich!« Carlina lächelte. Der Franzose schien sich so gut mit allen zu verstehen, und er würde Onkel Teo Gesellschaft leisten können. Außerdem wäre die Wohnung unten dann nicht mehr so schmerzhaft leer. »Aber warum hat mir das keiner gesagt?«

»Weil du um elf Uhr, als Teo und Leo die Neuigkeit verkündet haben, noch geschlafen hast und weil Fabbiola uns gezwungen hat, auf Zehenspitzen herumzulaufen. Sie sagte, du seist um Haaresbreite dem Tode entronnen.« Ihre Stimme wurde lauter, als sie die Worte dramatisch wiederholte.

»Bin ich auch.« Carlinas Antwort war trocken. Sie wollte nicht an Ricciarda denken.

»Na ja, und mit den Garinis ist das ja genau das Gleiche.« Emma machte eine vage Handbewegung. »Sie sind fast schon Familie. Was mich zu meinem Ursprungsthema zurückbringt.« Sie zwinkerte Carlina übertrieben zu. »Was hast du Garini zu Weihnachten geschenkt? Es ist doch kein Geheimnis, oder?«

»Du solltest mir besser erzählen, was du von Lucio bekommen hast.« Carlina kannte die Antwort, denn Lucio schenkte Emma jedes Jahr einen Ring. Carlina hatte schon vorhergesagt, dass Emma sich noch ein paar Finger zusätzlich wachsen lassen musste, um Platz für alle zu schaffen, wenn die Jahre ins Land gingen.

Aber Emma ließ sich nicht ablenken. »Du weißt genau, dass ich wie jedes Jahr einen Ring bekommen habe, also hör mit den Ablenkungsversuchen auf.« Sie lächelte stolz den neuen Ring an ihrem Daumen an. »Ich merke schon, dass du's mir nicht sagen willst. Also doch ein Geheimnis?«

Carlina wollte ihr Geschenk nicht mit Emma besprechen, die es auch in tausend Jahren nicht verstehen würde, also zuckte sie mit den Schultern und wandte ihrer Cousine den Rücken zu. »Lass das Thema einfach fallen, Emma.«

Quer durch den Raum traf ihr Blick auf Stefanos. Sie hatte es geschafft, ihm einen Gutschein zuzustecken, als niemand geschaut hatte. Einen Gutschein für einen ganzen Tag am Meer, nur für sie zwei. Ein Spaziergang entlang der winterlichen Küste, mit Wind im Haar und weder Familie noch Mord im Umkreis von fünfzig Kilometern. Zeit, um sich in einem schönen Restaurant aufzuwärmen und gemütlich zu essen, zu sprechen, sich entspannt kennenzulernen, ohne dass jemand anderes in der Nähe war. *Himmlisch.*

Selbst jetzt noch machte sich ein warmes Gefühl in ihr breit, als sie sich an das Lächeln erinnerte, das sich langsam auf seinem Gesicht ausgebreitet hatte, während er den Gutschein gelesen hatte.

Sein Blick ruhte auf ihr und das warme Gefühl in ihr schwappte über. Es fühlte sich an wie grenzenloses Glück. Das Stimmengewirr der Familie um sie herum wurde leiser und nur sie zwei blieben übrig. *Ich freue mich auf nächstes Jahr.*

ENDE

Florentinische Morde

Spannende Unterhaltung mit der Cosy-Crime-Serie von USA Today Bestseller-Autorin Beate Boeker

Beate Boeker

Hochzeitstorte mit Todesfall

ISBN 978-3-95819-220-1

Was tun, wenn der Großvater unverhofft vor der Hochzeit verstirbt?

Band 1 der Florentinischen Morde

Beate Boeker

Amore mortale

ISBN 978-3-95819-219-5

Ein Mord zur Weihnachtszeit

Band 2 der Florentinischen Morde

Beate Boeker

Mord all'arrabbiata

ISBN 978-3-95819-221-8

Ein Mord in der Mantoni-Familie

Band 3 der Florentinischen Morde

MIDNIGHT